Les Productions Sophron Arts ont été enregistrés en 2010. Leur mission est d'offrir une nouvelle expérience narrative.

Nous brisons tous les murs.

Pour plus d'information, visitez notre site

www.sophron.art

Ceci est une édition en format publication sur demande.

Editions : 1.1 © 2024 ; 1.2 © 2025

Martin Poirier

Né en 1974, Martin Poirier est un scénariste professionnel et auteur basé au Québec. Il a commencé à développer le monde fantastique de Sophron en 1996, à la fois comme un mythe personnel et un terrain de jeu créatif fusionnant philosophie, métaphysique et expérimentation narrative. Après des années de construction de monde et de raffinement narratif, il a établi un modèle définitif pour l'univers en 2012. Ce roman, *Chroniques de Sophron : Livre Un – Seamus Chron*, est le premier volet de la trilogie de la Guerre de Babel, une épopée métaphysique tentaculaire où des vérités anciennes, des forces cosmiques et le destin des âmes convergent.

Alibast Page

La période approximative de l'émergence d'Alibast Page dans notre monde situerait sa naissance autour de 356 av. J.-C. Son essence s'est d'abord révélée à Martin dans une série de rêves vifs entre 1996 et 1999. Troublé par les guerres, la cupidité et les injustices ravageant la Terre, Alibast a pris sur lui d'éveiller la vision intérieure de Martin — le guidant vers les structures cachées de la réalité. Ensemble, ils ont commencé à façonner le monde de Sophron — un miroir, un avertissement, un sanctuaire. Pourtant, tous deux restent liés par l'attraction subtile des Grands Conseils de Zendoria, dont les desseins peuvent s'étendre bien au-delà de leur propre conscience. Il reste incertain si Martin et Alibast sont les véritables auteurs de ces chroniques ou simplement des personnages dans une histoire qui se déroulait déjà avant eux.

Présentation des Ocorsurs

Nous l'avons en nous. Des mots au-delà de ce que l'œil aperçois, au-delà de ce que nos sens dictent en réalité. Ces mondes abrités par notre individualité s'étendent hors de la portée de l'éternité. Souches des Grandes Entités, ils fonctionnent, cependant, comme une manifestation de la vérité. Nous l'appelons : **le plurivers**.

Nous comptons soixante-douze royaumes, ou dimensions uniques, répartis entre quatre quadrants :

La Matière, fruit de l'Ocorsur connu sous le nom de Barbelo. Les axiomes formant ces mondes façonneront des bases solides, des créations concrètes de roche, de glace, d'os. Les êtres qui habitent ces zones parviennent à projeter leur être sans le recours à un réel vivant ou aux pensées, mais simplement à partir des fondations bouillonnantes d'un esprit complexe. Ici, la physique quantique règne sur toute forme de science connue.

La vie, sous Archéus. Nous évoluons loin de la matière, la conscience grandit au-delà des limites quantiques des souches de Barbelo, délaissées derrière. La biologie forme un domaine dans lequel nous étudierons ces vaisseaux d'existence. Les royaumes s'ouvrent à l'immensité de nouvelles sphères cosmiques. Les créatures habitant ces territoires regarderont les étoiles et l'univers, réfléchissant sur ce grand inconnu.

La Pensée, sous Logos. Alors que nous percevons notre environnement sous trois ou quatre dimensions, les êtres des mondes de Logos voient leur réalité en douze dimensions. La matière : un mirage lointain sans prise sur ces royaumes. La vie perd peu à peu son emprise sur la vérité, et seules les réflexions façonnent des villes, des organismes, des civilisations entières forgées dans des fantasmes. Au fur et à mesure qu'évolue leur certitude, ils s'approchent des dernières souches.

Le Vide, sous son Ocorsur éponyme. Des mondes de néant absolu. Les créatures, ici, sont souvent appelées des creusés, respirant leur conscience à travers des émanations nihilistes. Ces domaines s'étendent loin des pensées, pour renaître sous des lois quantiques jusqu'à ce que la matière nous offre son retour. Ce faisant, nous complétons un cercle complet des soixante-douze domaines de Sophron, un cycle de l'existence.

Si seulement l'existence était aussi simple que cette explication, nous ne verrions pas ces civilisations en guerre, sous la direction de dieux et de déesses égoïstes. Certains auront des idéaux de conquête ; d'autres chercheront la destruction. Ils attireront les quatre Ocorsurs qui supervisent le flux d'axiomes, et les Grandes Entités qui gardent ces royaumes individuels.

Ces conflits se répercuteront sur les Rêveurs.

Certains magnats à succès de Gaia ont acheté leur billet pour le néant, parmi les étoiles. Des milliards de Rêveurs les ont regardé et ont bavé, enragé, ou n'y ont pas pensé. Ce sont les endormis qui ont hérité d'empereurs sans cervelle. Le vrai chemin vers d'autres mondes existe en vous. Ce roman est une porte ouverte. Le plurivers est votre arrière-cour.

Prologue:
L'aube d'une Intrigue

Un jeune élève s'éveilla au milieu de la nuit. Sous l'oreiller brillait un fragment du poète préféré du maître. Le lirait-on, ou sombrons-nous de nouveau dans le sommeil? Par la fenêtre, on apercevait les merveilles d'Athènes, à une époque où l'électricité ne vivait que dans l'esprit des penseurs. La nature cohabitait encore avec la cité la plus importante de son ère. Le vent jouait dans les rideaux, effleurant la rue vide, tandis que l'esprit, hanté par des rêves de Sophron, forçait l'hôte hésitant à se rendormir. La poussière de la maison l'incommodait, mais le papyrus caché sous l'oreiller apportait un étrange réconfort. Comme si l'on avait tiré le lion de sa propre griffe.

À l'aube, sans trop attendre, l'élève prit le chemin du savoir. Au centre du Parthénon, Platon attendait, offrant ses leçons aux élus venus partager les Grands Mystères. Ses cheveux grisonnants révélaient les âges qu'il portait dans sa sagesse et son sourire, plus vrai que ces statues dressées à son image. Tenant un fragment de poème, l'élève cherchait les mots pour convaincre le maître qu'un travail fut fait. « Que voulait dire Sophron ? » Platon poserait la question, d'un ton à la fois patient et énigmatique. L'esprit encore embrumé répondit : « C'est une affaire de cuisine, peut-être. Le cumin est une épice. La louche, on ne gratte pas avec. »

Platon gardait ses émotions pour lui, lisant la compréhension de l'élève à travers ses yeux. Timide et honteux, son regard analysait les six autres, garçons, filles et d'aures dont aucun genre connu n'identifiait l'existence. L'élève observa son entourage, essayant d'interpréter le regard perplexe du maître.

« Comment peut-on tirer un animal de sa griffe ? » Les mots questionnaient Platon.

« Comment pouvez-vous gratter une cuillère et trancher du cumin ? » l'enseignant répondit.

L'enfant en pleine croissance réfléchit un instant : « Vous ne le faites pas. » chuchotait l'élève, réfléchissant encore et ajoutant : « Le lion mange pour survivre, mais l'artiste va dessiner la bête pour sa propre prospérité. Les louches nous apportent des nutriments, mais elles ne tranchent pas les épices. » Platon éclata de rire. « Peut-être essayez-vous trop de lui donner un sens. La rhétorique de Sophron n'a jamais eu pour but de transmettre quelque chose de trop profond ou de trop philosophique. »

L'être sans genre s'intéressa de plus en plus à la leçon, se demandant si Platon choisirait ce moment pour exposer sa maîtrise des arts magiques anciens. La légende raconte que les Grands Mystères formaient un cercle de puissants mystiques. Ils comprenaient la réalité au-delà du tissu de notre illusion mondaine. La Parole parmi cette bulle élitiste implique des esprits éclairés qui pourraient créer de vastes univers, puis les projeter dans l'existence, en utilisant des moyens miraculeux.

« Professeur ? » les jeunes demandaient. « Quand allons-nous étudier l'art des manceurs ?

Platon s'arrêta un long moment et expliqua : « Vous savez déjà tout ce dont vous avez besoin pour maîtriser cette forme. Si le moment opportun se présente, je vous fournirai les outils. Laissez simplement l'histoire exister en vous, et n'imposez pas votre volonté à vos personnages. »

Il sourit et invita ses sept disciples à le suivre dans une grotte, à l'autre bout du Parthénon. La lumière se tamisait à mesure qu'ils avançaient à l'intérieur de cette zone recluse. Un long couloir les amenait à travers ce qui semblait être le centre du globe. L'élève sentait un fil chaud, presque membraneux, se former autour de son esprit, comme une toile d'araignée vaporeuse. Avançant plus loin dans le tunnel, une faible lueur bleue émergea, à l'extrémité. L'ombre de ses six camarades de classe se dessina, lentement. La silhouette de Platon les a conduits vers cette étincelle. Alors que ses yeux s'habituaient à ce manque de clarté, on pouvait voir les murs construits en métal pur. L'endroit semblait sculpté dans un énorme bloc de fer brillant.

Lorsque le groupe arriva à l'extrémité opposée du couloir, ils constatèrent la présence d'un orbe flottant, de la taille d'un melon. Il émettait suffisamment de lumière pour exposer l'intégralité d'une pièce gigantesque, dépourvue de toute œuvre d'art ou de tout mobilier. La boule de cristal brillait en solo dans cette immense salle. D'une manière solennelle, Platon se tenait en face de ses disciples, de l'autre côté de cette sphère magique. Lorsque l'élève posa les yeux dessus, des milliers d'images s'entrelacèrent les unes sur les autres. « Un bon manceur reconnaîtra que chaque pixel qui forme ces peintures flottantes, à l'intérieur de l'orbe, produit son propre univers souverain. » Il saisit l'objet et l'offrit à cette jeunesse curieuse qui demandait à inspecter cette merveille. « Prenez-le. » Platon souriait, avant d'ajouter : « Et maintenant, tu vas nous raconter une histoire. » L'élève le saisit, se sentant instantanément rempli de milliers de millions d'existences. C'était comme un choc qui frappa sa conscience. Un soupire invita ces paroles :

« Je sens la présence d'un conte ! Il s'agit de dieux et de leurs réflexions. Le récit débute dans une ville que certains appelleront Montréal. Pour moi, il chante les derniers murmures de Thèbes. Dans ce livre, je vous préviens, un homme sage mourra de son propre gré. La douleur, voyez-vous, cet agent de destruction, l'appelle. Tu ne devrais pas te laisser conduire à n'importe quel lendemain. »

« Mais il l'a fait ? » Platon demanda :

« Oui, et il est mort. »

Sous un profond effroi, l'élève laissa la sphérule cristalline tranquille et s'en éloigna.

« Je pouvais sentir la réalité d'un garçon, à peu près de mon âge. Ce roman montre une existence différente de la mienne ? »

Platon caressa l'orbe, comme s'il essayait de calmer un chat passionné, et acquiesça : « Cela explique pourquoi je crois que c'est ton moment. Sophron n'est pas seulement le nom d'un poète bien-aimé. C'est ainsi que nous appelons la réalité hors de l'illusion. Maintenant, poursuivez cet exercice, et racontez-nous votre histoire. Nous sommes à l'écoute. » La peur l'amena à s'interroger sur ses désir de caresser à nouveau le lion. L'élève s'approcha de la sphère, ferma les yeux et posa une main. Au centre du cristal, quelques mots apparurent :

« Nous sommes des pixels d'illumination et d'obscurité, sur une toile vierge qui ne connaît ni bien ni mal. »

Ouvrant les yeux, la jeunesse regarda profondément à l'intérieur de l'orbe. Des bâtiments faits de métal et de béton l'habitent, aux côtés de pierres et d'épées. *Que sont les pixels ?* Se demandait l'incrédule. Comment pouvons-nous éclairer et rester obscurcis ? Essayant d'attirer l'attention de son professeur, l'élève se rendit compte que le devoir impliquait des images flottant au milieu d'une boule de cristal. Pourquoi une guêpe et un hibou ?

Pourquoi l'élève doit exprimer son orgueil et ses préjugés ? *Concentrez-vous sur l'histoire qui vous habite,* se disaient ses pensées, *et ne haïssez pas ce que vous ne comprenez pas.*

La sagesse ancienne essaiera toujours de survivre à la vilenie des avenues gourmandes. Il n'y a pas de joie dans la grandeur en dehors de ceux qui se sont tenus devant nous. Il n'y a de paix que lorsque nous faisons l'expérience du prestige comme aucun d'entre nous n'en a été témoin.

« Ne laissez pas les mots se répéter. » disait l'enseignant, puis ajouta : « Faites attention à l'utilisation de vos verbes Être et Avoir. Une véritable vocation implique l'abandon de soi. »

L'élève réfléchit un moment et murmura :

« Je pense que le personnage principal est un imbécile. »

Voyage dans le sablier
Un:

J'ai rencontré Martin dans un bar, sur Avalon. Je le visitais une fois par semaine, et Martin s'asseyait devant la barmaid, se saoulant en flirtant avec elle. La jolie muse lui rappelait quelqu'un. Elle a également grandi sur Gaïa, ou le plan d'existence que vous appelez la Terre. J'avais pitié pour ce pauvre alcoolique. Je le prenais dans mes bras, après qu'il se soit évanoui, et je le portais chez moi. C'est comme ça qu'on est devenus amis. Je lui préparais le déjeuner, et il me disait comment il est devenu un scénariste raté. « Tu sais, Martin ? » lui dis-je, un jour. « L'échec n'existe pas, sauf si on abandonne. » *Peut-être pourrions-nous écrire quelque chose ensemble.* m'a-t-il répondu. « Bien sûr. Écrivons ton histoire, et comment ta conscience a atteint son éveil pour voyager à travers Sophron ? » Il réfléchit et me proposa une meilleure idée : *On devrait raconter l'histoire d'autres consciences, sur le chemin de l'éveil.*

C'est avec ce pitch en tête que nous avons imaginé quelques personnages : Seamus Chron, qui poursuivrait un arc rédempteur, après n'avoir pu sauver un ami. William Francoeur suivrait un arc de découverte de soi, après s'être retrouvé de l'autre côté du Voile. Nempty, qui découvrirait la vertu, après s'être occupé d'une fille androïde. Ishtar, qui partirait à la poursuite de l'âme perdue de son bien-aimé, Indra. Marduk, il se lancerait dans une campagne belliciste pour détruire Sophron et le reconstruire à son image. Enfin, nous aurions Sekhmet et Melpomène, deux personnages puissants qui se retrouvent au milieu de cette odyssée.

Chapitre un :
Seamus le Narcissique

Pour l'univers, la vie n'est que le soupir d'une fourmi aux pieds de l'Olympe. J'ai voyagé à travers presque toutes les souches de Sophron, et j'ai vu des merveilles inouïes. Ne suis-je qu'un simple mortel ? Mon travail me place en désaccord avec des entités cosmiques. Mon nom est Seamus Chronenberg.

Je protège le Voile.

En lisant ces mots, vous me verrez peut-être en tant que capitaine de rugby à l'école secondaire Leonard Cohen, à Westmount, au cœur de Montréal, Québec, Canada. Si vous recherchez cette institution sur Google, vous ne la trouverez pas. Elle existe dans une possibilité dont vous n'avez peut-être jamais entendu parler. Si Google ne vous dit rien, alors je vous lève mon chapeau et vous salue bien bas d'avoir découvert ce roman. On nous conseille sur les possibilités : des rêves de ce qui aurait pu être, si seulement nous avions fait ceci ou cela à ce moment ou un autre. Je vous le dis : Ces songes existent partout autour de nous, tout le temps. Nous ne pouvons en maîtriser qu'un, à un instant donné, et laisser les milliards d'autres s'échapper ou échapper à nos essais et erreurs. Il faut plusieurs vies pour se rendre compte que nous pouvons voyager du néant à une réelle lumière. J'aimerais pouvoir vraiment comprendre, mais je ne suis qu'un voyageur. C'est ce qu'ils ont dit.

Je me suis toujours considéré comme séparé du monde dans lequel j'ai grandi. Je prenais souvent le métro, je contemplais la foule qui peuplait le train, et j'avais l'impression de regarder une scène de film. Si je criais, les gens regarderaient mon moi étranger, et essaieraient de m'éviter. Le film que j'allais regarder allait continuer, ma folle intervention ayant laissé une trace. Tout le monde oublierait vite mon visage, et je deviendrais un grain de poussière sur leur histoire quotidienne qu'ils raconteraient à leurs proches. Mais je vous jure ! Je ressens toutes leurs existences et leur conscience de la même manière que mes poumons sentiraient la fumée de mille cigarettes.

Ça expliquerait pourquoi j'aurais été tenté de crier en premier lieu.

Vous et moi partageons une souche dans l'immensité de Sophron. Nous ne nous verrons peut-être jamais, car, pour vous, je joue ce personnage dans le roman que vous tenez entre vos mains. Pour moi, votre existence semble encore plus lointaine et abstraite. Mais il existe ce moment où vous lisez les mots qu'un auteur a choisi de mettre dans ma bouche. Si je devais me décrire, maintenant, vous verriez ce grand jeune homme avec un sourire farceur sur le visage. Une mèche de cheveux châtains cache partiellement mes yeux et mes larges épaules. J'aime porter des t-shirts noirs avec des logos incompréhensibles de groupes de death metal célèbres.

Vous imaginez ça, et maintenant je vis dans votre âme. Si vous aviez le don de voyager à travers les mondes et les possibilités, vous pourriez me trouver, ou une autre version de moi, quelque part. À l'instant où cette rencontre se produirait, je cesserais d'exister en tant que protagoniste et narrateur d'un roman dans votre esprit. C'est ainsi que fonctionne Sophron. En fait, vous rencontrez souvent des visiteurs, et à moins qu'ils ne soient éveillés et conscients des royaumes et des Rêveurs, ils ignoreront votre croissance dans une dimension différente. Nous voyageons tous à travers Sophron, et formons régulièrement des possibilités alternatives infinies, en nous heurtant aux nombreuses souches.

La vie, telle que nous la comprenons tous, dure un moment qui ne s'attache pas au passé ou au futur, mais crée l'avenir et enregistre dans votre esprit les souvenirs d'un jadis. La seule différence entre nous est le fait que je peux modifier mon environnement, donc je peux volontairement déformer ma réalité. Lors d'une quête en groupe, ce réarrangement est partagé.

Mon histoire commence bien avant que je sache comment appliquer ce don. Grandir en tant qu'anglophone dans une ville où le français brille comme langue principale a tendance à vous faire sentir un peu aliéné. Westmount est cependant un ghetto riche. C'est comme Beverly Hills au milieu d'une métropole ouvrière. Mon père, ce chirurgien de renom, a quitté Londres pour s'installer à Montréal, après être tombé amoureux d'une chanteuse Canadienne-Française. J'ai fréquenté l'école francophone dès mon plus jeune âge, car mes parents ont toujours voulu que je parle deux langues. J'étais considéré comme populaire à l'école. Je peux modestement dire que je suis beau. Non pas que je veuille tomber dans une phase narcissique, je ne serais pas considéré comme éveillé. Si le fait d'avoir des filles magnifiques qui se disputent pour moi était une indication que l'attirance coulait dans mon sang, alors je vous recommande de me croire sur parole. Mélangez Tom Holland et Justin Timberlake, et vous trouverez mon sosie. Je n'ai jamais eu l'impression d'appartenir à un gang ou à un groupe, mais j'ai toujours préféré m'entourer d'influenceurs. Nous avons, à la polyvalente, un écosystème qui sépare le cool du creep.

Lorsque vous forgez votre ambition parmi le segment élitiste de la popularité, vous ne pouvez pas être vu en train de vous lier d'amitié avec un loser. J'ai mis cinq ans pour me hisser au sommet de la chaîne, et beaucoup de connards veulent me ridiculiser devant mes fans. Il est donc très important que je chasse les solitaires, les cinglés, les nerds, pour établir et sécuriser mon territoire.

13

J'ai souvent entendu des gens dire qu'ils rêvaient de moi comme de leur meilleur ami. Lorsque cela se produit, je souris simplement, me rappelant que seuls ceux qui sont adorés peuvent aspirer à un grand pouvoir. Et alors que deux minorités partagent les vues des masses, seule celle qui a correctement diabolisé l'autre, tout en gagnant l'affection de la communauté, peut gouverner. À la polyvalente, j'étais une légende. Les nerds, eh bien, leur intelligence ne leur apportera pas l'admiration. Le succès, la volonté. Et les notes ne sont pas une indication de réussite, quand vous êtes un adolescent qui veut s'intégrer aux hommes des femmes. Être apprécié par le reste de l'école, se faire demander des conseils sur la façon de gagner le cœur d'une femme, c'est mon plat préféré.

Il y avait ce solitaire, sur mon campus, William Francoeur. Il est l'oméga de mon truc de mâle alpha. Petit et maigre, avec une chemise déboutonnée et un gilet d'université preppy qu'il portait au-dessus de son pantalon et ses ceintures violettes, il avait l'air d'un clown. Il se faisait souvent harceler par des brutes qui adoraient jeter ses lunettes épaisses à la poubelle, et je m'en fichais. J'ai vu, une fois, deux mecs musclés l'attraper par les coudes et le jeter à la poubelle, avant de reprendre leur marche dans une mer de rires. À la cafétéria, les gens quittaient volontairement leur place, après qu'il eu rejoint leur table, sous prétexte que leur nouveau voisin avait de graves problèmes d'odeurs corporelles. Ce n'était pas vrai du tout, je trouve que William a un parfum exquis qui sort de sa transpiration et de son manque de douches, mais peut-être que c'est juste moi. Il s'asseyait là, seul, et mangeait son repas comme s'il y était forcé. Je ne sentais pas le besoin de m'entendre avec lui. En fait, la plupart du temps, je l'ignorais. Sinon, je m'en prendrais à lui devant une foule pour protéger mon image populaire. C'est devenu l'un de mes devoirs de lui rendre la vie misérable. S'associer à un perdant entacherait ma réputation. Bien sûr, c'est horrible de le voir couvert de spaghettis tous les deux jours. Se faire voler l'argent de son lunch après avoir été battu au sol me trouble. Voir ses devoirs brûlés par des cancres jaloux m'horrifiait, mais que pouvais-je faire ?

Le monde n'appartient pas au compatissant qui se soucie d'une âme vulnérable. Nous sommes gouvernés par des brutes ! Lors d'une guerre, nourrir les intellectuels apporte la mort. Au milieu de notre dernière année à la polyvalente, j'ai décidé que William serait mon assurance popularité. Plus je le tourmentais devant tout le monde, et plus j'éloignais les autres de lui, plus il se sentait seul et isolé, et plus je devenais populaire. Je ne pouvais pas le traiter de noms ou lui lancer des insultes. La créativité m'appelle ! Je devais faire de sa vie un théâtre grouillant d'humiliation. Une fois, j'ai persuadé l'une de mes groupies de faire semblant qu'elle tombait amoureuse de lui, juste pour le convaincre de s'approcher et l'embrasser dans une pièce sombre. J'alluma la lumière et tous ses bullies rirent à gorge déployée. Au début, il a décliné l'offre, disant à la fille que son cœur était déjà pris. Il y avait cette fiancée imaginaire, un mannequin qu'il a rencontré à Toronto, qui allait devenir son épouse, un jour. Émeraude, qu'elle s'appelait. Mais même l'adolescent le plus fidèle se brise lorsqu'une fille enlève son soutien-gorge, sous sa chemise, et le lui donne. Succès total !

Rencontrer William m'incita cette étrange connexion qui me poussait à mieux le connaître. Bien que je n'ai pas eu beaucoup de respect pour lui, je n'ai jamais suivi mon instinct au maximum. Quand j'ai senti que je pouvais passer à la vitesse supérieure, après ce chef-d'œuvre d'une opération d'intimidation, je préféra le laisser à sa solitude et retourner à ma vie de célébrité scolaire. Jour après jour, je voyais le moral de William s'ébranler. On le harcelait, et je pouvais voir l'agonie grandir en silence derrière ses yeux tristes. Il me regardait avec dédain et ressentiment. S'il essayait de m'approcher, je le ridiculisais. Il est douloureux de voir quelqu'un en détresse et choisir de l'abandonner à son désespoir, sachant qu'il se noie juste à côté de vous. Mais le désagrément est ce que nous devons surmonter si nous voulons devenir plus forts. Je suppose que ma motivation à l'ignorer, et lui rendre la vie misérable, est allée de pair avec mon addiction à ce sentiment d'être adoré.

J'ai rencontré Ishtar la nuit qui a suivi ma première rencontre avec William. C'est arrivé dans un rêve, ma première révélation, ma première expérience avec le paradigme de Sophron. Avez-vous déjà vécu le stress de la paralysie du sommeil ? Je me suis réveillé vers trois heures du matin, du moins c'est ce que je pensais. Figé, mon corps se glaça. Je ne pouvais bouger aucun membre. Mes mains ouvertes s'imbibaient de ma sueur, à côté de mes hanches, mes paumes contre le matelas, les yeux écarquillés. J'ai senti une présence, et mon cou est devenu hypersensible, comme si quelqu'un le chatouillait doucement jusqu'à l'agacement. Quand, à dix-sept ans, à quelques mois de votre dix-huitième anniversaire, vous traversez ce calvaire, considérant que vous aviez tout vu, cela met vos pensées en perspective. Ishtar est apparue au bout de mon lit, ressemblant à un pur geyser de lumière bleue, avec les contours d'une jeune femme très sexy. Elle est entrée lentement dans ma chambre, et je ne pouvais la voir s'approcher que du coin de mon œil droit. Son visage impeccable de poupée de porcelaine émanait de lumière, ciselé de patience et d'éternité. Sa robe était soudée à sa peau, et il était impossible de dire où commence ou finit le tissu, si je voyais de la nudité ou non. Elle semblait flotter vers mon lit, mais je pouvais voir ses pieds bouger.

« Tu dois protéger William. » murmura-t-elle. « Un penseur doit protéger le manceur avec lequel il va travailler. Comme les yeux ont besoin des mains, et les mains ont besoin des yeux. »

Elle a disparu telle qu'elle était venue, et j'ai pu bouger une heure après son départ. Je suis retourné à l'école le lendemain, et j'ai vu William se faire intimider. Dans mon esprit, j'ai fait des rêves horribles. Peut-être que ma culpabilité accumulée fit pression sur mon subconscient et explosa dans ce cauchemar. Je me suis secoué et j'ai repris ma routine quotidienne. Il s'agissait de harceler les professeurs en classe, faire semblant d'être un rebelle, un voyou, ne serait-ce que pour attirer l'attention des dames, et regarder les filles se mordre la lèvre inférieure pour trouver le courage de me murmurer : « Salut... »

Était-ce écrit sur mon visage que j'étais un riche gosse de Westmount ? Cela a-t-il contribué à ce que tant de filles me poursuivent ? Maman ne voulait pas m'envoyer dans une école privée. Elle a grandi dans une famille moyenne et a facilement convaincu mon père que mon éducation bénéficierait des écoles publiques. J'ai couru après Alexandra Sicard depuis que je suis entré dans cette école. C'est une grande fille énigmatique aux cheveux noirs, avec le plus joli visage que vous aurez vu. Elle n'aimait pas la mode, mais il semble qu'elle préférait le noir pour ses vêtements et son maquillage. Elle pourrait s'intégrer parfaitement aux gothiques, elle conviendrait tout autant aux preppies, aux geeks et aux hipsters. Elle m'équivalait en popularité, sans mon côté rebelle. Elle ne me rendait jamais mes flirts. Elle ne souriait pas, même après que je venais de raconter la blague la plus drôle de mon répertoire. Souvent, je l'attendais à la fin d'un cours, et je lui tendais cette fleur en papier que j'avais faite pendant que j'ignorais le prof de mathématiques.

« Mignon. » disait-elle nonchalamment.

Elle aimait parler à William. Non seulement ça, il semble qu'ils ne souriaient et s'amusaient que lorsqu'ils étaient ensemble. Qu'est-ce qui a fonctionné pour lui et qui n'a pas fonctionné pour moi ? Avez-vous déjà senti votre ego s'infecter par des idées meurtrières ? Elles me sont venus d'une partie sombre de mon cerveau sans que je les appelle. Toujours quand je voyais ces deux-là profiter de leur vie ensemble. Je préfère, donc, me ranger du côté des bullies plutôt que de prendre la défense de William. Il ne se vengerait jamais des torts que moi ou d'autres lui ferions. Il a gardé tout ce stress pour lui, a baissé les yeux et a essayé d'oublier que je venais de le jeter dans un casier vide en criant : « Reste dans le placard ! » Alors, Alexandra et moi n'avons pas fait l'amour ce soir-là non plus.Victoria Picard, la plus têtue de toutes, m'attendait à mon casier. Elle parla de ce rendez-vous que nous avons eu, et pourquoi je ne répondais jamais à ses textos. Même si je l'ignorais, elle me suivait dans le couloir et me suppliait de lui donner une deuxième date.

« Nous n'avons même pas fait l'amour ! Il faut faire l'amour ! »

Elle criait, dans le pire anglais que j'ai entendu, et tout le monde nous regardait. « Nous nous sommes tenus la main. » ai-je répondu. « Ce n'est rien, Seamus. Les mains ne signifient rien. Tu n'es pas mon petit ami si nous ne dormons pas ensemble. » J'ai inspiré profondément, et je l'ai regardée dans les yeux :

« Je ne suis pas ton petit ami, Victoria ! Sacre-moi patience ! »

Elle cria ! Elle hurla, comme une vierge sacrifiée. Le même jour, elle répéta la même scène. Cette fois-ci, cependant, William nous a regardé, et j'ai ressenti sa pitié.

« C'est quoi ton problème, nerd ? » lui ai-je demandé. Il dirigea ses yeux vers le sol et s'enfuit. Alexandra et Victoria sont des meilleures amies, au cas où vous vouliez savoir. J'ai appris une leçon, ici : n'essayez pas de coucher avec la meilleure amie de votre véritable amour.

Plus tard dans la journée, Victoria bavardait sur une soi-disant vie sexuelle que nous partagions, ne serait-ce que pour paraître plus importante qu'elle ne l'était. Elle inventait des événements qui ne se sont jamais produits. Comme la fois où je l'ai emmenée au Mont-Royal, et où nous nous serions embrassés dans le parc, tout en écoutant les battements d'un millier de tam-tams. Pour une raison quelconque, son comportement ne me dérangerait pas. Je suivais William dans le couloir, intrigué par le sourire qu'il avait montré plus tôt. Se moquait-il de moi ? J'ai passé l'heure du dîner dans la bibliothèque, à l'observer de loin. Il se sentait chez lui avec des livres. J'imaginais que s'il avait des amis, ils se retrouveraient le week-end pour jouer à Donjons et Dragons, ou à un jeu de société sophistiqué. J'ai toujours voulu essayer ce type de passe-temps. À la fin de mon expérience de harcèlement, j'avais l'impression que ma présence captait son attention. Il ferma les yeux et, de nouveau, il sourit. Il n'a rien dit, cependant. Il a quitté la bibliothèque, alors que je cherchais à m'intéresser à un livre sur les oiseaux migrateurs.

Je suis parti quinze minutes après lui, et cela m'a mis en retard pour mon cours de gym. J'ai marché dans des couloirs déserts ; De nombreuses questions hantaient mon esprit.

Est-ce que je reverrais le fantôme ce soir ?

Quel lien partageait-elle avec ce con ?

J'ai séché tous les cours, cet après-midi, car je me sentais obligé de me promener seul derrière l'école. J'ai regardé le ciel et, je pense, j'ai essayé d'invoquer Ishtar, mais cela n'a jamais fonctionné. Une étrange sensation de détachement enveloppait mon esprit. Je sentais le vent qui caressait les arbres et les plantes comme si ma peau devenait le théâtre de cette agression aérienne. Je pourrais décrocher et errer dans les rues, mendier, cela ne signifierait rien comparé à cette parcelle d'éveil. J'ai regardé le bâtiment, de l'autre côté d'une clôture, au-delà d'un terrain de football, et je pouvais sentir la présence de William. C'était plus fort à mesure que je m'éloignais. Je me suis assis sur un rocher et j'ai fermé les yeux pour raviver mes pensées. L'univers entier tournait dans mon esprit. J'ai observé la nature, de la même manière que j'ai observé William, plus tôt. Les oiseaux n'étaient pas au courant de mon existence, ou s'ils l'étaient, ils se jouaient d'ignorance. J'aurais pu en attraper un comme si je n'étais pas là. J'étais un ninja.

Quelque chose d'autre m'atteignait, au-delà de mes pensées, lié à ces dernières, comme ma vie l'était à ma matière. Des mots que j'ai entendus dans ma tête, pendant une seconde ou moins.

Tu étais mort quand je t'ai trouvé.

J'ai secoué la tête et j'ai regardé l'école. Ai-je commis une erreur en quittant les lieux, plutôt que de porter secours à William? Il ne voulait qu'avoir de bonnes notes et ne pas être dérangé. Ishtar! Qu'entendais-tu par *yeux et mains* ? Je suis les yeux; William est les mains ? J'ai erré plus loin, sachant que j'atteindrais des rails qui pourraient me ramener à la maison. J'ai traversé ces voies, m'arrêtant parfois pour m'assurer qu'aucun train ne surgirait par surprise. Je reprenais ma marche en regardant vers le bas et en souriant sans raison.

Quand je suis rentrée à la maison, ma mère nettoyait le plancher. Elle ne m'a pas demandé pourquoi je revenais si tôt ; Elle contemplait sa corvée et sourit :

« As-tu encore foxé les maths ? » demanda-t-elle.

« Non, maman, j'ai foxé l'éducation physique. » ai-je répondu. Elle a perdu son sourire. Je suis allé dans ma chambre, jcherchant de l'herbe que j'ai cachée sous mon oreiller, comme un ami que tu veux garder près de toi chaque fois que tes rêves deviennent étranges. Je me suis assis sur le sol et, patiemment, laborieusement, j'ai détruit le petit cocon de bonté verte.

Le métal hantait ma chambre, et maman savait qu'elle ferait mieux de me laisser à ma jeunesse. Je dévisageait mon portable, sélectionnant mon playlist : *Cannibal Corpse, Festering in the Crypt*. Le chanteur y décrit un cadavre en décomposition, chair grisâtre s'échappant de l'os. J'alluma mon bong dès le premier refrain. J'inhalais, je stockais le ralenti au plus profond de mes poumons, et j'expirais lorsque mon esprit s'évidait. Les épreuves n'apportent rien, sinon de la fumée et des toussotements, mais la magie opère à quatre minutes et quarante-quatre secondes de la chanson. Le temps s'effilochait. L'agressante mélodie jouait en boucle, redémarrant au moment où mon esprit transcendit le réel.

Peut-être que je voyageais dans le temps jusqu'au début de l'opus alors que le THC peuplait mon cerveau. J'ai apprécié le Vide et la Vie. N'avez-vous jamais remarqué comment votre intellect demeure tout à fait éveillé, jour et nuit ? Lorsque vous dormez, vos neurones façonnent leur propre réalité, parce qu'il faut que quelqu'un maintienne ce besoin de ressentir la conscience. Peut-être que, lorsqu'il fait jour et que vous ne dormez pas, le monde crée un système qui apporte des outils à votre esprit. Comme ceux qui vous font prendre conscience de son existence. Pas besoin de creuser au-delà de cette illusion : Cinéma, sport, jeux vidéo, travail, fiscalité, politique, religion. La liberté est à l'intérieur, mon frère, ma sœur, mon reflet d'âme.

C'est à l'intérieur.

« As-tu parlé à William ? » J'ai entendu Ishtar depuis l'intérieur de ma propre voix. « J'y arrive. » répondis-je, puis j'ai inhalé une autre bouffée. « Il faut lui parler ! Ne laisse pas le Vide l'emporter ! »*Le Vide est mon ami*, me suis-je dit, *il va s'en sortir très bien.* « Promets-moi que tu lui parleras demain ! »

Qu'est-ce qu'il est pour vous, d'ailleurs ?

« Tu es trop jeune pour comprendre l'histoire que je vais te raconter, alors ne me pose pas cette question. » Donc, il n'est rien pour vous. C'est un perdant si vous devez le savoir. « Il doit être quelque chose pour toi, Seamus ! Vous avez besoin l'un de l'autre, tu comprends ? »

Je ne le fais pas, et je ne m'inquiète pas. Il peut mourir, je m'en balance, vraiment Une rafale d'électricité explosa dans mes veines, sortant de nulle part. Elle était si forte que j'ai hurlé d'agonie. J'avais l'impression que tout mon corps se désintégrait instantanément, puis se reformait, et se désintégrait à nouveau, plus d'un million de fois en une seconde. J'ai repris mon souffle avec beaucoup de peine. Ma mère a ouvert la porte et m'a regardé, j'avais toujours mal. « Ça va-tu, là ? » ma mère m'a demandé.

« Très bien, d'accord, je vais bien, maman. » je me plaignais entre deux souffles affaiblis. « Prends ta merde chez un meilleur dealer, mon gars. » Ma mère riait avant de partir, refermant la porte derrière elle. Ishtar me dévisageait avec un profond mépris:

« Parle à William ! » répétait-elle, avant de disparaître.

Le Vide était mon seul ami. L'anxiété bâtit son chemin pour atteindre mon cerveau, depuis mes nerfs engourdis. Lorsque je les perds, à cause d'un vaste inconnu, la musique me peint un chaos. La fumée enivrante n'avait plus d'effet. Je ressentais une poussée d'adrénaline de la taille du Mississippi. J'ai regardé le plafond, alors que j'essayais de retenir mon souffle, et je n'avais jamais ressenti la présence d'axiomes, auparavent, ces petits points de réalité. J'étais existentiellement testé.

Qui m'a apporté les paroles hippies de Simon and Garfunkel ?
Je vous jure que j'ai mis une playlist de métal et de hip-hop !
Ma solitude m'a frappé aux couilles. Moi ! La victime ? Non !
L'univers, tel que je le connais, tourne autour de moi.
Ni Alexandra, ni Victoria ne comprenait les opportunités qu'elles
laissaient derrière. Elles pouvaient être sœurs, ou strip-teaseuses,
je m'en foutais. Elles n'ont jamais ressenti cette excitation de la
vie tant de fois dans un si bref instant. William, mon âme jumelle
d'un autre cosmos, sois mon éclipse ! Au fur et à mesure que mon
esprit drogué s'enfonçait dans cet état mystique, je parvenais à
voir chacune des soixante-douze souches de Sophron. Je sentais
ces quintillions de possibilités. Tout se produisait en même temps.

« Après ta formation, tu pourras atteindre ce niveau de
conscience sans aucun support chimique ou naturel. » Ishtar
m'est apparue dans sa forme réelle. Grande et mince, comme un
top model, elle portait des vêtements grecs anciens. La bonté
innondait ses yeux, la paix recouvrait ses gestes doux. Chaque
fois qu'elle parlait, une brise calme balayait la poussière sur mes
épaules. « Où suis-je ? » demandai-je, voyant que ma chambre
avait disparu et qu'une immense salle de verre prit sa place.
Elle s'approcha et posa une main sur mon bras gauche. Elle me
regarda dans les yeux et sourit : « Cette souche est connue sous le
nom de Saguenay. Je t'ai amené ici pour que nous discutions loin
des oreilles des agents du Vide. « Et qui sont-ils ? » demandais-je.

« Tout sera expliqué en temps voulu, Seamus Chron. Tu dois
comprendre quelle est ta place au sein des Grands Designs de nos
Entités bien-aimées. Tu es né sur la souche de Gaïa. Nous nous
sommes connus dans une vie antérieure, dans un Rêveur éloigné.
Ta conscience ancienne est morte aux mains de Marduk, dévot du
Vide, avant que tu ne maîtrises ton don. Marduk décida de hanter
vos réincarnations et s'assurer que tu n'atteignes pas ton potentiel,
sinon tu représenterais une menace. Il ne peut tout simplement pas
te faire vivre ce qu'on appelle la Disparition Finale, celle qui
empêche l'essence de découvrir son chemin vers un nouvel être.
Il a su s'entourer d'un plus puissant pouvoir. De plus en plus, à
chaque époque qui passe, il découvre de nouveaux moyens de te
pousser à ta finalité. Donc, tu dois t'entraîner le plus tôt possible, et
tu dois protéger William à tout prix. »

« Qui était William pour moi ? »

« Un ami en temps de détresse et mon époux. Tu étais connu sous le nom de Tristan, pendant la guerre de Babel. »

J'ai ressenti de vieux souvenirs qui n'appartenaient pas à mon être actuel. Indra ? Nous nous sommes battus ensemble. L'illumination m'a maintenu tranquille, et je n'ai pratiquement vécu aucun effet du cannabis. Je me suis promené dans cette bulle d'un lieu éloigné, et j'ai regardé au-delà des murs transparents. Des couleurs déchaînées. Ils ont remodelé tout ce que j'acceptais de réel. Je ne pourrais jamais vous les décrire. Je ne savais pas si j'observais un paysage ou un visage, une foule de visages ou un seul arbre. « Puis-je me dégriser, maintenant ? S'il vous plaît ? » J'ai supplié. Ce n'est pas ma place. Plus j'essayais de comprendre la réalité dans laquelle je me trouvais, plus j'avais le mal de mer. « Ishtar ? Es-tu toujours là ? » Elle est partie, évidemment. J'ai fermé les yeux et j'ai forcé, plissé mon front, aussi fort que possible. Je me suis frappé la tête avec mes paumes à quelques reprises, puis avec mes poings. J'ai répété :

Réveille-toi, réveille-toi ! dans ma tête, autant que j'ai pu. Mais quand j'ai ouvert les yeux, j'étais encore et toujours dans cette immense chambre de cristal.

Je marchais comme un hamster dans un gymnase. J'ai erré pour trouver une porte, une fenêtre, une sortie, n'importe quoi. Chaque fois que je m'approchais d'un mur, la pièce s'agrandissait et je faisais face à un nouveau mur, plus éloigné. Je devais trouver un moyen de m'en sortir, sinon je mourrais dans ce rêve. Plus je paniquais, plus les murs se rapprochaient de moi. Quand je respirais, quand je me calmais, les remparts s'éloignaient. Une vision s'est imposée : Ça se passera le lendemain, à l'école. J'attendrai William à la cafétéria. Il se montrera, et j'essaierai d'engager la conversation. Il m'ignorera. J'essaie de devenir plus amical ; il part. Plus tard, je le défendrai contre d'autres bullies ; Ils vont me ridiculiser.

Un défi me confronte : perdre ma popularité ou suivre la dame en bleu ? J'ai cherché autour de la salle de cristal, cette vision flottait partout et sur les murs, comme un film. William me laissera seul, comme un déchet, et je devrai limiter les dégâts pour restaurer ma réputation. Je passais le reste de la journée et de la semaine à chercher un moyen de rendre William cool aux yeux des autres. Nous devrons trouver quelqu'un d'autre pour prendre sa place, lui rendre la vie misérable. Je me porte garant d'intimider Yvan Schmidt : des lunettes très petites, épaisses, et un regard plutôt idiot. Je guiderai les bullies pour qu'ils se moquent de lui, et quand ils suivront mon exemple, je convaincrai William de se joindre à eux. Il me donnera des coups de poing au visage et partira avec un Yvan en larmes.

Cette vision annonce-t-elle vraiment ce qui arrivera ? Est-il trop tard pour repenser mes prochaines actions ? Je figeais dans cette pièce pendant ce qui m'a semblé être des mois. Ishtar venait pour m'enseigner le réel du plurivers qu'ils appellent *Sophron*. Monde dans un monde, à l'intérieur d'individus, le cosmos en forme de poupées russes, existant dans un enchevêtrement si complexe que chaque Rêveur qui a connu l'éveil se connecte à leurs reflets. Si je m'illuminais, je verrais mes autres moi, et peut-être pourrais-je les inciter à agir comme un seul homme, comme moi. L'essence coule dans mon pouvoir.

Je suis un penseur.

Les quatre êtres puissants derrière ces quatre singularités sont les Ocorsurs : Le Vide, la Matière, la Vie et la Pensée. Mon ancien moi se souvenait. La patience donne naissance à l'espace dans ce processus. La volonté respire la vie, et la gentillesse façonne l'oxygène. Je pouvais encore voir à travers toutes les souches. Je pouvais sentir à travers toutes ces possibilités. Je devenais entier, comme je l'ai toujours été, mais ma tentative frénétique de définir cette étrange expérience me tenait à l'écart de cette révélation fondamentale d'une réelle réalité. Plus j'y réfléchissais, plus j'y trouvais du sens : j'étais dans un état de paralysie du sommeil inversé. Ishtar m'est apparue pour cette raison : Peindre une image positive !

Je l'avais déjà ressenti sous son image négative. Je suppose que cette souche de Saguenay se voyait faite d'axiomes de Vie et de Pensée, puisqu'elle voulait nous éloigner du Vide. Quelle que soit la probabilité dans laquelle j'étais, je devais trouver la bonne carte et me réveiller dans mon monde d'origine. Les axiomes sont comme des atomes, à une plus grande échelle. Je suis un spectateur, je peux voir à travers le Voile, comme je vois à travers les yeux de mes vies passées. Je suis gelé comme une balle, quelque part entre cette image et ce sentiment. Je dois renouer avec cette possibilité. Gelé comme une balle, mon hôte dirait que c'est trop cool. Il riait tout seul. Il regardait sa mère le regarder avec des yeux perplexes, amusée ou découragée :

« As-tu faim, maintenant ? » ma mère a demanda, alors que j'essayais de me rappeler les morceaux de cette hallucination que je venais de ressentir.

« Ouais, je veux des pâtes, s'il vous plaît. » murmurai-je. À ce moment-là, j'ai réalisé que j'avais quitté la salle de cristal, sur Saguenay, et j'ai retrouvé ma réalité mondaine sur Gaïa.

Premier entracte :
L'élève voit le voile

Choqué et impressionné, l'élève non-genré lâcha son emprise sur l'orbe, se retirant. À sa gauche, deux camarades de classe observent les événements avec un grand étonnement. Sur sa droite, quatre autres se partagent un sentiment d'admiration et une profonde peur. Platon sourit et demanda à la classe :

« Pourquoi pensez-vous que nous devrions considérer Seamus comme un emmerdeur ? » Personne n'osa répondre. L'enseignant regarda l'élève et attendit une réponse. « Je ne pense pas qu'il se rend compte qu'il fait du mal aux autres. » fut son expliquation. « Avec de bons conseils, il pourrait être un héros. Avec la mauvaise influence, un méchant. » Platon acquiesça doucement et se promena autour de ses disciples : « Les personnages de votre histoire sont-ils des héros ou des méchants ? » demanda-t-il.

L'élève réfléchit un moment et expliqua : « Tous pourraient démontrer de bonnes intentions, mais interagir avec les autres peut conduire à blesser sans s'en rendre compte. » Le sage nota mentalement ce qui se discutait, et se tourna vers les autres : « Qu'en pensez-vous ? » leur a-t-il demandé. Une voix se fit entendre, venant du fond de la salle : « Peut-être est-il nécessaire pour Seamus de faire un voyage. » Bingo ! L'élève sourit et ajouta : « Ce serait une odyssée de rédemption, oui ! Il découvrirait son propre chemin vers l'éveil. » Un autre disciple participa à la discussion : « Nous avons besoin de connaître son passé. C'est ainsi que nous parviendrons a déterminer sa profonde nature, mais aussi expliquer pourquoi il ressent le désir de s'améliorer. »

L'enseignant prenait plaisir à écouter cette création collective. Pendant qu'elle s'élaborait, l'orbe rassemblait toutes leurs pensées et projetait ces axiomes au plus profond de son noyau.

« Qu'est-ce qui est le plus fort ? » leur a-t-il demandé. « L'amour ou la honte ? » Question piège ! L'élève pensait connaître la réponse. La formuler lui semblait inimaginable.

« Il faut toute une vie pour le raconter. » Platon ajouta.

« La jalousie ! » L'élève affirma. L'enseignant écoutait. « Si les dieux peuvent créer des mondes entiers, mais qu'ils les détruisent sans honte, par envie, alors l'amour n'est pas assez fort. »

« Qu'en est-il de l'amour d'un frère ? » demanda le sage. Ses yeux scrutèrent profondément la confiance du disciple.

« Ou une sœur ? » fut sa réponse. Allait-elle faire honte à l'enseignant. Certes, à l'heure actuelle, l'élève maîtrisait mieux ses connaissances que tous les Grands Mystiques réunis.

« Ou une sœur. » le Mystique semblait d'accord. L'apprenti ne trouvait plus de refuge pour répondre, se tournant vers ses camarades de classe pour s'affranchir d'une sorte d'approbation, mais certains d'entre eux pensaient déjà à autres choses. Personne n'osa participer à ce débat.

« Je crois... » l'apprenti avait du mal à former une pensée compréhensible. « Je crois... » Platon écoutait, ne voyant aucune raison d'affirmer sa supériorité sur ce qui se manifestait.

« Peut-être que l'humilité est une bonne chose ? » les mots se sont finalement formés. « Peut-être. » répondit Platon. Pourquoi ne pas nous en dire plus sur Seamus Chron ? « Je crois... il est avec sa mère, maintenant. C'était une prostituée? Je ne suis pas certain. »

L'élève sentait ces êtres vivre au fond de son âme.
C'était comme si des milliards de petites fourmis apparaissaient
et rampaient à travers ses neurones. En choisissant un, ces
mondes existent dans l'esprit de ce personnage. Si l'élève se
concentrait sur un Dieu du ciel, Sophron se formait au-dessus de
sa tête. Observer un Dieu, comme des miroirs face à l'infini, entre
des regards partagés. L'élève les écrirait au fond d'une histoire,
dans sa psyché. Avons-nous simplement un spectateur ou une
spectatrice racontant à ses pairs ces histoires qui l'habitent ?
La mère n'était pas une prostituée. Mais, son existence impliquait
des plaisir à la chair.

« Elle dansait pour gagner sa vie. » fut son affirmation. tout
en regardant Platon, à la recherche d'un signe d'approbation. Le
Montréal qui se créait dans son cerveau était une ville située dans
un futur lointain. Là-bas, les hommes paient des femmes pour
qu'elles se déshabillent sur une scène. La classe s'abreuvait de
chaque mot, capturant l'essence de chaque personnage. L'histoire
s'est révélée différemment à chacun, formant de nombreux êtres à
l'intérieur de leur esprit collectif. L'élève ferma les yeux et
continua à façonner ce récit. Bientôt, Seamus la racontera seul.

Chapitre deux :
L'homme étrange et la guêpe

Maman a connu une jeunesse mouvementée, avant de m'avoir. Elle travaillait comme danseuse nue quand mon père l'a rencontrée. Il a voyagé jusqu'à Montréal, en provenance de Londres, et a connu ma mère au bar l'Olympe, sur la rue Saint-Denis. Il retournait dans ce club tous les soirs, juste pour être aux côtés de son crush. Un père dans la trentaine, à l'époque, et une maman qui venait d'avoir dix-neuf ans, ils ont formé un couple non conventionnel.

Jamais marié, et sans enfants, pas même une petite amie qui l'attendait à Londres, papa n'a pas hésité à séduire Justine Grégoire. Au bar de danseuse, on devait l'appeler Gemini. Il se promettait de l'épouser. Quand Arthur Chronenberg a une idée en tête, il n'y a rien qui l'arrête. Sauf, peut-être, le caractère guerrier de ma mère. Elle a toujours protégé son indépendance. J'ose croire que le sentiment était réciproque, car elle lui a laissé son numéro avant qu'il ne s'envole pour l'Angleterre. Ils conversaient en ligne et au téléphone pendant plusieurs mois. Maman lui a envoyé des vidéos d'elle en train de chanter, seule dans sa chambre. Mon père a choisi d'investir pour lui donner une scène, dans un bar obscur près de son lieu de travail. Elle a débuté sa carrière à l'étranger, et elle est devenue une sensation instantanée. Elle est restée avec mon père pendant sept ans. Ensuite, ils ont tous deux choisi d'utiliser leur valeur nette combinée pour acquérir un beau manoir au cœur de Montréal, et y revenir, afin de pouvoir donner naissance à un enfant, un fils unique.

Ils m'ont eu deux ans plus tard. Maman a mis sa carrière de chanteuse de côté. La vie au foyer l'a appelé, et elle m'a élevé du mieux qu'elle pouvait. Papa aurait préféré la voir s'épanouir alors qu'elle réalisait son rêve, mais je suppose que je suis devenue sa nouvelle passion. Ce fumeur de joints de dix-sept ans vient de rentrer du voyage le plus étrange de sa vie. J'ai regardé mon assiette, comme si je regardais un film de David Lynch. Mes macaronis constituaient la majeure partie de l'intrigue.
Je passais le reste de la journée dans ma chambre. Je n'aime pas que mon père me voie comme ça. Je serais certainement cloué au sol, mais maman était cool.

« Pourquoi as-tu crié, tout à l'heure ? » elle m'a demandé.

Je n'ai pas répondu. La faim me tenait silencieux. Et alors que je me gavais de mon assiette comme un ogre qui n'a pas dévoré de repas depuis des semaines, maman a soupiré et a mangé sa part. Qu'est-ce que j'étais censé dire ? Hé, maman, on m'a révélé des vérités sur l'univers que tu n'aurais jamais pu deviner par toi-même. Parfois, nous ne pouvons tout simplement pas nous permettre de sombrer dans des conversations impossibles.
« Tu ne fumais que du pot, j'espère. » Elle a insisté. Échec et mat. J'ai juste fredonné, ou peut-être que j'ai grogné et cela l'a incitée à penser que j'avais pris quelque chose de beaucoup plus puissant.

« Seamus ! Dis-moi ce que tu avais. Ce n'est pas correcte, parle-moi, on peut en discuter. » Je l'ai regardé et rien,vide, j'étais une bête. J'étais fait de matière pure. Ma vie et mes désirs sont restés inexistants. Mes sentiments se décollaient de mon esprit comme une peau squameuse, après un coup de soleil.

« Maman... »

Je me suis plaint. Il m'a fallu toute mon énergie pour prononcer un mot. Je suis retourné à mon repas et j'ai essayé d'oublier qu'elle était là. Le reste du dîner est devenu encore plus surréaliste.

Plus j'allais me détacher, pour éviter les sensations complexes qui poussaient mon don à fournir une sorte de certitude, et plus je pouvais comprendre la vérité de ma mère. Elle a consommé des drogues dures, dans son passé. Elle a été témoin de la mort d'un ami bien-aimé. Pour elle, la cocaïne régnait comme le type d'opioïdes le plus extrême qu'elle pouvait accepter. Nous savons à peine ce qui sort des laboratoires illégaux. Elle ne m'a jamais raconté cette histoire, et pourtant, alors que je regardais dans ses yeux effrayés, j'ai vu toute la scène.

C'est arrivé quelques semaines avant qu'elle ne rencontre papa. Le club brillait de l'absence de clients, et il y avait beaucoup plus de strip-teaseuses que d'affamés. Maman était assise derrière une table, plongée profondément dans son smartphone. Son avenir s'effritait derrière chacun de ses gestes inconscients. Sa vie bascula après la rencontre d'un touriste, quatre mois et trois jours plus tard. Mais ce soir-là, elle demeurait obsédée par le fait que sa mère la punissait après avoir trouvé un sachet de cocaïne sous son oreiller. Justine n'a jamais vraiment abusé de cette merde. Seulement quand elle devait se donner du courage. Pas quand elle en avait envie. Il y avait ce gars, à l'Olympe, Svens, porteur de solutions aux problèmes des danseuses. Il vendait même sa drogue au personnel et à de nombreux clients. Il faut bien gagner sa vie. J'ai marmonné :

« Détachement sensible, maman. » mais je n'avais aucune idée de ce qui sortait de ma bouche. « T'en parleras à ton père. C'est lui le cerveau ; Je suis ta sécurité maternelle. » J'ai hoché la tête, il fallait que je mange. Mon père revient rarement à la maison. Son travail exige un horaire chaotique, travaillant au milieu de la nuit. Des urgences très délicates l'appellent. Mon récent voyage à travers le Voile m'a apporté une version différente de cette histoire, et pourtant j'ai décidé de ne pas m'aventurer dans cette possibilité. Si je reviens à la raison et que je me rends compte que mon père trompe ma mère, mais que je n'ai que ce pouvoir pour l'expliquer, la catastrophe nous intimiderait. Je n'ai aucune idée si j'imagine tout ça, ou s'il existe un réel au-delà de notre modeste compréhension de l'univers.

Qu'en est-il d'un multivers ? Je crois avoir entendu quelqu'un, quelque part, lors de ma récente hallucination, appeler Sophron un plurivers. J'ai mangé mes légumes dans l'espoir de me débarrasser de toutes ces questions. Cette nuit-là, j'ai ressenti un calme profond inonder toutes les fibres de ma chair et mon âme. Je ne me sentais ni drogué ou défoncé, ou quoi que ce soit. J'étais, comment l'appelons-nous, zen ? Je pouvais me voir à l'école, le lendemain, comme si j'avais une sorte de caméra dans ma cognition du moment, et que mon état de conscience actuel l'avait vécu à distance. Je flottais entre l'éveil et le sommeil, et c'est là que je m'éveille le mieux, à l'écoute de Sophron.

Je marchais dans le couloir, et chaque fois que mon futur moi rencontrait un autre étudiant, les royaumes et les Rêveurs m'apparaissaient à travers cette personne. Nos deux univers se connectent alors, et le plurivers s'étend. Si je dis un mot, mes souches intérieures interagissent avec les siennes, et nos deux possibilités s'affectent. Ishtar a réussi à me mettre dans cet état ? Ou a-t-elle éveillé mes pouvoirs ? Étais-je capable de voir mon futur ? J'ai essayé de visualiser mon passé, sans succès. Pour une raison quelconque, peu importe à quel point le souvenir que j'essayais de revisiter était vif, je faisais face à une porte verrouillée. Donc, je suppose qu'un penseur débutant ne peut voir que dans le futur, ou dans le présent à long terme. Pendant que j'y étais, je me suis dit : *autant essayer de trouver William et voir si je peux jeter un coup d'œil à l'intérieur de ses souches.*

Je me souviens de la vision, comment j'allais enfin approcher mon frère d'armes, réparer les torts que je lui ai causés, commencer une nouvelle relation. J'imaginais le pire, à l'intérieur de la salle de cristal, projeté contre les murs. Maintenant, j'avais des hallucinations plutôt floues. Des années de pratique pourraient me permettre d'obtenir une résolution HD, sans doute. Ce rêve est mieux que rien. J'ai erré dans un coin, et elle a souri : Alexandra ! Je ne dois pouvoir jeter un coup d'œil à son intimité !

« C'est quoi tu veux ? » elle soupirait en me regardant droit dans les yeux, visage agacé. « Arrête de me regarder, criss de creep ! » elle insista, avant d'essayer de s'en aller.

OK, comment ça fonctionne ? Je suis retourné devant elle, ma conscience est retournée devant elle, c'est un rêve, non ? Je ne sais plus ! Elle s'est arrêtée :

« Seamus, es-tu stone ? »

Mon moi ultérieur ne pouvait parler. Peut-être que mon moi actuel détient les clés d'une explication. J'ai projeté une pensée, et quelques mots sont sortis de la bouche de mon futur moi :

« Il faut qu'on se parle ! »

Je lâche prise. Elle soupira et détourna le regard. Je voyais des larmes dans ses yeux, et là, juste là, le Voile s'ouvrait sur son univers. Je découvrais son enfance, en France. Elle a été abusée à plusieurs reprises par un oncle ivre avant d'avoir huit ans. C'est pourquoi sa mère monoparentale a décidé de déménager avec elle à Montréal.

« J'aime pas les gars qui jouent avec mes sentiments, c'est tu clair ? Va voir Victoria. Elle t'aime, elle. »

Ses paroles volaient dans l'éther, mais ma conscience demeurait ancrée dans la sienne. Appelez-moi un doux parasite, un rémora à son existence de requin. La première fois qu'elle a visité une école canadienne-française, elle a paniqué. À douze ans, elle a participé à une fête privée où des adolescents plus âgés l'ont convaincue de fumer du canabis. Ils l'ont violée. « Regarde, Alexandra, j'étais un connard. » Cette découverte m'a traumatisé. « Je t'ai traité comme une moins que rien. La vérité ? Je suis heureux quand tu es là, et je veux apprendre comment je peux te rendre heureuse. Je ne sais pas, peut-être que tu as déjà eu la vie dure avec les hommes et les garçons. Mais je n'en ai pas l'intention. Écoute-moi, je n'essaie pas de te blesser. Je souhaite faire tout ce qui est en mon pouvoir pour te rendre heureuse, et je vais m'améliorer. »

Elle m'a serré si fort dans ses bras, et a pleuré si fort, que je me suis imaginé en train de perdre mon souffle. Même mon moi actuel ne pouvait pas gérer autant d'émotions sortant de ses royaumes et entrant dans mon âme. J'ai pu cartographier son quadrant Logos-Archeus, et j'ai vu que sa vie inondait ses pensées. Elle perdait son emprise sur sa matière et les souches du Vide, alors j'en ai conclu que beaucoup de choses lui passaient par la tête, à ce moment-là. « Seamus Chron ! Sors de ma tête ! » Elle a crié, ou l'a-t-elle fait ? Est-ce que j'ai imaginé cette partie ? Est-ce que j'hallucinais tout ça ? Elle a disparu, comme dans un rêve, et mon moi actuel a eu quelques difficultés à maintenir le contact. C'était comme si elle se rendait compte que j'attachais mon âme à la sienne. Je devais trouver William et lui parler. Je devais voir s'il était aussi à l'écoute de Sophron que moi.

J'ai inspiré profondément pour me calmer et projeter des axiomes pour renforcer l'union entre ma conscience actuelle et future. Avant que je puisse trouver le bon état d'être, Victoria est apparue. Elle était comme un fantôme, mais plus je concentrais mes efforts pour la voir et ressentir ce moment futur, et plus elle existait clairement pour moi. « Pourquoi as-tu fait pleurer ma meilleure amie ? » elle m'a demandé. Son existence semblait plus facile à regarder. Elle a passé toute sa vie comme une gamine gâtée qui considère ses amis comme des atouts pour soutenir une supposée popularité. Elle m'adore par jalousie.

« Elle n'est pas ta meilleure amie. Tu utilises sa vulnérabilité pour toi-même. » Je l'ai grondée ; elle n'a pas apprécié. « T'es un monstre ! »

J'ai combattu le désir d'en rajouter. Je me suis éloigné. Trouver William. C'est tout ce qui comptait pour moi. *Tu étais mort quand je t'ai trouvé !* Qui a dit ça ? *Ta vue s'est envolée au-delà de ton corps.* J'entendais cette voix sinistre de partout. Comme si un narrateur récitait une nécrologie pour effrayer son public. *Si vous cherchez William, mon ami, vous ne le trouverez pas ici.* La voix m'a dit. Le monstre m'a parlé directement ! Et je n'ai pas pu répondre. *Celui que tu cherches vient de mourir.* Celui que vous cherchez vient de mourir. *Celui que tu cherches est mort.*

« Seamus ? » C'était Alexandra. « Seamus ! » Je m'étais figé à la fois dans le temps et dans l'espace. J'ai secoué la tête et j'ai regardé Victoria. Oh, elle m'a sorti de là.

« Tu vas bien, mon amour ? » elle soupirait.

« Non, je, je ne sais pas, je...»

Les mots m'échappaient. « William est mort. » Et puis je me suis endormi. C'est mon moi actuel qui l'a fait. Je n'ai aucune idée de ce qui est arrivé à mon futur moi.

Le lendemain, ma mère m'a réveillé en toute hâte. « Tu vas manquer l'école, Seamus ! » elle a crié. Et si je manquais l'école ? Est-ce que tout ce que j'ai visualisé la nuit précédente ne serait-ce que rien de tout ça n'arrivera jamais ? Ça empêcherait-il William de mourir ? Maman a ouvert la porte avec une telle violence, j'ai dû sortir du lit : « Je ne t'écris pas un billet de maladie, mon garçon ! Va à l'école ! Le pouvoir de l'autorité d'une mère. J'ai quitté mes draps avec cette sensation de malaise avec laquelle je suis allée me coucher.

J'ai pris le métro avec mon sac à dos, une mort sur la conscience. Ou peut-être que j'hallucinais à nouveau. Bien sûr ! Je devrais arrêter de me droguer et chercher de l'aide. J'ai regardé les passagers qui partageaient mon trajet. Ce sans-abri dormait sur le siège, en face de moi, sauf qu'il n'était pas vagabond. C'est un homme d'affaires prospère qui voulait se saouler pendant deux semaines, dormir dans les parcs, comme un masochiste économique qui voudrait que toute la société s'impose sur lui comme sa dominatrice sadique. Il retournera au travail, dans deux semaines, reprendra sa pratique et prétendra que rien de tout cela ne s'est jamais produit. Il voulait comprendre la vie d'un crackhead, sans fumer de drogue, et il a raté son coup. Il se vanterait devant le conseil d'administration qu'il avait passé douze jours incroyables à Cuba. Il ne parlera à personne de la nuit torride qu'il a passée avec un adolescent cubain sans abri.

En sortant de la station Namur, j'ai vu un autre sans-abri. Il m'a regardé, et j'ai ressenti son nom : *Nempty*. Une guêpe lui servait d'animal de compagnie. S'il avait eu un raton laveur, je suppose que j'aurais compris, mais une guêpe ? « As-tu de la monnaie pour un café, mon homme ? » me demandait-il, comme à tout le monde, j'imagine. *Non, mon père me donne de l'argent.* C'est ce que j'aurais pu lui répondre. *Demande-lui.* Je n'ai jamais eu le courage d'exprimer ces mots, mais je suis sûr qu'il comprendrait. Nempty s'est levé et m'a regardé dans les yeux. Il s'est figé.

« Désolé, monsieur, je dois aller à l'école. » je me suis excusé.

« Tu l'as trouvée, enfant de chrysanthème ! » a-t-il crié, avant que j'inspire profondément pour trouver le courage de partir. « Emmène-moi à lui ! Trouve-moi William ! » Il a insisté, mais j'ai couru aussi vite que j'ai pu. Quand j'ai regardé derrière moi, il avait disparu. J'ai soupiré et j'ai attendu un moment pour reprendre mon souffle, puis j'ai tourné à droite à la rue suivante. Je suis retourné en direction de l'école. Pourquoi est-ce que je trouve tous ces amis imaginaires qui me posent des questions sur William ? J'ai regardé des deux côtés, la rue semblait étrangement vide. Plus je marchais vers le bâtiment, et plus il semblait s'éloigner. Je me suis arrêté pour observer la scène autour de moi ; il n'y avait pas de bruit. Cette quiétude me rappelait un boulevard hanté dans un film d'horreur.

« C'est ce qu'on appelle un limbo. Désolé de t'avoir entraîné là-dedans, mais toi et moi avons besoin de parler. »

Le sans-abri est sorti de mon ombre, et on aurait dit qu'il avait transformé ma silhouette en fumée noire. Il s'est levé devant moi. Il n'était pas très grand. Il avait une bosse, à la colonne vertébrale, mais cela ne l'empêchait pas de se tenir droit, ses longs cheveux gris tombant dans son dos. Il portait un jean et une vieille chemise hawaïenne, jaune avec des fleurs rouges. Il n'avait pas de chaussures. Il garda ses mains derrière son dos et me regarda dans les yeux, puis il prononça : « Quand tu verras William à l'école, aujourd'hui, dis-lui que Nempty a son bateau prêt. J'aurai besoin de ses talents de mance à bord. Tu devrais le suivre ; Il aura besoin de ton pouvoir. »

« Où allons-nous ? » lui ai-je demandé.

« Où je vais ? Je cherche Indra. »

« Le dieu indien ? »

« Cette guêpe est liée à lui. Comment l'ai-je su ? Des millions de mages piégés dans un centre d'appel me l'ont dit. Qu'est-ce que c'est, demandes-tu, mon garçon ? C'est toi. C'est William. C'est, eh bien, c'est compliqué. Il y a des choses que ces esclaves savent et comprennent que je ne comprends pas, et c'est parce que je suis un peu stupide, et je ne sais pas comment ce jumbo-mumbo... »

« Mumbo-jumbo... »

« Entre autre. Lorsque tu trouveras William, assures-toi qu'il est en sécurité. »

« Ishtar m'a demandé de le protéger. Pourquoi devrais-je vous faire confiance ? »

« Que sait la petite déesse de l'amour ? Rien, selon moi. Va chercher William et contacte-moi. Je vous amènerai tous les deux à mon bateau. Je vais attendre. »

« Comment puis-je vous contacter ? » Il s'est évaporé. Avant que je réalise ce qui s'était passé, des gens sont apparus dans la rue. Les voitures qui avaient disparu ont fait leur retour.
Tout l'environnement changea de couleur, se débarrassant de ce gris ennuyeux qui reflétait les cheveux du nain. J'ai fermé les yeux, essayant de me plonger dans un état qui m'entrelacerait à l'essence de Nempty, mais, rien. Pour une raison quelconque, même si nous étions dans une souche différente de Sophron, ou peut-être une bulle à l'intérieur de Gaïa, et que je ressentais une forte présence d'axiomes, je n'arrivais pas à me connecter aux possibilités de Nempty. Une voiture m'a brutalement klaxonné, et j'ai dû reprendre conscience, puis je suis retourné sur le trottoir.

Quand je suis arrivé à l'école, j'ai revécu exactement la même scène que j'avais imaginée dans mon rêve éveillé, la nuit dernière. Le long couloir était bondé. J'ai regardé autour de moi, j'ai essayé de saisir la vie de tous ceux que j'ai rencontrés, mais il semble que mon pouvoir ne fonctionne pas. Au mieux, j'ai ressenti la présence de ces souches et de ces possibilités, mais je ne pouvais pas y jeter un coup d'œil comme je l'ai fait dans mon rêve. Même lorsque j'ai confronté Alexandra et Victoria, leurs univers intérieurs semblaient loins. Je suppose que mon don ne fonctionne que lorsque je m'approche des bras de Morphée. Ai-je besoin d'une sieste, plus tard, si j'ai l'intention de contacter Nempty ? Ou devrais-je pratiquer une forme de méditation ? Ces questions m'ont hanté jusqu'à mon cours d'histoire.

Je me suis assis à l'arrière, n'entendant rien de ce que disait le professeur. Mon esprit était enveloppé d'un brouillard de pensées, et j'ai essayé de m'endormir pour voir si je pouvais canaliser mon don. Ça n'a pas fonctionné. Toute la pièce semblait plongée dans un état de chagrin. L'enseignant s'est assis sur son bureau, les yeux rouges, et il a regardé le sol, tout en essayant d'expliquer quelque chose aux élèves.

Tout ce que j'ai pu entendre, c'est : « William s'est suicidé, ce matin. Une ambulance a trouvé son corps aux pieds d'un viaduc, avec une balle dans la tête. »

Merde.

Voyage dans le sablier
Deux:

Présenter Seamus Chron comme un tyran égoïste semblait être une bonne idée. Il apprendrait à devenir altruiste, mais seulement après qu'Ishtar l'aurait confronté aux conséquences de ses actes. *Je pense que nous avons besoin d'un plus grand tyran.* Martin eut cette idée, un matin. *Quelqu'un qui menacerait toute l'existence, et il deviendrait le méchant ultime de Seamus.*

« Si nous avons déjà Ishtar, alors nous devrions nous en tenir aux mythes mésopotamiens. » ai-je suggéré. *Que penses-tu de Dumuzi ?* J'y ai réfléchi et j'ai écrit cette idée. Quelque chose n'allait pas. « Dumuzi n'était-il pas son mari ? » Peut-être pourrait-on montrer qu'Indra a pris le nom de Dumuzi, selon notre histoire. Et mettons un Marduk jaloux dans le lot. Martin aimait cette idée. Nous avons donc ajouté Marduk aux Chroniques de Sophron.

Chapitre trois :

Marduk le conquérant

    Une journée lumineuse et ensoleillée brillait sur Akkad-Lazuli, une vaste métropole moderne de l'hémisphère nord de Nibiru. Son ciel bleu pâle aux nuages noirs et gris projette un sentiment sombre sur ses bâtiments, hauts et minces, comme des plantes métalliques qui grattent les fesses du ciel. Les rues d'Akkad-Lazuli sont plaquées d'or, avec des milliards de lumières. De nombreux Anunnakis volent ou flottent, utilisant uniquement leurs jambes comme moyen de propulsion. Au centre de cette immense capitale, nous trouvons le Genghis-Maal, un palais si énorme qu'on pourrait y loger le Grand Canyon et y trouver de la place pour les montagnes Rocheuses. Lorsque Marduk ordonna sa construction, peu après la fin des guerres de Babel, son intention était d'inspirer la peur à quiconque était assez fou pour tenter de conquérir Nibiru.

    La tête coupée d'une Grande Entité se trouve au sommet du Genghis-Maal, en souvenir de son plus célèbre exploit : Il en a tué un. Le crâne couvre un dixième de la surface du toit, mais un simple sort de mance projette la tête de la même grosseur que le palais. L'Entité, une Chimère Logos-Archeus, grognait à l'intérieur d'un puissant Rêveur. Peu de temps après avoir remporté la guerre de Babel, il déclara : « Les Grandes Entités m'ont défié ! Je suis victorieux devant leur procès ! Écoutez-moi ! J'amènerai au monde un grand conquérant, et plus encore ! Je créerai ces guerriers humains, à mon image ! Ils seront esclaves de leurs désirs aveuglés, et soumettront ceux qui ne prononcent pas leur nom ! »

40

L'illumination viendra à ceux qui conservent leurs traditions et diminuent les idées d'ouverture et de pardon ! Marduk a formé et dirigé des généraux, sur Gaïa, de Gengis Khan à Napoléon, et bien d'autres. Il prétend que les Grandes Entités l'ont défié, mais les historiens soutiennent l'hypothèse que l'ego de Marduk les a défiés. C'est un fait que son règne incontesté qui a duré des milliards d'années a apporté beaucoup de richesse à Nibiru, et en particulier à sa ville palatiale, Akkad-Lazuli. Les mondes de Sophron ont un nombre limité d'axiomes. Créer et s'approprier la réalité des autres est un signe d'accomplissement, surtout pour un dieu de son espèce. Envahir des royaumes pour établir un système d'entonnoir qui redistribuerait les pixels aux croyances du conquérant porte les fruits du pouvoir. Peut-être que Marduk avait d'autres idéaux dans son programme. Il détacha sa souche, après en avoir effacé une autre, et s'assura que celle-ci se refléterait dans les Rêveurs et les Endormis. C'était comme s'il voulait dessiner des constellations. Dans quel but ? Obtiendrait-il suffisamment de pouvoir pour modifier son état d'éveil ? Toute la guerre de Babel a été menée pour empêcher les humains de Gaïa d'atteindre un tel état d'illumination, et Marduk a lutté durement pour ne pas le permettre. Il a gagné. De temps en temps, un humain atteignait cet état d'existence convoité, et il, elle le transformait en prophétie ou en poésie. Marduk avait quitté cette souche, depuis, pour se concentrer sur ses autres occupations : Sint-Holo, Quant Om Vat, Phaeton-Tiamat, plus récemment, Athanor et Tir na n'Og.

Ce matin-là, le Seigneur des Chiens de Nibiru examina sa modeste carte des mondes conquis. Il regarda ensuite les rapports d'axiomes qu'il avait correctement canalisés dans ses gains, passant par des images et des nombres flottants, comme des essaims de moustiques, attirés à sa vue, mais restant immobiles. Quelque chose n'allait pas, pensa-t-il.

« Haslem ! » a-t-il crié. « Haslem, montre-toi ! » insista-t-il.

Un rat géant à tête de hibou ouvrit timidement une porte. Haslem s'inclina respectueusement, tirant un lourd boulet de fer qui l'empêche de s'envoler loin de cette servitude. Il se montra souffrant devant son maître. Marduk observait des cartes, des images flottantes, et en pointa une en particulier : un ange bleu se tient au bout d'un lit.

« Est-elle vivante ? » Marduk demanda.

« S'il vous plaît, Seigneur Marduk, n'ayons pas, n'ayons surtout pas cette discussion. »

« Je t'ai posé une question. Est-elle vivante ? »

L'esclave ferma les yeux et réfléchit un long moment. « Je ne sais pas où elle se trouve, je le jure sur l'âme de ma mère. »

« J'ai mangé l'âme de ta mère avec des crêpes. Si Ishtar vit, alors Indra aussi. Voudrais-tu que la guerre de Babel connaisse retour ? Nous n'avons pas besoin de ça. Trouve-moi Indra ! »

« Maître, je ne pense pas que ce serait sage. »

« Aurais-je tort de détruire ton monde ? Tu feras ce que je dis, ou il y a un Sphinx à Ker-Ys que je décapiterai. » Haslem ouvrit soudain les yeux et regarda Marduk avec incrédulité et peur. « Vous ne pouvez pas simplement déclarer la mort d'une Entité comme ça ! » Marduk passa lentement sa main sur la tête de Haslem, resserrant la chaîne jusqu'à ce que le rongeur tousse et crache du sang. Marduk relâcha son étreinte et sourit :

« L'Entité de ton monde d'origine est un ivrogne fou. J'y vois moins de défi que la Chimère ne l'a jamais été. Trouve-moi Indra. »

Le hibou-rat s'inclina en signe de respect et quitta la salle du trône.Tirer sa balle et sa chaîne à travers un très long couloir était douloureux et atroce. Peu importe les œuvres d'art représentant les invasions de Marduk, les Seigneurs qu'il a tués, les Entités qu'il a torturées. Les yeux attristés d'Haslem trônent comme la chose la plus difficile à regarder.

Il a difficilement conquis chaque pierre qui couvrait le sol d'un kilomètre de long. Une fois dans sa chambre, la porte se ferma et disparu. La boule et sa chaîne le seraient douloureusement. Sa prison lui offrait la plus grande liberté qu'il ne pu jamais connaître. Haslem parvint à créer un limbo, à côté des toilettes, où il s'évadait parfois pour goûter à un semblant de liberté. Marduk le savait, mais il le laissait faire. Peut-être y avait-il une limite à sa cruauté et un début à son empathie. Il tenait prisonnier le plus puissant penseur de Ker-Ys. Ça s'est produit après qu'une milice soutenant Varuna eu tenté d'affronter sa police spéciale, sur Phaeton-Tiamat. Marduk intervint personnellement, pulvérisant les contestataires. Il scanna l'essence de chaque rebelle pour découvrir que Haslem avait orchestré cette opération. La petite nymphe chimérique pensait que Varuna aurait dû gagner la guerre de Babel. Les humains auraient dû atteindre l'éveil collectif, et Logos devrait surmonter le Vide. Marduk écrasa l'armée de Varuna, suite aux guerres de Babel. Le dieu du ciel s'est vu condamné et emprisonné. Le héros est peut-être tombé, mais l'idée perdure.

Haslem avait accès à toutes les essences de tous ceux qu'il a rencontré, à moins de trois degrés de possibilités. Il pouvait sentir la présence de son frère d'armes, Indra, à l'intérieur d'un Sophron qui existait dans un Sophron au-dessus, ou au-dessous de lui. Ce, aussi bien si l'essence se trouve dans un Rêveur ou un Endormi. Nous ne pouvons jamais affirmer si l'hôte de notre réalité s'est éveillé. Marduk savait que l'amitié de Haslem, Ishtar et Indra survécue à l'épreuve du temps. Le maintenir en vie lui procurait un atout. Quand Haslem s'assit sur son lit inconfortable, un matelas rigide aux draps puants, il ferma les yeux. Se connecter aux essences est souvent difficile, même pour un penseur de haut niveau. Découvrir un lien parmi les quintillions de réalités dans des novemdecillions de possibilités se présente comme un marathon dans une bibliothèque abritant un nombre presque infini de livres, et ce pour ne trouver qu'une phrase. Mais Haslem aimait Indra. Si son âme existe encore, il savait qu'il devait la localiser et trouver un moyen de la protéger contre la cupidité de Marduk.

Les trente premiers jours de sa méditation s'avérèrent infructueux. Il a scanné de nombreux royaumes et essences, essayant de les relier à sa cible. Il n'a rien déterré. L'image d'un cerveau abritant une balle, coincée à l'intérieur, l'interpellait. Ici, une licorne noire qui teintait le monde autour d'elle en blanc. Il vit une licorne blanche teintant le monde autour d'elle en noir.

Quel beau paysage ! La puanteur de son lit, les excréments qu'il laissait échapper, le dérangeaient. Mais il a vécu pire. Il doit trouver Indra. Pourquoi cette image d'un cerveau suicidaire ? *Continuer à vivre*, Haslem voulait rassurer l'hôte de cette vision. Ce n'était pas Indra, alors il a dû chercher plus loin. Là! Garuda ! Enfant, Haslem regardait ce guerrier géant combattre d'autres monstres gigantesques dans des arènes. Garuda se hissait au sommet de n'importe quel championnat. Il adorait cette créature ! Lorsqu'il appris, plus tard, qui habitait ces mastodontes, il décida de développer son don. Un jour, il piloterait son biomech à lui. Mais la guerre de Babel éclata. Ses rêves mourent. Il rejoint cette rébellion, s'opposer à Marduk. Il ne peut pas s'en tirer en tuant des mondes ! Haslem doit trouver l'essence d'Indra.

Il se concentra quarante-deux jours durant. Pendant ce temps, il aperçu de nombreuses images de clubs de danseuses. Il observa cette vision à la fois du point de vue de Logos et celui d'Archeus, la pensée et la vie, les deux extrémités d'une même soif. Quand il détourna le regard, comme s'il utilisait des lunettes de réalité virtuelle, il aperçut le Vide et Barbelo qui se battaient. Un cadavre ressent son âme s'évaporer. *Quelqu'un vient de mourir*, pensa-t-il. *Quelqu'un partageant un lien avec Indra.* Il peut le localiser et avertir l'essence avant que Marduk ne le découvre. Qui était-ce? Haslem se concentra davantage et vit un humain introverti, un adolescent, tenant une fille dans ses bras. Elle est nue. Elle dort et il ne sait pas comment la réveiller. C'était le plus proche qu'il ait jamais été d'une femme nue, partageant avec lui toute sa vie. *Les bruits sont intenses*, pensa Haslem, *l'essence d'Indra est dans cet humain.*

Il se concentra plus étroitement sur l'âme de William et ressentit le Sophron intérieur qu'elle contenait. Il entendit aussi les pas de Marduk se rapprocher. S'il le découvre, il tuera ce garçon et poursuivra sa mission, tout comme il l'a fait chaque fois qu'il soupçonnait avoir aperçu la psyché d'Indra au fond d'un être. Haslem savait que l'âme du sauveur cohabitait avec celle de cet adolescent.

Peut-être que Marduk saura inspirer un tourmenteur pour lui rendre la vie misérable, jusqu'à en désirer la mort. Marduk l'attendra de l'autre côté du Voile pour simplement diviser les deux âmes. Il annihilera à nouveau Indra. Le Maître se rapprochait, alors Haslem devait agir rapidement. Il pouvait transposer l'essence d'Indra dans un organisme différent, et conduire William dans les bras de Marduk. Il sauverait la rebellion en sacrifiant l'adolescent. Le tout, pour le plus grand bien, des forces de lumière !

« Je sens que tu l'as trouvé, mon rat. » grommela Marduk, de l'extérieur.

« Presque, mon seigneur ! » Haslem répondit. Il devait trouver un moyen de faire diversion. L'âme d'Indra existe sur Gaïa. Il pouvait projeter un reflet dans un autre être ou organisme. Un rat ? Un autre humain ? « Présente-moi l'essence. » insista Marduk en entrant dans la pièce. « Je le ferai si je peux le trouver. Attendez encore quelques jours, je vous en supplie ! »

Un insecte préhistorique ! Il pouvait rapidement dissimuler la toute petite partie de l'existence qu'il avait détectée dans un brin d'ADN, mais il devait choisir un animal simple. Il y avait ce sort, Temporal Nucleosyl, qui lui permettait de combiner des axiomes spécifiques. connus pour retenir l'essence qu'il souhaite protéger, sur les autres, et dans le temps. Le côté temporel du sort semblait trop difficile. Il ne pouvait l'exécuter avec succès qu'en alignant son attention sur une possibilité spécifique et en traçant un moment sur lequel il pouvait effectuer la greffe.

L'âme d'Indra fait preuve d'un niveau de complexité qui compromet une manœuvre à grande vitesse. Le seul organisme du passé préhistorique de Gaïa qu'il a trouvé ressemblait à une guêpe. En observant la chronologie, il a vu la transmission de cette présence à diverses autres créatures, comme la guêpe se nourrissait, transmettait ses gènes à ses descendants et mourait. Au fur et à mesure que la chronologie se déroulait, il acheva l'opération délicate. Il pratiqua méticuleusement une incision dans la créature qu'il avait invoquée hors de la période jurassique de Gaïa. Il vit alors des milliards d'autres animaux possédant des morceaux de l'essence d'Indra. Jusqu'à ce qu'un individu spécifique, un humain, finisse par avoir l'essentiel de l'émanation existentielle du dieu.

« Un garçon humain ? » interrogea Marduk, tandis qu'il se tenait droit et menaçant devant son prisonnier.

« Sur Gaïa ? »

« Oui, mon Seigneur. »

Marduk réfléchit un instant et ordonna : « Apporte-moi ce gamin. »

« Mon Seigneur, je ne peux pas ! »

Marduk apposa un regard de haine contre Haslem. « Montre-le ! Montre-moi où il se trouve, ou j'extrairai l'information de ton cadavre. » Haslem hésita un très long moment. Il ferma les yeux et se jeta un sort d'oubli. Marduk senti qu'il tentait de cacher cette information à tout prix. Il sortit rapidement une lame de sa main droite, la laissant pousser jusqu'à ce qu'elle transperce la chair de la chouette-rat, forçant le prisonnier à ouvrir les yeux de stupeur. Marduk utilisa cet élément de surprise pour lire l'âme de l'oiseau-rongeur, à l'article de la mort.

« Alors, il s'appelle William. »

46

Sentant ses derniers instants approcher, la nymphe chimérique s'est débattue pour s'échapper. Faible, il lui était impossible de rassembler assez d'énergie pour combattre. Les toutes dernières forces qu'il conservait ont servit à parfaire ce sort. Bien sûr, la fin approchait, mais le rongeur pouvait sourire. Il réussit à influer le courant de l'histoire, bien avant qu'une nouvelle guerre n'éclate. La prochaine campagne semblait inévitable. De nouveaux joueurs s'invitaient. Le pauvre Haslem aurait aimé se battre, une fois de plus, avec ses vieux amis. Mais, dans ce récit, son rôle sera très limité.

Marduk n'attendra pas de voir la suite. Il n'avait plus besoin de ce prisonnier. Il épuisa déjà tout ce dont il avait besoin. Le garder en vie, sachant qu'Indra existe dans ces mondes, serait une erreur. Sans aucune émotion, le Seigneur de Nibiru attrapa la tête de la nymphe à deux mains. Il plongea ses pouces profondément dans les orbites d'Haslem, faisant éclater ses globes oculaires comme des cerises pourries. Les ongles du dieu s'enfoncèrent, jusqu'à ce qu'ils atteignent le cerveau du prisonnier. Haslem hurla dans une intense agonie. La douleur, si puissante, rendait toute formulation de sort impossible. Le Seigneur ouvrit la tête de la nymphe à deux mains, et jeta la carcasse contre le mur. Il invoqua l'image d'un général. Un lémurien en uniforme de combat apparu, attendant des ordres. Marduk proclama : « Je veux des espions à chaque recoin du Voile. Recherchez ce William, ou toute personne en lien étroit avec lui. Et préparez mon armée ! Nous allons à Tir na n'Og, rendre visite à Sekhmet. »

Marduk laissa l'oiseau-rat mourir dans la douleur la plus atroce, après avoir lancé un sort qui empêcherait toute forme d'incarnation. Haslem périt partout, comme ici. Des milliards d'itérations succombant au même sort : yeux éclatés, cerveaux fracassés, crânes écrasés. Des cadavres gisant sur le sol, des âmes qui s'évaporent, tombent dans le néant total. C'est ce qu'on appelle une disparition finale.

Voyage dans le sablier
Trois:

« Qu'est-ce qu'on fait avec William ? » ai-je demandé à mon co-auteur, un jour. « S'il représente un but à atteindre, dans l'arc de Seamus, alors autant raconter l'histoire de son âme. » Martin ne croyait pas à l'idée d'élaborer le récit de William. *Ce n'est pas son histoire, Alibast.* disait-il. *On va se concentrer sur Marduk et Seamus. Si on écrit trop d'histoires, on va perdre l'intérêt de nos lecteurs.* Martin est le scénariste professionnel et je ne suis qu'un poète d'Avalon. Je n'aime pas l'idée de pousser un personnage vers sa dernière heure et ne rien faire pour sauver son âme.

« Je vais te laisser écrire le récit de Marduk, mais, s'il te plaît, laisse-moi développer l'histoire de William. » demandai-je, très poliement. *Tu parles comme si tu te souciais de lui.* Il roulait des yeux, découragé. *C'est juste un personnage ! Il n'existe pas vraiment ! Notre travail c'est de les créer, et ensuite on fait ce qu'on veut avec eux. Ce sont des outils, Alibast, des objets. Nous, on est leurs dieux.* Ses paroles ne m'ont pas convaincu. Il ignore que des personnages, dans un plurivers, vont développer leur propre conscience. Au final, tout organisme exitentiel a des droits de vivre heureux et dans la dignité. Nous devons les protéger. J'ai défendu cette position. Martin fronça les sourcils, poussant un petit grognement, et il se décapsula une nouvelle bière.

Comme tu veux, amuse-toi.

Chapitre quatre :
La descente de William dans l'abîme

Tu étais mort quand je t'ai trouvé. Ta vue volait au-delà de ton corps. Tu n'avais ni larme, ni peur, que ma main penchée sur ton esprit. Tu nageais dans le silence comme un nouveau-né sur le point de quitter le ventre de sa mère. Cependant, tu ne pouvais guère faire taire les voix qui t'emportaient dans cet endroit désolé. Quelques minutes plus tôt, William, tu t'es relevé, vivant, réfléchissant, adoptant cette décision qui ne peut être avortée. Tant de souvenirs d'une vie passée dans ces défis et cette dépression tracèrent une ligne entre le passé et le présent.
Tu aurais pu éviter ça. Tu aurais pu simplement crier, hurler, crier et t'en aller. C'est aussi bien de pleurer. Tu sais quoi?
C'est normal d'observer ta vie sous une intense peur qui te paralyse au plus profond de ton être.

La vie aura été est cette complexe énigme. De notre premier à notre dernier souffle, les agents d'un Ordre Grandissime offre à chaque organisme existant des épreuves qui leur définissent un chemin. Chaque seconde apporte un nouvel éventail de choix. Chacune conduit à plus d'amour et de lumière, ou à des blessures et à la déception. Il s'agit de l'éblouissement dans l'obscurité, de la manière d'affronter les deux. En fin de compte, les fruits s'épanouissent à partir d'une paix intérieure que nous construisons pour soi-même.

Les nuits éternelles déversent la misère sur nos espoirs et nos rêves. À chaque interaction avec d'autres, chaque fois que tu formuleras une pensée qui deviendra parole et action, tu t'offres soit à des Agents du Progrès, soit à des Sbires de la Destruction. Toi, William, n'as-tu pas choisi la deuxième option ? Qu'est-ce que ça t'apporte, maintenant ? Pensais-tu que ta quête se terminerait avec les derniers instants de ta vie ? Je n'ai pas choisi de te séparer de tes proches. Regarde-les, William. Alexandra te tient la main dans l'ambulance. Elle s'est amenée à tes côtés depuis un appel mystique. À l'école, même les élèves qui ne t'ont jamais parlé ne peuvent pas retenir leurs larmes. Ils pleurent quelqu'un qu'ils n'ont pas réussi à connaître. Les intimidateurs qui t'ont rendu la vie insupportable ne peuvent pas vivre avec leur conscience. Ça ne signifie pas que tu les tourmentes. Ce n'est pas une vengeance ; juste un pas de trop. Nous ne pouvons jamais nous résoudre à ça. Des solutions existent, William. Pour une action impensable, il existe des millions d'alternatives, toutes plus éclairées les unes que les autres. Tu auras préféré celle qui ne devrait jamais venir à l'esprit.

Maintenant, tout baigne dans l'obscurité. Vide, néant, l'immobilité absolue. Tu ne sens plus tes membres. Tes organes pourrissent comme de la viande morte. Tu restes allongé là, les yeux grands ouverts, comme un objet inanimé couvert de sang. Et puis tu t'es réveillé ! Nous nous tenions dans les ténèbres au coeur des ténèbres, le silence au fond du silence, et la lumière sans lumière nous montre le jour précédant la troisième semaine d'une conception. La paix, n'est-ce pas ? Tu t'es relevé à l'intérieur de toi-même, au plus profond de toi-même.
Par habitude, tu l'appeles *existence*. Pourtant, cette fois-ci, aucun sens ne lui donner un sens biologique. Tu étais en toi, là où j'ai toujours été, et tu m'as vu. Tout existe et rien n'existe en moi.
Il faut visualiser mon moi pour percevoir mon âme. Tu imagines une chambre ténébreuse au milieu d'un univers sans étoiles.
Les flammes flottent vers l'est, si un soleil venait de s'éveiller, mais ce n'était pas le cas, et des flammes sombres consument l'ouest. C'est là que tu m'as trouvé. Le soleil se lève à l'ouest, au jour du jugement, n'est-ce pas ? Bienvenue dans mon monde.

Immobile dans cette sinistre robe à l'armure effacé que tu avais imaginée pour moi, je me dessinais moitié noir et moitié néant. Un vide absolu me glace l'intérieur d'un vêtement victorien. Je ne t'imaginais pas, parce que tu étais, sous n'importe quelle forme, ce grand et maigre jeune homme aux cheveux châtain clair et au regard intelligent. Je prends ce qui me revient et tu fais de ton mieux pour reprendre, puis reprendre à nouveau. Une table se dresse entre nous. Un papyrus se trouve au milieu.

« Ishtar ! » criais-tu. J'essayais de sonder les environs.

Aucun organe n'opère pour te permettre une larme. Tu saisis l'air imaginaire avec des poumons imaginaires. Mais, pourtant, tu as crié. « Penses-tu la trouver ici ? » j'ai répondu. Tu me regardes avec des yeux qui doutent de la vérité. Les sceptiques ont l'habitude de redouter l'incertitude, mais elle ne dure jamais ; J'ai tendance à hocher la tête, juste avant qu'ils en finissent, craignant perdre ce qu'ils appelaient réel. Ton heure est venue. Tu n'as pas cru en mon ennemi juré, celui que l'on appelle Archeus. Mon reflet, car tu ne considères pas sa genèse, et tu ne crois pas vraiment en moi non plus, est-ce exact ?

« Où est-elle ? »

« Elle n'a jamais été à tes côtés. Tu peux me suivre. »

« Ramenez-moi à elle ! » Tu pleures? Les larmes sont gênantes. De quoi s'agit-il ? C'est moi ?

« Ramenez-moi. »

Tu insistais. Je déteste voir mes sujets se noyer dans leurs cris. Habituellement, ils expirent un grand non-souffle et acceptent n'importe quelle épreuve que je leur impose. Après tout, je suis tout ; je ne suis rien.

— *Laisse-la faire, William.* dis-je d'une voix douce.
Tu dois abandonner, et je te montre ce dernier respect.

« Sois, tout, simplement et laisse-la être. » j'insistai, tandis que j'enlevais cette longue robe victorienne noire. J'ai marché plus loin.

« Je ne me sens plus moi-même. » tu soupirais. N'essaie même pas. « Mais je vous ai déjà vu ! »

« Ce ne devrait pas être une surprise de me trouver à ta mort. » dis-je doucement, tandis que je me dirigeais au bout du couloir, vers un grand autel : Une pièce cosmique noire sur noir, gravée dans un bloc d'ozone solide. Des visages semblent apparaître de nulle part, et fondre au fur et à mesure que le gaz s'évapore, pour se figer à nouveau, puis d'autres visages se sculptent.

« La mort ? » as-tu chuchoté. Je gardai le silence. Il y avait une pièce dans laquelle je voulais te voir entrer, sur le côté gauche de l'autel. Question d'offrir un laissez-passer à ton passé.
Laisse tomber, et c'est parti.

« Certes, ce nom que trop de gens chercheraient à me décerner, ne convient qu'à mon côté lumineux. Ne serait-ce que pour s'opposer au monde des vivants et prétendre à un être absolu. Pourtant, je me tiens au-delà de la vie, des cendres et de toute manifestation biologique de l'existence. »

« Dieu ? »

J'ai ri. Je ne pouvais pas. Non, j'aimerais être considéré comme un Rêveur, mais, non. Ma singularité est autre. Un simple Ocorsur, vois-tu ? L'un des quatre. Une plus grande entité à l'intérieur de ce Rêveur que l'on appelle Dieu, chez les croyants.

« Néant ! Le Vide, le néant solitaire. » j'ai chuchoté, presque agacé, puis j'ai élevé la voix : « Quand Dieu meurt, je suis tout autour. Quand Dieu dort, je suis dessus. Quand Il vit, je suis tout à l'intérieur. Je suis. Je suis vraiment. »

« Le Vide ? » murmurais-tu.

Sur quoi j'ai hoché la tête.

« Et toi aussi. Maintenant, suis-moi. »

Je me suis éloigné de ton imagination, et tu t'es rapproché de moi. Vint un couloir d'anarchie, avec l'ordre de se lever, le chaos rabaissé. Les murs nous entouraient. Vint un nouveau départ noyatif, un exutoir néologiste. Tu m'as suivi dans cet entonnoir, essayant d'en sortir par la parole.

« Qu'est-ce qui m'a amené ici ? » demandais-tu.

« Tu l'as fait. »

« Je n'ai jamais demandé cette fin. »

Le couloir tourbillonnait. Nulle part combatait ce partout pour un moment. Je me suis arrêté et j'ai regardé dans ta direction. Tu portais une robe différente. Tu ressembles à un prêtre égyptien ou un alchimiste du IIIe siècle. Les bijoux ? Égyptien, sans aucun doute. Tu as les yeux bleus et les cheveux bruns, William ! William, tu savais ce que j'allais dire, mais je l'ai dit quand même. Tu m'écoutes à moitié là, à moitié dans tes rêves.

« Ça t'a mangé de l'intérieur. Tu pleurais tes blessures, supportant le poids jusqu'au bout de ta douleur. »

« Émeraude. »

« Comment peux-tu aimer quelqu'un pendant que les asticots lèchent tes derniers restes de chair et de muscles sur tes os ? »

« Ramenez-moi ! »

« Marche avec moi. »

Tu te tenais devant l'autel. L'ozone brille de la plus sombre profondeur, des yeux, des visages, et se reflète sur les tiens. La pièce avançait, lentement, comme pour t'inviter à l'intérieur. Un grondement vrombissait. Immobile mais provocant, tu me faisais face. Des tremblements secouaient chaque fibre de ton être. La tête baissée, une larme s'invitait à couler alors que tu craignais à haute voix ce rêve, et tu as finalement marmonné :

« Vous n'avez pas entendu ce que j'ai dit. »

J'ai dû soupirer sur ces paroles. D'une certaine manière, je suis un gentleman. Appelez-le ma *nature quelconque* :

« Tu te répètes ? »

« Ramenez-moi à elle ! »

« Qui ? Émeraude ? » Je me suis approché de toi. Là, tout autour : le souffle, la brise que tu ressentais, la froideur de la non-vie ? Oui, moi. J'ai chuchoté, du plus profond de ma cape, et tu pouvais m'entendre crier dans ta tête : « Qui te retient ? »
Tu entendais une voix, à travers moi, qui n'était pas la mienne

« Quelle image vois-tu ? » Une voix qui pénétrait ton esprit, sondant tes derniers moments d'activité cérébrale. « Comment s'appelait-elle ? Cette âme de beauté. Dis-moi, William, qui détient l'essence d'Ishtar ? » Tu aimais trop, incappable de rester immobile. « Dis-moi, où est Ishtar ? »

J'ai chassé le fantôme hors de ton silence. Tu formulais une pensée. Ignores-tu qui était cette Ishtar ? Pourtant, tu as crié son nom. Parlons-nous de quelqu'un qui imposerait l'équilibre à ton existence ? Je suis désolé, mais tu t'accroches à la douleur. N'as-tu pas sauté d'un pont ? N'as-tu pas tiré une balle en descendant ? Ça fait mal, n'est-ce pas ? *Pour qui ?*

« Je ne sais pas. » tu murmurais.

« Merci. » je répondis, poliment, en te prenant la main et en t'emmenant dans cette chambre. C'est ton esprit conflictuel qui s'y est glissé. Ta raison craignait de suivre la volonté de ta passion. Tu dois vivre. Il te fallait survivre, spasmes. As-tu senti des spasmes s'emparer de ton cerveau ? La mort se flétrit dans tes veines. Tu t'accroches à la vie en vain. Pensées. Images, et pensées. Ton lobe temporal déclenche des tremblements d'urgence. Ça apaisait la dure réalité qui te prenait lorsque ton cœur se débattait. Les neurones voulaient gérer une autre respiration. Une seule, juste, spasmes, pensées, images, spasmes et ce goût du Néant dans le sillage de Sophron, les derniers moments d'activité cérébrale que tu as montré.

Quel sentiment se veut aussi puissant que la passion dans l'instant sans fin d'un amour ? La douleur à la suite d'une perte. Nous ne pouvons pas sentir l'âme qui nous manque, mais nous pleurons la nostalgie de celle que nous avons perdu. On a écorché ta muse vivante. Décharné jusqu'à la moelle, tu ne pouvais pas te laisser guérir sans toucher ta plaie de l'intérieur. Impossible d'oublier son sourire, et pendant tout ce temps, tu essayas. Où l'as-tu rencontrée ? Est-ce que tu t'en souviens? Alors que tu t'enfonçais, Emeraude portait ton ascension.

Elle savait, mais elle t'a laissé à ton hémorragie. Un jour, tu te souviens ? Elle t'a désigné comme celui qui mettrait de la lotion sur son corps, car elle cherchait une sorte de réconfort. Tu n'emprunterais que le temps qu'elle t'accorderait. Le toucher ? Un seul, un tendre, le long de son cou, de son dos, la vue sur ses jambes, le papillon tatoué sur le bas de ses reins, celui que tu ne pourras jamais attraper. La bête recouvre l'innocence comme un cocon de mort autour de la plus précieuse perle de la vie.

Tu laissas tes désirs pourrir sous une croûte de bonnes manières. Tu lui apportas des cadeaux, pleurant sa présence, celle dont elle t'a privé. Revenir à Montréal t'apporterait du désespoir. Pourquoi ta mère ne pouvait-elle pas te laisser à Toronto ? Pendant les mois qui ont suivi, la pensée d'Émeraude hantait chaque seconde de ta misérable vie. Vous avez été, autrefois, amants. Elle n'a pas joué à l'agace. Contrairement à celles qui attirent avec un décolleté et un murmure, lorsque nous récupérons un tendre bonheur, ou la sauvage flamme d'un baiser. Tu es tombé amoureux d'elle ?

Les soirées qui ont suivis te hantent. Tu observais chacune des deux cents photos sur ses sites Web, et tu imaginais des constellations à partir des grains de beauté presque invisibles sur son visage. Tu tenais près de ton cœur chaque photo que tu pris avec tes téléphones portables. Chacune raconte une incroyable histoire de passage à l'âge adulte. Ton premier baiser, après une soirée entière au cinéma. Tu ignores si le moment était venu, mais tu craignais d'imposer tes désirs.

55

Elle devait être prête, et elle devait consentir. À quel point était-ce merveilleux ? Sa langue perdait chaque centimètre de résistance alors qu'elle nageait dans ta bouche. Oh, William ! Personne dans ta nouvelle école n'a jamais ressenti ce genre d'amour. Cette journée que vous avez passée ensemble, au centre commercial ! Regarde comme elle était heureuse de te tenir la main ! Vous vous êtes promis que vous seriez toujours là.
Si seulement tes intimidateurs pouvaient ressentir le bonheur comme tu l'as connu. Ils auraient été jaloux. Qu'en est-il de cette photo, prise lors d'une course de bateaux-dragons, sur l'île de Toronto ? Oh, mon ami, ces yeux parlent de mariage.
Si seulement tu étais resté dans la Ville Reine.

— *Et maintenant, William ?*

Je t'ai demandé, voyant comment tu ne pouvais pas quitter mon autel des yeux. Je connais ton monde intérieur. Il appelait à ta résurrection. Malheureusement, j'étais là pour te rappeler que le salut n'est destiné qu'à l'essence née de l'altruisme. Ton sacrifice pue l'égoïsme absolu. « Si j'étais... »

M'as-tu finalement chuchoté. Ce monde intérieur t'invite de plus en plus. Ta muse, Émeraude, la fille créée pour t'aimer et pour respirer ton affection. La femme qui signifiait une éternité passée dans le confort de son souvenir, comme tu resentais le siamois qui partage vos âmes. Tu m'as chuchoté :

« Si j'étais la poussière d'une pensée au fond de son espoir.
Je pourrais vivre en elle, et tu n'aurais nulle part où m'emmener. »

« Rêve, ô Rêveur ! »

« Je te combattrai avec chaque cellule vivant en moi ! »

Tu te trouvais à mi-chemin entre l'orgueil et la peur, j'étais là. Si j'avais un visage, tu me verrais sourire.

« Bienvenue dans mon monde. » j'ai dit, calmement.

Et tout est devenu vide.

Chapitre cinq :
Le seigneur des chiens de Nibiru

Le Grand Seigneur, tueur d'Entités, est né sur Nibiru, dix mille ans dans notre passé. Il montrait un intérêt envers la guerre et la bataille dès son plus jeune âge. Les légendes racontent qu'il maîtrisait l'épée et divers arts martiaux avant de savoir parler. Bien sûr, ce sont des histoires que les vieux Anunnaki racontent aux enfants pour les endormir. Le récit véritable parle de Marduk ayant fréquenté une académie militaire à l'âge de douze ans. Le collège exige que les participants atteignent quinze ans, sur Nibiru. Après l'avoir vu se battre avec d'autres enfants dans une ruelle, cependant, Lady Marl-ures d'Alibastat, une figure politique influente à l'époque, l'a pris sous sa protection. Elle le guida dans les voies de la mance, l'invitant à rejoindre son armée en tant que le plus jeune lieutenant de Nibiru.

Avec le corps d'une lionne et la tête d'un top-model volé à Playboy, Marl-ures faisait preuve d'autant de beauté qu'elle provoquait la peur. De sa puissance, on parle d'un tyran autodidacte. Elle n'a jamais pu maîtriser la magie. Aucun globe n'aurait pu se retrouver entre ses mains, et pourtant des sorciers puissants moururent sous son influence. Son armure fusionnait avec sa chair. Avant de régner en tant que protégé de Sa Majesté, Marduk était connu sous le nom de Gil le chauve. Les orphelins sont souvent nommés d'après leurs attributs. Marduk a toujours été un costaud imberbe.

Après avoir mené des armées dans des batailles sans merci, à la fois sur Alibastat et sur Nibiru, son mentor a choisi de l'adopter. Elle le renommera d'après elle-même : Seigneur Marducs de Nibiru. Il portait le bras vengeur de sa Dame pendant des milliers d'années. Certains pensaient que Marduk devenait un bel Anunnaki, grand et fort, pour impressionner son mentor. Les deux partageaient une liaison secrète, mais Lady Marl-ures préfère le confort des autres femmes. Les voir si proches titille l'imagination. Lorsque Gaïa montra, pour la première fois, des signes d'éveil, avec ces néandertaliens et l'homo sapiens évoluant en tant qu'organismes doué de réflexion, Marl-ures se tint parmi les premières voix choisissant d'envoyer des éclaireurs. D'autres dirigeants aux idées de conquête ont rapidement suivi, formant des civilisations prématurées.

Atlantis représente l'exemple le plus significatif. Son histoire, que nous ne trouvons familière, se résume à un Titanic : elle a coulé. Mais la reine d'Alibastat, qui semait la peur, lança une idée différente. Au lieu d'inspirer des cultures sédentaires, encourageons les chasseurs et les cueilleurs à se lever. Marduk fut chargé de diriger ces tribus préhistoriques. Il l'a si bien fait que, bientôt, ces hommes des cavernes réduiraient en cendres des villes entières. Un exploit qui aurait éclipsé les conquêtes de Gengis Khan.

À cette époque, le Seigneur des chiens de Nibiru rencontra Ishtar. Elle se tenait assise sur la plage de la rivière Styx, par une calme matinée. Douze humains nus contemplaient la beauté de la déesse, tandis qu'elle se nettoyait les cheveux. Non loin de son oasis, un grand général, chauve et à l'air sombre, emmena six de ses conseillers de confiance inspecter la zone. Personne ne l'avait préparé à la vue de cette magnificence qui suivit sa rencontre avec la jeune princesse Anunnaki. Il s'est approché d'elle et lui a offert une serviette.

— *Seule et nue au milieu des sauvages ?* il lui a demandé. « Vous attirez les ennuis. »

« Si vous les appelez sauvages ! » elle s'emporta contre lui. « Alors, vous et moi, nous avons peu de terrain à partager. Montrez-leur du respect et vous gagnerez peut-être le miens. »

« On m'a informé que vous seriez ici, Dame Ishtar de Nibiru. Je n'étais pas prêt à affronter une beauté à couper le souffle. »

« Les compliments d'une brute ne signifient rien. Vous êtes dans ce domaine depuis deux siècles, et tout ce que vous avez accompli rime avec la perte des premières sociétés puis brutaliser les nomades. »

« Les traiter comme vos enfants serait mieux ? Nous sommes ici pour punir nos ennemis et prendre leurs terres ! Dois-je refaire votre éducation ? » Il se calma, voyant comment il l'avait déstabilisée, loin d'un bain paisible.

« Je n'ai pas choisi un camp dans ces conquêtes, Marduk. Je suis désolée que nous ayons dû nous rencontrer dans l'amertume. J'aurais préféré une occasion où je ne finirais pas par vous mépriser. »

Elle abrita son corps sous la longue serviette et quitta la rivière. D'un geste aux hommes et aux femmes qui attendaient sur la plage, elle les invita à regagner leurs terres. Ils ont tous quitté les lieux sans cérémonie. Marduk ne s'est pas donné la peine de la voir partir. Il rejoignit sa propre suite, et ils reprirent leur promenade. Les années ont passé. Marduk et Ishtar participèrent à la création de la Mésopotamie.

Le Seigneur encouragerait cette civilisation naissante dans les voies de la bataille. Ishtar préférerait l'enseignement de l'amour et de la sagesse. Les deux semblaient clairement incompatibles, mais un fort et profond sentiment incontrôlable aveuglait Marduk. Il couvrirait Sa Grâce d'or et de bijoux. Elle donnerait force et liberté aux esclaves qui apportaient ces cadeaux. Il nommerait des villes entières d'après sa magnificence. Elle installerait des hommes et des femmes sages chargés d'apporter la lumière et la paix dans ces régions. Plus il essayait de la séduire par sa puissance et son pouvoir, et moins elle se sentait attirée par son existence.

Pendant ce temps, non loin d'Akkad et de Sumer, d'autres dieux enseignaient à des communautés indigènes les voies de Sophron. Un petit royaume gravit les échelons et les souches depuis Svarga Loka, pour s'installer sur à Gaïa. Une rumeur se répandait dans leur palais, racontant comment les humains se développèrent un cerveau doué de sagesse. Ces jeunes êtres, devant le bien et le mal, entreprirent le long voyage karmique vers l'éveil. Ces formes de vie ont évolué pour rencontrer Varuna et sa céleste Maison lumineuse. Quinze parcelles de Logos, trois d'Archeus, leur monde d'origine, Airavat, abrite plus de pensée que de vie. Les êtres de cette souche embrassent l'immatérialité. Nous trouvons plus d'essences que de substance de toute sorte. Par conséquent, les créatures angéliques qui explorent les quadrants Barbelo-Archeus doivent s'incarner de lumière.

Le corps qu'Indra favorisait, sur Gaïa, le présente comme un humanoïde à la peau bleue. Des yeux doux se démarquent, mais une forte poigne à ses mains de fer montre sa puissance. Guerrier si nécessaire, Indra préférait prendre soin des vulnérables. Un matin, alors qu'il visitait les environs de la Mésopotamie, Indra se confessa à son meilleur ami et professeur, Varuna : « J'ai vu la plus étonnante beauté, dans le fleuve Styx. » dit-il. « Je crois qu'elle m'a vu, mais j'étais trop intimidé par sa présence pour révéler la mienne. »

Varuna s'assit sur un banc de bois, près de l'humble palais qu'ils avaient construit au bord du Gange. « Mon ami, n'aie pas peur de tes sentiments. » répondit le vieux sage. « Reste fidèle à ton altruisme et à ces sensibles principes détachés qui nous sont chers. Offre-lui plus d'écoute et d'attention que d'intérêt au désir manifesté, de faim et de soif, qui se forment de l'intérieur. Ne t'impose pas ! Que l'amour vous trouve tous les deux, à son rythme, en son temps. »

Il alluma une pipe ovale et vida son esprit de toute nostalgie. Indra réfléchit à ces paroles et acquiesça. Le lendemain, le jeune prince d'Airavat retourna à la rivière Styx. Comme prévu, il vit Ishtar se baigner nue, parmi ses disciples. Cette fois, il trouva le courage de se mêler au troupeau d'humains, détournant son regard de l'intimité de la déesse.

« Je sens une présence divine avec nous. » chuchota-t-elle.

Indra l'entendit, mais il choisit de se taire. « As-tu été envoyé par le Seigneur des chiens de Nibiru ? » Voyant qu'elle l'apercevait, Indra prit la parole : « Madame, je m'excuse pour mon intrusion. Dites un mot, et je disparaîtrai. Cependant, j'ai ressenti cette gentillesse émanant de votre essence. Celle-ci m'interpelle. » Ishtar recouvrit son corps nu et abandonna son bain pour discuter davantage avec son visiteur.

« Vous ne ressemblez guère à ces dieux dont le but principal implique l'invasion et la soumission. » conclu-t-elle.

Indra sourit, sans oser y déposer un regard. « Une civilisation mutilée et contrôlée par la terreur est une civilisation diminuée. » avoua-t-il. « Ma Maison et moi-même croyons en la souveraineté des humains de Gaïa. Qu'ils soient forts et libres ! Partageons nos pouvoirs avec eux ! Ils méritent de marcher comme nos égaux ! Nous construirons des héros beaucoup plus forts que nous ne le ferions si nous les gardions petits et craintifs. » La royauté bleue prononça des mots qui touchèrent son âme.

« Pourquoi ne me regardes-tu pas, ô prince d'Airavat ? » demanda-t-elle. Indra détourna les yeux et répondit : « Je n'ai jamais obtenu votre consentement, divine beauté. » Convaincue, elle lui prit les mains et caressa doucement ses paumes, puis ses doigts. « Je vous autorise à me regarder dans les yeux. » En entendant ces mots, Indra ferma son regard et tourna la tête pour faire lui face Ishtar. Il prononça ces paroles :

« Je te remercie pour ce privilège, princesse du Paradis. Comme je permettrai aussi à ton regard de se confondre avec le mien. Que ceci soit considéré comme un événement dont nous nous souviendrons pour l'éternité. »

Lorsque leurs yeux se sont enfin croisés, le temps et l'espace encapsulèrent un moment qui reflétait l'infini véritable.
Le silence tomba. La force d'attraction entre ces divinités provoqua des tremblements qui secouèrent le cœur et la colonne vertébrale de tous les êtres vivants.

« Je suis attendu dans mon palais. » murmura-t-elle.

« Je n'oserais pas te garder à mes côtés. » murmura-t-il en retour, mais elle lança un puissant :

« Non ! Bien sûr, je ne voulais pas dire... »

Il sourit et laissa ses mains quitter son étreinte. Ce jour-là, aucun autre mot n'a été prononcé. Ishtar retourna dans ses quartiers, et Indra se retrouva amoureux.

Chapitre six :
Le garçon perdu

Si nous pouvions envoyer un satellite pour sonder la souche d'Athanor, nous verrions des nuages qui ressemblent à des membranes brumeuses. Le minuscule éclair d'un tonnerre silencieux frappant le ciel presque inexistant, juste avant de disparaître. Au-delà des flash, là où un soleil pourpre lugubre et solitaire brille à une distance mythique, des montagnes de chair partagent la scène avec des océans d'os liquides, des forêts de fractals et des champs d'harmonie. Temporis et Berellumec, deux énormes continents, sont à peine visibles. Ce monde étrange change de climat plus souvent qu'une rockstar ne change de vêtements dans un spectacle. Au sud, vous trouvez mes légions. Mes ténèbres obscurcissent la partie moyen-orientale, dans une lutte pour atteindre cet idéal occidental, et la mémoire extrême-orientale. Temporis couvre une surface beaucoup plus large.

Les muses et les nymphes d'Athanor sont en guerre depuis l'époque de ta première naissance, il y a des milliards d'années. Quand j'ai frappé, avec le pouvoir entre mes mains, force leur fut imposé de mettre leurs différends de côté et ensuite riposter. Les prophéties parlent d'un sauveur. Le Rêveur s'incarnerait lui-même comme une nymphe, ou une muse, ou une forme que personne ne pourrait jamais comprendre, et apporterait le salut, la résurrection aux honorables, le châtiment aux mécréants. Des villes et des villages attendaient.

De loin, des armées de creusés par milliards dessinent l'univers sans étoiles. En y regardant de plus près, on y verrait un monstre sans forme. Je les trouve plutôt jolis, bien que mon affirmation demeure subjective. Aux nombreux organismes qui craignent mourir, mes animaux de compagnie embrassent les corps de démons à la gueule de requins cannibales et mâchoire de smilodons. Multiplie cette présence par cinquante, puis observe ces yeux de terreur. Certains portent le nez d'un loup et le cou d'un ours. Leurs bras s'étirent pour étendre la portée de neuf griffes, sept doigts, quatre pattes et aucune épaule.

Ces creusés sont nés dans la scouche du Vide Véritable. Leur chair aspire l'essence mieux qu'un néant absolu, tandis que leur esprit projète des idéaux de vie. Ces êtres-cavités n'ont pas de forme statique. Au fur et à mesure que nous avançons dans les cycles de Sophron, dans le quadrant du Vide-Barbelo, les creusés permettent à la matière de dicter une forme. La vie, ici, pour ces créatures, est un concept métaphysique. Là d'où je viens, mes enfants ont tendance à rester instables, comme des vents qui se disputent des mandalas de sable et de sel.

Au matin, William, tu entends des vagues mourir contre une plage. Les mouettes rigolent, te rappelant la pièce de Tchekov et comment tu aurais pu pu l'écrire à ta manière. *Ishtar !* Les yeux fermés, on pouvait imaginer ce soleil éclatant de jeunesse. Un bleu pâle entoure les nuages, comme de l'herbe de vapeur blanche, et une étoile jaune. Tu souriais, alors que tu tentais d'épouser cette image avec chaque parcelle d'oxygène meublant ton cerveau, comme si ton esprit pouvait vivre éternellement dans ce rêve.

Mais il faut ouvrir un œil. Une lune noire et sombre brille, loin d'être un fantasme, et tu le savais. Ton menton et ta joue gauche pouvaient sentir les briques glacées, tout comme tes oreilles pouvaient entendre le vent se fracasser dans les bras glacés d'une brise, loin des plages.

Cette brique que tu regardais, alors que ta vue se séparait progressivement du rêve, montrait des rides. Comme si tu t'immergeais dans ces fissures et retrouvais ce sable qui t'a tant manqué. Imagine un ciel bleu sans nuages à travers lequel le soleil martelait le sable blanc de chaleur et de lumière.

« Es-tu réveillé ? » te demanda une voix douce.

Tu clignas des yeux, sans bouger. Tu tournas la tête, comme si ton nez se voulait ravalé par les petites crevasses, mais tu ne pouvais pas sentir cette brique rugueuse contre ton visage. Tu es resté ainsi pendant un long moment, alors que tu essayais de comprendre si tout te semblait authentique. Tu fermas les yeux, essayant d'imaginer une idée, si tu le pouvais. Cette plage, encore une fois sur l'île de Toronto, tu te souviens ? Juste une pensée. Tu pourrais facilement la comparer à la cruauté pavée, puis raconter la réelle réalité.

« Peut-être avez-vous faim. » marmonnait le garçon.

Sa voix perçait ton silence tout aussi tangible. Peut-être devrais-tu faire face à ton invité et lui parler. Tu te retournes, la vue fermée. La lune brillait dans un ciel encore plus sombre. La sphère astrale n'était-elle pas blanche ? Elle est censé l'être. Tu ouvris les yeux, non! La lune est noire.

« Ici ! » dit le jeune garçon.

Une petite main, peut-être un gamin de neuf ans, te lançait la moitié d'une pomme grenade. On devine l'âge par la forme : calomnieuse, fragile, une petite tête ronde au sommet d'un long cou mince, et des cheveux blonds courts. La peau bleue montrait une chair rouge de feu. Cette eau et ce plasma yin et yang capturent ton étonnement.

« C'est tout ce que j'ai. » s'est-il excusé.

Un visage délicat, un visage lumineux, en harmonie avec cette voix apaisante, te regardait, souriant sous ses yeux violets.

« Ne mâchez pas la chair. Concentrez-vous sur les noyaux ; il faut boire le jus. Nous n'avons plus de pommes, je suis désolé. »

Il portait un jean et un t-shirt blanc, une chauve-souris dessinée sur le devant. Les environs ressemblaient à un village victorien. Des lampadaires forement une longue ligne vers nulle part. Les hauts bâtiments ressemblent à des pyramides dotées de portes carrées marquées d'un *X* en bois.

« Merci. » répondis-tu, lentement, en t'asseyant contre un poteau métallique. Tu saisis la moitié d'un fruit et t'affairas aux noyaux avec appétit.

« De quelle nation êtes-vous ? » te demanda-t-il, puis il t'a rejoint pour mieux observer les traits de ton visage. Il pouvait remarquer ta peau beige pâle, tes cheveux châtains clairs, tes yeux bleus. De toute évidence, personne n'a jamais vu de nymphe, ou de muse, comme toi.

— *Je vous demande pardon ?* As-tu formulé, dans ton esprit. Ta langue luttait contre la chair des graines collées contre tes dents.

« C'est le village Du Chagrin, ici. Autrefois une ville de muses, mais, depuis l'invasion, elle est devenue un havre de paix mixte. Je suis Touch, de la nation nymphe d'Amiben. Êtes-vous une muse ? » Non, ça ne t'amuse pas !

Il t'aida à te relever et a dit fièrement : « Peu importe. Je devrais vous amener dans notre Grande Maison. »

Te tenir debout te semblait pénible, et la gravité continuait à te faire tomber. Tu observais autour de toi, essayant de comprendre ce que ces grands et minces mâts d'éclairage gris pouvaient représenter.

« Suis-je mort ? » demandas-tu. Touch demeurait muet. Tu regardais autour de toi, une fois de plus : trois pyramides et mille piliers, tous éteints. Un millier d'autres se dressaient derrière, tous éclairés. Tu apercevais plus de pyramides, à l'horizon, jusqu'à ce que celles-ci se confondent avec la noirceur.

« Nous ne voyons pas souvent d'étrangers. » Touch t'annonça, alors qu'il saisissait ta main impuissante. Tu observais cette curieuse lune noire, puis cette étrange main bleue.
« Pas depuis longtemps. » ajouta-t-il. « Je suis trop jeune pour m'en souvenir. On dit que si vous ne quittez pas votre refuge, les creusés ne vous mangeront pas. Alors, on se ramasse partout où nous pouvons pour nous battre de toutes les manières possibles. On ne me dit pas grand-chose, vous voyez ? Ils prétendent que c'est pour mon bien si je m'occupe des lampadaires, que je les allume aussi vite que possible, avant de me coucher. »

« C'est tout ce qu'ils t'ont appris ? Sais-tu compter ? Lire ? »

« Je suis une nymphe, monsieur. »

« Alors ? »

« Je m'occupe simplement des lampadaires. On m'a dit que je ferais ça depuis l'âge de cinq ans. Avant ça, j'étais trop occupé à jouer, mais je ne me souviens pas de ce que c'était que de jouer. Ils viennent de me le dire. »

« Qui te l'a dit ? »

« Les muses, monsieur. C'est une ancienne ville muse, ici. Je ne sais pas ce que c'est que d'être dans une ville de nymphes, mais je n'oserais pas quitter ma maison. Je ne veux pas être mangé par les creusés. »

« Quel âge as-tu ? » Touch fronça les sourcils et se perdit dans une profonde réflexion. « Ils ne me l'ont jamais dit. » avoua-t-il, en silence. Il s'approcha lentement d'un pilier de lumière. Il tendit un long bâton, laissant l'extrémité la plus éloignée allumer des étincelles sur un chiffon imbibé d'essence. Des gouttes d'eau se formèrent autour de la boule de feu. Tu observais le garçon se frayer un chemin vers le poteau suivant. Tu ignorais s'il fallait l'accompagner ou tenter de te frayer un chemin au bout du mystère. La confusion recouvrait tes pensées.

« Nous ne devrions pas rester dehors trop longtemps. » soupira-il. « Mais je dois finir mon travail, sinon nous perdrons plus de rues, plus de maisons. »

Tu le laissas finir son travail, le suivant à une distance timide. Tu descendis un long sentier long étroit, croisant de nombreux chemins. Les environs s'imposaient plus sombres, plongeant vers des horizons dépourvus de lumière. Les bâtiments, les routes, tout le paysage se détachait comme un papier calque qui se déchirait. Lorsque tu regardais le ciel, tu parvenais à peine à voir ces nuages membraneux et ces pixels de luminosité, morts-nés comme s'ils n'avaient jamais existé. Cette beauté glauque se moquait de toi, ne serait-ce que pour un moment d'intensité.

Des corbeaux aux yeux et aux plumes sombres t'observent, tels des phénix transformés en oiseaux infernaux. Tu les entendais crailler sur le toit de chaque maison. Les souris s'enfuirent en un marathon fou, le long de la route. Elles zigzaguent autour de tes jambes. Tu dansais pour les éviter. Tu marchas accidentellement sur l'une d'elles, et la noire créature s'est rapidement transformée en goudron gluant sous ton pied.

Au fond de la rue principale, soixante-douze vignes blanches, les vierges, reflètent un peu de lumière. Les branches s'enlacent l'une à l'autre, ne formant qu'une seule, énorme plante. Temporis est connue comme la terre de Dieu. C'est là que Jeanne d'Arc rencontra la Divinité, et où Paul vit le Christ sur son chemin vers Damas. C'est aussi là que Dostoïevski a écrit Le Joueur. Tu traversas l'immense végétation avec aise. Un nuage enveloppait ton esprit. Tu sentais les raisins chatouiller ta pilosité. Le voyage à travers le buisson ressemblait à une croisade intérieure. Tu partages ce symbole avec ces vignes fantomatiques. Toutes les guerres qui ravagèrent la surface de ta vie antérieure faisaient rage en toi. Comme une immense bataille : la tienne.

Ton cœur martelait l'intérieur de ton thorax sous un rythme qui se comparait aux hurlements de mille hélicoptères. L'éveil brillait devant ton regard. Tu ressentais cet œil pour œil. Une lumière pour une lumière, un battement pour un battement, et tout ton monde étourdi devint aveugle. Sur le point de t'effondrer, Touch attrapa ta main et te sorti hors de l'arbre de la connaissance du bien et du mal. Tout est noir et peu lumineux. Tu ne tomberas pas, tiens-toi debout, mais tu parviens à peine à voir clairement.

Pouvez-vous respirer ? Pouvez-vous essayer de marcher ? Essayez, juste cette fois, monsieur? Vous m'entendez?

« Monsieur ? Pouvez-vous respirer ? Monsieur! Vous m'entendez? Marchez, ça s'en ira. Je suis désolé, j'aurais dû vous prévenir. » Ta vue te revenait, lentement. Quand tu tournes la tête, tu perçois les vignes dépérir. Les corbeaux enflammés semblaient se moquer, au loin. Tu ignorais ce qui se passait, mais tu sentais que quelque chose n'allait pas. Une silhouette se manifeste à l'horizon, se dirigeant vers toi : un grand gaillard aux épaules larges. Un globe flottait devant lui. Avant que tu n'eus le temps de réaliser ce qui se passait, la lumière sortie de la sphère volante. Tout devint flou. Tu parvenais à voir Sherlock Holmes apparaître depuis la boule de cristal. C'était plutôt une version zombifiée du célèbre détective.

Le monstrueux héros littéraire chargeait dans ta direction, crocs et griffes sorties. Touch figeait de panique. Il fallait trouver une défense, et vite. Tu saisis le premier objet à ta disposition, une pierre, et la lança sur le cadavre ambulant. Il tomba juste devant toi. Ta tête te causait de lourdes douleurs. Comment pourrais-tu combattre ? Sherlock Corpse sauta sur Touch. Tu entendais ton ami crier d'agonie. Tu secouas la tête, ramassant cette pierre, de nouveau, pour la projeter sur la bête. Tu lui fracassas le visage avec plus de force que tu ne te pensais capable. Furieux, le zombie laissa Touch tranquille pour te fixer. Du sang se mêlait à sa bave.

Jamais tu ne t'es battu, auparavant. Ce n'était pas dans ton ADN. Dans un autre temps, un autre espace, cette créature t'aurais dévoré vivant. Notre rencontre t'a-t-elle déclenché un spasme de survie ? Tu criais plus fort que Sherlock. Tu sautas sur lui, fracassant sa tête avec la pierre que tu tenais à deux mains. Tu l'as brisée ! Encore! Encore! Une vie de rage se manifeste dans ton mouvement délivré. Avant que tu ne puisses te calmer et récupérer, deux chauves-souris géantes apparurent derrière toi. Touch s'est enfui, te laissant seul pour combattre cette nouvelle menace. Ta seule arme consistait en cette pierre ensanglantée. Juste au moment où tu te retournas pour écraser la tête d'un monstre, tu entendis l'autre crier. Il enfonça ses dents profondément dans ton crâne. Ça faisait si mal que tu ressentais d'intenses chocs électriques saisissant ta colonne vertébrale. Tu lâchas la pierre pour lutter contre la souris ailée. Tes mains attrapèrent les deux extrémités de sa mâchoire, prêtes à lui déchirer le visage. Les griffes de la bête te prouveraient le contraire. Tranchantes comme des rasoirs, elles se plantèrent dans ton torse. Son compagnon en profita pour se joindre à la fête. Tu sculptas une bouche plus large dans l'animal, le sang inondant la terre. Avant de t'enfuir plus loin, l'autre chauve-souris prit un énorme morceau de ta cuisse gauche. C'était si douloureux que tu crias jusqu'à ce que tout ton être s'engourdisse. C'est le bon moment pour mourir, non ? Non. Ce n'est pas le cas. Tu achevas le monstre, lui déchirant la tête, révélant un cerveau qui tomba. Mais l'autre demeurait serré contre ta cuisse.

Avec toute la force que tu rassemblas, tu ignorais l'agonie. Tu mordais le cou de la chauve-souris, prêt à la manger comme un hot-dog après une longue grève de la faim. Elle criait ! Il te semblait l'entendre craindre pour sa vie. Pas le temps de te reposer, tu lui arrachas les deux ailes, un démon choisissant le destin d'un ange. L'exploit t'épuisait. Tu perdis l'emprise sur le réel. Tu t'évanouis. La dernière chose que tu aperçus, c'est la gueule ouverte de la chauve-souris sans ailes. Elle descendait pour te manger le visage. Tu perdis connaissance.

70

Voyage dans le sablier
Quatre:

    Un matin, j'ai trouvé Martin en train de lire mon manuscrit. Il passa toute la nuit debout, à boire. Je déteste le voir comme ça. Je me suis fait des œufs, pendant qu'il tournait violemment les pages. Quand je me suis installé à la table de ma cuisine, il s'assit en face de moi. Son haleine sentait la vieille bière. *Vraiment?* Bégaya-t-il, rota et continua : *Tu viens d'écrire un arc d'éveil pour William ?* « Oui, j'y ai mis beaucoup d'heures. » Il soupirait : *Bon, donc on est pris avec. On doit lui écrire une plus grosse histoire.* Je mangeais mes œufs lentement, en m'efforçant de me faire à l'idée qu'avoir un personnage aussi éveillé lui déplaisait. Bien entendu, le concept consiste en ayant Seamus qui trouve son pouvoir et connaît l'éveil. Mais pourquoi William ne pourrait pas en faire de même ?

    « On a qu'à lui trouver un mentor décent, et on aura deux personnages principaux qui s'éveillent et découvrent Sophron. » Je défendais mon idée bec et ongles. *On va avoir trop de personnages, Alibast !* Il s'y opposa avec véhémence. « Et si on s'ajoutait nous-mêmes comme des personnages ? » Je souriais, mais pas lui. *C'est quoi dans **trop de personnages** que tu comprends pas? C'est pas notre histoire, marsouin !* Et si on le faisait quand même ? J'ai fait confiance à mon instinct. En voyant Martin souffrir, la façon dont il parlait de ses échecs, j'ai pensé que je pouvais lui rendre service. Quoi qu'il en soit, Martin, je défendrai le droit d'éveil de William. Aussi, fais-moi confiance, laisse-moi écrire le prochain chapitre. Tu me remercieras plus tard. Il finit sa bière et en ouvrit une autre.

Chapitre sept :
L'auteur victorien

La Transylvanie, mais au milieu de Times Square. New York après une bombe atomique. Cette version de Gaïa existe dans l'âme d'un Rêveur très dérangé : la possibilité du Canard Dévasté. La Terre, telle que vous la connaissez, a été envahie par une véritable maison des horreurs. Les grands bâtiments qui définissaient autrefois Manhattan pourrissent, maintenant, comme des ruines gothiques. Les rues sont jonchées de voitures incendiées et des autobus accidentés. Des camions traînent, recouverts de mousse et de restes de cadavres. Des flaques de sang s'accumulent à chaque coin de rue. L'obscurité devenait si lourde que même le plus grand optimiste tomberait dans une dépression incurable, rien qu'en regardant une photo de cet endroit.

À l'autre extrémité de Time Square, un gigantesque château s'est vu érigé. Il se démarquait du reste du paysage, comme si un OVNI avait atterri au coeur du parc. Une silhouette massive marchait lentement, voulant avancer prudemment. Les zombies pourraient très bien l'agresser pour verser son sang sur les pavées. Quiconque nait dans cette réalité sait comment vivre avec ce danger perpétuel. Personne n'atteind d'âge vénérable, dans ces régions. Les morts-vivants approchaient du grand palais lorsque des corbeaux volèrent au-dessus de leurs têtes. Les oiseaux pouvaient attaquer à tout moment, mais la silhouette se tenait prête à leur offrir un vaillant un combat.

L'objectif, cependant, visait ce bâtiment haut et sombre. La silhouette courait pour entrer dans ces étranges installations. Les portes d'entrée s'ouvraient automatiquement, laissant la brute s'infiltrer dans l'intérieur rustique. Des armures rongées par la rouille, des armes sur le point de s'effondrer dans la poussière, les couloirs projetaient l'aura d'une bibliothèque médiévale délaissée. Elle suivait son rythme, s'élançant vers l'autre extrémité, puis s'est rapidement retournée pour s'embarquer dans une longue descente d'escaliers étroits. Une porte en bois l'attendait. L'ombre entendait des cris d'agonie de l'autre côté. Une musique gutturale, presque caverneuse, jouait en arrière-plan. La porte s'ouvrit. L'invité entra. Au-delà de celle-ci, la vue semblait encore plus déprimante : Les murs furent construits avec des poumons. Des milliers d'entre eux, respirant l'air et crachant du sang. L'ombre marchait prudemment. L'atmosphère lourde et la puanteur s'avouaient trop lourdes à supporter. Une rivière verte de mucus s'accumulait aux pieds de l'ombre.

Une autre silhouette peuplait la pièce. Au fond, une chaise noire se tenait derrière un sombre ordinateur portable. La lumière solitaire qui sortait de l'écran brillait au centre du château. L'invité s'avança vers le maître de la maison, la tête baissée, en signe de révérence et de respect, ou de peur.

« Je ne t'attendais pas si tôt. » soupira-t-il. Sa voix fit trembler les murs. La silhouette s'arrêta à mi-chemin et offrit une génuflexion, regardant toujours au sol.

« J'ai visité la possibilité de la Dame Cygne » répondit l'ombre. « J'étais à l'intérieur du plurivers, mon Seigneur. Comme vous l'avez demandé. » Il trouva le courage de lever les yeux et ajouta : « Vous aviez raison. Il s'est manifesté dans son âme. »

Comment un Rêveur pourrait-il se retrouver dans son propre monde intérieur ? Le maître réfléchit.

73

— « *L'avez-vous engagé dans une bataille ?* » une autre voix, grave, répondit, s'exprimant de partout et de nulle part. Cela effraya encore plus le vaillant guerrier de l'ombre.

« Il a combattu mes créatures, mais j'ai senti la présence de Melpomène. Je ne peux pas faire face à une Grande Muse. Il n'était pas censé prendre part dans ces guerres. »

La silhouette attendait son exécution. Cela pourrait provenir du seigneur derrière un écran, ou de cette voix désincarnée. Il semblait difficile de déterminer qui était le plus intimidant. Le seigneur tourna sa chaise pour affromter son invité. Une épaisse barbe couvrait la partie inférieure de son visage, tandis que des cicatrices approfondissaient la partie supérieure.

« Melpomène ne peut pas participer à cela. » soupira-t-il. « Je me suis déjà assuré que Sekhmet n'y prendrait pas part. »

« À propos de Sekhmet, seigneur. » la carapace d'ombre grincait des dents, sachant que ces prochaines paroles feraient enrager ses deux interlocuteurs. « Elle enquête sur la mort de William. »

« Es-tu certain que c'est sa motivation ? » demanda la voix grave. Le maître derrière son ordinateur semblait déphasé, mais la troisième présence se fit sentir d'un ton amer.

« Elle m'a surpris alors que je suivais une piste dans l'esprit d'un autre Rêveur. » l'agent expliqua. « Je ne peux que déduire qu'elle en veut aussi à William. »

« C'est logique. » le seigneur du château prononça d'une voix solennelle, mais exaspérée. « Si c'est le cas, alors Marduk observe probablement la même piste. Il a dû découvrir l'exploit remarquable de William. Dans mon histoire, elle espionne le Seigneur des chiens de Nibiru. »

« Ça ne veut rien dire ! » affirma le fantôme. « Arrête d'être paranoïaque. »

« Nous ne pouvons pas faire comme s'il ne savait pas ! Veux-tu affronter un dieu sur notre champ de bataille ? J'ai dépensé trop d'argent pour conquérir ce monde. Nous ne voulons pas que tous les dieux interfèrent ! »

La silhouette se dressa, presque d'une manière provocante. « Si vous me le permetez, Seigneur », a-t-il suggéré. « J'ai peut-être trouvé un moyen de renverser la vapeur en notre faveur. » Le maître tourna le dos à son visiteur, se concentrant sur l'écran de son ordinateur. Il regarda quelques mots qu'il venait d'écrire. « Qu'as-tu en tête ? » a-t-il demandé. L'invité s'approcha de la chaise. Il n'a pas hésité à entrer dans le cercle intime du seigneur.

« Alors que j'enquêtais sur la manifestation de William, je suis tombé sur un Rêveur qui a imaginé toute la scène. C'est là que je me suis battu avec Sekhmet. Je ne pense pas qu'elle se soit rendu compte qu'elle s'était éloignée de son Sophron. À moins qu'elle n'ait acquis les moyens de s'élever au-delà de son état initial d'éveil, mais les dieux égyptiens n'ont pas encore appris ce que Bouddha a inventé. » Le maître semblait un peu contrarié, mais il continuait à écouter. L'ombre continuait :

« Pouvez-vous écrire mon essence dans son histoire ? Je me manifesterai et j'attirerai Marduk et Sekhmet loin de l'objectif. »

« Je n'ai pas l'impression que mon roman devrait aller là, je suis désolé. » La voix invisible intervint à ce moment précis, provoquant une brillance dans les poumons.

« *C'est une bonne idée!* »

Toute la salle réfléchit en silence.

« Je te conduirai au dénouement du roman. »

« — Non ! S'il te plaît ! Permets-moi de terminer le chapitre sur lequel je travaillais, en premier. Je veux dire, voyons donc, come on ! Je suis censé faire ce genre de travail. Ne fais pas ton exécutif hollywoodien ! Je ferai de mon mieux, et on verra. »

« Comme si tu étais en charge de ton inspiration ! Ton laquais a imaginé le plan le plus brillant, et tu le minimises parce que tu veux écrire ton roman ? Martin ! T'es plus intelligent que ça. »

Le maître détourna le regard, comme s'il voulait que tout le monde disparaisse. Ça ne s'est pas produit, alors il affirma :

« Ma seule préoccupation, c'est William. Je me fiche de Sekhmet, et je me fiche de Marduk ! William devrait être mort ! »

« Je vais travailler là-dessus. » murmura l'ombre musclée.
« J'ai juste besoin de plus de puissance. »

La créature supplia une intervention divine. Ni l'auteur, ni le mystérieux fantôme ne semblaient s'en soucier. Déçu, il quitta les lieux. « Je ne crois pas que ça devrait être une préoccupation. » la voix soupira. Le seigneur, derrière son portable, se plongeait dans de profondes réflexions. Il regarda le plafond et déclara :

« Ce qui m'intéresse, c'est que William découvre une vie qui devait disparaître, bien avant que je débute l'écriture du roman. »

Une fenêtre apparut, embrassant la forme d'une sphère. La lumière émanait de ce morceau de verre circulaire, éclatant en un éclair d'orange et de blanc. L'explosion dura trois secondes, puis des formes et des figures bizarres se dessinèrent. Au milieu, sur la partie inférieure du tableau, un curieux trou vit le jour, aussi blanc que les fragments de cristal. Comme si de la glace pure apparaissait tout autour, couvrant les deux tiers supérieurs de l'image abstraite. Le reste semblait être le sol entourant cette crevasse ronde. La voix venait de l'autre bout de ce tunnel.

« Tu n'aurais pas dû écrire sa disparition. » le tableau insista

« Et moi ? Quelqu'un a pensé à moi ? » l'auteur répondit.

« Tu sais que tu as la liberté ultime, Martin. Tu es Dieu pour ces personnages. »

« Tu n'as aucune idée de ce que c'est que de créer de l'art. »

76

Martin quitta le confort de sa chaise et passa devant une flaque de vomi. L'obscurité couvrait ses pas lorsqu'il s'approcha d'un petit réfrigérateur. Il entendait la voix dans sa tête, alors qu'elle tentait de retrouver sa gloire d'antan, tout autour de la pièce : « Tu m'as bloqué? C'est très mature de ta part ! Tu n'arrives pas à gérer un peu d'opposition ? » murmura le fantôme.

« J'ai besoin de temps pour moi. » Martin répondit. « T'as aucune idée à quel point c'est difficile. »

« Il suffit de réécrire les chapitres de William. »

« Je ne peux pas. »

« Tu ne peux pas ? Espèce d'incompétent, c'est toi l'auteur ! »

« Je ne les ai pas écrits. Ils se sont retrouvés dans la version finale. Je ne peux pas me contenter de réécrire ce qu'il y a dans la version finale. » Martin soupirait, impuissant.

« Qui les a écrits ? Marduk ? » le fantôme insistait.

« Il n'est pas assez éveillé pour rivaliser avec un auteur. Il pense que Sophron n'a que des Endormis et des Rêveurs. »

Sur une table de travail, un orbe flottait à côté de la robe grise d'un mage. Des épingles métalliques maintenaient l'extrémité supérieure du tissu fermée, tandis que l'extrémité inférieure apparaissait comme un voile surplombant le vide.

« Je l'ai créé, tu vois ? J'ai créé Sophron en dix-neuf cent quatre-vingt-seize. » Martin ouvre le frigo et prend une bière. On peut y lire : *Ishtar's Bitch*, sur un autocollant violet.

« Les biomecs, c'était l'idée d'Alexandra, mais tout le reste ! C'était moi. »

« Pourquoi as-tu créé William ? » la voix insista.

Martin ne pouvait pas répondre. Sa lourde tête tomba, comme un rocher sur un oreiller de plumes. Les poumons, autour de lui, souffraient à trop vouloir respirer. Certains toussaient, d'autres crachaient du mucus. « Je ne sais pas. » l'auteur haussa les épaules. Le silence revint. La solitude s'installa sur ses épaules, et il ressentit le besoin de s'asseoir derrière son ordinateur pour composer quelques mots.

« Peut-être qu'il est temps pour Alibast et toi d'écrire le destin de William. » la voix s'exprima, hantant à nouveau la pièce.

Martin se sentait à court d'idées. Il a bu sa bière et envisagea de se connecter à un jeu vidéo. Il ignorait si cela signifiait prouver sa suprématie sur les personnages dans son esprit, ou sur des joueurs sans ambition. L'auteur peinait à prendre le dessus sur ce défi, alors il ferma l'ordinateur portable ainsi que son regard.

« OK, je vois ce que tu veux. Je vais essayer quelque chose. »

Chapitre huit :
Le jeune porteur de courage

À ton réveil, la garde de ton ami nymphe te portait ombrage. Des blessures profondes recouvraient ton corps. Je peux t'assurer, William, que la vie marchait encore à tes côtés. Touch répondait à tous tes besoins, s'assurant que tu prenais du mieux.

« Je suis désolé que vous ayez dû passer par là. » murmurait-il.

« Je n'ai jamais vu de créatures comme celles-là, auparavant. »

Quand tu fermes les yeux, tu ressens une force inexplicable. Tu les ouvrits, juste pour regarder autour. La bête qui essaya de te manger traînait en morceaux. « Tu as fait ça ? » lui as-tu demandé. « Non, monsieur. C'était eux. » il s'excusa. « Eux ? »

«Oui. Vous allez mieux, maintenant ? Il est prêt à vous voir. Il n'est qu'une Muse. Vous pouvez vous lever ? »

Tu y parvins, avec doulours. Garder les yeux fermés semblait être une meilleure option. Tu te retournas, inconscient, une seconde, puis l'éveil revint. Touch t'entraîna sur une très longue distance. Le pauvre gars voulait vraiment que tu rencontres son ami. Ta vue et ton énergie revenaient, peu à peu. Une profonde respiration t'accorda la volonté de marcher par toi-même. Touch était soulagé de te voir gagner une certaine indépendance.

Devant toi, maintenant, alors que tes yeux s'habituaient à ce nouveau spectacle, un palais s'élevait : profondément blanc, presque cristallin, et cent fois la hauteur des grandes pyramides. Touch se tenait près de la porte principale et attendait que tu effaces cet étonnement. La tour du milieu portait la forme d'une asperge fourchue au sommet d'un temple, avec deux moitiés d'un disque maintenant les fondations de la structure. Les six bâtiments suivants ressemblaient à des bouteilles de bière, avec de longs cols et des fonds courts et larges. Ils entouraient la tour centrale comme une main à six doigts agrippant une colonne. Au-delà de cette architecture sensuelle, les tours de Cothurni, ou grande Maison, dégageaient une aura profondément tranquille. D'un point de vue particulier, le palais rappelait la vue d'un ange méditatif : l'enceinte centrale faisait office de corps, et les autres, autour d'elle, façonnaient les ailes repliées.

« C'est ici, monsieur. » cria le garçon.

Le sol t'attirait lentement, à mesure que tu te rapprochais de l'entrée, la tête lourde. Un grognement, ou était-ce *Om*, inonda le couloir. L'intérieur te séduisait de plus en plus. Des reflets d'or et d'argent, des parcelles de mystère contre le mur, te conduisaient dans un étroit chemin. À mesure que tu t'approchais, les pépites prenaient la forme d'œuvres d'art anciennes, d'animaux et d'humains sculptés dans le platine et le diamant. Yeux sumériens agrandis, longues barbes rectangulaires, des statues d'hommes avec les deux mains sur de longs bâtons, et de femmes avec un doigt à l'intérieur de vases, gardaient chacun de vos mouvements. Ils montraient des formes différentes à mesure que vous marchiez plus loin. Là, un chérubin babylonien monte sur un sphinx égyptien, entouré d'anges chrétiens. Ici, un grand pharaon égyptien instruit un athlète grec nu, figé dans la roche. Le grognement sembla s'intensifier. Quand tu pivotas la tête pour regarder derrière, tu aperçus la porte principale, la porte gigantesque, fermée. Les œuvres d'art, transformées en pépites, jonchaient de simples points d'or et d'argent sur le mur. Juste à côté de toi, des deux côtés, d'immenses statues se dressaient, immobiles.

Devant toi, des deux côtés, tu voyais des peintures de toutes sortes. Des fresques préhistoriques se transformant en murales romaines, scènes de chasses et de banquets. Le grognement, lui aussi, évoluait pour devenir les chants d'un millier d'orgues, de centaines de milliers de violons et de violoncelles, à l'unisson. Tu entendais des tambours, des milliards de voix, anges et démons, offrant à l'oreille des chants grégoriens dans la plus pure harmonie. Finalement, la longue marche se termina aux pieds de deux portails en acier. Touch s'agenouilla devant eux et embrassa le sol. Les portes s'ouvrirent, lentement, pour révéler une pièce vide aussi large qu'une ville entière. L'air frais t'embrassait les joues, suggérant qu'un certain environnement, un système micro-solaire, permettait à la pièce de produire sa propre lumière et son atmosphère. Le soleil, cependant, trône au centre de l'endroit. L'écosphère s'étendait là, un tapis vert de fourrure semblable à de l'herbe, monté par un plafond aussi haut que bleu. Les créatures qui existaient, ici, exaltaient des pensées pures : des muses.

Un de tes pas, ici, couvrait la moitié de la distance entre ta position initiale et le milieu de la pièce. Une deuxième foulée te rapproches de la moitié de l'intervalle restant. Le centre de ce nouvel univers s'étendait au-delà de ton nombril. Trois pas, cependant, suffirent pour t'amener à distance de parole du propriétaire de ce magnifique palais. Il demeurait assis sur un trône noir et argenté, forgé depuis sa cape. Il le maintient surélevé à mi-chemin au-dessus du sol. Mis à part cette cape en cuir et ces chaînes, la carcasse d'un homme-Muse ne semblait pas se vêtir de grand-chose. Le bas de son visage était caché derrière une main qui pouvait facilement couvrir ta tête. Son index sur son nez a presque touché son œil droit. Il baissa les yeux, où se tenait, à ses côtés, une élégante nymphe à la peau d'un violet brunâtre. Elle portait les ailes d'un papillon de nuit en manteau, et elle tenait son bras avec beaucoup d'amour et d'affection.
On la connaît sous le nom de Sthénélé, la Nymphe de la douleur et la Reine Nymphe de Temporis, Reine des Papillons de Nuit d'Athanor. Le mammouth à la peau bronzée et aux épaules trois fois plus larges que son thorax projetait la peur. Je te présente Melpomène, la Muse, William, de ta tragédie.

« M'apportes-tu, le Rêveur de cette possibilité ? » demanda Melpomène, d'une voix si grave et solennelle qu'on pourrait la confondre pour un tremblement de terre.

« Il ne l'est pas, milord ! » répondit rapidement Touch, avant de se prosterner, cloué de peur et de respect. « Je m'excuse pour cette interruption, mon Seigneur, mais il n'est qu'un vagabond. »

Melpomène ne prit pas la peine de réprimander l'insolence de Touch. Il s'éloigna. Le trône se retourna, sa gigantesque cape flottant au passage, et il s'approcha. Touch te suppliait de t'incliner, mais tu demeurais de marbre. L'air entourant Melpomène se transforma en jets d'eau, flottant en apesanteur. Sthénélé incendia l'air autour d'elle tandis qu'elle s'éloignait de son amant.

« As-tu trouvé ce que tu cherchais ? » Melpomène te demanda, puis il renifla ton cou, ton visage. Touch tremblait contre le sol. Chaque mouvement de Melpomène lui suggère une décapitation immédiate. La puissante Muse pouvait, à tout moment, saisir son épée et trancher la tête de ton jeune guide, ou peut-être celle de son nouvel ami. Touch perdit tellement de gens de cette façon. Un mot, Touch savait que s'il prononçait un seul mot le Seigneur pourrait lui répondre par un *silence* et en faire sa dernière locution. Mais le garçon doit se prosterner ! Touch n'a pas trouvé le courage de dire quoi que ce soit. Il ne peut que craindre et se taire.

« Je ne suis pas ton Rêveur. » as-tu affirmé.

Melpomène sourit : « Tu t'es perdu ? »

« Très probablement. »

« L'as-tu trouvé ?

« Elle ? »

« La déesse qui insuffla, de l'intérieur de son âme, la vie des muses sur ta terre d'Athanor. »

« Cette Déesse n'a jamais existé ! » affirmas-tu promptement, d'une voix défiante. J'ai ri. C'est triste que ma présence n'ait pas suscité cette confrontation. Il est plus facile de s'opposer à un ami qu'à un ennemi. Comme tu sembles triste et faible, William. Melpomène se recula et sourit :

« Elle n'a jamais existé ? William, sois sérieux. »

De toute évidence, tu prononçais ces mots sans réfléchir. Il t'a posé une question à laquelle aucune réponse ne te venait à l'esprit, alors tu répondais avec le même tact, sans l'intelligence.

« Ou tu ne t'en souviens pas ? » insista-t-il. « Dans une vie antérieure. Oh, bien sûr, tu n'as pas rencontré ton penseur. Il t'aurait raconté toute l'histoire, ou la majeure partie. Réfléchis, Willy boy, réfléchis ! »

Ça t'a frappé comme un spasme et une tonne de briques. Melpomène marchait derrière, te laissant un peu d'espace pour réfléchir. Les vagues de vapeur et d'eau flottante couvrant son être le suivaient, épousant ses mouvements. Ils te montra de vagues images d'une haute tour, c'est Toronto.

« Comme c'est triste que vous ayez tous les deux dû mourir avant que votre amour ne soit correctement transformé en un seul univers. Ça doit être la plus grande tragédie de vos existences. »

« La plus grande ? Et qu'est-ce que je viens de faire ? »

« Tu l'as fait pour elle ? Tu sacrifis, pour elle, la vie de tant d'êtres qui t'habitent ? »

Vraiment? Indra, tu ne pouvais pas? Oh, je trouve ça divertissant, mais ces gens le prennent au sérieux. Que tu l'ais fait ou non, ça ne me dérange pas. J'existerai, si on l'appelle ainsi, avec ou sans toi. Pourtant, c'est de ton combat dont nous devrions parler. Alors, était-ce elle ? Est-ce Ishtar qui te tient loin de moi ? Et qui était-elle ? Cette Victoria Sicard avec laquelle tu semblais bien t'entendre ? Ce doit être elle !

C'est elle qui détient l'essence d'Ishtar ? Je pourrais lui rendre visite et la faire mourir d'ici la semaine prochaine. Dis-moi, elle t'a inciter à sauter, n'est-ce pas ? Dis-moi! Donne-moi le nom de celle qui incarnait l'amour du dieu en toi. Cette émeraude, que tu m'as mentionnée. Vous êtes devenus très proches. As-tu sauté à cause d'elle ? Essais-tu de la sauver de quelque chose ? De toi?

Ishtar!

Ce nom te hantais. Bien sûr, tu l'as fait pour Ishtar. Mais nous te demandons de nommer une essence différente. Les images devenaient plus floues que le son de sa voix contre les rebords de ton crâne. La dernière fois que tu vis cette beauté, l'hiver tombait sur Alibastat. Une tempête de neige faisait rage sur cette souche de Sophron. Elle avait quitté le réconfort des ruines de Babel, où vos deux âmes décidèrent de passer l'éternité enlacées l'une à l'autre, comme des colombes siamoises. Vous avez juré être la première Entité conjointe qui s'éveille. C'est un processus qui conduit l'humanité vers une plus grande illumination. Un rêve que vous aviez caressé peu de temps après la chute de votre dernière tribu humaine, à Gaïa.

L'Empire romain trouvait les clés pour dominer ce petit monde derrière le Voile. Un secret que les Neymlisses guerriers d'Extrême-Orient avaient appris. Paul de Damas enseignait, via une entité très sainte, ce que les Romains ne comprendraient qu'après des années de persécution envers des personnes vulnérables. Les tribus païennes et leurs guides mourraient sous le mastodonte d'un Empire. Beaucoup d'autres cultures s'effondreraient sous cette pression. Sans Varuna, ces petits clans ne pourraient pas survivre. Alexandrie, dernière colonne contre l'Empire romain, a vu sa vaste bibliothèque détruite. Un Neymlisse, ces éveillés sans pouvoir, se soulèverait au Moyen-Orient, quelques siècles après qu'Ishtar et toi ayez quitté Gaïa. À la suite de ce satori, l'humanité s'appuierait sur des idées cachées dans l'œuvre littéraire, la poésie, pour se connecter avec Sophron. Les théocraties interdiraient d'autres veillées funèbres. La maîtrise des manceurs et des penseurs serait supprimée. Le sophronisme serait interdit et oublié.

Les Neymlisses d'Extrême-Orient se cachaient dans des monastères bouddhistes, des temples hindous. Les occidentaux projetaient leurs propres ascensions vers une représentation légendaire des Marcheurs, ces éveillés dotés de pouvoirs, à l'origine de leurs mouvements. En observant cette humanité, Indra, tu croyais qu'il serait inutile d'aspirer à une idéale renaissance Babel. Des tribus et des empires se battaient pour imposer des narratifs et des lois. Tout avait été mis en place pour prévenir l'éveil de masse.

Tu oubliais ces créatures que tu chérissais et pour lesquelles tu t'es battu. Comme les Grecs que tu inspiras d'une touche indienne ou les Celtes sous ton bras. Les Nordiques que tu aimais, malgré leur goût pour les violentes conquêtes, missionnaires idéaux d'un nouvel Empire romain. Tu croyais que les Fils de Babel laissairent suffisamment d'essence pour briller dans la gnose enfouie sous l'humanité. Se souviennent-ils de cette grande illumination ? Rappeles-toi, les fables et les légendes, l'histoire ancienne, l'arrivée et le départ des dieux et déesses, les bienfaits spirituels derrière le renoncement de soi et l'amour réciproque. Tu semblais loin de te douter que leur tendance animale au pouvoir corrupteur te gâcherait la tâche.

Te souviens-tu de la colère de Marduk, son âme afollée, après que le Conseil de Saphir prononça sa sentence ?
« Ces animaux ont besoin de se soumettre à un éveillé ! » hurlait-il. « Sinon ils laisseront des étrangers apporter la discipline. Ils ne connaîtront jamais la valeur de l'abandon du soi et du respect mutuel ». Son sermon visait les conciles qui le condamnaient, lui et ton mentor. Devenait-il prophétique ? Marduk aurait su qu'il reviendrait ou ne partirait jamais.
Les Grandes Entités de Zendoria n'ont pas bougé. Les humains, livrés à eux-mêmes, ne possédaient que des fragments de souvenirs d'une époque antérieure à la chute de Babel : quand ils s'unissaient au nom de la lumière. Ils formèrent des groupes, voulant sauver le peu de sagesse qui leur restaient, s'opposant les uns aux autres.

L'idéal que Marduk méprisait. Les humains ignoraient le message autrefois partagé par tous. Ils l'ont confondu avec ce fragment enfoui dans des mots anciens. Une parole archaïque qui ne définissait, timidement, que leur individualité culturelle.
Les histoires signifient plus que des essences. Varuna et Marduk ont connus l'exil, après la chute de Babel. Ishtar et toi, sans la présence de Varuna, ni celle d'Enki. Le temps passait, trois mille ans se sont écoulés sur Gaïa, cinq cents sur Alibastat, tu te rendais compte qu'Ishtar s'éloignait de ton attention. Vous aviez évolué mutuellement au point de voir ce rêve d'Entité conjointe à portée de main, mais elle chérissait des rêves différents.

Peu à peu, d'un manque de confiance à l'autre, l'étreinte aussi forte que l'éternité, Ishtar souhaitait être à nouveau elle-même. Elle devint mélancolique, un poison pour l'âme qui avait goûté l'illumination, et elle chercha ses racines. Tu l'as suivie partout autour de Sophron, jusqu'à la croiser en larmes, au milieu d'une tempête de neige couvrant Sint Holo en blanc. Elle venait d'emprunter le corps d'une très grande nymphe à la peau bleue et à la flamboyante carapace pourpre, sous une robe indigo et des cheveux argentés. Ta chair reflétait celle d'un beau peuple, imposant et passionné, mais réservé et réfléchi. Elle te connaissait trop bien pour ne pas se rendre compte de ta présence, même si tu demeurais caché derrière les murs blanchis du vent.
Tu la connaissais trop bien, sachant qu'elle découvrait ta cachette. Elle s'est calmée, alors, et regarda dans ta direction. « L'as-tu fait pour elle ? Pour Émeraude ? L'as-tu fait pour Alexandra ? Qui d'entre elles abrite l'âme d'Ishtar ? »

« Je l'ai fait parce que ma vie n'avait aucun sens sans elle. C'est devenu un cauchemar existentiel, quand on m'a laissé seul dans cette école. Sa meilleure amie n'a pas réussi à me protéger. »

« Et Ishtar ? As-tu trouvé Ishtar ? » Melpomène t'a demandé. Tu détournas le regard et soupiras.

« Je ne sais pas de qui vous parlez. » as-tu répondu.

Melpomène se gratta le menton et proclama :

« Ton penseur aurait dû t'amener à elle. À moins d'unir vos forces, tu ne pourras pas tenir tête à Marduk et à son armée. »

« Marduk ? » as-tu demandé. Melpomène ferma les yeux :

« Varuna a respecté sa sentence, après avoir perdu les guerres de Babel, mais Marduk s'est rebellé contre le Grand Conseil. Il quitta son exil et choisit de détruire Sophron, non plus seulement de conquérir et d'asservir les endormis. Il a tué une Entité à mains nues et de toute sa colère. Sans Varuna pour l'affronter, Sophron est condamné. Cela se passe au sein d'un Rêveur au-dessus de nous. Quand tu seras prêt, je t'y emmènerai. »

« Et comment puis-je trouver mon penseur ? »

« Lorsque tu sortiras de mon repaire, suis la voie du Voile. Elle coule au gré de l'inspiration du poète. Si ton chemin croise celui de l'Auteur, demande-lui. Je ne connais pas l'identité de ce Marcheur, William, mais l'ami d'Indra se nommait Tristan. Si tu trouves l'essence de Tristan, tu rencontreras ton homme. Retrouve ta danseuse, tu verras ta moitié. S'il la trouve, avant, alors il te dénichera aussi. Mon aide se limite à cette affirmation. »

« Qui est ma danseuse ? »

« N'es-tu pas mort pour elle ? »

Émeraude, pensais-tu. Mais où est-elle ? A-t-elle péri et s'est-elle retrouvée dans ce monde ? Connaît-elle vraiment ce penseur ? Ton regard se perdait dans la présence majestueuse de la Grande Muse. Ton récit ne fait que débuter, William. Si ces interrogations te clouent au sol d'Athanor, tu n'as encore rien connu. Bien d'autres mystères viendront te hanter, alors que tes pas fouleront de nombreuses souches de Sophron.

Deuxième entracte :
Les Devoirs de L'élève

À la fin du cours, Platon fit signe à l'élève de rester, tandis que les autres rentreraient chez eux. Il baissa les yeux, comme s'il réfléchissait aux bons mots qu'il pouvait utiliser, puis fixa son regard dans celui de l'élève.

« Je veux que tu emportes l'orbe avec toi, ce soir. » sourit-il.

« Ces personnages vivent maintenant en toi. Leur histoire dépendra de tes sentiments, tes pensées, tes désirs. Crois-tu que tu pourras continuer l'exercice ? »

L'élève se sentait honoré et effrayé. Cette humiliante requête n'était pas sans lui faire pression, et gérer une tâche aussi exigeante lui semblait impossible.

« Bien sûr, professeur. » bluffait l'élève. Des pensées hantaient son esprit, comme si la tâche se présentait avec plus de pression qu'on ne pouvait anticiper. Son regard se détournait de celui du professeur, cherchant un peu de confort en se perdant autour de la pièce. Un sourire vint s'installer de lui-même sur son vidage, et un vent de confiance s'installa dans ses poumons. L'élève reprit sa réponse avec plus d'assurance:

« Oui, monsieur. Ce sera facile. »

Soulagé, Platon la laissa prendre cette sphère de cristal et partir. Le disciple observa son nouveau jouet avec crainte et appréhension. Et si son histoire n'était pas assez bonne pour le grand philosophe ? Bien sûr, vous avez Seamus qui intimide William, alors qu'il devait le protéger. Il y a William qui s'est suicidé, et, après l'élève n'est pas certain de ce qui doit se passer. Faut-il interroger Platon à ce sujet ? Non, bien sûr que non. Apprenons par soi-même.

« Puis-je vous poser une question ? » Les mots sortirent d'eux-mêmes. Platon s'est retourné et l'a dévisagé.

« Bien sûr. Qu'as-tu as besoin de savoir ? »

L'élève a cru entendre des voix. S'arrêté un instant, prenant le temps de se remettre de cette effrayante sensation, l'élève se demanda :

« Y aura-t-il un examen demain ? »

Ce n'était pas la bonne question mais ça n'avait pas d'importance. Platon souriait avec toute la gentillesse du monde.

« Sachez bien : Ceci est votre examen. »

Chapitre neuf :
De vieux ennemis

Marduk et Varuna s'étaient, autrefois, engagés dans la bataille la plus destructrice que Gaïa n'eu jamais connue. Vous avez tous deux échappé à cette violence, jurant d'enseigner aux humains les voies de la paix. Vous vouliez continuer à enseigner à l'humanité les valeurs de l'amour, de la science et de la philosophie.
Vous ne pouviez pas rester sous ce ciel en guerre, alors vous avez confié cette tâche au prophète primordial, Prométhée d'Olympe. Au cours de trois mille années humaines, le Titan érigea la désormais légendaire Atlantide, leur enseignant les différentes technologies et les pouvoirs des Marcheurs. L'Atlantide a connu les premiers humains éveillés.

Lorsque Marduk apprit que ses esclaves devenaient aussi puissants que ses hommes, il choisit de couler l'Atlantide. Varuna se dressa contre lui. Zeus, qui s'est rangé du côté de Marduk, enchaîna Prométhée dans l'Open-Door, un monde infernal au fond du quadrant du Vide-Barbelo. Quand Ishtar décida de se joindre au combat contre son propre peuple, afin de protéger l'humanité et lui permettre d'améliorer son éveil, Marduk la tua. C'était l'expérience la plus cruelle que le Seigneur des chiens de Nibiru ait jamais vécue. Devoir tuer celle qu'il aime, pour le plus grand bien de ses ambitions, était plus douloureux que mille morts.

Tu errais, perdu, sachant que la disparition finale n'arrive que pour les êtres éclairés parvenus au dernier souffle existentiel. Son esprit, pensais-tu, devait être quelque part, dans une autre souche, une possibilité, dans un Rêveur. Tu l'as cherché partout ! Tu criais son nom dans toutes les langues meublant ton âme. Elle n'a jamais répondu. Tu rendis visite aux Moires, un matin, cent ans après son départ. Elles se cachent dans Elysium et partagent leur temps entre cette souche et Hadès. Pour les trouver, il te fallait affronter Kerberos, le loup à trois têtes qui se nourrit des angoisses d'Endormis. La tienne revenait de loin, et Kerberos le sentait. Tu craignais ne plus jamais être avec elle, quel que soit le nom sous lequel elle s'identifierait. L'idée de passer l'infini dans le temps et l'espace sans elle t'inquiétait.

Tu craignais cette destinée avec tant de véhémence, luttant contre le loup tricéphale qui se tenait plus haut qu'une montagne. Tu combattais avec chaque once de désespoir enivrant cette peur. Ton orbe produisit une lune que tu projetas, disloquant sa mâchoire gauche. Les griffes du canidé pénétrèrent tes axiomes archéutiques, laissant cicatriser la chair qui abrite ton âme. La douleur que tu ressentais ne correspondait pas à celle de tes souvenirs. De toutes les Entités, les Moires, seules, savaient comment trouver Ishtar. Tu te jetas sur la deuxième tête, n'ayant pas peur de mourir de cette Disparition Finale. Tu rassembas tous les pixels que tu pouvais trouver dans ton plurivers, puis tu grandis jusqu'à devenir deux fois la taille du tri-chien. Tu décapitas celle du milieu d'un vibrant coup d'épée contre son cou. Il tomba et a dû battre en retraite, afin de faire repousser son crâne perdu. Tu laissas ton adversaire s'échapper, tandis que le fleuve de sang formait, à tes pieds, un nouvel océan. Tu gardais les yeux fermés. L'odeur d'Ishtar habitait tes narines, la même que tu recherchais chez d'autres femmes. Celle qui t'emmena à t'aventurer seul, à Toronto, à quinze ans. Celle qui t'a ramené à Montréal pour terminer tes études secondaires, un an plus tard.

« Nous avons un visiteur ! » une voix grillée sous les âges se fit entendre, de l'autre côté d'un mur de pierre. Tu sentais l'essence de Clotho grogner sous un murmure rageur.

« Nous n'avons jamais de visiteur. » Lachésis répondit, comme la mère des zéphyrs sur une plaine tranquille. Atropos observa le silence. Alors que leurs voix hantaient les environs, une grotte apparue devant ton regard. Tu y entras tel un esprit, sous des pas lourds qui apportaient quelques souvenirs d'une vie matérielle. Les stalactites s'engorgeaient ; les stalagmites étouffaient cette large chambre, dessinant la bouche d'un démon souriant. Les trois dames parvinrent à fusionner avec les axiomes qui composaient Elysium. Tu ne pouvais pas les approcher, à moins de te fondre à la psyché et aux axiomes qu'elles amassaient, de l'essence qu'elles tissaient et de la réalité qui se découpait en souches de Sophron. Tu te tenais devant les Grandes Sœurs en quête de réponses. Elles, simplement, entrelaçaient les pixels aux âmes sans te regarder. Humilié, tu leur offris une génuflexion en hommage :

« Je vous prie de pardonner mon intrusion. » murmuras-tu, solennellement. Elles ne s'éloignaient jamais de leur travail. Elles feignaient de te reconnaître. « Mais je viens à vous comme un dieu en détresse. »

Les sourcils de Clotho montraient un signe d'intérêt, comme si *dieu* et *détresse* étaient des mots qui ne devraient pas s'assembler sans la montée d'une inquiétude. Clotho, la plus grande des trois, ressemblait plus à un fil, avec des bras et des jambes minces, comme un squelette incroyablement maigre. Son visage chevalin, portait des traits nettement humains autour du nez. Lachesis semblait très petite et grasse, un crapaud, avec une tête deux fois plus grosse que son corps. Elle pouvait à peine se tenir sur ses petits pieds, et ses membres ne s'étiraient jamais très loin autour d'elle. Elle manie les fils de la réalité d'une manière presque mécanique. Atropos montrait des traits plus proportionnés. On dirait une douce grand-mère sur le point de faire des biscuits au chocolat, mais son visage ressemblait à celui d'un colibri.

« J'ai perdu la perle la plus précieuse de ma vie. » Tu affirmais ces mots tristement. Elles inspirèrent profondément, puis tu ajoutas : « J'ai besoin de comprendre pourquoi quelqu'un à qui l'on offrit la vie éternelle recherche la Disparition Finale ?

92

Elles prirent un temps interminable pour répondre, nourrissant encore plus de chagrin à ton âme. Tu te tenais droit, calme et patient. Trois cents ans s'écoulèrent entre ta question et la réponse de Lachesis : « Tant que vous n'aurez pas ressenti la pulpe de son expérience, vous ne le saurez pas. Tant que vous n'aurez pas savouré le fruit de son vécu, vous ne comprendrez jamais. »

Et là, elle t'apparue comme l'Orbe des Moires, les Entités aveugles ne voyant que l'être véritable du Rêveur. Ses longs cheveux bruns embrassaient des nuances de blond sous des notes de brume. Elle regardait le monde depuis des yeux bridés, affamés, remplis de mille vies sur une seule souche de sagesse. Petite et avec un débardeur blanc qui épelait Ramones en lettres rouge vif. Tu ne pouvais pas t'empêcher d'admirer une photo flottante d'elle, assise derrière un éclair de lumière. Ses cuisses grandes ouvertes laissaient apparaître un peu d'ombre sous une jupe noire et rouge.

Émeraude a l'air professionnelle même lorsqu'elle dort. Elle marchait jusqu'aux tables et dansait, ou bien elle servait des bières. L'image semblait floue. Tu la rencontras à Toronto, William, pendant l'année que tu as vécu dans la rue. Était-elle celle que tu cherches maintenant ? Comment la rencontrer ? Ses yeux se fixaient sur le monde rétréci autour de ses pas. Tu essayais d'éclaircir davantage ce souvenir, enchevêtré avec celui d'Indra et les soeurs aveugles. Tout ce à quoi tu parvenais à penser, cependant, se limitait à Émeraude.

« Des chansons d'amour flottent dans son regard couleur de jazz. » chuchotais-tu à Melpomène, puis tu ajoutas :

« Son sourire, même lorsqu'il est caché derrière un sérieux froncement de sourcils, bat le tambour d'une bruyante berceuse. Son rire pouvait détruire des armées dans un sillage de gentillesse absolue. »

Des pommettes qui invitent les regards à glisser doucement le long d'un lobe. Timide derrière des cheveux de soie, jusqu'à ses lèvres qui invitent à la morsure d'une chair de cerise.
Une constellation de grains de beauté, sur et autour de son nez, forme une trimurti de magnificence quantique. Seule cette muse, au-delà de toutes celles qui ont recueilli le cœur de l'Auteur, pouvait rayonner de cette lumière. Cette splendeur, celle qui traverse tes pupilles pour te déchirer le cœur sous la lame d'une réalité sans elle, t'impose l'agonie. Une douleur encore plus profonde depuis le sourire d'Émeraude.

« Elle t'a inciter à sauter ? » insista Melpomène.
Tu retrouvas tes sens autour du tapis vert et l'eau sombre qui formait sa cape. Tu te retrouvas à genoux devant lui. Il se tenait droit, comme un empereur, la tête haute, uniquement pour que tu puisses voir les cicatrices à travers ses pupilles : tes blessures, tes souvenirs. Tu te relevas pour t'éloigner. Tu pensas, une fois de plus, et tu murmuras :

« C'était il y a un an. »

Melpomène attrapa un globe de cristal. Une sphère parfaite, bien que si tu la regardes de plus près, tu perçois des facettes de la taille d'un micron. Il s'agit d'un orbe fait d'un cristal sans défaut.

« L'attirance idéale ne s'estompe jamais, Indra. » a-t-il répondu, presque avec ma voix, presque avec la tienne.

« Si ton suicide était en phase avec un univers idéal, nous ne serions pas en train de nous battre contre l'avancée du Vide. Ton appel à l'éveil, à l'époque, était-il aussi irréprochable que cette décision d'en finir ? »

Il a bien dit *suicide*. Ce mot te semble encore plus effrayant lorsque prononcé par quelqu'un que tu pourrais confondre avec Conan le Barbare. Melpomène n'est pas célèbre pour sa diplomatie, mais plutôt pour son sens de la vérité. Pourtant, dans Sophron, si tu ne t'éveilles pas, tu n'existes pas. L'autre jour, j'ai vu Einstein vendre des hot-dogs à Ephemoria.

94

C'est une souche très fragile, pas trop loin du Nirvana, et ils font aussi d'excellents hamburgers. Je ne manque pas de respect pour Einstein, mais ce fait montre à quel point la célébrité signifie peu dans le domaine de l'éveil absolu. À son honeur, je dirais que son essence connaît plus de bonheur, là-bas, qu'elle n'en avait lorsque la bombe atomique a été inventée. La sagesse d'Einstein n'a jamais menti. Et, d'ailleurs, personne n'avait jamais pensé à la restauration rapide sur ce monde, auparavant.

« Ce n'était pas elle ? » demandas-tu, effrayé. Il déposa l'orbe dans tes mains. Un cerveau, ton cerveau, avec une balle au centre du lobe temporal, flotte dans cette sphère. « D'où vient la balle ? » demandais-tu. L'orbe réchauffait tes paumes alors que de l'énergie s'en émanait. Les lumières bleues qui le recouvraient s'évaporaient lentement, et je savourais ces moments.

« Je suis à la fois ta création et ton créateur, William. » Il prononça ces paroles d'un ton solennel. Tes yeux se sentaient attirés par la tête entre tes mains. Melpomène errait dans la pièce, tandis que la splendide reine des papillons de nuit semblait éviter ton regard curieux.

« Tout comme tu es à la fois le Rêveur de ce monde et son rêve. Tu me trouveras dans d'autres possibilités, et je me souviendrai de toi tout comme je te conjure maintenant. » Lorsqu'il revint vers toi, un autre orbe s'est formé dans la paume de sa main droite. Il l'a parcourue et affirma :

« Tu as beaucoup à apprendre avant que nous puissions te considérer comme éveillé, William. Pourtant, nous avons besoin d'Indra pleinement éclairé. Nous avons besoin de vous deux de notre côté, pour la bataille. » Une brise froide descendait le long de ta colonne vertébrale.

« Une bataille ? Y a-t-il une guerre qui se prépare ? » demandas-tu à la Muse.

« Des jours de ténèbres sont devant nous. »

Sa réponse t'amena à réfléchir sur ton existence. Pourquoi t'appelons-nous Indra ? Pourquoi ce personnage d'Ishtar t'est-il familier ? Tu ne te souviens pas l'avoir rencontrée. « Je suis désolé, je m'appelle vraiment William. Je ne connais pas d'Indra, sauf peut-être dans la mythologie hindoue, et je suis Canadien. »

« Intéressant. »

« Mais si c'est vrai, et si c'est mon nouveau monde, maintenant, alors peut-être qu'il y a quelque chose que je peux faire, n'est-ce pas ? » Melpomène soupira en invoquant une coupe de cristal finement ciselée et, d'un mouvement ascendant de son index, versa du vin de nulle part.Tu te retrouves au centre d'une attention improbable. Tu dois choisir un camp. Et laisse-moi t'avertir que ceux qui se rangent du côté du Vide ne t'aimeront peut-être pas beaucoup, bien que certains d'entre eux soient friands de ce Indra. Melpomène a créé un verre de vin pour toi. Tu buvais ses mots, puis observais Touch qui restait immobile au sol, vénérant la grande Muse. Tu observais cette beauté muette, à l'autre bout de la pièce. Sthénélé t'offrit des yeux aimant qui te laissaient tiède.

« J'ai des sentiments. » tu marmonnas, essayant de compter, produire un souvenir, et tu ajoutas :« Des sentiments, comme si je savais de qui vous parlez. »

« Ishtar ? » demanda-t-il.

« Oui ! Oui, Ishtar ! D'un passé lointain, je pense, je suppose que j'étais en effet profondément amoureux d'elle. C'est tout ce dont je me souviens. » Melpomène riait en buvant. Il rangea son verre dans sa cape et observa son orbe :

« Ils voudront te briser comme un crabe, Willy. Ils ne s'intéressent pas à toi. Ils désirent simplement le fragment d'essence qui t'habite. Si tu penses avoir déjà connu la mort, attends de voir de quoi Marduk et Varuna sont capables. » Ces paroles t'ont fait réfléchir dans le vide, pour mon plaisir.

« De quoi sont-ils capables ? » demandas-tu.

Melpomène s'approcha de Touch. Il murmura quelques mots que tu n'entendais pas. Touch s'est levé, lentement. Il pouvait à peine regarder la Muse, alors il porta ses yeux très bas. Melpomène s'agenouilla pour laisser son regard se poser sur celui du garçon. Il a ri si fort que tu sentis un froid dans le dos, puis il a laissé son hystérie se taire progressivement. Touch demeurait là, immobile comme la pierre. Tu pouvais voir le garçon frissonner. La Muse posa une main sur sa tête, une sur son épaule, et le déshabilla, tandis que tous les axiomes qui composaient ses vêtements disparaissaient soudainement. Humilié, le garçon pleurait. Ses larmes se transformèrent bientôt en cris de douleur intense, tandis que sa chair était rejetée, invoquée, appelée à se désintégrer, très lentement. Tu ne pouvais t'opposer à lui, bien que tu le désirais. Tu ne pouvais pas l'arrêter, et tu aimais cette visions. L'idée de voir un autre être souffrir t'apportais une joie perverse. Le garçon hurla davantage. Il poussa un cri pendant que Melpomène lui volait sa matière, à l'exception d'un squelette, un cœur, un cerveau et des cordes vocales, afin qu'il puisse crier son agonie pendant que le cœur pompait le sang et apportait de l'oxygène aux neurones.

Melpomène te dévisagea, et tu observais le spectacle, fasciné. De quelques gestes supplémentaires, la Muse dépouilla davantage le garçon de sa matière, jusqu'à ce qu'il ne reste que les axiomes de vie et de pensée. Ensuite, il fusionna tous les organes et les laissa se fondre jusqu'à ce qu'ils deviennent une coquille solide. Melpomène tenait la carcasse dans sa main gauche et la jeta violemment au sol. Tu aperçus une lumière brillante. Il attrapa la lueur qui semblait battre comme un cœur. D'un claquement de doigts, la lumière disparut. Ne t'inquiète pas, Rêveur. Cette Grande Muse agit de manière plus tragique que sadique. Il aime le spectacle, mais l'essence de Touch se réincarne dans une nouvelle possibilité, au moment où nous parlons. Le jeune garçon ne se souviendra jamais de ce qui vient de se passer. D'ici peu, il sera de retour dans les rues pour allumer les poteaux d'Athanor.

« Tu as vingt-sept heures pour exister. C'est ta seule chance d'échapper au Vide, tandis que celui qui va t'attraper gardera les fragments d'une essence plus précieuse que ta vie entière. »
Il regarda Sthénélé qui semblait possédée par le désir de te toucher. Son mutisme la faisait souffrir. Melpomène sourit d'un ton sadique : « Marduk doit signer un pacte avec Archeus en ce moment même. Tu seras en sécurité avec nous. » Melpomène retourna embrasser sa reine-mite, voyant à quel point elle semblait blessée. Des larmes coulaient sur ses joues.

« Chut, maintenant, ma reine, chut ! Vous pensiez que ce serait aussi facile que ça, hein ? Chut. »

« Que dois-je faire ? » as-tu demandé.

Il te regarda et sourit : « Tu ne peux pas arrêter ce destin qui veut soit ta mort pour sauver Indra, soit qu'Indra sombre dans sa Disparition Finale pour te sauver. »

« Mais je ne veux pas mourir. »

« Bien sûr que non. Tu aurais dû mieux penser de ton vivant, Will. Maintenant, il est un peu tard pour les solutions faciles. Tu n'auras qu'à nager parmi les puissants êtres éclairés et faire semblant de connaître ton chemin. »

Tu grandiras pour comprendre cette réalité onirique, puis tu périras, comme prévu. Ce cadeau éphémère s'accroche à ton courage, si je te permets de t'opposer ainsi à moi.

« As-tu été initié à la mécanique de Sophron ? » demanda froidement Melpomène. Il ne t'aidera pas beaucoup.

« Je... » tu bégayais, en regardant l'orbe. Elle s'ouvre sur un univers de couleurs éclatantes. Ton cerveau brillait au milieu, avec la balle dans son lobe temporal : c'était toi. Un point plus grand, autour d'un cercle, se tenait non loin de là. L'obscurité s'est rapidement répandue : c'était moi.

« Je n'ai pas le temps de t'enseigner. Tu devrais te dépêcher. »
Il s'assit sur sa cape, et elle redevint peu à peu son trône. Sthénélé
se reposa à ses pieds et les lécha doucement. Tu pourrais poser
quelques questions de plus à la Muse, mais Melpomène se perdait
dans une transe lorsque la main de Sthénélé caressa sa poitrine.

Tu ressentais ce désir de partir. Tu voulais rester, en savoir
plus. Tu attendis que Melpomène te raconte tout. Penses-tu que ce
serait si simple ? Un de tes problèmes, William : tu as toujours eu
la vie facile. Tu crois que la mort et la réincarnation se produisent
aussi facilement que de changer de chaîne sur un téléviseur ?
L'as-tu vraiment fait ? Où es-tu ? Ne souffres-tu pas ?
Devine quoi? Je possède cette télécommande. Je peux laisser la
douleur durer une éternité si je le veux. Trouves-tu ça facile,
maintenant ? Tu vérifias cette boule de cristal. On dit qu'on
reconnaît un manceur à son orbe. Le tiens ne semble pas très
brillant. « Je dois trouver Émeraude ! » répétais-tu, en rangeant
l'orbe dans une poche et en sortant de la chambre.

« Combien de fois ? » cria Melpomène de loin, très
contrarié. Tu t'es retourné pour voir cette dame papillon voler
dans ta direction. Quelque chose t'a poussé à la rejoindre.
En observant l'autre extrémité du couloir, on ne pouvait pas
savoir dans quelle direction se trouverait la sortie.

« Combien de fois as-tu prétendu être une âme sœur ? »
demanda le seigneur calmement. On l'entendait à travers les
battements d'ailes de Sthénélé. « Je sais quand ça fait mal. »
avouas-tu, alors que tu affrontais courageusement les crocs d'une
reine papillon de nuit sur le point de hanter ton chagrin. Il n'était
pas nécessaire de regarder de l'autre côté pour savoir que la sortie
s'étendait sur un long chemin. Tu venais d'affronter la dame-
créature, comme une démone prête à sucer ton sang. Et tu souris.

« Je suis mort une fois. Vous pensez que j'ai peur de le
faire deux fois ? » as-tu crié. « Je ne vais pas me défendre !
Salope! Fais-moi mal ! Mange-moi vivant. Chienne ! Déchire ma
chair ! Ha! J'ai vu le pire dans le pire. » Combien de fois ?

« Combien de fois ? » cria Melpomène de loin, très contrarié. Tu t'es retourné pour voir cette dame papillon voler dans ta direction. Quelque chose t'a poussé à la rejoindre, en observant l'autre extrémité. Le temps s'arrêta lorsqu'elle atterrit devant toi. Elle te regardait avec tant de passion cachée dans chaque souffle, tu te demandais si elle voulait te faire du mal ou non.

Alors, comment vas-tu ?

Elle semblait te demander à travers ses yeux. Tu figeas, lourd, de pierre, à court de mots. Elle t'examina d'un regard effrayé qui murmurais presque :

Tu m'as tellement manqué. T'as aucune idée.
Tu me manques, encore. Tu me manques trop.

Puis elle marchas devant toi pour te guider vers la porte de sortie. Tu observais son dos d'un brun violacé avec des taches beiges, certaines semblaient plus noires, d'autres plus blanches. Ses ailes couvraient tout son corps. Ses seins embrassaient l'air avec une soif de lait. Quelque chose en elle t'apportait un goût de vie. Tu n'avais aucune idée de quoi il s'agissait. Qu'a-t-elle essayé de dire ? Il semble que ses yeux et l'absence de bouche apparente imposent le soliloque. Tu la suivis et tu t'es souvenu du vieux dicton :

« Si vous aimez quelqu'un, relâchez-le. »

Tu quittas le palais, incertain. Tu pensas à la reine papillon, en larmes, mais savais-tu vraiment qu'elle pleurait aussi ?

Voyage dans le sablier
Cinq:

La dispute autour de l'éveil de William incita une séparation entre Martin et moi. Il ne parvenait pas à suivre les différentes directions que j'apportais au récit de nos nombreux personnages. *On doit faire, simple, Alibast !* me répétait-il. *Sinon, c'est quoi tu fais ?* Il me criait après sans cesse. Je crois qu'il souffrait. On ne crie pas pour rien, quand on se cultive un lac sans flot. « L'histoire est simple, Martin ! De quoi parles-tu ? » Je le confrontais mais ça n'aidait pas notre relation. « On a William sur Athanor. Marduk prépare une grande invasion. Ishtar recherche son bien-aimé. Maintenant on a les Grandes Muses, avec Melpomène. C'est vraiment pas compliqué. »

J'aimais vraiment la manière dont ces éléments se croisaient. Martin n'arrêtait pas de hurler : *Dude ! Regarde ça. Le titre du roman c'est, roulement de tambours : Seamus Chron !* J'avais peut-être un peu oublié. Je me demande si les personnages continuent d'évoluer quand les auteurs ne les observent pas. Après tout, ils ont leur propre existence. Peut-être sont-ils comme des photons. Ils ont leur libre arbitre, et ils existent sous toutes les formes et tous les aspects, jusqu'à ce qu'un créateur mesure la longueur de leur conscience et exerce sa propre volonté sur eux.

« Oui, tu as raison. Je vais m'occuper de Seamus. » Je suis allé chercher mon ordinateur portable, mais Martin n'a pas voulu suivre mon intuition. *Je vais retourner chez moi.* Annonça-t-il.
« Sur Gaïa? » *Oui ! Je me suis construit un château, au milieu de Time Square.* « Wow ! New York ? » Il hocha la tête et ramassa ses affaires. Nous sommes restés en contact, à travers le réseau onirique, qui est un peu l'Internet de Sophron.

Les semaines qui ont suivis apportèrent leur lot de silence. Le premier tome de notre première trilogie nous invitait à travailler chacun pour soi, isolés dans nos bulles respectives. J'aurais aimé entretenir une saine collaboration avec mon co-auteur, mais Martin semble préféré travailler seul. Il cherche souvent à s'en mettre beaucoup sur les épaules, comme s'il craignait de demander de l'aide ou d'inviter quelques collaborations que ce soit.

Chapitre dix :
Regrets et Transformation

J'ai passé une journée entière sur mon lit, à regarder le plafond. William est mort. Peut-être que je l'ai tué. Je l'ai poussé, je l'ai intimidé, il est parti. J'ai tenté de m'imposer un état de rêve éveillé, ou de paralysie du sommeil, n'importe quoi pour qu'Ishtar se tienne devant moi. Mais rien n'a fonctionné. Je gardais la porte de ma chambre fermée à clé, je ne sortais que pour acheter de l'herbe, ou manger dans le frigo sans alerter mes parents. J'ai séché l'école et ma vie sociale. J'ai échappé à tout le monde. Ma mère semblait peu préoccupée. Je l'entendais discuter de la question de mon isolement avec mon père, et elle le convainquait que je ne traversais qu'une phase. Mon père l'ignorait. J'ai fumé pour recréer l'état qui a éveillé mon pouvoir, mais rien ne s'est passé.
Après deux semaines dans cet état que je m'imposais, la paranoïa devint ma seule compagne. Les semaines se transformèrent rapidement en mois. Qu'est-ce qui m'a pris ? Pourquoi suis-je en souffrance ? Je ne connaissais même pas le gars !

Je me souviens avoir vu mon père se tenir droit, comme un officier de l'armée réprimandant un cadet. Je me souvenais de sa petite moustache sur une mâchoire frêle, ses sourcils solides et ses épaules carrées, un joueur de football devenu pianiste de concerto.

« J'aurai pas un drogué sous mon toit, tu entends ça ? » criait-il. « T'as une semaine pour mettre de l'ordre ou je t'envoie dans un centre pour jeunes jusqu'à tes dix-huit ans. » Papa ne dirait jamais une chose aussi brutale à moins qu'il n'ait l'intention de tenir ses promesses. Et je l'ai défié comme j'étais éternellement intoxiqué.

103

« *J'attends les voix, papa.* » je me plaignais, incertains de mon
état de sobriété lorsque ces mots sortaient de ma bouche.

Je n'aurais pas osé lui expliquer la nature de mon don, ça
l'aurait incité à voler mon bong pour son propre usage.
Il marmonna son désaccord et ferma la porte en sortant. Deux mois
et trois semaines se sont écoulés depuis que l'ami que je n'ai pas
réussi à protéger a choisi de nous quitter. Je fumais facilement
jusqu'au délire, mais mes pouvoirs ne se manifestaient pas.
Deux jours s'écoulèrent après que papa m'eu clairement fait
comprendre que je serais traité comme un délinquant. Je me tenais
debout devant ma fenêtre et je regardais les piétons. Je fermais les
yeux et je faisais semblant d'entrer dans leur tête, puiser dans leur
vie, voir ce qu'ils voient, mais le vide rôdait partout. Mon
cellulaire sonnait et vibrait souvent, sous mon lit. Je l'oubliais
pendant le dernier mois passé dans ma chambre. Pourquoi utiliser
cette technologie aussi primitive quand je peux connecter mon
esprit au Wi-Fi de l'univers ? Dans cinq jours, je serai enfermé
dans une prison pour mineurs.

L'anxiété m'a fait percevoir haut et fort l'événement inévitable.
À chaque instant, je me voyais marcher dans un long couloir, mes
affaires dans un sac à dos. La nuit, cet événement devenait très
réel. La peur a-t-elle déclanché mes pouvoirs ? Comme lorsque je
redoutais les rencontres d'Ishtar ? Quand l'inconnu m'effrayait?
Nempty ? La promesse de mon père de m'enfermer me plongea
dans l'angoisse. Je savais que ça arriverait. Je pourrais aussi bien
passer mes derniers moments, avec ma famille, défoncé.
Trois jours avant l'accomplissement de la prophétie de papa, j'ai
disparu. L'aveuglement m'a semblé une éternité, et mon esprit
s'était engourdi au point d'être totalement oublié. Je me souviens
de flashs et d'images, comparables à ceux que j'avais, lorsque j'ai
réussi à établir une connexion avec mon futur moi. Seulement,
cette fois, mon essence s'est retrouvée liée à mille possibilités,
partout dans les soixante-douze souches de Sophron, et à travers au
moins cent Rêveurs et cinq mille Endormis.

La quantité d'informations que mon cerveau captait d'un seul coup pesait lourd sur mes neurones. Mon esprit s'est effondré. D'après ce dont je me souviens, j'ai aperçu une licorne noire et un cavalier habillé en sorcier. Le cheval s'appelait Karkadan. J'ai vu une grenouille humnaoïde avec le squelette d'un chat, comme un jumeau siamois, et un bateau flottant. Il y avait un autre navire, plus grand, avec trois têtes de dragon devant. Une flotte entière volait derrière celui-ci, et ce bateau appartenait à un être très dangereux et puissant. J'ai entendu un nom, comme des murmures qu'un vent soufflait dans mon esprit : *Ne va pas à Tir na n'Og !* Pour une raison quelconque, j'ai ressenti un lien avec la grenouille-chat et son bateau, le Barracuda. Je l'avais déjà vue, et si ce n'était pas de l'engourdissement qui me paralysait, j'espérais rendre cette image plus claire. Jusqu'à ce qu'elle devienne ma nouvelle réalité. Le capitaine ? Je connais ce gars ! L'autre jour, il m'a demandé de l'argent dans une autre dimension, et il y avait une guêpe avec lui. Il semblait différent, à l'époque. Ces deux têtes d'animaux m'intriguent, mais l'essence reste la même. Nempty ? À mon réveil, j'étais dans une petite chambre, connecté à des machines qui sondaient mes signes vitaux.

Ma mère se tenait contre le mur, face à mon lit. La chambre dégageait cette odeur d'hôpital qui me rendait malade. L'ennui s'avérait déjà un problème. Je pouvais à peine lever la tête. Tout mon corps me faisait mal. « Calme-toi, Seamus. » ma mère s'exprimait doucement. « Ton père revient bientôt, il est parti acheter du café. » Je voulais m'excuser pour les ennuis que je leur ai fait subir, mais je ne pouvais pas dire un mot. Quand mon père revint dans la pièce, tenant une tasse de café, j'ai senti sa honte, mêlée à une sorte de chagrin. À ce stade, il était plus facile pour moi de me connecter à la peur de mon père et à son esprit.

« Ne pense pas que tu vas fêter ton dix-huitième anniversaire à la maison, mon fils ! » grogna-t-il. Maman se tourna promptement vers lui, avec de la désapprobation dans les yeux : « Arthur ! »

Elle fondait en larmess. Il sirota son café et baissa les yeux, ajoutant : « Ils te feront suivre un régime strict pour stopper tes consommations. C'est la seule raison pour laquelle je t'invite à fréquenter ce centre de jeunesse. On va te casser avant que tu nous achèves. » Il quitta la pièce juste après avoir prononcé ces mots. Maman s'est dirigé à mes côtés, me tenant la main avec tout l'amour qu'une mère ressentait pour son fils unique.

« C'est pour le mieux, Seamus. J'étais contre, mais je pense que c'est pour le mieux. C'est que trois mois, après ça, tu vas être majeur. S'il te plaît, sois responsable. »

Elle m'embrassa sur le front, et sa peur m'envahi. Je pouvais voir à travers ses yeux. J'ai senti à travers ses sens. J'étais là, pâle et nu sous une chemise d'hôpital. Ma vue sans vie perdait son regard sur une bouche bleue, manquant de sang. J'éprouvais une profonde affection qui sortait de l'âme de ma mère. Elle se confondait avec la mienne. Si je fermais les yeux, on se trouvait conjoints dans un couloir de cristal flottant au-dessus d'une supernova : c'est ma faute. Ce processus permit à nos psychés de cohabiter dans un même espace. Depuis mon esprit, j'ai pu donner une certaine forme à l'essence de ma mère. J'ai choisi de la transformer en ordinateur. Je pouvais aussi me transformer en n'importe quelle hallucination qui peuplait ma tête, mais j'avais peu de contrôle sur cette capacité. J'ai fini par ressembler à une coquerelle sur deux pattes. Je me suis dirigé vers le PC d'une manière très maladroite. Dans mon esprit, j'étais Charlie Chaplin en train de tourner un film. Dans l'esprit de l'Auteur, j'étais un écureuil hyperactif se faisant passer pour Buster Keaton.

J'ai enfin trouvé un lien entre mon pouvoir et le passé de ma mère. Qui est l'Auteur, d'ailleurs ? Cet élève grec qui m'a regardé en rêve ? Il pensait vraiment qu'il pourrait échapper à mon pouvoir ? Attendez que j'entre dans le ventre de ma mère.
De retour là où tout a commencé, n'est-ce pas ? Comment va-t-on sur Internet avec un Commodore 64 ? Cet insecte perdait la tête. Toute la hiérarchie de la musique. Qui est au sommet ?
Qui prend les décisions ?

Qui écrit cette histoire ? Attendez! Je suis défoncé !
Ma mère me donne de l'affection. Peut-être que je peux pirater
ce dinosaure d'ordinateur avec les six pattes de l'insecte sur le
clavier. Même le meilleur hacker n'aurait aucune chance contre
les ordinateurs quantiques. J'ai lâché cette illusion. Tout est une
question d'essence. Je n'ai pas pu trouver Ishtar quand elle m'a
testé parce que j'ai insisté. Elle m'a parlé ; J'aurais dû me
contenter d'écouter. Et ma mère ? Peut-être que je pourrais essayer.

Elle se tenait devant moi, vulnérable, craignant que je ne
meurs à tout moment. J'ai essayé de m'incruster dans son
esprit, comme un nerd opportuniste qui vient de réaliser qu'il
pouvait épater une femme. Ah ! Je crois que je comprends
mieux William, maintenant. Mais attendez ! Ma mère pleure ?
J'aurais dû avorter. Je l'ai entendue réfléchir. Attendez, pas
question ! Non! Pourquoi tu ne me dis pas comment utiliser un
Commodore 64 à la place ?

*Vous auriez été mieux dans un autre monde. Tu mérites
une meilleure famille, Seamus.* Maman! OK, j'ai besoin de me
calmer. Nous paniquons tous les deux, alors l'un de nous devrait
calmer nos énergies nerveuses.

« Maman... » Je me sentais léger, alors que je laissais ce
sourire apporter une once de tranquillité. « Maman ? » ai-je
demandé. Elle m'a regardé avec des yeux pleins de larmes.
Elle attrapa mes deux mains avec tant de vigueur que j'ai cru
qu'elle voulait m'arracher les poignets.

« Oui, mon amour ? » a-t-elle répondu. J'ai pris le temps
de réfléchir, puis je lui ai demandé : « Avais-tu un Commodore
64 quand tu étais petite ? »

Son frère en avait un, bien sûr ! L'oncle Jonathan est un
éternel puceau qui ne vit que pour les ordinateurs ! OK, donc j'ai
trouvé le lien. Elle aime son frère comme un second père.
Il n'arrivait jamais à trouver les mots justes, et il n'avait jamais
les muscles pour la protéger, mais son cœur était toujours à la
bonne place. Et j'étais une coquerelle ! Je pouvais accéder à des
vidéos montrant son enfance, son adolescence. Je pouvais
facilement me faufiler dans des trucs plus hardcore, avec mon
père, mais je me suis un peu abstenu d'y aller.

Une chaîne m'attirait. Je pouvais lire : *WICCA* sous le fichier. Quand je l'ai récupéré, j'ai pu voir des images de ma mère, entre treize et vingt-cinq ans, habillée comme une sorcière en harmonie avec la nature, pratiquant des incantations pour invoquer de grandes forces occultes. Dans cette vidéo fort intéressante, ma mère accompagnait trois amies. Les demoiselles portaient des vêtements gothiques. Un pentagramme se dressait au milieu d'une forêt, avec des bougies allumées tout autour. J'entendis des chants dans une langue étrange, avant qu'elles ne se tranchent la paume des mains avec une lame de rasoir, laissant le sang tacher la base des bougies. Le vent caressait les feuilles, puis une rafale taquina le feu, avant de mourir à leurs pieds.

Le silence se manifestait. Les flammes se transformaient en brillantes lumières, s'élevant au-dessus de la tête des quatre filles, jusqu'à devenir un deuxième ciel. Des formes dansaient contre ce nouveau firmament, et je pouvais affirmer qu'elles venaient d'invoquer le Voile. De l'autre côté, au-dessus de leur crâne, un monde différent apparaissait, peut-être Duat ou Hadès. À ce stade, mon moi incarnant un cafard comprenait plus de choses sur ce phénomène que ma mère ne l'avait jamais fait. Ça semblait être une connaissance plus intuitive de ma part. Un fantôme apparut au milieu du pentacle. L'esprit projetait une forme féminine, avec une lumière bleue émanant de son noyau. *Ishtar*, pensais-je. J'ai calmé cette prise de conscience en appuyant sur l'avance-rapide de la vidéo. Puis, les arbres autour de ma mère et de ses amies changèrent de couleur, ressemblant davantage à des plantes en plastique violettes, bleues et jaunes. Le fantôme s'approcha de ma mère et tendit une main :

« Justine Pascale Grégoire, fille d'Armand Grégoire et de Viviane Pascale ! » Ishtar chanta presque. Ma mère figeait sur place. La vision se poursuivit :

« Dans cinq ans, vous donnerez naissance à un grand héros, un sauveur de mondes. Son chemin a été décidé par les Quatre Véritables Entités de Sophron. Protégez-le, car des forces malveillantes voudront sa mort. Protégez-le, car les forces bénéfiques voudront aussi sa mort. Je veux qu'il vive et accomplisse le destin dans l'Au-delà. »

.

108

L'esprit disparut en touchant le front de ma mère. Ses trois amies observaient la scène avec incrédulité. Le Voile disparut aussi, laissant les sorcières seules dans une effrayante forêt. Elles s'observèrent tous, promettant de ne jamais dire un mot à ce sujet. En ouvrant les yeux, j'ai ressenti une sérénité au-delà de toute paix intérieure. J'ai caressé la joue de ma mère, et elle a clairement vu des étincelles dans mes yeux. J'ai souri et baisé sa main, tandis qu'elle me caressait la joue. Elle a souri, puis j'ai murmuré : « Tu ne me l'as jamais dit. » J'étais faible, et prononcer ces paroles me faisait mal. Attendre sa réponse me semblait un fardeau impossible.

« Je t'ai dit quoi, mon amour ? » a-t-elle répondu.

« Magique, maman. Quand tu avais mon âge, tu faisais de la magie, des fantômes. » Son visage pâlit :
« Des quoi ? De quoi tu parles ? »

« C'est OK, maman. La Dame Bleue. J'ai vu la dame bleue. »

Elle pleurait, soit de peur, de terreur, ou de joie.
Son essence semblait en conflit. Tout lui revint à l'esprit, et elle devait savoir que ce jour se présenterait, tôt ou tard. Elle a tant essayé de se convaincre que ses amies et elle ont collectivement halluciné la scène. Après que le groupe cessa de se voir, maman s'est imposé l'idée qu'elle avait imaginé cet événement. Elle me serra si fort que mes muscles endoloris me faisaient mal.
Le lendemain matin, je reçus la visite d'Alexandra et Victoria. J'ai dû retrouver un peu d'énergie, car j'ai passé le reste de la journée, après le départ de mes parents, et toute la nuit suivante, à méditer, mais l'engourdissement insistait. Je pouvais à peine parler sans perdre mon souffle. Victoria s'arrêta à la porte et me regarda, larmes aux yeux. Je pouvais sentir beaucoup de fausseté dans ses larmes. Ma réaction immédiate aurait été de lui demander si elle pleure parce qu'elle a envie de son pseudo chum. Une véritable tristesse existait, quelque part, au-delà de son ego troublé de jeune folle. Peut-être que si elle contrôlait ses passions narcissiques, j'aurais pu tomber amoureux d'elle.
Ou peut-être si je n'avais pas été un gros con.

« Tu me manques, ti-prout ! » souriait-elle, en se précipitant pour m'embrasser le front, les joues, le cuir chevelu, s'arrêtant à mes lèvres. J'ai essayé d'établir un contact visuel avec Alexandra, mais elle détournait le regard.

« Hé toi ! » ai-je murmuré, mais Alexandra sortit de la pièce.

Victoria m'a serré si fort dans que j'ai soupiré et j'ai failli vomir sur mon oreiller. « Pourquoi as-tu essayé de te suicider avec de la drogue ? » Victoria me demanda. « C'était du pot ! » répondis-je. « T'es con ! C'est à cause de William ? »

« J'ai pas essayé de me suicider ! » j'insistais.

« Mais à l'école, ils disent que oui. Certains prétendent que t'étais secrètement amoureux de William, et c'est pourquoi t'as séché les cours après sa mort. C'est vrai? Es-tu gay ? »

« Non, Victoria ! J'ai des superpouvoirs. J'ai essayé de les déclencher avec de l'herbe, pour que je puisse trouver William, et lui dire qu'une dame fantôme veut que je le protège. On doit voyager dans l'espace et le temps pour sauver l'univers. »

Elle m'a regardé avec un visage effrayé. Je pouvais voir instantanément à travers elle, mais j'ai arrêté d'essayer quand ses yeux m'ont montré un jour, en troisième année, où elle a fait une scène à son père. Elle voulait aller à l'école déguisée en princesse. « Tu es gay... »

« Oui, Victoria, oui. Je suis homosexuel. Désolé de te le dire comme ça. »

« OK ! Je suis bisexuel. On peut travailler quelque chose. »

« J'ai besoin de parler à Alexandra. »

« Elle ne veut pas te parler. Elle m'a juste emmené ici. »

« Dis-lui que c'est important. Je dois parler à Alexandra. »

Alexandra entra dans la pièce à ce moment-là. Elle nous écoutait tout ce temps. Elle m'a regardé et je la sentais en deuil. Je pouvais sentir la même tristesse pour nous deux, pour la même âme. J'ai fermé les yeux, projetant mes sentiments en elle. Elle pleura. Moi aussi. « Peux-tu nous laisser tranquilles ? » ai-je demandé à Victoria. Elle hocha la tête et quitta le lit pour s'asseoir sur une chaise solitaire. Alexandra se tenait à côté de mon visage.

« Hé... » elle souriait un peu.

« Je sais que tu rêves de lui. » lui ai-je avoué.

« Comment sais-tu ça ? » demanda-t-elle.

Je l'ai regardée et j'ai souri. Son chagrin ouvrait une porte sur son âme et ses souvenirs. « Tu rêves que tu te retrouves dans l'ambulance, et il meurt dans tes bras. Tu parles de moi, et tu essais de lui faire oublier que j'existe. » Elle pleurait et m'attrapa la main. Elle ajouta : « J'ai le même tous les soirs. Chaque fois, je prie les anges, parfois les démons, pour qu'il m'entende. » Je lui ai baisé la main et j'ai murmuré : « Il est toujours vivant. Je sais, et je le trouverai. »

Trois jours plus tard, on m'a renvoyé de l'hôpital et accueilli dans un établissement à sécurité maximale pour adolescents en difficulté. Un long couloir blanc s'ouvrait. Je n'avais rien d'autre que mon sac à dos. Même si je portais mon jean préféré et mon t-shirt *Morbid Angel*, je me sentais nu ou vêtu d'un uniforme de prisonnier. Je suis rentré dans ma chambre d'un pas lent, essayant de me calmer. Une toute petite chambre sans télévision. J'ai dû y rester et réfléchir à la raison pour laquelle j'allais finir mon adolescence en prison. Tous les matins, je rencontrais un conseiller, un homme d'une cinquantaine d'années, presque chauve, avec d'énormes lunettes, et habillé comme un psychologue hippie.

« Sais-tu pourquoi tu es ici ? » il me demandait.

Je gardai le silence. Je savais que ce n'était pas ma place.
Il insistait : « Penses-tu que tu es prêt à agir comme un adulte ? »
Je le regardais et je lui crachais : « Qu'est-ce qu'un adulte ? »
Il se calmait et remettait ses lunettes, avant de me demander :
« Selon toi, qu'est-ce qui te fera travailler avec les autres, quand
tu auras un travail, quand tu termineras tes études ? »

« Magie ! » je riais tout seul.

Il soupira et griffonna quelques notes. Il m'observa et attendit
un moment avant de formuler sa question suivante :
« Pourquoi t'es-tu enfermé dans ta chambre à fumer du pot ? »
Je l'ai regardé et je lui ai demandé : « Sinon, comment puis-je
sauver le monde ? »

« Tu veux sauver le monde, Seamus ? »

Sa série de questions m'ennuyait. J'ai été direct et clair,
franc, honnête. Je l'ai regardé à nouveau, j'ai exprimé l'évidence :

« Si le Grand Rêveur meurt, nous mourrons tous. Marduk
et Varuna agissent comme des agents du Vide et d'Archeus.
Ils pensent tous les deux qu'ils peuvent protéger l'Au-delà. Ils ont
tort. J'ai besoin de retrouver mon ami, et Nempty, pour construire
un escouade qui s'opposera aux deux, dans leur guerre
millénaire. Mais nous sommes faibles, et je suppose que c'est
pour ça que j'ai fumé de l'herbe. » Bernard m'observait avec un
drôle de sourire. « Nous avons un club de poésie et de littérature,
et nous permettons également à nos visiteurs de jouer à Donjons
et Dragons, ça te plairait ? »

Oui, j'aimerais ça, bien sûr. Je me suis dit. J'ai soupiré et
j'ai détourné le regard. De retour dans ma chambre, je réalisais
que je pouvais facilement connecter mon essence à celle de
n'importe quel détenu, ainsi faire mes propres films. Les deux
premières nuits, j'essayais de trouver une fille blessée
sexuellement et imaginer les événements qui l'avaient amenée à
se rebeller. Ça s'est avéré beaucoup trop monstrueux pour que je
puisse poursuivre dans cette voie.

La plupart des jeunes de ce bâtiment étaient gravement blessés, et ça m'a encore plus conforté dans ma décision voulant que je ne sois pas à ma place. Il fallait que je parte, que je m'échappe, d'une manière ou d'une autre. Peut-être que le fait d'être détenu dans cet endroit merdique pourrait me permettre de pratiquer mon don, cependant. Je devais me retrouver dans un tel état de calme que je pouvais connecter ma psyché à la souffrance des autres, sans perdre mon sang-froid.

J'ai essayé avec Gwen, d'abord. Je l'ai vue, ce matin, à la cafétéria. Elle a été agressée sexuellement par son grand-père à l'âge de cinq ans. Un banquier prospère qui possédait des millions à promettre à ses deux fils et ses deux filles. Ce monstre gardait de sombres secrets. La mère de Gwen s'est fait agressée sexuellement par son père égoïste, mais elle a quitté la famille pour vivre dans la pauvreté. Elle est revenue après être devenue une mère célibataire, et avoir entendu parler des traitements contre le cancer de l'ignoble patriarche. Elle voulait ce qu'il y avait de mieux pour sa fille, et le monstre ne l'a pas déshéritée pour s'être séparée de la famille. Lorsque sa mère apprit l'agression de Gwen entre les mains de cette pourriture, elle s'est retrouvée avec deux choix : soit elle le dénonçait aux autorités, soit elle convainquait sa fille d'accepter son sort ignoble. *C'est normal. Aucun problème.* La maman troublée a choisi le chemin qui amena Gwen ici. Quant à grand-père pervers ? La violence déchaînée de la jeune victime, avec un couteau de boucher, lui a laissé de profondes cicatrices et des poumons fragiles.
J'ai localisé sa chambre, à minuit, alors que je voyageais d'une essence à l'autre jusqu'à ce que je reconnaisse certains motifs et éléments de son histoire. Le même cauchemar la hantait. Toujours celle d'un gros homme qui la mange de l'intérieur, surmontée d'un pique où le grand-père apparaît nu. Toute la famille détourne le regard pendant qu'il s'impose sur son corps de cinq ans. Je sentais que la blessée resterait toute sa vie au fond de son âme. Chaque fois que le bâtard entrait dans ses rêves, j'avais l'impression de voir le bateau de Nempty dans mon évanouissement. Je pouvais simplement me rassembler et, en fait, je ne sais pas comment.

Le lendemain matin, je l'ai attendue à la cafétéria. Elle s'asseyait toujours seule et prenait son déjeuner sans regarder les autres. Elle me faisait penser à William. J'observais la scène et je prenais des notes. Elle se retrouvait souvent avec Sabrina à sa table, jetant le bol de céréales de Gwen par terre. Pourquoi y a-t-il tant d'imbéciles dans ce monde ? Gwen se sentait poussée vers une haine d'elle-même. Sabrina voulait se sentir vivante. La nuit suivante, je me suis connectée à l'univers de la bully. Alors qu'elle n'était encore qu'un bébé, son père s'en est allé. Sa mère n'a jamais pu trouver un emploi en dehors de l'industrie du sexe, et Sabrina a toujours rêvé qu'elle deviendrait astronome. Voir sa mère junkie renifler de la drogue et faire plaisir à ses clients, souvent trois en même temps, lui faisait peur.

Elle voulait que Sabrina apprenne dès son plus jeune âge que le sexe était bon. Elle n'avait qu'à maîtriser sa résilience intérieure, son attrait, pour pouvoir gagner de l'argent en promettant à des vieillards à l'esprit faible qu'ils pourraient tomber amoureux d'elle. Sabrina se voyait dégoutée, alors elle évacua cette frustration sur les filles plus faibles, à l'école. Elle ne comprenait pas comment sa mère pouvait trouver du plaisir dans ce monde de dépravation. Elle pensait que sa mère avait créé un personnage fort pour apprivoiser sa souffrance, aux yeux de clients riches avec des fantasmes d'abus et de domination. Je me rendis compte que Sabrina et Gwen brillaient comme les deux extrémités d'une même tragédie.

Et j'ai toujours voulu être en vie. Lorsque Bernard m'accueillit dans son bureau, un mois après mon entrée dans cet établissement, deux après la mort de l'autre bout de ma tragédie, j'ai essayé de lui raconter ces histoires. Il n'a pas voulu m'écouter. Il supposait toujours que j'imaginais tout ce que je partageais avec lui. Si j'essayais de le secouer avec une révélation de ses propres secrets, j'échouais à chaque fois. L'homme était visiblement en paix avec sa vie, et avec tout ce qui l'entourait. Pas de douleur, pas de souffrance, bon sang ! Pas de potins pour moi.

« Tu voulais me poser une question ? » demanda Bernard. Je figeais. *N'allez pas à Tir na n'Og !* J'ai entendu cette voix dans sa tête, mais j'ai dû m'en débarrasser, et j'ai osé :

« Comment peux-tu être si calme alors qu'on est entouré de tant d'agonie ? » Il rédigea quelques notes et réfléchit un long moment. Il sourit, me regarda et, sagement :

« Seamus, tu fais ta propre agonie. »

Trois mois se sont écoulés depuis que nous avons appris la mort de William. Je viens d'avoir dix-huit ans. Mes parents m'attendaient à la sortie. J'avais mon sac à dos dans les bras, et ce trou d'enfer derrière moi. J'étais prêt à passer à autre chose.

J'arriva à la maison et je pouvais à peine faire face à mon père. Tout me ramenait la peur et le chagrin. La peur de l'inconnu, qu'est-il arrivé à leur enfant unique ? Le chagrin du passé qu'ils doivent laisser derrière eux. Je n'arrivais pas à affronter ma mère, elle gardait le silence, coincée entre me défendre devant l'amour de sa vie, et me réprimander, pour éviter de nuire à son mariage.

Quand j'arriva dans ma chambre, ce soir-là, j'eu envie de revenir à mes moments de fumeur de joints, afin de passer une autre journée avec mes parents en conflit. Je n'avais pas de travail, donc je ne pouvais pas déménager et trouver un appartement. Je ne pouvais pas attendre dans cet environnement. Je ne pouvais pas exister dans cet habitat pollué. Ma propre peur grandit à un tel point que je me connectai à mon univers intérieur, et ça a créé de fortes rétroactions. J'avais l'impression que je pouvais mettre fin à mon monde en un clin d'œil. Je ne pouvais pas respirer dans cet état de pur chaos. Il a fallu que je parte, que je reste dans la rue pendant un certain temps, jusqu'à ce que je puisse me restructurer, me remettre sur pied. Mais la simple idée de dormir dans les boulevards m'effrayait.

« Vous avez peur de vivre votre vie, agent d'Archeus. »

J'ai reconnu cette voix. Je pouvais sentir sa présence, mais comme elle n'était pas la cause de ma peur, je ne me sentais pas paralysé. Je regardais au bout de mon lit, et j'ai vu sa lumière bleue briller. Elle m'observa et sourit. « Je t'ai manqué ? » a-t-elle demandé. « Ce don devient incontrôlable. » j'ai répondu.

« Il est temps que je te donne un peu d'enseignement. »

Elle joignit ses mains et créa un orbe, parfaitement équilibré et flottant entre ses deux paumes. Mes yeux étaient tellement concentrés sur cet objet énigmatique que je ne me rendais pas compte que ma chambre était devenue grise. *C'est une question d'incertitude*, ai-je pensé. « Oui, Seamus. Mais pas notre destination finale. »

J'ai regardé de nouveau autour de moi. Des arbres aussi hauts que des montagnes nous entouraient. Le sol ressemblait à du talc liquide. Chaque fois que nous mettions les pieds à un certain endroit, il se transformait en, je ne sais pas, c'était difficile pour moi d'évaluer, mais je dirais : de la saleté spongieuse.
Le ciel passait du nuageux à l'ensoleillé en quelques instants, selon l'endroit où je posais les yeux. J'ai trébuché sur un rocher, et quand j'ai regardé en bas, la pierre se poussait des ailes et un visage en colère, sans bouche. Le rocher s'envola rapidement, puis laissa ses ailes disparaître, tombant pour redevenir une pierre. J'ai regardé devant moi, ne sachant pas si tout ça venait d'un rêve ou d'une hallucination. Je suis resté sobre pendant trois mois. Je sais que je ne me suis pas endormi, donc c'était réel.

« Tu es en Lémurie, Seamus. »

J'ai entendu la voix d'Ishtar, mais je ne pouvais pas la voir. « Je suis à une souche de toi, soit sur Litooma, soit sur Athanor. Tu as jusqu'au coucher du soleil pour me localiser. »

« Ou quoi ? »

« C'est une tâche simple, étant donné à quel point ton pouvoir doit être développé en ce moment. »

116

Jusqu'au coucher du soleil? Comment est-ce possible dans un monde où le temps n'a pas d'ordre ou de forme apparente ? « J'ai besoin de me connecter à la peur de quelqu'un, sinon ça ne marche pas ! » j'ai crié. Silence. « Ishtar ? » Rien.

J'ai pensé, sans raison, à la façon dont je ferais tomber une fille amoureuse de moi. Victoria s'en sortait assez facilement, surtout après que je l'ai ignorée, suite à mes nombreux compliments.Le truc c'est delui faire tirer des conclusions hâtives que je ne voulais ni confirmer ni infirmer. Tout fonctionne dans sonimagination, et tant que je n'interviens pas pour interférer avec le monde qu'elle créer autour de nous, elle se retrouve soit amoureuse, soit effrayée. J'aimais penser qu'elle était vraiment amoureuse, comme Eugénie, la tête d'affiche du club d'échecs de notre école.

Elle était magnifique. Pourtant, elle a décidé qu'elle vivrait une existence heureuse en tant que femme célibataire et jeune féministe. Alors, elle traîn ait avec les nerds pour jouer à des jeux de société, s'y produire, et travailler pour réaliser ses ambitions d'intellectuelle attrayante. Je sais qu'aucun geek n'a fini dans son lit, et ça a dû lui fournir une certaine assurance. Mais en parfait comte Valmont que j'étais, j'ai joué les liaisons dangereuses et j'ai gagné. Uniquement pour envoyer à tous les nerds de ce club des photos d'elle en train de me faire une pipe. Au coucher du soleil, j'ai réfléchi. J'ai regardé autour et je n'ai vu que de grands arbres noirs et violets. Peut-être que ce royaume est lié à ma version intérieure de la Lémurie. Peut-être que ces souches qui forment Sophron sont entrelacées. C'est ainsi que je parviens à jeter un coup d'œil dans des mondes de parfaits inconnus. Je forme un lien avec mon plurivers, et je trouve un domaine que nous partageons tous les deux. À ce moment-là, et à partir de là, j'ouvre le Voile et je ressens toute la vie du Rêveur. Ma théorie, si elle est correcte, pourrait me permettre de localiser un fantôme.

« Je ne suis pas un fantôme, Seamus ! »

Je sais, mais travaille avec moi, Ishtar.

117

Ce monde est lié à mon point de vue, mais il possède sa vérité. Observer le firmament et voir des nuages ne signifie pas que le ciel est brumeux. Quand je regardais Eugénie et que je voulais exprimer des mots qu'elle aimerait, je le faisais pour établir la confiance. Je devais jouer l'essence détachée qui donnerait un *n'importe quoi* quand le timing l'exigerait. Mon âme s'attachait quand venait un besoin d'approbation pour sa quête narcissique. Le coucher du soleil n'arrive pas tant que je ne l'ai pas dit ! *Et Ishtar, tu es sur Athanor !* « Pourquoi suis-je sur Athanor, mon amour ? »

« Parce que je l'ai déclaré. » Le monde fond sous mes yeux. Nous retournâmes dans ma chambre. Le spectre bleu me regarde, désolé. Je suis son pire étudiant. Mes quartiers n'ont pas changé. Ishtar s'approcha et baissa les yeux. J'étais confisnt et effrayé. « Nous n'avons jamais quitté Gaia.» *Pourtant, on a voyagé.* « Seamus, tu l'as fait. Je t'ai amené dans une autre dimension, c'est tout ce que j'ai fait. » *Mais tu m'as dit.* « Seamus, tu n'es pas prêt à gérer un pouvoir de penseur. »

Elle a disparu comme elle est venue, comme toujours, me laissant seul. La réalité n'a pas changé. J'ai gardé la peur d'affronter mes parents d'affronter mes démons. Je n'étais pas prêt à chercher William. J'ai déjà échoué une fois, et je ne peux pas échouer à nouveau. J'examinai la porte de ma chambre, tandis que j'entendais mes parents se disputer sur mon sort. Si j'ouvre la porte, je me retrouverai en plein divorce. Si je reste dans mes quartiers, je ne trouverai que des raisons de contacter mon trafiquant de drogue. Ma seule issue était ma fenêtre. Vivre ma vie, c'était errer dans les rues. Je pouvais toujours trouver de l'argent et en avoir assez pour louer un appartement. J'appellerais mes parents une fois que je me serais installé, et j'aurais trouvé mon indépendance. Je suis un adulte, après tout. Je peux travailler, je peux survivre, et j'ai un don, un superpouvoir ! Ça m'aidera. J'ai ouvert ma fenêtre et j'ai attrapé la monnaie de poche sur ma table. Si je survis à cette nuit, tout ira bien.

Je suis descendu.

Chapitre onze :
Marduk rend visite aux fées

Rassembler une armada pour visiter la Maison Sekhmet de Tir na n'Og n'a pas été une tâche facile. Des centaines de capitaines criant des ordres. Des milliers de lieutenants, pour des centaines de milliers de soldats, disposés à combattre sous les instructions du Grand Seigneur de Guerre. C'est ainsi que Marduk mène la diplomatie : parler avec le plus gros fusil à la main. Son propre vaisseau de guerre personnel est connu comme le plus grand de toutes les Maisons de Sophron. Dans un coin de la plate-forme de rassemblement, une trentaine d'agents spéciaux se préparent à prendre d'assaut le silence de la nuit. Ils s'appellent : *L'Escouade Cyclone*, reconnaissables à l'uniforme noir qu'ils portent. Leur division de manceurs se compose de cinq puissants Marcheurs, avec de minuscules orbes au bout des doigts. Ils peuvent coordonner des axiomes et invoquer des créatures de manière très agile. Cinq penseurs soutiennent toujours les manceurs. Dix danseurs pratiquent des arts martiaux avancés, qu'ils associent au Voile. Dix fonceurs contrôlant l'Ether, à l'intérieur du Voile, complètent la force.

Marduk est également connue pour posséder l'armée de biomechs la plus impressionnante de Sophron. Un biomech, ou archéoïde, est un organisme synthétique, parfois un mélange de biotechnologie et de cybernétique. Certains porteront de la chair, des muscles et des os artificiels. Cependant, la plupart n'ont pas de cerveau fonctionnel. Le leur est spécialement conçu pour accueillir une âme sortie de son corps.

119

Un manceur habile manipulera les pixels du monde qu'il habite pour concevoir un objet, une bête ou une énergie.

Un maître manceur, tel que Marduk, invoquera des axiomes à partir de souches et les importera à son emplacement, créant des objets, des créatures, ou un phénomène plus complexe. Nous ne pouvons pas conquérir un royaume en nous basant uniquement sur ce pouvoir. Une armée forte et les bons véhicules pour la transporter devient pratique.

Le plus grand bateau spectre de sa flotte est : *Le tueur de souches*. Son vrai nom était le Nomicon. Aussi massif qu'une ville moyenne, il pourrait provoquer des éclipses. Sa façade a la forme d'un cigare, avec trois immenses crânes de dragon pointant vers l'extérieur. Un tel crâne couvrirait tout un quartier, et les légendes disent que Marduk a détruit ces bêtes lui-même, dans le royaume de l'Open Door. D'autres soutiennent que Varuna a commis l'exploit lorsque Marduk tenta d'envahir Héliopolis, marquant le moment où le dieu sumérien décida de sauter dans l'ère technologique. Le Tueur de Souche est si énorme qu'il est presque impossible de cartographier son extérieur et obtenir une description de sa forme. Si le devant ressemble à un cigare, le dos est sculpté comme un diamant avec d'immenses ailes.

De plus, il y a un véritable gouvernement et une population qui existent à l'intérieur du navire. Leur mission ? L'entretenir, le réparer. Les modifications varient de temps en temps. C'est aussi le cas d'une administration à l'autre. Au total, les habitants de ce vaisseau dépassaient les trois millions d'âmes, la plupart appartenant à l'armée de Marduk ou à des gardes privés. Marduk n'aimait pas le nom de Tueur de Souche. Il appelait sa chère possession *Vénus*, parce que ça lui rappelait Ishtar, l'amour de sa vie. Deux petits bateaux spectraux, Yuan et Gong, volent plus loin, avec des populations d'un demi-million d'habitants chacune. Cinq mille navires de la taille d'une maison se tiennent derrière eux, avec cinquante passagers, chacun. À l'intérieur du Tueur de Souche, nous découvrons un vaste complexe de couloirs et de chambres. À première vue, on pourrait presque le comparer à une ruche avec des milliers et des milliers de pièces.

Elles sont annexées les unes aux autres par un système labyrinthique de tunnels, de chemins secrets, de ponts. Il semble impossible d'y trouver notre chemin vers le plus grand espace : les appartements du Seigneur. Pour s'y rendre, le visiteur doit accéder à une dimension que seul Marduk peut produire.
Une fois à l'intérieur, nous assistons au spectacle le plus étonnant que la technologie et l'incantation offrent. Au fond de la pièce, un écran géant fait office de fenêtre, montrant ce que les trois crânes de dragon observent. Le vaisseau se retrouve piloté et contrôlé par dix aviateurs, chacun dans une chambre différente. Marduk peut, à tout moment, prendre le volant, pour ainsi dire, depuis un trône gigantesque.

Des fils flottent au-dessus et autour du trône, attendant que le maître s'assoie et ordonne aux câbles de se connecter à son esprit. Il télécharge sa conscience, comme s'il voulait conduire un biomech et piloter tout le navire par lui-même. Personne n'est près de le surpasser dans les manœuvres de l'âme. L'archéoïde de Marduk, Humbaba, s'est forgé une excellente réputation. Alors qu'il se battait dans un arène, Humbaba démolit plus de quarante adversaires en un temps record. Humbaba est un biomech qui parvient à prononcer des incantations. Ces derniers ont leur propre psyché et ne permettent qu'à des consciences spécifiques de partager leur espace. Humbaba interagit avec les chambres secrètes de Marduk, fièrement à côté d'une cascade magnifique. Il se transforme en une rivière qui traverse la pièce et revient à travers une sculpture époustouflante. Blanc aux traits bestiaux, le biomech ressemble à un yéti, avec trois paires d'ailes de condor attachées à son dos. Des canons laser et des torpilles sont fixés aux deux bras. Comme pour de nombreux archéoïdes, les roquettes, les missiles biologiques et les balles sont générés par les organes du méca vivant. Marduk se tenait devant l'écran gigantesque, examinant sa plate-forme, tandis que l'armada se regroupait. Elle ne représente qu'un dixième de son armée.

Il contemplait sa force, un visage familier apparut sur le moniteur. Sekhmet, avec ses traits de panthère, abritant une couronne de pharaon, regarda Marduk et sourit d'un air narquois : « On m'a dit que tu voulais me rendre visite. Pourquoi as-tu besoin de toute cette force ? Nous ne sommes pas en guerre.

« Nous avons localisé l'essence d'Indra. Cet arsenal représente mes moyens d'autodéfense, ou la protection, appele-le comme tu voudras. »

« Tu viens de trouver Indra ? Marduk ! Je suis sur son cas depuis la naissance du jeune William. »

« Dissimuler ces informations à ton plus proche allié ? »

« Tu n'avais rien d'intéressant à fournir en échange. Je suis heureuse que tu l'ais découvert par toi-même, où il se trouve. » Même s'il voulait cacher sa frustration, le grognement silencieux de Marduk devenait apparent derrière son froncement de sourcils agressif. Sekhmet ajouta :

« Tu n'as pas besoin de venir à Tir na n'Og, Marduk. S'il te plaît, reste à Nibiru. »

« Je n'accepterai d'ordres de personne, ami ou ennemi. Pour que notre alliance se poursuive, je demanderai ta coopération afin de capturer cet individu, William. Nous arrivons dans trois jours. Je te recommande de ne pas tenter de me duper. Cet envoyé diplomatique pourrait se transformer en une faction d'invasion. Tir na n'Og ne serait pas la seule souche que je conquerrais. Duat serait également dans mon assiette.
« Tu menaces comme un empereur, l'ami. S'il te plaît, sois mon invité. Je vais t'organiser une fête de bienvenue pour, à Arcana. »

« Ma présence, Sekhmet, sera gardée secrète »

« J'ai mon assurance. Je ne suis pas ton idiote de service. La menace que tu profères contre moi a été dûment notée. » L'image de Sekhmet disparut de l'écran. Le seigneur de guerre observa, une fois de plus, ses sbires se préparer au déploiement et voyager à travers le Voile. Prochain arrêt : Tir na n'Og.

Chapitre douze :
William visite le Naked Truth Bar

Une nuée de corbeaux enflammés tournait autour de toi, prêts à plonger et mordre ton foie, menotté à une falaise rocheuse. Tu continuais, jusqu'à ce que les rues ne soient plus. Une herbe brûlait, peut-être un champ ou une vallée, un jardin ou une forêt, on ne pourrait jamais l'affirmer avec cette obscurité. Les volées de sombres phénix s'accumulaient de plus en plus au-dessus de ta tête, couvrant le ciel d'une obscurité absolue. Leurs rires incessants étouffaient le bruit de ton agonie.

Tes pas semblaient réels. Où vont-ils t'emmener ? Je pourrais faire allusion à une menace imminente, mais ça ne serait pas drôle. J'ai toujours besoin de mon propre divertissement. Te voir souffrir m'amuse. Je te vois aveugle. Tu étires tes bras et agites tes mains, de toutes les manières possibles, dans toutes les directions connues. As-tu paniqué ? Ou était-ce une poussée d'adrénaline ? Peut-être les deux. Je ne pense pas que tu sois prêt à mourir. Hé! Mourir dans tous les sens. C'est drôle ? *Très drôle, M. Void.* Merci, monsieur Void. *N'importe quand, mon chum.*

Un pas de plus, attention ! Prudence ! Celui-ci, tu l'as gardé en l'air. Tu essayas de saisir quelque chose avec tes mains, et c'est apparu, depuis l'autre monde. Un objet froid qui t'a transpercé le cerveau, permettant aux liquides de s'écouler. Presque instantanément, en un énorme nuage d'oxygène te remplit les poumons. L'obscurité, comme une blancheur absolue, n'est pas mieux pour ton aveuglement total et immédiat.

Les corbeaux sont morts. Certains ressuscitèrent en colombes enflammées ; Tu ne parvenais toujours pas à voir autour de toi. Sauf, peut-être, quelques flashs, certains noirs, certains gris transparents, certains beiges. Les étoiles frappèrent ton esprit comme des aiguilles. Engourdie, ta tête semblait lourde. Peu de sensations se manifestaient, et pourtant tu savais ce qui se passait autour de toi. On entend des voitures qui se déplacent rapidement d'un côté. Le bruit de gros camions suivait. Tu sentais ton crâne complètement tourné vers la droite, à quatre-vingt-dix degrés, incappable de respirer. Dieu te veut vivant ! Pourquoi pas toi ?

Le blanc intense s'estompait vers le gris, et le noir profond ne prendra pas le dessus. Pour cette prochaine partie de ton odyssée, tout se dessine en noir et blanc. Un film de guerre, quelle ironie. Ton fantôme erre dans Bagdad, reflet de la capitale dévastée, seule cette ville existe dans ta tête. Les bâtiments ne sont plus ce qu'ils étaient. Certains tombent en ruines ; d'autres se tiennent à peine sous un toit en miettes. Des corps d'enfants morts jonchent les rues. Des mères en larmes s'accrochent aux cadavres de leurs disparus. Tu flottes autour de ce spectacle de désespoir comme un spectre plein de remords. Tu les as abandonné pour vivre avec Ishtar. La trêve ne t'a jamais impacté, Indra ! Tu aurais pu pousser cette paix mondiale dans l'esprit d'un politicien. Tu aurais pu inspirer l'humanisme au point de le laisser prendre le contrôle des théocraties et des démocraties défaillantes. Pourquoi as-tu choisi l'amour d'une seule âme plutôt que celui d'une création ?

Les dirigeants qui décident de ces guerres, et qui comptent les pertes collatérales comme de simples chiffres, pensent de la même manière. Seul l'extérieur immédiat compte. Le reste n'existe pas. Ce que nous ne comprenons pas ne fait jamais mal. Le déni n'efface pas les faits, mais le dialogue peut éclairer. Ça ne veut pas dire que la réalité n'a jamais eu de chance. C'est ce qui s'est passé pour quelqu'un que tu connaissais, qui t'aimait, qui ne verra combien la vie est difficile que si des questions subsistent.

« Des creusés ! » un père cria.

Ce n'est pas Bagdad, mais la ville incendiée de Self-Grief, à quelques kilomètres de Chagrin, son village jumeau. Lorsque tu te retournas, cinq hydres volantes, ou une version fantômatique de la créature mythique, hantaient les rues. Chacune portait sept têtes, toutes noires. Elles crachent du feu ou un venin hautement inflammable. L'une d'entre elles atterrit sur un grand gratte-ciel, déchirant le sol qu'elle happe sur son passage, saisissant des nymphes et des muses pour se nourrir. Elle ne laissait que du sang et des tripes couler le long de ses sept bouches. Tu te matérialisas au moment où cette autre allait engloutir ton fantôme. Tu parvenais à peine à réagir. Tu restais là, attendant que ses dents t'arrachent la tête. La bête s'approcha doucement. Elle t'a regardé, puis s'est regardé elle-même. Silence. L'hydre a couru vers toi, comme si elle voulait être apprivoisée. Tu t'écartas. Tu n'as pas vu le guerrier, un mâle avec un torse musclé et d'énormes bras, mort.

Le monstre s'avança, tandis que ses sept crânes se confondaient en un seul. Il se promenait lentement, crachant des flammes dans un éternuement, évacuant de l'air et du feu par les narines. Les pieds et le corps du reptile prenaient également la forme d'un cheval cauchemardesque. L'animal se tenait humblement devant toi. Tout le village observait la scène, perplexe, ne sachant pas s'ils devaient te craindre davantage ou vénérer ta présence : La muse, ou la nymphe, qui pouvait dompter un creusé. La bête de l'oubli s'approcha encore plus près.

Tu reculas, trébuchant sur la carcasse d'une nymphe guerrière vêtue d'un pantalon en cuir moulant et un manteau métallique qui épousait parfaitement sa peau. Tu perdis l'équilibre, tombant au sol. Ta main frappa le dos du cadavre. La lumière émise par ta paume recouvrit tout son corps, et la vie se vit insufflée à la nymphe mâle une fois de plus. Il s'est réveillé, comme tu l'as fait plus tôt, et il cria :

« Ishtar ! »

Il s'est levé et s'est enfui. Ce miracle attira l'attention de tout le village. On entendait l'air filtré à travers des murmures d'étonnement et de crainte. Tu t'assis par terre. Les quatre autres creusés rejoignirent la scène, t'encerclant. Impossible de bouger. Cinq licornes noires posèrent une jambe à terre, comme dans une génuflexion respectueuse. Têtes baissées, leurs nez touchaient le sol. Tu te relevas lentement. Les bêtes devinrent une seule. Il semblait difficile de dire s'ils se mangeaient l'une, l'autre, si elles s'accouplaient ou fusionnaient comme des gouttes de mercure sur un miroir. L'animal te faisant face se tenait aussi haut que l'Everest. Tu lui aurais jeté une lance dans le crâne, et elle n'aurait rien fait pour l'en empêcher. La bête baissa la tête pour rencontrer la tienne. Lentement, doucement, tu posas ta main sur son front, près de l'immense corne solitaire qui brillait dans l'obscurité totale. Tu as déjà rencontrée cette femelle.

Elle vient de loin, dans les premiers jours de ton enfance. Une époque bien avant de découvrir la parole. Ta grammaire se limitait qu'à seul mot : *Om* . Certes, Indra, tu te souviens de Karkadan. L'animal s'est envolé. Une tempête de sable s'accumula sous ses pieds, tandis que des ailes gigantesques jaillissaient de son dos, fouettant douloureusement l'air, à plusieurs reprises, jusqu'à monter ou flotter vers le ciel. Des pierres l'ont suivi, formant des nuages qui couvrirent la bête. La paix s'est finalement installée dans le public chagriné, rassemblé dans les rues : survivants, personnes âgées, mères, pères, enfants, tous ont chanté un rugissement de bienvenue au sauveur. Tu les ressentais en toi. Lorsque les chants, les larmes et les cris de victoire atteingnirent leur paroxysme, tu sentis la désolation de toute une vie, celle d'avant, celle de l'intérieur, celle de l'extérieur. Aucune existe avant ou après. Tu te réjouis comme le héros au cœur du plus beau jour de sa vie. Comment ta solitude peut rester prononcée ?

Tes poumons te font mal. La lumière semblait plus électrique et moins naturelle. Tu t'éloignas du public, l'ignorant, te concentrant sur tes poumons blessés. Quelqu'un, une voix essaya de te saisir et t'éloigner de ce monde.

« Tu m'entends ? » une voix te hantait « William ? »

« Dis quelque chose, s'il te plaît, mon ami. Parle-moi ! »

Il y eut un grognement. C'était comme si ça venait de toi, d'une vie que t'as oublié depuis longtemps. Comme une respiration, ta parole embrassant les ailes des ondes sonores, transportée dans l'esprit d'un autre, fusionner. Tu as grogné, oui ! C'était toi.

« Je suis désolé. »

Il y avait le viaduc. Une ambulance. Il y avait ce visage que tu n'as pas vu depuis une éternité.

« Comment... » as-tu marmonné, en empruntant les mêmes poumons pour projeter une oraison mutilée.

« Comment va Seamus ? » prononçais-tu à nouveau.

Impossible de distinguer le visage qui te regardait. Comme si tu percevais son âme mieux que sa matière. On entendrait un océan de douleur se répandre hors de sa grande taille. Plus de tempêtes, plus de pierres, plus de sable, plus de vent, de blessures. Tu te calmas en essayant de respirer. Clairement, tu aperçus deux hommes travailler dur pour te maintenir en vie, et tu sentais une main tenant la tienne. Si tu poussais ton essence dans ce monde, alors tu sentirais Alexandra en larmes.

« On s'en fout de ce trou d'cul ! »

Elle haussa les épaules.

« OK, parle-moi, OK ? Comment vas-tu? Qu'est-ce qui t'est arrivé? Pourquoi t'as fait ça ? OK, parle-moi, parle-moi. »

Et c'est la fin. En un instant, tu retournas dans Self-Grief. Tu marchais sur un immense boulevard qui s'étendait très loin à l'horizon. Ces maisons cubiques disséminées de part et d'autre abritaient des familles de lapins, pensais-tu. Tu en rencontras quelques-unes qui semblaient immenses, noires ou grises.

La rue te guida vers un minuscule club, presque une grotte creusée dans un cube, ou deux pyramides reliées par leur base. Le bar se trouvait sur l'un des sommets. L'entrée se pointait au sol. L'enseigne se reflétait sur le parvis, comme des lumières qui sortaient de l'ombre du cube. *Systèmes de Croyance*, pouvait-on lire en lettres rouges et violettes, *Strip Joint Platonique* se trouvait en dessous. Un strip-tease platonique ? Qu'est-ce que ça mange en hiver ? Un endroit où seule la vérité se met à nu.

Tu entras dans la grotte par des escaliers très étroits. Elles t'emmenèrent plus bas, vers l'enfer, peut-être, mais très en bas. Des rires ont d'abord volé jusqu'à tes oreilles. Puis des murmures. Et la musique, quelqu'un jouait un classique d'Andy Williams sur un piano et des cordes, comme si le crooner personnifiait un chanteur d'opéra. Un rythme techno soutenait le chant en arrière-plan. Silence !

Les torches t'éclairaient le chemin. Leur aura dansait avec les ombres produites sur le mur de briques et de mousse. Un temps plus tard, les escaliers s'abandonnaient derrière toi, comme d'anciens souvenirs d'un soleil légendaire. On doutait que sa lumière ait jamais existé. Tu atteignis un premier sous-sol, près du centre de la Terre, et entendis un rire joyeux. L'enfer n'était-il pas un lieu de tourments sans fin ? Pourquoi ce bonheur ? Les torches semblaient la seule source de lumière, même lorsque tu passas à travers un rideau de chapelets, comme si quelqu'un décidait de cacher cette joie sous des bénédictions répétées. Là, des gens se tenaient enchaînés aux murs. Les prêtres se cachaient derrière des téléviseurs à travers lesquels les prisonniers pouvaient regarder des marionnettes d'ombres joliment ciselées. Ils ont tous vu le même théâtre mais bénéficiaient d'angles différents. Il y avait donc des catholiques d'un côté, des orthodoxes de l'autre, des protestants, sur un rempart à part. Ils se sentaient heureux aussi longtemps qu'ils pouvaient partager la même illusion.

Alors que tu marchais vers le milieu de la pièce, l'endroit changea. Les murs se confondaient et se dressaient derrière toi. Devant, il n'y avait que de la fumée et de la lumière. Là, un autre public discutait du nouveau théâtre qu'il regardait. Qu'est-ce qui a fait la fumée et comment est-elle devenue un écran ? Comment pouvaient-ils l'utiliser pour perfectionner les marionnettes ? Peut-être pourrait-on développer une nouvelle forme de télévision. Pourtant, pour eux, le soleil portait l'histoire ancienne et sa lueur devint légendaire. Ce smog représente tout ce qu'ils ont connu. Cette barrière et le laser qui dessinait des formes lui apportait de la vie à l'intérieur.

Passé l'écran de fumée, tu aperçus une pièce plus large. Seuls ceux qui n'étaient plus enchaînés pouvaient accéder à cette cachette : le bar. Des tables remplies de boissons, de bière, de vin et de cendriers remplissaient l'endroit. Des ombres demeuraient assises derrière un brouillard bleu, à chaque table, et regardaient un show. Certains discutent avec leurs pairs : des nymphes, des muses, quelques âmes et esprits, de rares métamorphes, des chimères, une foule intéressante. Une scène s'oppose au quatrième mur, aussi inexistant que les trois autres, au fond de la pièce, où les philosophes et les scientifiques demeuraient fixés sur l'écran de fumée et les lasers. Le groupe rock, sur la scène, devait provenir d'un film de science-fiction.

Regarde le chanteur filiforme, un ver noir aux cheveux blonds qui couvraient son petit visage. Il portait un jean et une veste en cuir. Il s'est accroché au micro comme s'il était sur le point de le manger, lentement. Il dansait suavement, doucement, et séduisait la foule avec ses quatre autres mains qui se déplaçaient sur tout son corps. Son guitariste ressemblait à un petit elfe costaud, presque un nain aux oreilles pointues. Il jouait avec une colonne vertébrale humaine, trois fois plus grande que lui. Il tenait un instrument gras, courbé, comme une harpe, avec des os de géant et soixante-douze cordes. Appelons-la une guitare harpe, bien qu'ici, on l'appelle une rose-épine de Rumi.

Le piano prenait tout l'arrière-plan. Tu y compterais : cent quatorze trillions cent cinquante-neuf milliards deux cent soixante-cinq millions trois cents cinquante-huit mille neuf cent soixante-douze clés. Si tu pouvais compter aussi vite. L'énorme piano circulaire monopolisait la majeure partie de la scène. Il s'étendait d'un mur à l'autre. Et le pianiste ? C'était moi.

Peut-être une entité inférieure, ou un reflet de moi-même, mais le joueur n'avait encore que du néant pour remplir son être. C'est la musique du piano qui lui donnait une forme. Elle changeait, s'adaptait, évoluait, se transformant en un dodécaèdre complexe. Parfois, tu voyais un ver fruitier, d'autres fois, un homme des cavernes, une rock star, un dieu du métal. C'était moi, tout le temps. Tu t'assis derrière la seule table vide que t'as trouvé. Une renarde s'est matérialisée à tes côtés. Son décolleté l'emportait sur son discours quasi silencieux, car tu ne réalisais que quelqu'un t'avait posé une question.

« Je suis désolé ? » as-tu répondu, instinctivement. Elle se nettoya la gorge et répéta :

« Salut ! Bienvenue à Systèmes de Croyance, un club de strip-tease platonique, puis-je prendre votre commande ? » Confus, et sans menu à portée de main, tu commandas : « Puis-je prendre une bière ? » Une bière ? ici, William ? Bien sûr.

« Désolé. » elle répondit. « Pouvez-vous être plus précis. » Sais-tu combien de types de boissons alcoolisées ton monde compte ? Multiplies-le par autant de touches sur mon piano, et tu commenceras à te faire une idée du nombre d'étiquettes de bières qu'ils ont, ici. Tu te perdais dans son décolleté, oubliant qu'elle avait un visage, mais tu t'es souvenu avoir entendu *strip joint*.

« Hmm ? Que recommandes-tu ? » as-tu finalement dit, en espérant ajouter *celle-là* à une marque qu'elle énumérerait.

« Monsieur, la bière n'est qu'un mot pour définir un liquide grossier. Puis-je savoir à quoi ressemble votre être immédiat ? Je peux suggérer une manière plus raffinée de le modifier. » Elle t'aurait conquis avec une stout. Les bières goûtent horrible, ici. À moins que le mot emploie une perspective différente.

« OK, je vais prendre ce que t'as dit. » murmuras-tu, sans réfléchir. Elle leva les yeux au ciel et partit. Tu souriais, en déplaçant ton regard. Tu essayais de comprendre à quoi ressemblait un strip-tease platonique. Comme un défeuilletage ordinaire ? Des muses, des nymphes et quelques chimères erraient partout, on pouvait les voir comme des animaux bipèdes. Un chat, ici, avec deux seins humains pointant hors d'un morceau de lingerie noire très mince. Il avait de longs cheveux blonds et une queue timide qui se tortillait en synchronisation avec une forte voix à mi-chemin entre le masculin et sa féminité. Il s'assit à côté d'un gorille et passa son bras autour de son cou. Ses yeux pénétrèrent les siens, presque comme s'il eût cru invoquer un baiser avec la langue, mais il resta calme.

Deux femmes-lamas, un ornithorynque et une dame onyx, un joyau ambulant, se rassemblèrent pour causer et rire. Une muse homme qui ressemblait beaucoup à Mozart donnait une fessée aux strip-teaseuses. Il les a fait rire puis s'enfui. Il gloussa et s'assit derrière une table. La dame de pierres précieuses le rejoignit. Elle s'est assise sur ses genoux et tu examinais le tout avant de sourire. Elle n'avait pas de cheveux, pas de trait, si ce n'est des fesses rondes et un corps ciselé par un absolutiste. Elle murmura à l'oreille de Mozart, qui gloussa et embrassa son ventre. Il jouait de la trompette avec son nombril, puis le léchait comme si nous pouvions goûter un petit fruit. Les femmes-lamas et l'ornithorynque se rassemblèrent devant toi. Elles bavardèrent et rirent avant de partir. Une dame caméléon, sans la répugnance infâme du reptile, se promenait parmi les danseuses. Sa peau changea de couleur au gré de ses émotions, passant du bleu intense au jaune profond, puis le vert clair. Sa tête d'oiseau et ses gros seins comme des oranges pointaient sous une longue robe de nuit blanche. Elle te regardait, touchant ses seins, se léchant les lèvres.

À ta gauche, sur la scène, non loin des musiciens, une danseuse plus humaine marchait d'un bout à l'autre. Elle portait un bikini et des talons hauts noirs.

« Puis-je m'asseoir ici ? » as-tu entendu, à ta droite. On pouvait sentir sa chaleur et son parfum. Sa peau scintillait sous l'éclairage ultra-violet, et ses profonds yeux sombres projetaient l'éclat des galaxies lointaines. Elle n'avait que ce manque intense de rayonnement dans lequel on se plongerait volontiers. Elle sourit, maintenant beige, plus désirable, presque jaunâtre. Ses seins semblaient plus gros. Quand elle croisait les jambes, on voyait ses cuisses faites de la chair même des Cieux, formant de légères courbes qui se terminaient par les trois os de ses genoux et revenaient sous la forme de longs membres droits. Son sourire perdait des plumes lorsque tu semblais incapable de prononcer le moindre son. Elle se mordit la lèvre et pencha la tête vers le bas, les yeux levés, avec un regard qui épelait : *Eh bien, puis-je ?*
La serveuse Ki-Rin revint avec une chope de bière qui ressemblait presque à un verre à Martini.

« Malade ! J'adore la bière *Foolish* ! » la danseuse riait.

« Ouais, moi aussi. » bégayas-tu spasmodiquement.
Elle déposa une petite serviette sur tes genoux et s'est assise.

« Calme-toi, cette bière va t'aide à te détendre. » chuchota-t-elle avant de lécher ton lobe. « Puis-je en avoir une ? »
Ses yeux de chiot t'ont demandé. La serveuse Ki-Rin soupira :

« Je vais l'ajouter à votre facture. »

Tu n'avais toujours aucune idée de ce qu'était une bière *Foolish*, mais le découvriras bien assez tôt. La danseuse déplaça ses paumes de haut en bas dans ton dos.

« Tu es si raide. » murmura-t-elle, bien qu'elle n'en sache pas la moitié. Puis elle a attrapé ta main pour la serrer.

« Tu peux m'appeler Kiya. »

« Moi, William. » tu bégayais. Elle le répéta, comme si elle avait mémorisé un poème, et sourit.

« Ravi de te rencontrer, Will, Eye, aime. Oui, j'aime ça. »

Elle descendit la main le long de ta chemise pour te masser un mamelon, et elle rit à nouveau. Tu n'as jamais été molesté par un magnifique oiseau-lézard, avant. Elle t'a mordu ; elle se lécha presque les lèvres. Tu te sentis plus en contrôle, plus confiant, alors tu essayas de trouver la bonne approche pour déposer tes mains derrière son dos. Tu n'avais aucune intention de perdre ton respect envers elle, mais tu désirais sa chair. Puis tu sentis sa jambe, alors qu'elle te taquinait entre les tiennes. Tu rougissais comme un adolescent au puissant appétit hormonal. La serveuse revint avec le cocktail de Kiya, le posa sur la table, à côté de ta bière, et repartie.

Kiya prit son verre ; tu pris le tien. Elle leva son drink pour faire un toast. Elle l'a bu d'une longue gorgée. Tu la suivis, pensant que ça calmerait ta bête ; ce n'était que de la bière. L'alcool brûlatt ta gorge avec une saveur de réglisse, alors qu'il arrachait la chair de tes joues, de l'intérieur, puis de ton palais, ta langue, jusqu'à ton estomac ! Et ça a brûlé ! Ça goûtait tellement mauvais.

« Waouh ! » a-t-elle exprimé, alors que tu t'efforçais de ne pas révéler ton immense douleur.

« Un homme qui peut boire de la *Foolish* comme ça doit être solidement cool. J'aime ça ! »

Ton visage devenait rouge. Tes yeux se transformèrent en flaques de larmes, mais tu t'endurcis. Comme si tu n'aurais jamais pensé t'endurcir, un jour. D'une voix étranglée, tu lui répondis :

« J'avais l'habitude d'utiliser un entonnoir, à l'université. » Trop fier pour admettre que tu allais encore à la polyvalente.

133

Et tu toussais, et toussais ! Elle but une deuxième gorgée de son drink avant d'embrasser ta joue. Quel apaisement ! La musique s'arrêta, puis elle t'a demandé :

« On le fait maintenant ou on attend une autre chanson ? »

Vraiment. Tu es dans un club de strip-tease.
Tu t'accrochas et, avec une grande confiance, tu lui demandas :

« Y a des salles VIP, ici ? »

Elle sourit et attrapa ta main. Elle te tira hors de ta chaise. Souriant, Mozart embrassait l'onyx et l'ornithorynque, puis il rit si fort que ça te hanta jusqu'à la la petite cabine fermée. Tu t'assieds sur un canapé en cuir très confortable. Elle se tenait sous une lumière sensuelle, juste en face de toi. Tu savais ce qui allait arriver, alors tu ouvris tes jambes. Tu t'abaissas contre le meuble douillet, gardant tes bras et tes mains prêts à attraper ses seins. Si elle ne le permet pas, tu t'excuseras, mais tu seras heureux d'avoir essayé, pendant qu'elle dansera sur toi. Elle s'est de nouveau assise sur tes genoux et elle jouait avec tes cheveux.

« Je les adore ! » elle a sourit « Si fin, brillant, si beau. Ils coulent entre mes doigts comme de l'eau, et ils sont secs comme le blé au soleil. »

Tu avais si hâte que la prochaine chanson débute.
« Tu peux commencer quand tu le souhaites. » as-tu supplié.

Elle a mis le bout de son pouce sur tes lèvres, puis l'a léché. Tu restas calme, mais ça te dévorait de l'intérieur. *Embrasse-moi !* La nouvelle chanson a finalement commencé, en douceur, au début. Kiya s'est levée et dansa. Tu souris en fermant les yeux. Tu attendais que la peau vienne à toi. *Donne-moi ta chair !* Cette soif grandissait, tu sentais une présence se faufiler derrière. Comme si cette serveuse Ki-Rin avait choisi de t'espionner. Quelle chance si elle décidait de rejoindre le party. Elle semblait plutôt silencieuse, là-bas, alors que tu sentais avec impatience que le film était sur le point de commencer : *Emmanuelle et la dame-lézard.*

« J'avais une relation tendue avec mon père. » elle prononça doucement. *Son père ?* Pensais-tu. *Qui se soucie de son père ?*

« Je ne connaissais pas vraiment le mien. » dis-tu, en pensant à ta belle-mère qui t'a élevé, pendant que ton père jouait au casino et passait des nuits avec des prostituées.

« Tu connais Spinoza ? Quand il se réfère à Dieu en tant qu'Être, tu penses qu'il veut dire une créature ou un concept ? »

Tu en n'avais aucune idée. Tu ouvris les yeux. Elle s'est assise à côté de toi, des livres de philosophie dans une main et des lunettes dans l'autre. Tu essayais de saisir ses doigts, mais elle ne t'a pas laissé faire. T'excusant, tu t'es senti médiocre ; t'as essayé.

« Mon père n'a jamais aimé Spinoza. C'est pour ça qu'il me renie. Depuis que maman est décédée, il a commencé à me traiter comme une seconde épouse. Il m'a touché, une fois. Je l'ai giflé si fort qu'il a pleuré. C'est à ce moment-là que sa dépression s'est aggravée. Il fallait que je marche ailleurs, que je continue ma vie. Maintenant, me voici, me révélant à de parfaits inconnus, et ce n'est pas toujours propre, mais toi ! T'as l'air d'un gentleman. »

Tu empruntas une meilleure posture, te permettant d'écouter. Elle ne t'autorisera même pas à lui tenir la main ? Ta belle-mère avait à peu près ton âge, mais elle t'a élevé comme un petit frère qu'elle n'a jamais eu.

« Et Hegel ? » demanda-t-elle de nouveau. Tu en n'avais aucune idée. Mais tu voulais lui parler de ta mère qui s'est suicidée, et du matin où tu l'as vue pendue dans le jardin.

« Sa croyance de l'être-en-et-pour-soi, comme l'essence, tu penses qu'elle est liée au concept de Dieu de Spinoza ? L'absolu de Hegel serait le même que le Dieu de Spinoza ? Et tu penses qu'il parle d'une construction ou d'une créature ? Et avec la Bible qui dit que Dieu est appelé *je suis* ? Qu'en penses-tu ? »

« Peut-être. » murmuras-tu, frappé par une migraine.

Tu jetas un coup d'œil à travers son décolleté, au moins. La chanson se termina, finalement. Tu te levas d'un bond, décidé de ne pas rester pour une autre. Elle suivit ton mouvement.

« Ça va faire une centaine d'éloges. » a-t-elle annoncé.

« Pour une danse ? Même pas ? » Tu n'y croyais pas.

« Qu'est-ce que tu veux dire, danser ? »

Elle s'est opposée à ton objection.

« C'est, bonjour, platonique ! C'est vingt-cinq éloges par révélation, je t'ai révélé mon père, ma mère morte, en plus nous avons discuté de Spinoza et de Hegel, c'est quatre. Cent éloges, payables à la strip-teaseuse, en espèces. Merci. »

Oh, ça devient drôle. Attends que tu lui annonces que t'es sans aucune ressource monétaire.

« Hmm... »

Oui? Dis-le.

« Je, heu, à quoi ça ressemble, l'éloge ? »

Elle ne voulait pas entendre ce qui allait arriver.

« T'as pas d'argent liquide sur toi ? » Elle t'a craché ces mots comme du venin. Elle luttait pour ne pas t'étrangler.

« Qui va payer pour les boissons, hein ? » elle criait. « C'est quoi ton problème ? Visiter un club de danseuses sans argent ? Mais c'est quoi ton problème ? »

Tu l'as mérité. N'est-ce pas que c'est horrible d'être traité comme ça par les femmes dans votre monde réel ? Maintenant dans ton monde intérieure ? Oh, William, pauvre petit gars.

Elle t'a jeté hors de la salle VIP. Elle t'a suivi de près, puis a demandé à deux videurs de te surveiller : un large Minotaure et un loup-garou, encore plus grand, tous deux en veston, pantalon noir et chaussures. Elle revint avec d'autres danseuses et une gérante, une dame-chèvre, aussi vieille que laide.

« Kiya m'a dit que vous aviez commandé deux verres et quatre révélations sans argent. » La chèvre grincait des dents. T'as timidement hoché la tête.

« Comment aimeriez-vous nous rembourser ? » demanda-t-elle. Impossible de répondre à cette question.

« Nous devrons vous garder pour notre amusement jusqu'à ce que la dette soit réglée, plus les intérêts. » elle sourit.

« Qu'est-ce que, quel amusement ? » as-tu demandé. Elle garda le silence et fit signe aux deux costauds. Les danseuses t'ont regardé. L'onyx montrait un visage pitoyable, compatissant, tandis que les lamas et l'ornithorynque riaient. Quelques autres, des oiseaux, des insectes, se sont rassemblés au-dessus de la scène. Tu voyais cet étage pour la première fois. L'endroit ressemblait à un immense palais victorien.

« Ils vont vous déshabiller et essayer toutes sortes d'appareils sur vous, certains sont plutôt tranchants mais d'autres chatouillent. » Une voix masculine, presque héroïque, humble, s'exprimait derrière toi. Tout le monde se retourna pour assister à l'entrée d'une grenouille noire, grande et mince. Le cadavre d'un chat, presque un crâne avec une chair et une peau sporadiques, lui servait de tête siamoise. Il portait une cape sombre et violette, un chapeau haut-de-forme, croisé d'un Stetson, et une canne d'argent avec un orbe de diamants. Il s'est dirigé vers la gérante et lui a remis trois poignées de cent éloges chacune. Puis, il offrit cent éloges à chaque videur et danseuse. Mozart s'est joint à la formation, espérant en obtenir aussi, et il l'a fait. La grenouille s'est tournée vers toi et murmura : « Nous avons quinze secondes pour sortir ! »

La gérante observait les pièces qu'elle venait de recevoir. Elle les étudia un instant et cria : « Hé ! Ceux-ci viennent de Tuurngait ! Ils ne valent rien ! »

« Je suggère que nous courions. » ajouta la grenouille, juste après avoir attrapé ta main.

Il marchait de plus en plus vite. Une question brûlait en toi, mais tu devais le suivre. Quand tout devint sombre, tu entendis sa canne taper, comme un aveugle cherchant son chemin. Tu accéléras à mesure que le bruit s'éloignait. Bientôt, la grotte se tiendrait derrière vous. La vraie surprise vous attendait à la sortie. Deux immenses gorilles, et je veux dire de vrais singes à fourrure argentée, se tenaient devant la porte.
Ils se tenaient les bras croisés et n'avaient pas l'air très heureux. En fait, ils n'avaient pas l'air agréables du tout. Ton sauveur tenait sa canne à deux mains, essayant d'appliquer une diplomatie :

« Messieurs, je crois qu'il serait peut-être dans l'intérêt de tout le monde si vous nous permettiez, à mon ami et à moi, de quitter cette prémisse. Nous n'avons pas besoin d'être violents. »

L'un des videurs riait tandis que l'autre sourit et dit : « Peut-être voulons-nous que ça devienne violent. Qui sait ? »

« Voulez-vous entendre ce que j'apporte d'autre du monde merveilleux de Tuurngait » demanda la grenouille. Il te regardait avec un *tsk, tsk,* dans les yeux. Il les ferma, détourna son regard et sortit une épée bâtarde très fine de sa canne.
Il te remit l'étuie de l'arme. Les gorilles lui sautèrent dessus. Avec finesse, presque des pas de danse, ton nouvel ami esquiva leur charge loufoque. Une manœuvre rapide de son poignet agile égratigna la ceinture d'une brute. L'autre complétait l'humiliation en voyant son pantalon tomber à terre.
La grenouille replaça la lame dans sa couverture et te fit signe de la suivre.

« Garçon, je t'encourage à te grouiller ! On n'a pas toute la journée ! » Il soupira.

Alors que le premier videur relevait son pantalon, le second chargea une fois de plus sur l'amphibien. Tu semblais te rendre compte que la tête du chat mort se balançait d'avant en arrière contre son épaule, tandis qu'il souriait et esquivait rapidement chaque coup de poing et de pied qui se présentait à lui. Ce crâne de chat attirait ton attention. Étaient-ils des jumeaux ? Qui aurait pu greffer la tête d'un autre animal pour dessiner ce monstre ?

Pendant que tu réfléchissais, le drôle d'étranger replongeait dans l'action. Il n'avait pas l'air très essoufflé. Ses adversaires, cependant, perdaient patience. Plus ils le martelaient de coups, plus il était facile pour la grenouille, les esquiver gracieusement, puis sauter, atterrir sur le dos d'un gorille et sauter à nouveau. Il bondit puis évita plus qu'il ne s'est battu. Il devenait évident que cette bataille était loin de se tenir sur un pied d'égalité. Il déjoua toutes les manoeuvres de ses adversaires.

Lorsque l'homo stupidus abandonna, ayant perdu trop d'énergie, l'amphibien inspecta sa canne et repris sa marche. Tu le suivais, derrière. On entendait la gérante crier : « Ne revenez jamais ! Oui, toi ! La prochaine fois que je te verrai, je rappellerai mes sbires ! »

La grenouille en cape noire finit par rejoindre à l'extérieur. Il t'a fallu courir pour le rattraper.

« Oh, bien ! Le voilà ! » a-t-il plaisanté. Tu fronças les sourcils et répondis :

« Es-tu venu pour moi ? »

« On pourrait dire. J'ai des affaires à régler ; elles t'incluent. »

Tu demeuras aussi calme que perplexe. Tu l'observas, sa posture élégante derrière la cape violette qui cachait à peine la tête de chat en décomposition. Tu ajoutas, tranquillement :

« Ouais. Je suppose. » Puis, il est parti.

Voyage dans le sablier
Six:

Je sentais que lier d'amitié William et ce drôle de personnage batracien serait une bonne idée. Je l'ai appelé Quid, et je lui ai imaginé un ami maladroit que j'appelerai Nunc. Quidnunc ! Vous la comprenez ? C'est du latin pour *Quoi Encore ?* Je crois que Martin va se rouler par terre. En fait, en lisant ce chapitre, il m'a renvoyé un meme très vulgaire, et je vous épargne la description fécale. *Trop de personnages !* Hurlait-il. *T'es en train de ruiner notre histoire !* Il aurait pu se forcer et ajouter un petit emoji souriant, non ? « Et l'élève ? » lui ai-je répondu. Nous savons tous que les Grandes Entités de Zendoria ont nommé ce purgatoire *Sophron* en référence aux Mystères Grecs. Mais inclure un personnage athénien ? Vraiment ?

Quel élève ? m'a-t-il répondu. *Et de quel mystère, fragment, quoi, mais de quoi tu parles ?* Des photons errants, sans doute. Nous écrivons une histoire, tandis que nos personnages se développent une conscience. Ils nous mettent au défi, alors qu'ils revendiquent leur liberté. Et si le livre lui-même avait une conscience ? « On doit vraiment intervenir en tant que personnages, Martin ! »

T'es vraiment con, Alibast !

Troisième entracte :
L'histoire se fait plus complexe

L'élève regarda l'orbe, réfléchissant à la façon dont ce personnage principal pourrait se développer pour devenir le héros qu'il devait devenir. Platon pensait qu'il serait sage de laisser l'élève ramener cet outil chez soi et pratiquer. Installé sur le lit, observant le coucher du soleil, l'élève réfléchit à cette dernière expérience. Raconter cette histoire telle qu'elle se déroulait dans sa psyché, et maintenant la vivre, comme incarnant chaque personnage qui composait ce récit ?

La sensation l'enivrait. Un sourire se dessina sur son menton, et l'élève osait à nouveau toucher le cristal. Doucement, pour ne pas troubler le lien qui se formait entre le Rêveur et l'objet. Au plus profond de son esprit, ces voix appelaient son nom. Sommes-nous l'auteur de leur vie ou spectateur ? Se sentant intimidé, le disciple quitta son lit pour tourner dans sa petite chambre. Le globe flottait, fermement planté au centre de son intimité. Pourrait-on trouver un moyen de renforcer ce lien ? Ses longues réflexions visaient cette question. Ça lui vint à l'esprit : si ces personnages et leurs histoires existent dans son âme, et si l'orbe doit agir comme un canal à travers lequel cet univers se projète, alors la réponse existe aussi dans sa tête. Son esprit se vida et se concentra sur la fenêtre qui révélait une cour vide. Le ciel s'assombrissait, avec quelques étoiles apparentes. Un lien fort se dessinait avec Seamus, sympathisant avec son combat. Comment faciliter sa quête ? Être un auteur actif à la vie des personnages ? Si William manifeste son existence dans son rêve, l'élève pourrait faire de même ? Ces interrogations tombèrent sur ses pensées comme un millier de briques. Peut-être était-il plus prudent d'interroger Platon à ce sujet.

141

Peut-être fallait-il expérimenter cette magie par soi-même. L'élève se retourna vers la boule. Certes, l'enseignant lui fait confiance pour garder ce précieux trésor à la maison. Dès son plus jeune âge, l'élève apprit à laisser libre cours à sa curiosité. Voyons ce qui se passe si on ouvre davantage sa conscience.

S'approchant très lentement de l'orbe, l'élève ferma les yeux. Les mots se manifestaient au fond de sa conscience. Des images racontant l'histoire d'un héros égoïste qui s'embarque dans un voyage pour expier une grave erreur. Un arbre apparut, comme si un fantasme venait exposer des liens que ces personnages partageaient. On lui promettait une odyssée fantastique. L'étudiant réfléchit à la nature de ce voyage, tout comme ses yeux s'ouvrient vers la bulle de voyance qui séduisait. Au centre, un banc, un homme miraculeux dort. Il se ramena dans ce royaume étrange et merveilleux qu'est Montréal, où des chars métalliques transportent des gens curieusement habillés. *Ce personnage pourrait servir de guide à un Seamus perdu*, pensait l'élève. Comment façonner un lien qui montrerait au héros le chemin pour croître ? Peut-être que l'homme errant connaissait les dieux et leurs batailles à travers les soixante-douze souches de Sophron.

L'élève imagina une créature qui suivrait ce sage à travers la nature urbaine. Pouvait-il porter un petit chat ? Non, une guêpe ! Agitant sa main sur l'orbe, il se souvinrent du songe du hibou, pendant sa captivité. Cet insecte mettra en branle une merveilleuse aventure. Il lui imagina de longues ailes, presque celles d'une libellule. Un petit abdomen aurait pu lui donner une taille d'abeille, mais la tête était celle d'un prédateur. Bientôt, le Rêveur n'aura rien d'autre en tête que ce modeste projet artistique. Son doit glisse sur le cristal, dessinant un parc aux fleurs étonnantes. La guêpe apprécierait son vol loin de la rue animée. Une statue surplombe le banc, où dort le sans-abri. Les passants le regardaient. Personne n'aurait pu deviner qu'un lien spécial liait le vieux monsieur à cette bête à l'air fragile. L'élève, cependant, le savait. Tout ça est né de son esprit créatif.

142

Oh! Seamus devrait aussi voir ce lien. Si tout se passe dans la tête de l'élève, ou dans un univers vaste et complexe qui habite son soi le plus profond, alors ces personnages devraient se partager ce monde intérieur. De toute évidence, pour l'élève, Seamus pratiquait également l'art d'un Marcheur, ou une sorte de magie. La guêpe transmettrait un miracle à travers son existence. En y réfléchissait, ce concept faisait du sens. Après tout, pourquoi choisir ce désastre pour mener à bien une tâche aussi importante ? Parce que Seamus agit comme de la vermine à son propre égard. Tous deux graviteraient autour de ce sage dormant dans un parc pour la même raison : la conscience de soi, des torts qu'ils ont faits, et le salut qui brille depuis la présence de cet homme.

Les bandes jaunes qui apparaissaient sur le petit monstre volant contrastaient avec les noires, alternant leur décalage. Investissant son attention sur une ligne de son abdomen, l'élève pouvait voir un autre monde. Là, il reconnut le paysage de Sparte, et de vaillants guerriers défiant des créatures géantes, sous la direction d'un puissant Marduk. Des biomechs ? Le disciple se souvient.
L'âme de la guêpe a-t-elle combattu les légions du dieu fou ?
Ce hibou, Haslem, a réussi ! Oh, l'apprenti s'est amusé ! Indra a survécu, mais il ne peut pas encore affronter son plus grand ennemi. Peut-être pouvait-on accomplir plus pour aider davantage à protéger Sophron du Tueur d'Entités.

Tout ça avait un sens, dans l'esprit du stagiaire. Marduk veut atteindre un état d'existence absolue. Ça explique pourquoi il assassine des mondes entiers. Indra a donné sa vie pour protéger le plurivers. Et si tout ça se déroulait au-delà des limites de l'esprit de l'élève ? Et si ça se passait comme l'élève l'a conçu ?
Tant d'essences, d'existences dépendentent de ses bons choix.

D'abord, dessinons le bon décor : « *La première nuit que j'ai passée dans les rues de Montréal a été la plus effrayante* lui vint à l'esprit. Il est possible de faire plus. L'histoire pourrait-elle s'écrire d'elle-même ?

Je pourrais aussi être lié à la guêpe ! A-t-il convenu. Peut-être que cet insecte ne porte pas seulement l'essence d'Indra. Il transmet également le tissu même de la conscience de l'élève ! Et pourquoi pas ? Qui les arrêtera ? Personne n'est témoin de l'existence de cette histoire, sauf le réel créateur. Juste au moment où il fermait les yeux pour projeter son être dans son rêve, l'orbe se déplaça. C'était comme trois ou quatre secousses rapides, au début, mais elles devenaient plus fortes à chaque nouveau pronostic de l'esprit du disciple. L'animation atteint les ailes de la guêpe, et l'élève l'a sentie sortir de son dos et de ses épaules.

Est-ce que c'est censé faire mal ? Peut-être pourrait-on pousser l'enveloppe un peu plus loin, renoncer à sa conscience immédiate et embrasser l'essence qui appelait. Inspirant profondément, l'élève purifia son esprit de tout. Son petit cerveau ne pouvait même pas envisager les événements sur le point de se produire, alors lâchons prise. Abandonnons l'idée d'interpréter l'existence. Le monde qui l'entourait ne pouvait plus définir son état. Seul celui à l'intérieur avait un sens. Une autre profonde inspiration s'invite, son esprit se ferme, une fois pour toutes. Seulement pour entendre, à l'extrémité la plus éloignée de cette réalité émergente, le Vide parler.

— *Ah ! Vous voilà !* l'Ocorsur dit. « Deux Rêveurs rêvant trop fort dans une même histoire ? Misère! Et j'ai pensé à dire à Alibast de me radier de son histoire, par pur ennui. »

Chapitre treize :
Seamus le sans-abri

La première nuit que j'ai passée dans les rues de Montréal m'a fait plus peur que tout ce que j'ai vécu dans ma vie. Chaque voiture qui ralentissait semblait suspecte. Les étrangers qui regardaient un fugitif de dix-huit ans avaient des yeux poussant des couteaux tranchants. Chaque pas pesait plus lourd que ceux que je laissais derrière. J'ai traversé le Mont-Royal et je me suis approché du centre-ville, la détermination et l'incertitude luttant dans l'espace bondé de mon esprit. Au moment où j'arrivai au Square-Philipps et cherchai un banc pour dormir, je rencontrai un autre sans-abri. Beaucoup sont venus me voir, quêtant un peu de monnaie, et j'ai réalisé que je ne correspondais pas tout à fait à cette réalité. À quoi suis-je censé ressembler ? Dois-je déchirer mes vêtements, me salir ? Ce serait trompeur, je suppose. On ne s'éloigne pas de la vie mondaine du jour au lendemain, et je ne serai pas éveillé aussi vite non plus. Nous ne sommes en paix qu'à ce moment-là, un matin à la fois, un effort, un abandon à la fois.

Pourrais-je partager l'expérience de l'itinérance et de l'éveil ? Et si je n'abandonnais pas ma famille, mais que je délaissais tout ce qui m'empêche d'atteindre ce stade supérieur ? J'ai dû les remplacer par de meilleures options. Qu'en est-il de cette grenouille avec une tête de chat mort sur l'épaule gauche ? Depuis que j'ai imaginé cette image, elle me hante. Comme si la vision m'attirait vers un bateau flottant, ou quelque chose du genre.

Je me suis assis sur un banc solitaire et j'ai regardé les étoiles. Je contemplais les constellations lumineuses, et je me suis dit : *je laisse derrière moi ma fortune et la paresse qui a grandi avec. Je remplace le tout par des poches vides, une âme avide de savoir.* Cette idée me semblait tellement juste. Qu'est-ce que j'évacuais d'autre ? Mes amis? Non, j'abandonnais mon attachement aux autres, le remplaçant par une force intérieure que je n'avais pas encore découverte. Cette pensée me retirait tellement de pression, j'ai su continuer, mais je ne pouvais pas la forcer. Ça devait devenir aussi évident que la lumière qui brille sur mon chemin.

« Tu vas manger ça ? »

J'entendis une voix, tout près. Quand je me suis retourné, j'ai vu un vieil homme, couvert d'un manteau gris, pointant du doigt les restes d'une poutine que quelqu'un avait oubliée sur le banc. J'ai secoué la tête, lui ouvrant la voie pour qu'il puisse s'asseoir à côté de moi et se gaver de frites, de sauce et de fromage en grains comme un nomade affamé.

« Je viens de quitter la maison. » ai-je expliqué. L'aîné m'observa et sourit.

« Tu seras de retour auprès de ta maman et de ton papa avant demain. Tu n'es pas du type clochard. » a-t-il conclu.

Je l'ai regardé engloutir son repas à une telle vitesse, il n'avait visiblement rien eu de décent depuis des jours. « Au fait ! » il ajouta : « Tu n'aurais pas vu de vagabond avec, disons, une guêpe de compagnie ? »

« Une guêpe de compagnie ? » me suis-je demandé. « Qui choisit un insecte pour animal de compagnie ? »

« Je demande, pour un ami. » Il finit de parler et se remit à manger son repas. Cet aîné n'était pas un sans-abri ordinaire. Il connaît Nempty. Peut-être savait-il que je le savais, et voulait-il faire savoir que je savais maintenant qu'il savait que, enfin, vous savez où je veux en venir, n'est-ce pas ?

J'ai passé la nuit sur ce banc, et j'entendais le vieil homme ronfler depuis un banc voisin. Il avait enlevé ses souliers, et la puanteur de ses pieds nus me dégoûtait. Je n'ai pas dormi. Je regardais les étoiles et je me demandais si les planètes que j'avais vues, avec Ishtar, existaient dans cet espace. Athanor, Saguenay, Tir na n'Og, Duat. Je n'ai apperçu qu'une poignée, mais quelque chose en moi désirait les visiter. Était-ce cette vie antérieure qui connaissait Indra ? Tristan réside-t-il encore en moi ? De la même manière que le dieu hindou partage une présence avec William ? Ces questions me hantèrent toute la nuit. Quand le soleil s'est levé à l'est, il fallait déjeuner. J'examinai le vieil homme. Il s'assit sur son banc et toussa. Il remit ses bas sales et ses vieux souliers. « Pourquoi tu me regardes comme ça, mon chum ? » demanda-t-il. Je ne me rendais pas compte que j'examinais avec peur ce que je pourrais devenir.

« Où mangeons-nous ? » demandai-je.

« Ah ! La nourriture te préoccupe ? Merde, mon chum, puis-je t'emmener au Ritz ? J'ai entendu dire qu'ils avaient des œufs d'or. Je n'en ai jamais eu. Juste la slime verte avec du jambon. Puis-je avoir du bacon avec ça ? Avec un côté de *je m'en fous*, s'il vous plaît. Si tu veux survivre, suis-moi, ou retourne dans ta famille. »

Je suis resté silencieux le reste de la matinée. On alla à Beaver Hall, à travers le quartier financier, dans le Vieux-Montréal. Il n'a pas quêté, demandé de l'argent ou quoi que ce soit. Il marchait. Parfois, il s'arrêtait, regardait le ciel et souriait. Il se remettait alors à marcher. À midi, mes pieds me torturaient. Il ne s'arrêta pas. J'avais mal au dos, besoin de me reposer. Il voulait traverser le pont Champlain à pied, dans le traffic. Je me suis opposé, mais ça ne l'a pas empêché d'essayer. Est-ce que je souhaite survivre à côté d'un imbécile suicidaire ? Je ne voulais pas rentrer à la maison. Lorsque nous sommes arrivés à Longueuil, après avoir évité quelques véhicules en excès de vitesse, nous avons entendu plusieurs klaxons, et il a réussi à danser au milieu de la route.

147

« Monsieur. Et la guêpe ? » ai-je demandé.

« Qu'en penses-tu ? » fut sa réponse.

« Savez-vous, connaissez-vous, les autres mondes ? »

Il a ri quand j'ai dit ça. « Les autres mondes ? » a-t-il questionné, puis s'est éloigné en riant. Je ne pouvais pas simplement connecter mon pouvoir à son essence. Et si je partageais ma présence avec un surdoué plus redoutable ? Il s'arrêta dans un parc et observa le fleuve Saint-Laurent couler. Je me suis assis à côté de lui et je me suis posé la question :

« Quand est-ce qu'on mange ? »

« Tu as de l'argent ? » il a répondu.

J'ai regardé mon petit change. Je n'avais que dix pièces de deux douze pièces de un dollars. « Pas grand-chose. » ai-je soupiré.

« Alors, passe ton chemin, trouve de l'argent et quelque chose à manger. Je m'en vais de mon côté, je fais de même, et nous faisons comme si nous ne nous étions jamais rencontrés. »

« Où puis-je te trouver ? Si j'ai besoin de toi, je veux dire. »

« Reste avec moi et tu ne me perdras pas. »

« Mais j'ai faim, et je ne connais même pas ton nom ! »

Il s'est levé et est parti. J'ai regardé autour de moi, inquiet de ce que les autres passants pourraient penser. Il y avait une petite famille : papa, maman et un bambin qui s'allaitait, sur un banc à proximité. Ils nous ont regardés, et j'ai ressenti des histoires qu'ils projetaient dans leur esprit. Un jeune garçon riche insistant pour attirer l'attention d'un vieil homme sans le sou. Qui s'en soucie ? Je me hâtai de le trouver, et en m'approchant, je lui demandai :

« Comment tu sais pour la guêpe ? »

Il ne m'a même pas regardé. Il a continué à marcher.

« Connais-tu Ishtar ? » ai-je demandé. Il n'a pas répondu. « Et Indra ? » insistai-je. Il s'est arrêté et m'a sermonné :

« Sais-tu que les jeunes blancs qui adhèrent à la secte de Ari Krishna, nous vendent des livres, et font de leur mieux pour trouver la paix, sont plus admirés par la communauté hindoue que toi qui parles d'Indra et Ishtar, en ce moment ? » Ce qu'il venait d'expliquer n'avait aucun sens. « C'est une secte, ils sont dans une secte. Pourquoi tu dis ça ? »

« As-tu faim ? » m'a-t-il demandé.

« Pourquoi tu parles d'une secte, et Indra. » J'étais perplexe.

« Allons prendre une poutine. J'achète. » il souriait.

On s'est arrêté sur un boulevard très fréquenté. Le vieux fou restait immobile, l'air pitoyable chaque fois que son regard croisait celui d'une vieille femme ou un jeune homme. Je sentis de l'empathie relier les deux. Il souriait : « Je n'ai pas mangé depuis des jours. J'ai eu un festin de sauce, de fromage en grains et de frites. J'étais assis sur un banc hier soir, et ce brave jeune riche a faim. Je veux lui montrer ma gratitude. Je ne me drogue pas, je ne bois pas, je suis sans-abri. J'ai besoin d'aide. »

Le plus souvent, les gens s'en allaient. Ils écoutaient son histoire, et ils partaient. Il s'est exprimé en toute honnêteté. Il a tout de même réussi à recueillir une quinzaine de dollars, en cinq heures. Il se plaisait à dépenser de l'argent pour une poutine que je mangerais seule. Il me regardait avec des yeux reconnaissants. J'aurais pu la payer moi-même, mais il était content de me rembourser pour la merde que je lui avais laissée manger à côté de moi, hier soir. Je me sentais mal. Je voulais lui donner toute ma monnaie. Je n'ai jamais su me donner en spectacle comme il a fait. J'avais trop peur de parler à des inconnus et leur dire que je n'avais pas d'argent, que j'avais faim.

149

« Est-ce que c'est bon ? » m'a-t-il demandé.

« Délicieux, merci. » ai-je exprimé. « Tu en veux ? »

« Non, c'est tout à toi. C'est toi qui as faim, pas moi. »

« Mais tu n'as pas mangé de toute la journée. »

« Tout est une question d'équilibre. Découvre par toi-même. »

Ouais, je vais chercher mon équilibre. Mais j'ai besoin de trouver William. Je suis coincé dans ce monde ; Je ne peux pas utiliser mon pouvoir pour voyager n'importe où. Personne ne peut m'aider à me rendre là où se trouve William. J'ai regardé le vieil homme et j'ai souri. Il sait quelque chose. Peut-être est-il aussi un voyageur, comme Nempty, ou ce que je suis destiné à devenir. Peut-être que quelqu'un l'a envoyé me chercher. Je dois juste rester avec lui un peu plus. Les possibilités représentent ce que nous pourrions devenir, au moment de choisir une voie ou un destin différent. Tout existe dans notre esprit, dans notre soi spirituel. J'ai juste besoin de jeter un coup d'œil dans son monde intérieur pour le découvrir.

« On retourne au Square-Phillips ? » lui ai-je demandé.

« Seulement si tu danses dans le traffic. » Et c'est ce que j'ai fait. Je n'étais même pas ivre ou défoncé, mais je savais que les inhibitions me tenaient à l'écart de mon pouvoir, et je devais les relâcher. Pas le temps de craindre la mort. Je ne peux pas détruire mes vêtements ou les salir. Les voitures klaxonnaient. Les gens criaient : « Imbécile, tu vas te tuer ! » Je répondais : « Ne faites pas ça à la maison ! » Le vieil homme marchait derrière moi, me laissant ouvrir la voie. Ça faisait du bien. C'était libérateur. Je me demande si William a ressenti la même chose, juste avant de tomber et voir la circulation. Je n'avais plus envie de danser.

Nous avons rejoins le Square-Phillips au couché du soleil. Alors qu'on retournait à l'endroit où nous nous étions rencontrés, j'ai observé le vieil homme, puis j'ai réfléchi à son nom, son histoire. Je n'arrivais pas à me connecter ; Il n'avait peur de rien. Ça explique sans doute pourquoi je me sentais en sécurité avec lui.

Lorsque nous nous sommes assis sur ce même banc pour regarder les étoiles, il attrapa une poutine qui était laissée là. Il l'a avalée comme avant.

« Tu vois ? En voici une autre. » a-t-il dit. Il l'a mangé aussi vite qu'il l'a fait hier soir. La seule chose que j'ai trouvée troublante, alors, c'est de le voir dormir sans ses bas, près de moi.

« Il y a une guerre qui s'en vient, j'ai entendu dire. » ai-je répondu. Il m'a regardé, avec une frite à moitié dans la bouche. Il ravala son énorme bouchée et sourit :

« Seulement si tu as peur. Ah, j'adore la poutine ! »

Nous avons dormi sur nos bancs respectifs et, cette fois, j'ai rêvé. J'ai vu une immense bibliothèque, avec des livres sur tous les sujets. Il y avait une plage, et un océan qui caressait le sable avec une grande tendresse. Le vieil homme tenait une guêpe au bout d'un bâton, la forçant à saisir le pollen des fleurs géantes pour les déposer dans d'autres plantes. Était-ce la même guêpe ? Est-ce qu'il force Indra à polliniser un monde mort ? J'ai regardé les étoiles et j'ai essayé de nommer les constellations, alors que je l'entendais ronfler. Je n'avais aucune idée de ce que la prochaine journée nous réservait, mais ça semblait intéressant.

Chapitre quatorze :
La diplomatie de Marduk

Hydaspes est situé une souche derrière Tir na nOg et une après Saguenay, dans le quadrant Archeus-Logos. À ce stade, les axiomes de pensée dominent les pixels de vie. Cette dimension ressemble à un vaste hologramme. Pour Marduk, originaire de Nibiru, où les éléments de l'esprit n'existent pas et où l'énergie vitale est entrelacée avec la matière, l'utilisation de la technologie ou de la magie des manceurs est nécessaire. Il est considéré comme un Marcheur très puissant. Il pourrait, à tout moment, invoquer ses incarnations à partir de milliers de possibilités différentes, et elles auraient exactement les mêmes connaissances que la copie originale, créant ainsi une armée de lui-même.

Il a accompli cet exploit, une fois, en affrontant l'armée de Varuna pour conquérir Tabriz. Cependant, ça s'est rapidement retourné contre lui, car toutes les copies de Marduk se sont battues pour régner sur le royaume tabrizien. Ça a donné un élan à la légion de Varuna, alors qu'elle était en route vers une défaite totale. Malgré son puissant pouvoir, Marduk s'appuyait beaucoup plus sur la technologie. Pour voyager à travers les mondes et les Rêveurs, il utilisait des bateaux spectres. Alors que les navires-fées peuvent vous emmener d'une souche à l'autre en trois mois, les bateaux fantômes ne prennent que trois jours.

Il importe de mentionner que les jours, dans Sophron, ne sont pas définis par le mouvement d'une planète autour de son étoile. Les lois du temps qui s'appliquent à une souche dicteront le passage calendrier. Un brillant coup d'œil, à Duat, montre un système qui facilite la tâche des voyageurs. Si nous considérons le temps sur Gaïa, avec sa planète Terre comme base, alors nous avons ces douze mois ou cinquante-deux semaines que vous, lecteur, connaissez. Une autre planète dans cette souche aurait une échelle variée, mais c'est très peu pertinent pour Sophron. Un voyageur ne peut pas compter sur cette observation lorsqu'il visite un autre royaume. C'est un dieu qui fit cette découverte, il s'appelait Thot. Il nota que les axiomes ont une durée de vie qui leur est propre. Les pixels du quadrant Vide-Barbelo ont la même existence que ceux du quadrant Archeus-Logos.

Tout comme quand nous lançons une plume et une boule de bowling dans le vide, elles toucheront le sol en même temps. Lorsque nous isolons deux éléments de souches différentes et que nous les mettons dans les limbes, ils fleurissent, vivent et meurent au même rythme. C'est ce qu'on appelle le noyau ordonné au sein d'un plurivers chaotique. Thot détermina, plus tard, que la durée de vie d'un axiome était égale à un jour, ce qui se traduit par six jours, sept heures et vingt-huit minutes là où vous vivez.

Si vous pouviez filmer à l'intérieur du Voile, alors qu'ils se dirigent vers Tir na n'Og, vous verriez l'armada de Marduk survoler Hydaspes. Si vous habitiez ce monde et que vous leviez les yeux, le Voile apparaîtrait, montrant cette gigantesque caravane de chair et de métal dériver comme des cellules dans un liquide amniotique. Le son caverneux que produisent ces bio-machines demeure effrayant. Un navire-fée, lorsqu'il flotte dans le voile, chante presque son chemin. Des vaisseaux spectraux plus lourds avancent vers leur cible, semblant blesser le tissu même de Sophron, forçant le plurivers à hurler et pleurer. Le Tueur de Souche produit un son beaucoup plus effrayant. Certains affirment que Marduk cachait une chambre des sacrifices. La libération régulière d'âmes alimenterait le vaisseau.

153

Marduk adorait la salle de contrôle. Située sur le plus grand front du crâne des trois dragons, richement décorée d'arts des quatre coins de de Sophron, elle aurait pu rassembler une jungle. Des axiomes que Marduk collecta lors de sa première conquête, essentiellement la chair, les os, l'énergie et l'âme de deux milliards d'êtres de Biarmaland, recouvrent le sol. Le plus grand mur ressemblait à un écran de télévision géant, avec des visages qui se lèvent pour respirer, certains en deuil, d'autres torturés. C'est vraiment captivant, pour un punk gothique qui observe cet art cauchemardesque, ignorant les consciences en souffrance. Marduk se tient droit comme un dictateur, un grand empereur, regardant à travers le troisième œil du dragon. Il aperçoit ce gris membraneux qui inonde son navire, comme un vaste océan sans terre en vue. C'est un homme chauve, grand et volumineux.

« Le Rêveur s'est suicidé, mon Seigneur. »

La voix provenait d'un petit lémurien. Bien qu'il soit un héros et une légende parmi son peuple, la minuscule chimère regardait Marduk avec crainte. Il rappelait au seigneur comment il essayait de conquérir un monde mourant. Si Marduk devait tuer toutes ses autres incarnations pour se tenir suprême, alors il ne peut pas accepter que cette possibilité puisse tomber dans l'oubli. Le lémurien savait qu'il pouvait périr au moment où Marduk apprendrait cette nouvelle. Le seigneur des Chiens de Nibiru observait la grisaille devant lui avec une sorte de sagesse, mais surtout de désespoir.

« A-t-il eu une aide ? » demanda-t-il. L'animal regarda plus bas et suggéra : « Nous pensons qu'il a été intimidé par son allié, mon Seigneur. « Génial ! Que craignons-nous, alors ? »

« Monseigneur, nous ne pouvons pas envahir un Rêveur mourant. » Marduk ferma son poing et invoqua des rasoirs pour s'en prendre à ce porteur de mauvaises nouvelles. La plume blanche se tachait de sang écarlate. La tête de l'animal roula aux pieds de Marduk. N'avait-il pas envie de rire ? Il sourit.

« Je ne conquiers pas de mondes. Je conquiers l'amour. »

À l'autre bout de la pièce, une ombre dorée et grise se cachait contre le mur. D'un signe discret, Marduk l'invita à se révéler. La silhouette embrassa la forme d'une tache lumineuse flottante, épousant progressivement des contours humanoïdes.

Des membres se développèrent, au moment d'occuper un espace devant le Tueur d'Entités. Les bras suivirent bientôt, mais la tête demeura informe et brillante.

« Jarov ! Qu'as-tu découvert sur Gaïa ? » demanda Marduk à son espion.

« Seigneur, nous avons localisé un garçon qui a vu la guêpe. » répondit l'organisme.

« Comment sais-tu si ce garçon comprend ou non l'importance de cette trouvaille ? »

« Seigneur, nous l'ignorons, mais nous le découvrirons. Nous savons qu'il détient une affinité avec les essences. »

« Un penseur ? »

« Oui, seigneur, mais un nouveau dans l'arène. »

« Montre-moi. »

L'espion projeta de l'encre sur une page flottante. Certaines lettres formaient des étincelles de noirceur, devenant des mots :

Nous avons rejoins le Square-Phillips au moment où le soleil se couchait. Alors que nous retournions à l'endroit où nous nous étions rencontrés, j'ai observé le vieil homme, puis j'ai réfléchi à son nom, son histoire. Je n'arrivais pas à me connecter ; Il n'avait peur de rien. Je suppose que ça explique pourquoi je me sentais en sécurité avec lui.

« Qui est ce vieil homme ? » demanda Marduk.

« Seigneur, nous croyons qu'il est un puissant Marcheur. Nous ne savons pas d'où il vient, mais il semble trouver sa place dans la vie de Seamus Chron, ce à des moments précis. Jusqu'à présent, seule l'existence de la guêpe les relie. »

« Alibast ! »

« Je suis désolé, seigneur ? »

Marduk combattait pour préserver son sang-froid. Il réfléchit un long moment et invoqua sa boule de cristal. Elle s'envola depuis ses profondes pupilles, puis apparut à ses côtés. Quand il ferma les yeux, il entendit une voix : *« Es-tu sûr que William doit mourir ? Pourquoi ne pas écrire son destin ? »* Marduk observa son orbe, flottant autour de lui comme un électron. Il se souvint de l'époque où il assassina une puissante Entité qui gardait Lumbini. Lorsqu'il trancha la gorge de l'Être de toute sa force et sa magie, il perçut la présence d'une puissante existence, détenant une connexion profonde avec le monde qu'il venait d'anéantir :

Alibast !

« Comment peux-tu le savoir ? » demanda-t-il à son espion. « Nomme-moi tes sources. »

L'ombre restait calme. Il essaya de réfléchir mais n'a pas trouvé les mots. Il se sentait comme un étudiant de première année gardant jalousement l'espoir de devenir un politicien. Il se sentait coincés dans la rhétorique d'un enseignant trop amer pour lâcher prise devant un destin raté.

« Cela aurait pu être une erreur, Monseigneur. »

Il n'y a pas d'erreur lorsque le nombre d'or choisit une nature.

« Je ne pense pas. » Marduk répondit.

Certains Rêveurs essaieront de donner un sens aux mathématiques, même dans des domaines où les nombres n'ont jamais existé. Pour la plus petite forme d'un être sensible, l'infini est tout puissant, au-delà d'une conscience.

Marduk appelle ça : lundi.

« Qui a envisagé la mort de William ? » demanda-t-il à son émissaire asexué.

« Seamus Chron est le nom qui nous a été apporté, seigneur. »

Cela ne voulait rien dire. Non, ce n'est pas possible. La nuit qui suivit le coup fatal, Marduk ressentit l'existence de dimensions absolues. La Chimère est morte. Au moment où Lumbini devenait Alibastat, un monde stérile, l'éveil accordait d'étranges sensations au dieu. Sa vie semblait scénarisée par quelqu'un. Cette révélation ne l'a pas empêché de poursuivre d'autres conquêtes. Mais lorsqu'il retourna dans cette souche aride, des milliers d'années plus tard, il rencontra un vieil homme curieux. Un moine tranquille, à la barbe brune, aux cheveux blonds, vêtu d'une robe grise, qui errait dans tout ce royaume inanimé pour s'assurer que les fleurs pousseraient et que la beauté perdurerait. Avec d'épaisses lunettes sur un visage paisible, Alibast jardinait. Lorsque le Seigneur des chiens de Nibiru s'engagea dans une conversation avec ce solitaire, il se heurta à un grand mur de silence.

Lorsqu'il essaya de se débarrasser de lui, voyant une menace chez quelqu'un qui tentait de redonner vie au monde qu'il venait de détruire, Alibast invoqua simplement un bulldozer ailé, comme un ange, pour se protéger. Pourtant, il ne fait que polliniser les fleurs et planter des graines partout sur Alibastat. Marduk s'est rendu compte qu'il ne pouvait pas rivaliser avec cet adversaire. Il avait, sans doute, rencontré le plus puissant Marcheur de Sophron. Et il assistait à la naissance d'un jardin botannique. Le seigneur repartit, convenant de ne jamais revenir dans ce monde.

Mais que se passerait-il si Alibast décidait d'interférer avec ses plans, maintenant ? Impensable ! Il a assassiné à mains nues une Grande Entité ! Il peut certainement se débarrasser de cette nuisance. Il observa son serviteur et ordonna :

« Je veux voir le garçon mort. Ne touchez pas au vieil homme. » La créature s'inclina et quitta la scène. Marduk errait seul, dans sa salle du trône. Il soupira et s'assit sur son magnifique siège. Il prit un livre, le regarda un long instant et ferma les yeux. Des mots parurent : *Il y avait cet œil. À moitié fermé, à moitié fier.*

Il ressentait une douleur alors qu'il essayait de deviner les phrases du roman qu'il tenait. Venaient-elles de lui ? Il s'est convaincu qu'elles venaient de quelqu'un d'autre. Il projeta d'autres paragraphes : « *Un aperçu d'une larme. La brillante lumière sur le front. Il y avait cet œil, et la joue, aussi large que l'éternité qui traite la naissance de cet univers.* »

Il chercha autour de lui, craignant que quelqu'un ne l'observe ou ne regarde ce qu'il essaie d'accomplir. Plusieurs éons se sont écoulés depuis qu'il invoqua des sorts de cette étrange manière archaïque. Pourquoi Alibast a-t-il préféré l'ancienne pratique ? Marduk ne le savait pas, mais si le moine stupide voulait se battre, alors le Tueur d'Entités lui donnerait un combat épique sur ses terres ancestrales ! Il ferma les yeux et médita davantage. D'autres mots apparurent dans le livre :

Il m'a regardé, sans se rendre compte de l'existence d'un autre œil, tout comme celui-ci. Un nez qui perçait l'espace, doucement ciselé en s'offrant à un front clair et blanc, mais raffiné, proche de la beauté labiale qui façonnait l'objet de mon désir. « Je me souviens de ses cheveux longs comme des champs de soie sans fin. Sa coiffure régnait sur les épaules les plus lisses de ce côté de la Création. » il se murmura à lui-même.

Voyage dans le sablier
Sept:

Je me suis réveillé avec mille courriels non-lus dans ma boîte. Martin avait trop bu, encore une fois. J'ai à peine pris le temps de les lire. Il semblait se parler à lui-même, comme un soliloque somnambulé. « Ça va, l'ami ? » ma réponse était brève et directe. *Non !* répondit-il. *Indra m'a visité en rêve, et maintenant je fais une crise d'angoisse.* Indra est un objectif pour nos personnages. Sekhmet l'aime en secret, mais il a épousé Ishtar. Marduk le déteste, jaloux de ce même mariage, ce qui provoqua les grandes guerres. On a placé l'essence d'Indra dans la conscience de William, et maintenant le dieu hindou vient nous hanter ?

« Il représente un élément central. Pas un personnage. » J'esseyais de suivre cette histoire de structure scénaristique, ou peu importe comment il l'appelle. *C'est un tab-- de gachis !* Martin perdait son calme. *Là on doit trouver un moyen de connecter l'âme d'Indra avec l'arc de Nempty.* Nempty c'est le taxi de Seamus et William. Son arc peut toucher une qualité vertueuse. « Nempty a fait du tort à Indra, dans le passé. » je réfléchissais à voix haute. « Lucrétia lui a donné une raison de chercher à comprendree le bien et le mal. » *Pourquoi? Parce qu'elle est une poupée soumise ? Non ! Parce qu'elle est une conscience innocente que des êtres dégoûtants et dépravés ont poussé dans une poupée soumise. Il s'en est rendu compte après l'avoir achetée.* « Ce n'est qu'une enfant, Martin. Nempty le sait. Peut-être qu'Indra lui a apporté cette sagesse. Avec Lucrétia, son instinct paternel s'est éveillé. » *Et maintenant ?* demanda Martin. « Maintenant ? Nous avons Nempty qui chasse une guêpe. »

Chapitre quinze :
Nempty trouve une guêpe

Il y avait cet œil. À moitié fermé, à moitié fier, la promesse d'une larme. La lumière brillait sur son front. Il y avait cet œil, et la joue, aussi large que l'éternité qui manipulait la naissance de cet univers. Il m'a regardé, sans se rendre compte de l'existence d'un autre œil, tout comme celui-ci. Un nez qui perçait l'espace, doucement ciselé en s'offrant à un front clair et blanc, raffiné, proche du charme labial qui façonnait l'objet de mon désir. Je me souviens de ses cheveux, d'interminables champs de soie.
Sa coiffure régnait sur les épaules les plus lisses de ce côté de la Création. Elle avait la peau légèrement pâle, une nuance crépusculaire. Ses pommettes hautes démontraient sa dernière forme de beauté réincarnée : à moitié chinoise ou japonaise et presque française. Au commencement, il y avait Ishtar.

Mon perth, un poteau qui se tenait droit et fort pour maintenir les deux parties d'un X séparées, deux moitiés attirées l'une vers l'autre, contre une grande colonne vertébrale qui ne plierait jamais. Une table, un bocal, selon la façon dont la rune tombait. Un C carré avec les deux extrémités fléchies vers l'intérieur, puis vers l'extérieur. Je ne l'aimais pas par besoin. C'était ses traits qui me rappelaient une époque antérieure à mon existence. Une période, très certainement, que je rejoindrais quand je mourrai. Je l'aimais pour la déesse qu'elle représentait envers un cercle autre que le mien. Je la sentais vraie.
Nous appartenons à une souche faite pour nous, mais qui attendit notre retour comme un monde orphelin espérant un soleil.

Nous sommes peut-être nés d'un même nœud, ai-je souvent pensé. Je me demandais, cependant, si elle sortait de moi ou moi d'elle. À chaque fois, à chaque vie qui renaissait, à chaque nouvelle chance qui se créait, à chaque instant où nos chemins se croisaient, alors que l'inconnu nous forçait à nous égarer. Chaque amour apprivoisé, j'ai trouvé son essence dans les hôtes les plus inattendus, et je ne m'en suis rendu compte que trop tard. Qui étais-je pour elle ? Cette question se posait toujours lorsqu'un premier regard se frayait un chemin entre nous. J'avais l'impression de n'exister que par sa vision sur moi. J'ai souvent senti sa vue détourner le regard, je devenais le fantôme de quelques pensées décharnées recherchant son corps pour se forger un sens. Elle était connue sous tant de noms, rapportée dans les livres par sa colère et sa jalousie. Déesse de l'amour et de la guerre, ma chaumière, ma chère reine Sachi. Nous avions à nos pieds des cercles de croyants, d'innombrables esprits pour nous projeter cette vie éternelle dont nous jouissions.

Dans le monde d'où je venais, l'existence se brise en parties égales de conscience, liée à l'être et le tout. La substance unit un esprit par un mécanisme complexe de chair tandis qu'un éther relie la psyché, en méditation, à une âme qui materne l'essence comme une matrice portant l'enfant de la réalité. Nous sommes, individuellement, Sophron. Nous détenons les soixante-douze royaumes reflétant les soixante-douze souches dans lesquelles nous résidons. Si une collectivité de royaumes rend possible l'expérience, alors il est correct d'affirmer que les rêveurs habitent des Rêveurs, probablement jusqu'à l'infini, bien que nous n'ayons pas encore voyagé au-delà d'un souvenir fixe. Plus on s'éloigne d'une source, d'une essence, de notre dimension natale, dans le Rêveur qui nous a vu naître, et plus il s'avère difficile, plus il devient dangereux de voyager dans les mondes intérieurs comme dans les extérieurs. Peut-être que seules les Entités existent après ces frontières, mais jusqu'à ce que l'on se réveille au-delà de la dernière illumination, on ne le saura jamais.

L'essence est notre partie la plus précieuse. La chair peut pourrir, les pensées peuvent se désagréger, le vide peut faillir au ressenti, mais tant qu'une essence se transporte à travers les esprits, une essence vit. Des cultes, des sectes, des religions, des cultures diverses, sont apparus dans des poèmes, des hymnes, des histoires, des films, pour permettre à des cercles de croyants de porter notre existence plus loin qu'une Disparition Finale. Je garde près de moi un dernier souvenir de son étreinte : chaleureuse et réconfortante, son souffle contre mon épaule, avec la promesse d'un battement de cœur sans fin.

Je me souviens vaguement des visions de notre monde. Elle est là, partout, chaque fois que je projette cette dernière étreinte. Je ne sais pas si mon essence parle à travers ce livre ou mon âme. Je sais que je dois habiter un hôte, quelque part, sous une forme ou une autre, et lui, comme moi, doit penser à quelqu'un qu'il, elle, a aimé et qu'il, elle, ne reverra jamais. Ne serait-ce que pour mieux me manifester à travers sa création, je retrouverais un cercle de croyants, ma conscience s'éternisant.

Où est-elle ?

Sous les rideaux du chagrin, dans l'inconnu douloureux, je sens un désir de plénitude, un esprit, une âme. Nous défendîmes l'humanité avec l'affection de mille dieux. Ishtar! Comme j'aimerais que la chair puisse accueillir ce *moi* qui inonderait tes joues des larmes d'un million d'océans, de milliards de *tu me manques.* Je sais, d'après les mots que cet auteur dépose, comme des fleurs sur ta tombe, l'histoire commence pour moi dans l'éveil d'une substance, après avoir gardé une partielle de ma réalité intacte dans un morceau d'ambre. Un insecte primitif, voyez-vous, qui l'a conservé dans son ADN. Préhistorique à l'époque pour les habitants de Tir na nOg, mais pour l'humanité, à Gaïa, nous observons une guêpe voler dans Central Park, Manhattan, par un splendide été de dix-neuf soixante-quatorze ans.

162

Tir na nOg se situe au-delà du Véritable Archeus, singularité de vie. Nous approchons l'hémisphère de Logos, et ces mondes peuplés de splendides spectres, de nymphes, de muses. Avec ses vastes prairies de sable, ses rivières d'herbe sur lesquelles voguent des navires-fées, ces immenses libellules sans ailes aux mâts qui narguent le ciel pourpre, comme des vents sauvages. Difficile de trouver une dimension plus exotique. Athanor, situé quelques souches plus près du Vrai Logos, pourrait sembler plus étrange. L'attraction principale qui rend Athanor unique devant Tir na nOg, est son arrière-plan changeant constamment. Ici il y avait une mer, maintenant c'est un désert. Il y avait une forêt, maintenant une montagne. À mesure que nous approchons des quadrants du Vide, la réalité baigne dans le chaos. À Tir na nOg, l'existence reste aussi stable que ce que nous savons des autres mondes formant les hémisphères de Barbelo et Archeus.

À l'époque de cette histoire, Tir na nOg accueillait le champ de bataille d'une guerre importante. Ça s'est passé lorsque la Maison Abraxas de Duat envahit la Maison Ossian de Tir na nOg. Le navire-fée, avec sa peau bleue et ses proéminents yeux sculptés, flotte sur une rivière d'herbes. Il s'approche des ruines abritant autrefois le roi Ossian, contraint à l'exil lorsque les troupes de Sekhmet détruisirent les villages. Elle tua les fées qui formaient des cercles de croyants fidèles à Ossian. Elle établit un nouveau règne pour les nouvelles sociétés de Duat afin de s'éveiller davantage. Les adorateurs nourrissent un Seigneur avec des axiomes. Tant que des gens contemplent un organisme, le Logos reflétera la matière contre ses pensées. Les Neymlisses puissants et les Marcheurs font bon usage de ces religions. Elles leur fournissent une base solide sur laquelle recréer leur existence. Lorsque divers cercles se réunissent pour refléter un même Seigneur, nous appelons ce terrain une Maison. Sekhmet s'empara du trône de Wells à portée de main de la reine Anastasia, affaiblissant Ossian. Après que l'influence de Duat disparut de Gaïa, suite à l'effondrement d'un ancien empire égyptien, l'ambition de Sekhmet s'établit une Maison. Elle força la reine Anastasia à l'exil. Wells devint son siège du pouvoir.

163

Nous, dieux, sommes destinés à vivre à travers les âges et les souches de Sophron. Notre idéal vise à atteindre ces étapes d'illumination jusqu'à évoluer vers l'éveil d'une Entité. Nous pouvons également devenir un être puissant représentant l'un des quatre Ocorsurs. Grandir jusqu'à ce que nous puissions enfin nous libérer de l'esclavage des réalités et transiter vers l'unité, la Singularité. Le parcours de Sekhmet se rapproche du Vide. Elle servit sous Barbelo assez longtemps pour acquérir des compétences dans les domaines de la mance, manipulation des axiomes de matière. Elle gagna en importance parmi les divers cercles d'Assiout, de Badari et de beaucoup d'autres qui gravitaient autour des croyances de l'Égypte ancienne.

Cette importance est notamment attribuée aux dieux et aux déesses emprisonnés dans les limbes. Ils ont été appréhendés pour leur rôle dans une révolution, peu après la dernière bataille de Babel. Parmi les sympathisants de Varuna, nous avons trouvé Horus, Sérapis, Bast et Anubis, maintenant absents de leurs groupes de disciples fidèles. Leur disparition laissa le champs libre à Marduk et sa légion de Neymlisses et lanceurs de sorts, libres d'asservir l'humanité dans une nouvelle ère de théocraties. J'ai entendu dire que le Conseil de Saphir jugea Varuna et Marduk. Je ne pouvais entendre que des bribes de l'histoire, car la fin des guerres de Babel signifiait qu'aucun lien ne subsistait entre moi et l'humanité, ma Maison ou mes alliés.

Nempty appelait son bâtiment volant : *Le Barracuda*. Sur ce navire-fée, nous trouvons des trésors dérobés à tous les coins de Sophron. Les Lapis-Moldari du royaume de Kyöpelinvuori brillaient derrière un verre épais contenant leurs axiomes hautement volatils. Leurs propriétés radioactives se voient utilisées pour créer des bombes pouvant forcer un continent entier à imploser. Le Lapis-Moldari est illégal sous tous les cieux.

Derrière l'élément menaçant, des jarres d'hydromel de Kaamelot, sur Avalon, déclenchent plus d'une soif. À gauche, une fontaine fait couler de la bière d'Akeldama, sur Jérusela. Au fond de la salle, un spiritueux de Cognac, sur Nirvana. Je sais que vous voudrez me parler de ce nectar qui tire son nom d'une région française, mais je vous assure que Nirvana a un village du même nom. À côté des jarres d'alcool, des coffres-forts remplis de bijoux et de vêtements fantaisistes, d'armures, de boucliers, d'épées. Au niveau supérieur, l'endroit le plus sûr du bateau, des objets inestimables annoncent l'alchimie et la mance.

Nempty travaillait comme passeur entre Gaïa, Duat et Hadès. Connu sous le nom de Charon, il guidait des âmes entre les trois mondes, les traversant pour passer au suivant. Vinrent les guerres de Babel. Depuis, il œuvre en marchand et contrebandier. Il connut beaucoup de succès. Son habileté de manipuler les axiomes, par l'alchimie, lui procure un petit nombre d'organismes éveillés. Contrairement aux Marcheurs, les Neymlisses ne développeront jamais la compétence contrôlant les pixels pour altérer le tissu de la réalité. Ils ne se connecteront pas, comme des penseurs, à d'autres essences. Pour eux, les voyages vers la sagesse supérieure s'arrêteront là. Nempty sait qu'il ne connaîtra jamais vraiment l'éveil. Il agit avec puissance sans espoir de se transformer en manceur, mais ça ne le dérange pas.

Plutôt petit et maigre, il cache son squelette sous une cape sombre, un jean noir et un manteau de cuir. La mer d'herbe s'ouvre devant. Il laisse derrière lui son bateau, l'équipage de plus d'une douzaine de fidèles et la cargaison d'une planète entière. Ses yeux voilés, sans pupille, ressemblent à des gouffres dans un sol gris. Il est en pause, réservé. De petits traits du visage le définissent, si ce n'est une longue cicatrice qui se mêle à sa petite bouche. Croisement entre un gris et une nymphe, Nempty a toujours été considéré comme un monstre parmi ses semblables.

Un monstre, peut-être, mais plus le serviteur des dieux, et pas même de ces organisations influentes qui prirent le relais, sur Gaïa. Aucune église, aucune banque ne posséderait jamais son âme. Il observait des vagues herbacées qui semblaient recrachées par de puissants courants, pour mourir contre la coque et ressusciter au fond de la mer. Il regarda les vents qui semblaient l'épier. Il ne craint personne. Il a survécu non seulement aux batailles multiverselles, mais aussi à des guerres mondiales dans chacune des souches. Il s'en est sorti avec loyauté à sa cause : lui-même. Il récompense bien ses alliés, favorisant cette loyauté. De nombreuses alliances sont ainsi nées, avec des Entités puissantes qui le respectent. D'autres savaient simplement qu'il vaut mieux ne pas considérer Nempty comme un leader, un ennemi ou un camarade. Mais Nempty n'a jamais eu de véritable ami. Il ne fait confiance qu'à des machines pour l'aider sur le bateau. Deux hommes-arbres, neuf golems et deux androïdes forment l'essentiel à bord. Pas besoin de les rémunérer, ils se plaignent rarement, ils le laissent tranquille.

Le capitaine affrontait toutes les tempêtes et ne craignait rien. Il mourut, d'une mort primordiale, si souvent, que même la douleur et l'agonie intense coulait sur son dos comme de l'huile. Un jour, il combattit des légions de merchoïdes, ces minuscules archéoïdes de la taille d'un organisme ordinaire, et on le laissa sans vie dans une jungle éloignée de l'Agartha. Il subit les formes les plus horribles de tortures que la nature ait pu lui imposer. Certaines bêtes se nourrissaient de sa peau pendant que son âme demeurait consciente, pendant des semaines. Jusqu'à ce qu'un manceur inconnu passe et remodèle sa chair. Ce n'est qu'à ce moment qu'il réalisa ce que signifiait son existence.

« Si je devais mourir, laissez-moi mourir prospère. »

Il s'est convaincu lui-même, ainsi que le Rêveur qu'il habitait. C'est ainsi qu'il périt une dernière fois, et qu'il fut ressuscité avant de retrouver l'épave de son navire-fée. Il voyagea jusqu'à retrouver son ancien soi, sa propre force et sa fierté.

Des milliers de réalités défilent depuis cette résurrection. Nempty devint l'un des marchands les plus influents de Sophron. L'un des plus riches et puissants ! Un matin, il fit une découverte insoupçonnée. Les guerres de Babel étaient terminées, oubliées depuis des millions d'années. Je suis mort, et Ishtar aussi. Si l'on s'en tient aux paroles des légendes, toute la Maison Indrashtar est tombée. Mais Nempty se savait célèbre pour sa capacité à distinguer une essence d'un éther, et une substance d'un esprit. Non seulement ça, mais il pouvait reconnaître les hôtes précédents, et il en va de même pour les particules d'âme. Parce qu'il a voyagé si loin, il a vu tant de choses, il est possible de supposer qu'il affronta des Rêveurs tels qu'Anu, Amon-Ra, ou YHVH, par une belle journée ensoleillée. Pourtant, Nempty ne manipule pas ces axiomes qu'il connaissait si bien.

Il y avait cette guêpe. Il y avait un petit garçon, né seulement deux mois auparavant. La décision de Nempty de visiter Manhattan dans les années soixante-dix est presque venue par hasard. Il montrait obstinément son désir de rencontrer La Vieille Fille et lui demander conseil. Nempty a longtemps souhaité comprendre le secret des éveils, mais personne n'acceptait de l'aider dans cette quête. Lorsqu'il apprit que la fille unique du Vide refusait de ne faire qu'un avec son père, il sut qu'elle lui enseignerait l'illumination. Elle errait dans les grandes villes, sur Gaïa, gardant des chats ou des pigeons, selon son humeur. Il s'est promené dans ce parc, essayant d'apercevoir des mammifères ou des oiseaux. Il confirmera leur réelle nature plus tard, selon l'espèce. Il ne voyait que des insectes. Les humains laissent leurs animaux de compagnie aboyer envers les autres. Certains devaient ramasser des excréments dans de petits sacs, mais la plupart les négligeaient. Comment pourrait-il trouver un chat ou un pigeon, se demandait-il. Alors qu'il errait dans le parc, à la recherche de la Vieille Fille, ou de tout signe qui pourrait le conduire à elle, il entendit de minuscules ailes fendre l'air avec une courageuse persistance naturelle. Il s'est retourné et apperçut une guêpe, sur le point d'atterrir aux pieds d'un chêne. Oubliant son propre voyage égoïste, il s'approcha de la bête et l'observa.

« Je connais cet ADN. » pensa-t-il en, juste au moment où l'insecte se préparait à s'envoler. La bête se dirigea vers un couple mais atterrit sur le bras d'un petit garçon, dans un berceau.

« J'ai été marié, une fois. »

Le papa, derrière le berceau, s'adressait à une jeune étudiante afro-américaine. « Je suis désolée. J'ai grandi seule avec ma mère. Je comprends. » répondit-elle, puis s'agenouilla pour saluer le bébé endormi, inconsciente du regard pervers que le père lançait à sa minijupe et ses cuisses. Nempty observa la guêpe, seulement la guêpe. Le père voyait le nain qui semblait mendier, mais il l'ignora. La guêpe ! Le nain connaît cette guêpe. Où l'avait-il vu ? « Ce n'est pas si mal. J'ai besoin d'une nouvelle baby-sitter. » L'enfant bâilla, mais seul Nempty le remarqua. « Monsieur... »

Le père aurait pu le voir venir. Il s'est contenté de rire une fois qu'elle rejeta son approche. Elle le regarda, au plus profond de lui-même, à travers ses yeux et le gronda :

« Monsieur, je pense que votre bébé mérite une mère plus que vous n'avez besoin d'une fille. Merci. » Elle a quitta le parc, insultée. Tandis que Nempty observait la guêpe se poser sur le front du bébé. Le soleil se reflétait à travers les ailes de la créature comme des paillettes de nuit sur l'ombre de l'aube. Il marchait très doucement sur la peau délicate de l'enfant. La bête se promena près de l'œil et s'arrêta. Elle nettoya sa tête avec ses deux pattes avant, comme une mouche, puis passa par-dessus la bouche, y est restée de longues secondes, sur le point de partir ou d'attirer d'autres guêpes. À l'aide d'un appareil de poche qui ressemblait à une boîte à bijoux, Nempty dévoila une porte vers des limbes abandonnées, lui permettant de s'approcher et de passer inaperçu. Jusqu'à ce qu'il puisse observer davantage l'insecte. « Je te connais, mon garçon. » dit le Neymlisse. « Tu te souviens de moi ? » Bébé ouvrit la bouche pour bâiller. La guêpe vit son dard emprisonné entre deux traces d'une dent. « Tu sais ? Tu manques vraiment à certaines personnes. Tu pourrais me faire gagner beaucoup d'éloges. »

Il tenta doucement d'attraper la bête. Il échoua magnifiquement. L'insecte piqua la langue du bébé et s'est envolé. L'enfant pleura comme si sa vie était sur le point de se terminer ! La douleur ! Atroce! Il pleurait, parce qu'il ne pouvait pas raisonner, ne pouvait pas penser, ne pouvait rien dire, et ça faisait tellement mal. Nempty regarda la guêpe s'envoler.
Il observa le père qui tentait de calmer un enfant de deux mois profondément blessé pour la première fois de sa vie.

Le Neymlisse pourchassait la menace volante dans tout le parc. Il tenait un bâton de voyage portatif qu'un manceur avait construit pour lui, et avec lequel il pouvait rapidement voyager à travers les souches, perçant le Voile. Il passa devant des arbres, des voitures et des bâtiments, créait des poltergeists alors qu'il la poursuivait plus vite, au-delà d'un dépanneur ! Les clients effrayés et les propriétaires perplexes se retrouvèrent avec des tonnes de bonbons, de cigarettes et de magazines à ramasser et remettre sur leurs étagères. Quand il crut avoir perdu la bête, il regarda à gauche et à droite. Il entendit un bourdonnement et courut rapidement dans la direction opposée. Il suivait le diable ailé tout au long de Madison Avenue, à travers le pont jusqu'à la trente-huitième avenue. Jusqu'à ce que le temps s'arrête. Et le temps a failli y passer, quand une fourgonnette entra sur le pont. Nempty, malgré sa fragilité physique, a courageusement sauté derrière l'insecte, juste avant que le véhicule ne heurte la guêpe. Nempty a dû réfléchir rapidement s'il voulait éviter l'accident pour laisser peu ou pas de chance de récupérer son ADN. S'il avait été un manceur, rien de tout cela n'aurait été un problème.

Il fit face au regard traumatisé qui habitait le conducteur, un Afro-Américain d'une trentaine d'années, père de trois enfants. Sa femme était assise à côté de lui. Sa plus jeune fille, âgée de trois ans, dormait à l'arrière de la fourgonnette, entre son frère et sa sœur aînés. La voiture s'arrêta. L'insecte atterrit sur leur pare-brise. Avec désinvolture, Nempty grimpa à l'avant de la voiture. Il projetait un air très agacé, tandis qu'il marchait pour attraper la guêpe et l'emprisonner dans sa paume droite, délicatement fermée.

Tout aussi nonchalamment, il s'éloigna de la jolie petite famille. Ils eurent du mal à faire face à cette scène sortie d'un film d'horreur. Avec un immense sourire qui dénotait beaucoup de fierté, Nempty se félicitait d'une prise qui lui méritait de franchir le Voile. Maintenant, il doit trouver un moyen de préserver cet ADN et lui permettre de survivre au passage de nombreuses souches de Sophron. Être ce simple voyageur oblige le Neymlisse à faire preuve de créativité. La première idée qui lui vint à l'esprit impliquait de l'ambre. Il flottait à travers le Voile, passant par le royaume voisin d'Hadès, sans porter attention à la rivière Styx. Il erra dans les limbes, dans toute la Grèce, à travers l'enfer et Akeldemach. Il atteint Hadès, puis traversa à nouveau le Voile pour terminer son voyage dans les montagnes de Santiago, au Chili, au milieu de la nuit. Si voyager avec l'Ether-Stick semble rapide, il n'a rien à envier aux longs voyages en navire-fée. Toute odyssée impliquant de la magie nous montre de nombreuses souches, ou des visites superficielles de celles-ci.

Il déteste l'Amériques du Sud. Chaque fois qu'il franchit le Voile, là-bas, il se retrouve dans tous les journaux locaux avec des photos à la résolution médiocre, de grandes lettres qui hurlent :

Chupacabra ! El Vampiro de Moca.

Il trouve cet engouement idiot, et ce n'est pas comme s'il pouvait trouver un meilleur lait de chèvre dans d'autres parties de Sophron non plus. Il sentit l'insecte à peine vivant dans sa main. L'animal n'était pas préparé au stress d'une entrée et d'une sortie rapides au-delà du Voile. La pression menaçait sa vie. Nempty sait qu'à moins que l'ADN ne puisse être préservé pour survivre à des millions d'années, personne ne pourra croire qu'il a trouvé Indra. Emprisonner la bête à l'intérieur de l'ambre représente sa meilleure option.

Chapitre seize :
Sekhmet n'est pas une fée

La salle du trône sombre et sèche montrait une fenêtre isolée, au fond. Des paysages pâles s'affichaient, projetant presque de la lumière comme dans un rêve. Tir n'a nOg réside dans le quadrant Archeus-Logos, où matière et vide n'existent qu'en légende. Pour qu'une déesse comme Sekhmet habite un monde aussi étrange, il faut beaucoup de magie. Il est possible de programmer les axiomes pour qu'ils se comportent comme leurs opposés. Sekhmet a pu remodeler tout son incarnation de sorte que Tir n'a nOg la considère comme une indigène. Quand elle méditait, elle préférait conserver le moins de lumière possible. Sa chambre se plonge dans des ombres et ténèbres, avec le trône pour répandre une lueur. Tant de pensées et de souvenirs anciens l'habitent, elle pouvait difficilement se purifier l'esprit. Elle se souvient des opioïdes d'Hydaspes introduits pour créer des fées junkies. Ça aura eu pour résultat de plonger la population dans l'apathie et la dépression. L'invasion devint plus facile, moins sanglante.

Sa plus grande préoccupation impliquait un retour à l'époque des guerres de Babel. Elle perdit le contrôle de son empire égyptien, la dernière fois. Horus prit en charge les opérations, avec Thot agissant comme son conseiller. L'influence de Sekhmet sur Gaïa fut fortement diminuée, l'obligeant à concentrer ses efforts sur des mondes différents. Il faudra l'intervention de divinités plus subtiles pour restaurer l'humanité sur le chemin de l'illumination.

Les anciens dieux et déesses se sont vit contraints de se retirer, tandis que l'humanité de Gaïa s'est lentement développée en marge. Avec le retour possible d'Indra, et si Varuna s'échappait de son emprisonnement, les conflits avec un Marduk belliciste apporteraient l'Apocalypse. Il était impératif pour Sekhmet de choisir un camp. La neutralité pourrait aussi bien lui être bénéfique, mais il faudrait qu'elle devienne la puissance qui fera pencher la balance. Toute décision tactique nécécite un plan raisonnable. Ce processus devrait commencer par un court voyage dans son plurivers. Elle s'assurait que personne ne la dérange pendant qu'elle médite. Elle ferma les portes et toutes les fenêtres. Elle s'installa paisiblement sur son trône, et elle cultiva un vide absolu. Sa possibilité se voyait cartographiée sous le nom de Cat-Fish Suprême.

La bonne manière d'entrer dans ces royaumes intérieurs commence par le renoncement au monde extérieur. La coquille vide du corps demeure, tandis que l'âme se détache peu à peu de l'illusion. Les images traitées par notre vision perdent leur couleur et leur forme. Les sons se transforment en vents évidés. Le goût, l'odorat et le toucher ne définissent plus l'enfer chez les autres. Sartre lui-même perdrait ses références sur ce qu'est ou devrait être l'existence. C'est à ce moment que le subconscient devient le seul vaisseau portant le soi. Si le voyageur était un bas, l'intérieur deviendrait ses rêves, ses espoirs, ses désirs, et l'extérieur se connecterait au monde. Ce bas serait retourné et la souche serait ce qui constitue le plurivers.

Chaque odyssée à l'intérieur diffère d'un voyageur à l'autre. Pour Sekhmet, le processus porte des couleurs et des fractales, fondant lentement les uns dans les autres, jusqu'à ce que l'ordre se forme. Un paysage fait surface, un ciel, un sol, des horizons. En les yeux pour regarder ce nouveau décor, elle vit une rue vide faite de briques claires. Elle marchait sur ce terrain vêtue d'une longue robe blanche, empruntant les traits d'une jeune fille à la peau foncée, rappelant sa fourrure noire. Au bout de son champ de vision, de petits buildings apparaissaient. Devant ces structures rustiques, les enfants se lançaient des balles de cuir.

172

La Grèce ? pensa-t-elle. *Pourquoi mon rêve m'emmène ici ?*

Elle marchait devant les enfants, les fermes, envisageant la recherche d'un bâtiment fait de piliers de pierre. Elle le trouva au milieu de la ville antique. Elle s'arrêta devant et observa sa large scène, entourée de bancs circulaires. Elle regarda le soleil et pensa en elle-même : *Mon ami devrait être dans sa grotte, à cette heure de la journée.* Elle entra dans le Parthénon, avançant jusqu'à un tunnel creusé, comme si elle avait souvent fait ce voyage auparavant. Un long couloir la mena à une large chambre. Là, elle vit sept élèves et un vieux sage, entourant un globe flottant. L'un des disciples, aux traits et genre incertains, racontait une histoire. L'aîné sourit en l'écoutant.

Sekhmet se tenait dans l'ombre, afin de ne pas déranger la classe. Elle observa le petit groupe et réfléchit. Qu'est-ce qui les relie à cette confrontation cosmique ? Lorsqu'elle cultiva sa rêverie, sa motivation vint transcender le flux actuel des événements, reliant son essence à une scène onirique. Pour une raison quelconque, son vieil ami Platon jouait dans cette pièce qui se déroule sous ses yeux. Cependant, il ne choisit pas son camp. Il n'a jamais utilisé sa connaissance de la magie pour se battre, préférerant l'utiliser pour enseigner aux humains comment échapper à l'illusion. Son implication dans cette bataille n'a aucun sens. Si elle est apparue ici, il doit y avoir une autre raison.

Quelqu'un d'autre devait produire ces pensées, car elle assistait à la matérialisation d'une silhouette grande et musclée. Il se tenait à seulement deux pieds devant elle, ses yeux pointant vers le groupe de jeunes garçons, filles et genres non-identifiés. Sekhmet réalisa rapidement que cette intrusion n'était pas aussi pacifique que la sienne. Cette silhouette portait de mauvaises intentions. Avant qu'elle ne puisse contempler davantage, le bloc de chair attrapa un orbe de cristal et invoqua une intense flamme bleue. Serait-il sur le point d'incendier la troupe, Platon inclus, dans une Disparition Finale ? Pas le temps de réfléchir !

Il est temps d'agir !

173

D'un geste rapides des mains, elle rassembla quelques axiomes. Ces derniers produirent une sphère, à travers lequel un limbe naissait. Avant que son adversaire n'eut le temps de s'imposer sur le groupe, Sekhmet projeta cette dimension autour de la silhouette. Son incantation vint trop vite, cependant, et même pour un sophronier aussi puissant, elle ne put parfaire sa création à temps. Des murs grisâtres les entouraient. Il semblait encore possible de voir le groupe de l'autre côté. La brute pouvait facilement désinvoquer ce sort et reprendre son acte ignoble. Elle utilisa l'élément de surprise qui le figeait pour lancer un autre sort. Des lames s'inventaient à son esprit.

Cinq épées jaillirent de sa boule de cristal, lancées directement dans le dos de l'ombre. Son ennemi se retourna pour les bloquer depuis un bouclier qui sortit de nulle part. Rapidement, la déesse-panthère caressa son orbe. Un ours-chat géant apparut. Son adversaire envoya un énorme zombie pour riposter. Alors que les créatures luttaient, la silhouette troqua le terrain pour une église gothique. La classe de Platon se poursuivait à proximité, dissimulée derrière un rideau caniculaire. Cette intervention offrit du temps à Sekhmet pour invoquer dix mille chats enragés, volant en direction de son ennemi. Ce sort renforcit également son pouvoir.

D'un geste rapide de sa main gauche, tenant l'orbe avec la droite, l'ombre effaça les chatons volants de l'existence. *C'est un lanceur de sorts victorien ?* Sekhmet pensa. Elle pouvait difficilement réfléchir à tous les noms possibles. Une flamme bleue ne doit pas inviter sa disparition. Le magicien n'eu pas le temps d'invoquer de sort trop puissants, mais il envoya le monstre de Frankenstein foncer sur la déesse. Elle répondit par un lion-garou noir, juste avant de dessiner une cape d'invisibilité autour d'elle. Les deux créatures se jetèrent l'une sur l'autre. Le lion mordit la jugulaire du zombie, ce qui entraîna une éclaboussure de sang recouvrant les murs. L'humanoïde aux épaules carrées attrapa le grand chat avec un force inouïe, et le serra contr lui. À bout de souffle, le lion enfonça ses griffes dans le visage du monstre, puis arracha la peau cicatrisée de son crâne.

174

À l'autre bout du couloir, au-delà du rideau de chaleur ondulante, Platon sentit quelque chose déranger le Voile. Il aurait pu utiliser l'orbe pour enquêter, mais voyant comment l'élève était bien immergé dans son exercice, et comment les autres appréciaient l'activité, le sage préféra ignorer l'intrusion.

Pendant ce temps, Sekhmet reconnut l'origine de son adversaire. Elle ne s'est pas réveillée ce matin-là avec l'envie de se battre. Elle caressa sa sphère et retrouva l'éveil dans sa réalité extérieure.

Chapitre dix-sept :
Comment Nempty attrapa la guêpe

De nombreux universitaires, manceurs et alchimistes, s'accordent pour affirmer que les souches de Sophron représentent soixante-douze périodes dans le cycle d'une réalité. En vérité, on observe une évolution simple. Le voyage dans le temps devient intense, lorsqu'on passe d'un royaume à l'autre. La théorie se voit souvent critiquée par les sceptiques, expliquant que les mondes ont des lois physiques distinctes. Les différences sont si extrêmes que des millions de milliards d'années ne suffiraient pas à soutenir un changement aussi radical.

Nempty défend sa propre opinion sur le sujet. Il pense que chaque souche représente un décalage dans le temps et dans l'espace. Gardons à l'esprit que chaque reflet de Sophron réside dans un Rêveur, les royaumes existant comme des copies exactes les uns des autres. Passer d'une possibilité à une nouvelle devient évident pour ce non-philosophe. Ses voyages se développent depuis des miroirs pointés sur un sujet. Par conséquent, il se déplace à différents moments de la vie d'un hôte, à travers les différentes étapes de l'évolution de cette possibilité. Certains événements se produisant dans la souche Avalon d'un Rêveur ne se produiront pas dans la même souche d'un autre hôte. À moins que tout le monde ne s'accorde sur la nature de la réelle réalité, il semble impossible de trouver un terrain d'entente. La nature, au delà des Singularités, manque à l'éducation du marchand nain.

Inaperçu dans sa marche sur la montagne, il trouva un Pinus Succinifera produisant la résine d'ambre plus dure et la plus translucide. Le marchand se tenait face au monde. Un site minier se trouvait juste en dessous de lui, aux pieds des hautes terres, profondément silencieux à cette heure de la nuit. Il escalada le terrain surélevé pour atteindre une caverne voisine. L'entrée se dissimulait sous ce qui aurait pu être un mirage ou un rideau caniculaire, un effet suivant la manipulation du Voile. Nempty s'arrêta un instant. La guêpe fit preuve de suffisamment de résilience pour survivre à un autre périple à travers les limbes. Ses ailes s'agitaient à peine. L'insecte n'avait pas la force de s'échapper. Nempty maintenait sa main grande ouverte, voyant la bête bouger lentement la tête et les pattes. L'insecte semblait plus engourdi et plus étourdi, désorienté, mais pas au bord de la mort. Un peu plus de temps lui permit de récupérer. Prêt pour ce dernier voyage à travers le Voile.

Avançant à travers la vague de chaleur comme un fantôme passant à travers la roche, le voyageur tenait son bâton enchanté avec beaucoup d'assurance. Son petit invité ailé et lui entrèrent dans une dimension où le ciel, la terre et tout ce qui se trouvait entre les deux épousaient une vision minérale. La douce texture sous les pieds de Nempty ressemblait à de la chair. Il marchait lentement pour éviter que les axiomes de cette réalité n'entrent en collision avec les pixels de la guêpe. Avec des limbes si proches de Gaïa, la friction axiomatique se voit réduite au minimum. Mais lorsque nous ne sommes pas un manceur expérimenté, la prudence est le mot clé. L'insecte semblait bien prendre cette friction. Il a dû hériter des codes ADN subtils qui définissaient autrefois la volonté et le courage de cette essence inestimable. Un système de tubes et d'aqueducs complexe perce la grotte. Tout le plafond ressemblait à une autoroute de longs cylindres, certains fusionnant, cachant chaque centimètre de roche. Ces tubes semblaient relier cette terre à une autre.

La salle, large comme un stade, abritait une fontaine en son centre. Un escalier se dissimulait entre cet étage et le suivant. La statue d'une harpie tuée par Hercule surplombait la fontaine. Le demi-dieu pressait un pied contre le cou de la créature, les deux bras en l'air, sur le point d'infliger une blessure finale depuis une hache à deux mains. La fontaine formait des stalactites et des stalagmites autour de l'icône. Au fond de la pièce se trouvaient douze aquariums, chacun alimenté par un aqueduc alimentant un autre. À l'intérieur, des poissons nageaient au travers de bêtes provenant de diverses parties de Sophron. Ici, Nempty élevait des animaux en voie de disparition, sachant très bien comment certains clients paient des fortunes pour obtenir un spécimen.

C'est là que les alchimistes, comme Nempty, montrebnt un avantage sur les Marcheurs : Sophron possède un nombre limité d'axiomes. Il est possible de gérer certaines valeur et transformer ce nombre en objet ou en créature, mais cette proportion doit se dessiner quelque part et les pixels ne peuvent être remplacés. Impossible de descendre en dessous de ce montant fixe. Donc, les manceurs ne font que manipuler ; ils ne créent pas. En revanche, les alchimistes peuvent produire de nouveaux points de réalité et forcer le Rêveur à les compenser en détruisant une quantité exacte que l'alchimiste aura conçue. Ils n'ont aucun contrôle sur ce qu'ils forment car ils exploitent des axiomes, et leurs actions peuvent être à l'origine d'une tragédie indésirable, expérimentant avec ce qu'ils ont sous la main et attendent les résultats. Lorsqu'il s'agit d'objets rares, tels que des espèces en voie de disparition, la plupart des manceurs ne parviennent pas à rassembler la bonne puissance pour développer un spécimen. Pas aussi facilement qu'un alchimiste recréera une expérience réussie. Le manceur serait-il en mesure de trouver un exemple figuratif, à un moment donné, dans une section particulière de Sophron ? Ensuite, le Marcheur serait capable d'invoquer les pixels de la bête, renvoyant une quantité et un type identique de sa souche hôte, laissant le Rêveur en équilibre. Mais plus un objet ou une créature est rare, plus il est difficile pour le manceur d'accomplir un tel exploit.

Nempty entra dans son immense laboratoire. Le lieu secret ressemblait à un entrepôt, avec des voûtes et des boîtes empilées. Il formait des remparts qui renverrait les Grandes Pyramides au statut de petits prismes. Il s'approcha du noyau. Là, sur une petite table, était posé un système d'alambics et de récipients en verre. Derrière cette table se trouvait un gigantesque mur d'étagères dans lequel se rassemblaient tous les éléments connus de tous les mondes de Sophron. On compte plus de vingt milliards d'unités de stockage couvrant plus de cinq kilomètres carrés. Un simple ordinateur brillait à ses pieds, quelque chose qui sera découvert à la fin du vingt-troisième siècle selon la chronologie de Gaïa. Nempty l'acheta avec de la petite monnaie dans la ville de Para-Angeles, dans le royaume du Dahomey, sur Penglai.

Le marchand devenu alchimiste se tenait devant son ordinateur, invoquant un clavier fait de lumière. Il tapait quelques caractères, un mélange de démotique, de copte et de chinois, avec quelques chiffres arabes, ici et là. Un écran fait de pure luminosité apparut, affichant des personnages devant lui. Là, il pointa du doigt une zone spécifique sur le moniteur et saisit quelques chiffres supplémentaires jusqu'à ce que la séquence souhaitée se réalise. Cinq bras mécaniques, sur un nombre possible de quarante-deux, gravit les innombrables tablettes, à travers les nombreuses étagères, jusqu'à ce que les éléments demandés se ramènent aux pieds de l'alchimiste. Cinq composants pourraient produire l'ambre artificiel qu'il tenait à fabriquer : la résine d'un pin qui pousse sur Nirvana, mélangée à celle d'Avalon, et la résine du Pinus Succinifera qu'il venait de visiter. De l'oxygène en poudre prélevé sur Sint Holo. Puis, du diamant liquide des vallées de Métatron, en Arcadie, et un peu d'eau de Gaïa prélevé dans les robinets d'un motel de Las Vegas.

La guêpe gisait au sol, près de son pied gauche. Elle se tenait sur tous ses membres, grandement désorientée. Nempty saisit les composants nécessaires pour concocter sa formule. Il mélangea les résines avec l'air poudreux et remua jusqu'à former des bulles qui se renouvelaient constamment. Ensuite, il introduit le diamant liquide pour que l'oxygène perdure. Il ajouta de l'eau pour garder la recette cohérente mais pas trop fluide. Lorsque la résine devint à mi-chemin entre un état solide et un insipide, Nempty se retourna pour ramasser la guêpe. Il l'a trouvé volant avec plus d'énergie qu'au moment de leur rencontre. Avec cette pièce immense comme terrain de jeu, Nempty avait peu de temps avant que la formule se transforme en ambre de roche, sous l'action du diamant liquide.

Pense vite.

Se disait-il. *Plus vite !* Il n'est pas réputé pour sa capacité de raisonnement. *Les guêpes aiment le sucre.* Il demanda aux bras de choisir le sucre le plus odorant en existence. Il provient d'un ornithorynque mellifère qui peuple les atmosphères souterraines de l'Open Door. Une goutte de ce délicieux nectar déstabiliserait le système d'un diabétique pendant des mois. Lorsqu'il ouvrit le minuscule flacon, le doux parfum sortit rapidement de son orifice. L'insecte produisit rapidement des phéromones pour attirer une armée entière, avant de plonger vers Nempty. L'alchimiste attrapa la cuillère recouverte de cette goutte de miel. La guêpe atterrit sur sa paume, chargeant rapidement le bonbon. Tant de glucides rendaient la bestiole folle. Elle dansa avant de piquer le poignet du nain. Nempty lacha volontairement la cuillère. Il utilisa sa main libre pour capturer l'insecte et le jeter dans la résine. La bête s'est battue pour se libérer du piège collant jusqu'à ce qu'elle se rende compte qu'elle pouvait nager et respirer, une fois que la résine la recouvrait entièrement. On aurait presque dit un prisme. La guêpe semblait bouger mais ne pouvait pas s'échapper. Nempty s'empara de l'inestimable prison, comme un limbe taillé à sa taille, et la mit dans sa poche. Il descendit l'escalier menant à son navire.

Sa compagnie la plus fidèle est composée de golems qu'il acheta ou échangea dans plusieurs mondes. Un androïde avancé de Patagonie, Lucrétia, ne pouvait entretenir que des discussions superficielles. L'autre automate, Jonathan, venait de Tabriz. Il était programmé pour des interactions plus intellectuelles. Il en savait beaucoup sur les sorts, la mythologie, les religions. Ces deux-là ne savaient pas faire le ménage. Nempty les acheta pour communiquer, combattre sa solitude. Quant au reste des machines, elles ne disaint presque pas un mot. Leur seule conversation portait sur des problèmes techniques. *S'ils pensent par eux-mêmes, il y aura une mutinerie*, estimait Nempty.

Le nain vit une publicité, alors qu'il visitait la capitale de tous les péchés : Vordek de Patagonie. Là-bas, une boutique façonnait des beautés androïdes parfaites en fonction des désirs les plus chers d'un consommateur. Ils fabriquaient des esclaves sexuels soumis. Ainsi, pour Nempty, ils créèrent une maîtresse accro de la chair. Ils lui configurèrent une personnalité qui correspondrait aux rêves les plus pervers d'un client. Ils servaient tout le monde, de la nymphomane au politicien totalitaire. C'est ainsi que, d'une manière très naïve et innocente, Nempty décida d'acheter la fille qu'il n'a jamais eue. Ses instincts paternels sont entrés en collision avec le programme de l'androïde. Là où il se sentait protecteur, elle avait soif d'exploitation et d'abus. Dans son esprit à elle existait un désir d'être battue et souffrir de traitements violents. Comment la cruauté pouvait-elle s'épanouir sur une fleur aussi délicate ? Même si elle le suppliait, ça n'arriverait jamais. Indépendamment de ses torts et de ses péchés, la justice vit dans le cœur du marchand nain. Personne ne se serait soucié de ce choix de comportement. Mais n'importe quel dieu ou déesse le dira : vos pensées créent une énergie positive ou négative qui porte le poids de vos paroles et de vos actions. Nempty savait qu'il valait mieux ne pas succomber à son côté animal.

Elle était plus grande que lui, même pour un enfant. Lorsqu'on lui proposa une sélection d'âges, Nempty choisit de la programmer avec quelques années plus jeune que lui. Puis, il se dit qu'une fille prépubère l'aiderait à réaliser son désir d'agir en mentor. Elle avait des cheveux noirs et blonds qui descendaient jusqu'à ses épaules, toujours tenus en nattes. Ses créateurs l'ont confectionné avec un uniforme d'écolière catholique, très populaire sur le marché des pervers. Nempty n'a jamais pensé au symbolisme blasphématoire derrière ce choix. De plus, elle avait l'air mignonne dans ces vêtements.

« Papa ? »

Nempty entendit sa voix douce à travers la radio lorsqu'il monta sur le bateau. Les golems s'afféraient à quelques rénovations et beaucoup de nettoyage. On a rétracté le mât, jusqu'à ce que la grande mer traversant le Voile s'ouvrît. Nempty marcha lentement, puis s'arrêta. Il soupira, pensant qu'il avait peut-être réveillé l'enfant. Il aurait dû la laisser au lit. Mais à quoi avait-il pensé avec cet achat ? Prendre soin d'une poupée sexuelle. À quel point c'est fou ? L'éthique et les principes peuvent se tenir en désaccord. Pour les hommes au coeur bon, Nempty est un héros. Il souffre de l'intérieur, en choisissant toujours le bonheur des autres.

« Tu es à la maison, papa ? C'est toi ? »

« Je vais bien, Lucréatia. »

Il répondit lentement. Il sortit l'ambre de sa poche et observa la guêpe. Elle semblait danser, avec ses ailes flottant comme des rubans volants. Cachée dans l'ombre d'un escalier, Lucréatia observa la figure paternelle mi-gris, mi-nymphe. Elle alluma le volume pour écouter une chanson d'un boys band de Neo-Angelus, une célèbre capitale au milieu de Svarga Loka. Elle attrapa délicatement la main de Nempty.

« On voyage, maintenant, papa ? »

Il regarda l'ambre un long moment. Nempty n'était pas un manceur, il n'y avait aucun moyen de manipuler les axiomes pour diviser la créature et conserver la parcelle d'essence d'Indra. S'il y avait un peu d'Indra dans cet ADN, il pourrait vendre cet artefact intact. Il pouvait mettre la guêpe piégée à l'intérieur d'un mancène. Il s'agit d'une technologie tordue développée dans le royaume de Litooma, une souche au sud de Shun-Yata, dans le quadrant Logos-Vide. Pensez à cette boîte en métal avec des demi-orbes partout comme un ordinateur qui relie l'esprit d'un million de magiciens asservis. La boîte leur permet d'éviter la disparition finale, mais en retour, ils doivent obéir aux ordres du propriétaire. Litooma est connue pour accueillir le plus grand nombre de Marcheurs de tous les mondes, même s'ils manquent une liberté. Peut-être la seule souche qui ne se verra jamais envahie. Choisir son camp dans un conflit qui ne nous concerne pas semble peu enviable.

Nempty ouvrit la boîte métallique qu'il gardait cachée dans un coffre-fort, derrière un faux mur. Tous les orbes brillaient en même temps, et les cris d'un million d'âmes asservies hantaient la pièce. Nempty a doucement déposé l'ambre et la guêpe à l'intérieur, puis ferma la boîte. Il posa alors ses deux mains sur les nombreuses sphères et ferma les yeux.

« Disséquez cet organisme », a-t-il clamé à haute voix. « Laisse-moi garder l'essence d'Indra dans cette boîte. » Le seul problème avec un million d'esclaves à vos ordres c'est qu'un esprit faible qui demande leur faveur peut se retrouver lié aux Grandes Entités. Ce serait comme donner accès aux codes de lancement de toutes les armes nucléaires américaines à un président illettré. Tout arrive pour une raison. Beaucoup essaient d'utiliser ces liens pour se libérer de leur enfer. Nempty comprend qu'à chaque fois qu'il manie ce cube, il offre son âme au chaos, comme chercher l'Internet le plus puissant et, à tout moment, trouver un moyen de piéger son essence, laisser à d'autres le soin de posséder votre corps. La boîte semble sûre, gardant l'atelier derrière un voile artificiel. Mais on ne sait jamais à quel point les prisonniers peuvent être créatifs.

183

Pour Nempty, ce puissant réseau est une opportunité. Kitana est reconnue comme une puissante sophronière. Trois cents ans après les guerres de Babel, Sophron s'est vu secoué par une autre tourmente, le conflit de Jacob. C'est à cette époque que l'Entité de Litooma, le Grand Ghamqe, a failli faire face à une dévastation totale aux mains de Demonee. Rassembler des magiciens pour affronter l'armée du Grand Démon demeurait le meilleur moyen de sauver son monde. Alors Ghamge la Gargouille signa un pacte avec Tao, l'Entité Angélique protectrice de Tuurngait. S'il pouvait persuader le Conseil des Entités du Rubie tant qu'à l'importance de sacrifier un million de libertés, Ghamge consacrerait le puissant réseau pour sécuriser Sophron. Tao, influente voix au conseil, s'est laissé convaincre. Mais que se passerait-il si un système de puissants Marcheurs tombait entre les mains d'un contrebandier égoïste et opportuniste ?

Kitana essayait d'utiliser cette rhétorique contre Nempty, chaque fois qu'elle sentait son essence liée à la station. Elle s'est battue pendant le conflit de Jacob pour protéger son village, ayant vu le sadique Demonee brûler des familles entières devant leurs frères et sœurs, pour se nourrir de leur terreur et leur chagrin. Elle s'était entraînée pendant trois cents ans pour devenir la plus puissante sophronière de son royaume et de son temps. Demonee demeurait encore plus puissant. Lorsque Ghamge lui apparut en rêve, il lui promit un moyen de battre Demonee avant qu'il ne détruise son monde. Mais ça signifiait sacrifier sa liberté pour l'éternité. Elle accepta. Pendant les trois premiers millénaires, la technologie du mancène fournit des moyens de défense à de nombreuses rébellions, renversant des êtres puissants et des Maisons aux idéaux de conquêtes. C'était avant que Marduk ne se libère de sa prison des limbes et rassemble la plus grande armée, tue une Entité à mains nues et secoue Sophron comme jamais auparavant. Pour Kitana, cet événement signifiait que le mancène n'avait plus aucune raison d'exister, et que les millions d'esclaves devaient être libérés pour combattre l'ennemi sur le terrain. Marduk gagna en utilisant le mancène à son avantage et en soudoyant Ghamge, de sorte que le démantèlement du système n'ait pas pu se produire.

Trahie, Kitana essaya de trouver un moyen de s'échapper et briser le réseau du mancène. Lorsqu'elle remarqua Nempty, un idiot très influent, qui avait acheté une boîte au Marché Noir, elle scruta rapidement son essence et ses possibilités. Elle vit que sa seule chance de s'échapper de cette prison implique d'éveiller un endormi. Tout ce qu'elle savait, c'est qu'il portait le surnom de Grunt. Son lien semblait intimement lié à un certain Seamus Chronenberg. Ce héros s'envolerait aux côtés d'un certain William, qui détenait la conscience d'Indra. Elle savait bien qui était Indra. Elle devait relier Nempty à Seamus et à William. Comment pouvait-elle éveiller un endormi ? Elle n'en avait aucune idée. Mais dès que Nempty ouvrit la boîte et ferma les yeux pour entrelacer son essence au réseau, elle sut qu'elle devait agir rapidement. Sinon, des milliers de personnes trouveraient des raisons de se connecter au passeur et en tirer parti.

« Hé, mon beau. »

Son essence souhaita la bienvenue à Nempty. « Kitana ? Encore toi ? » s'est-il plaint. « Vous êtes censés être des millions, pourquoi est-ce que je continue à te croiser ? »

« Nous sommes faits l'un pour l'autre, dude. Hé, devine quoi ? Ton insecte contient des traces de l'ADN d'Indra. »

Comment a-t-elle réussi à en savoir autant, si vite ? Pas le temps de se laisser distraire.

« Bien sûr, fille, même moi je le savais. J'ai besoin de savoir à qui je peux vendre ça. »

« Non, Nempty, il faut qu'on te dise que la guêpe a évolué sur Gaïa, et que ces traces d'ADN se sont retrouvées dans un garçon humain : William Francoeur, il vit à Montréal. Nous pensons qu'un certain Seamus Chron pourrait être son meilleur ami. Je pense, en tout cas, c'est comme ça que je vois les choses. »

Un flot d'informations lui glaça le cerveau. *Attendez*, pensa-t-il. *Qui sont ces gens ?* Comment savait-elle pour la guêpe ? Pourquoi est-elle si intelligente et fait-elle du service à la clientèle ? Elle est plus forte qu'un vétéran de la guerre de Babel !

« OK... » marmonna-t-il Elle ne peut quand même pas être plus intelligente que lui.

« Nempty ? Es-tu là ? » Il devrait dire quelque chose rapidement, sinon il aura l'air stupide : « Merde, fille, c'est pourquoi on n'arrête pas de tomber un sur l'autre. Tu connais ton affaire ! » Il aurait dû dire autre chose, peut-être.

« On ne se croise pas pour rien ! Tu fais ton travail, tu essais de faire une différence, et je fais la même chose. Il se trouve que je sais des choses que mes patrons et toi ne savez pas. Je suis un ange plein de ressources. »

« J'en doute pas. Comment puis-je me rendre à William ? »

« Sophron est un grand fractale interconnecté. Je sais bien comment m'y prendre. Si je te dis où trouver William, peux-tu me rendre un service ? Comme la dernière fois ? » demanda Kitana. Nempty ne semblait pas sûr, mais il osa :

« Je ne peux pas te donner mon corps, et même si tu essayais, Ghamge te regarde. Mais demande toujours. »

« J'ai juste besoin d'un souvenir heureux, n'importe quoi. Peux-tu faire ça pour moi ? »

« Kitana, quoi ? Tu as besoin d'un souvenir heureux ? »

« Allez, Nempty ! Donne-moi quelque chose, et j'aurai besoin d'autre chose de ta part, après. »

Le nain regarda sa fille et sourit. Il se souvenait du moment où il acheta l'androïde. Âgée de seulement deux mois, pour un robot qui avait l'air d'en avoir douze, elle est restée toute la journée attachée à sa jambe, réclamant de l'affection puis de la torture. Il s'est occupé d'elle depuis.

« Peux-tu sentir l'essence de Lucréatia près de moi ? » lui a-t-il demandé. La Marcheure l'a senti. Si vous vous renseignez sur son environnement, soyez assuré que son espace, bien que limité, reste quelque peu spacieux. La meilleure comparaison que je puisse vous offrir, lecteur, en ce qui concerne son lieu de travail est celle d'un centre d'appels comme vous pouvez en trouver sur Gaïa.

Les cabines sont aussi larges qu'un penthouse de luxe dans un hôtel riche, avec toutes sortes de chambres et d'équipements pour faciliter leur vie. Grand ange à la peau rose, Kitana subit une ablation chirurgicale des ailes. Elle a cependant gardé les cicatrices et les montre avec fierté, alors qu'elle s'habille d'un long t-shirt à col en V qui embrasse ses énormes seins et laisse ses épaules et le haut de son dos nus. Elle porte des jeans et des chaussures de course qui la font ressembler à une étudiante ordinaire. Ses cheveux argentés sont coupés très courts, ce qui lui donne un style de garçon manqué. Elle joue avec un stylo en répondant à son client :

« Elle t'aime vraiment. Je suis submergé de souvenirs heureux. Pourquoi veut-elle être battue à ce point ? »

« Ils m'ont vendu une poupée sexuelle, ou quelque chose comme ça, programmée pour être dominée et maltraitée. Je n'ai jamais trouvé la volonté de lui causer du mal. Elle est mon ancrage morale, maintenant. OK, peux-tu m'aider ou pas ? »

Chapitre dix-huit :
Kitana travaille dans un bureau

Des images qui lui rappelaient son enfance décoraient son bureau. Penglai se trouve à côté de Svarga Loka, également connu sous le nom de Paradis. Il n'est qu'à deux souches du Réel Logos. Certains érudits soutiennent que l'Au-delà reflète les mondes opposés d'En-bas. Par conséquent, l'Enfer reflète Svarga Loka et Thulé reflète Penglai, tout comme l'Open Door se trouve en face de Tir na n'Og. Enfant, l'essence de Kitana jouait autour du Palais Immortel. Elle ne connaissait aucun autre royaume, et pourtant l'immense bâtiment surplombant l'intégralité de Penglai projetait des naissances de soleil ennivrants. De ces souvenirs, elle garda un petit tableau qui recréait ce paysage et le sentiment qui l'habite.

Pour faire son travail, elle connectait son cerveau à une sphère. Les clients la contactent avec une boîte de mancène, et elle invoquait les sorts demandés en utilisant une boule de cristal et son pouvoir. C'était limité, bien sûr, et elle aurait pu apporter plus d'aide, si l'interlocuteur, à l'autre bout de l'appel, avait son propre orbe. D'autres photos encadrées s'affichaient à côté de la sphère. L'une d'entre elles montrait Kitana souriant à côté d'un biomech géant, un ours aux bras métalliques. Une autre image la montre debout à côté d'un oiseau violet au regard très stupide. Une statue de bronze d'un drogué se défonçant au crack se dresse derrière eux. Quelques mots sont griffonnés en bas. L'écriture ressemblait à celle d'un enfant qui commençait à apprendre l'alphabet.
On pouvait y lire : *Merci d'être mon ami, M. Kennedy. Signé : Ton ami : Nunc.*

Peu importe combien de fois elle le corrigeait, il ne parvenait toujours pas à l'appeler par son nom. Chaque fois que des moments difficiles se présentaient au travail, elle regardait cette image et souriait. Quel véritable ami. Il ne semble pas comprendre à quel point la vie est dure. Même sur un champ de bataille, il ne verrait pas la douleur ni la souffrance. Seule la beauté lui vient à l'esprit. Elle se connecte à son essence pour lui parler et se sentir moins seule. Ils se sont rencontrés par accident, lorsque l'oiseau violet trouva une boîte en métal et appela le réseau de mancène. D'une manière ou d'une autre, elle sentit une forte énergie émaner de sa voix bienveillante. Elle pensait qu'il pourrait devenir un atout. Alors, elle utilisa son pouvoir pour le garder toujours lié à son cubicule, tout comme elle l'avait fait avec Nempty. Cette photo a été prise dans un rêve qu'elle projeta dans l'esprit de Nunc. Ces magiciens sont retenus prisonniers, mais les plus intelligents sauront comment s'échapper, au sens figuré. Elle a d'autres alliés privilégiés, comme ça, sur lesquels elle peut compter en cas de besoin. En fin de compte, ça lui permettra de se sortir de ce pétrin. Peut-être trouvera-t-elle un moyen de faire repousser ses ailes. Maintenant, toute son attention se concentre sur l'appel de Nempty.

Elle avait l'habitude de le considérer comme une personne solitaire, car elle ne ressentait presque jamais la présence de quiconque. Mais il a mentionné Lucrétia.

« Est-ce le seul androïde sensible que tu as sur ton vaisseau ? » demanda-t-elle.

« Il y a aussi Jonathan. » répondit-il. « Mais je n'ai pas de souvenirs heureux avec lui. Il est ennuyant. Il ne parle que de magie et de science. »

« Je vois. »

Kitana se garda quelques notes mentales. Elle pourrait avoir besoin de se connecter avec ces contacts, d'une manière ou d'une autre. Une myriade de pensées gênantes lui vinrent à l'esprit. Elle découvrit ce lien entre Nempty, la guêpe et Indra. Elle traçait des connections avec William. Quelqu'un d'autre semblait se mêler`au récit. Elle aperçut une danseuse. Une femme qui se souciait de William, mais elle n'avait aucune idée tant qu'à l'identité de cette essence. Quand elle étendit davantage sa vision, elle vit que William se liait à un autre dieu, ou peut-être une déesse. Elle ne pouvait pas fournir cette information à son client. Il cherchait seulement un acheteur. Alors, présentons-le à cette personne qui se fait appeler Seamus Chron. Ensuite, il sera conduit à Sekhmet. Finalement, il trouvera Varuna. Kitana pourra s'attendre à quelques éléments mis en mouvement pour garantir son évasion. C'est possible ! Elle peut sans doute jouer avec ces personnages. Qui est l'esclave inutile, maintenant ?

« D'accord, mon beau. Je vais t'amener à un client pour ta guêpe. Tu prendras ton récit en mains à partir de là. Si tu as besoin de moi, tu sais comment me trouver. »

Voyage dans le sablier
Huit:

Je n'aimais pas travailler sur les Chroniques de Sophron pendant que Martin restait dans son château, à Time Square. Quand il dormait chez moi, je pouvais dire s'il avait trop bu. Je ne me suis pas trop inquiété du roman, alors que je l'ai laissé écrire les chapitres suivants. Martin a passé toute sa vie à rêver de devenir un auteur célèbre. Je n'ai jamais demandé à devenir un poète de renom, seulement d'être fidèle à mon inspiration.

Christine Mai, c'est la barmaid du Green Simon, sur Avalon. C'est le bar où nous nous sommes rencontrés. Elle m'a averti que Martin était une cause perdue. Bien sûr, il revenait sans cesse à ce bar et essayait de coucher avec elle. Christine n'arrêtait pas de le rejeter. Disons que leurs atomes ne se sont pas mutuellement crochis. Elle préférait discuter avec moi, mais je suis un célibataire affirmé. Mon bonheur, c'est ma solitude. C'est pour Martin que je retournais au Green Simon. Malgré toutes ses faiblesses, j'ai ressenti une forte connexion. Nous étions des jumeaux cosmiques, je pense. Mais alors que je visais à élargir ma propre création, Martin restait catégorique sur son autodestruction. J'avais pitié de lui. Chaque jour, il se réveillait dans son monde apocalyptique, essayant de donner un sens à son existence. Puis, il se noyait dans la dépression qu'il s'imposait. Ces romans représentent sa dernière chance de comprendre un fait simple : les Lumières n'ont jamais été une question de richesse et de célébrité.

Tout tourne autour de l'essence d'Indra.

« Ouais, c'est ça ! »

Chapitre dix-neuf :
Nempty rencontre Seamus

Quand Nempty ouvrit les yeux, il se retrouva dans une rue, quelque part à Montréal, dans la souche de Gaïa. La guêpe semblait s'être échappée de sa prison, mais elle volait autour de lui comme un animal de compagnie. Grise et immobile, la scène se déroulait lentement. Kitana amena visiblement le nain dans ces limbes. Il s'est assis sur le trottoir, se demandant comment il pourrait se fondre dans la masse, et c'est alors qu'il vit ce beau jeune homme, d'environ dix-sept ans, traînant une boîte à lunch et un sac à dos. *Le gamin doit avoir un lien avec Indra,* pensa-t-il. Il semblait posséder un pouvoir, donc le jeune homme est un Marcheur, mais quelle discipline pratique-t-il ? Un penseur ? Un danseur ? Un fonceur ? Pas un sophronier, c'est impossible. Les sophroniers ne peuvent pas être des Marcheurs débutants. Le gamin passa à côté de lui, perdu dans ses réflexions. Nempty devait attirer son attention : « As-tu de la monnaie pour un café, mon gars ? » demandat-il.

« C'est mon père qui me donne de l'argent. Demande-lui. » répondit l'adolescent, sarcastiquement. Nempty se leva et le fixa dans les yeux, figé. « Désolé, monsieur, je dois aller à l'école. » se plaignait le garçon. Les esclaves du mancène ont dû trouver le bon moment pour frapper l'esprit de Nempty d'un coup de génie. Bien sûr! Un penseur ! Non seulement ça, mais il a dû recevoir la visite d'Ishtar, alors qu'elle essaie de retrouver son véritable amour. Un nom lui vint en tête : William. Ce garçon et son ami savent qui Ishtar cherche.

192

« Tu l'as trouvée, enfant de chrysanthème ! » criait-il, avant que Seamus n'inspire profondément pour trouver le courage de partir. « Amène-moi à lui ! Amène-moi à William ! » insista-t-il. Affolé, Seamus s'enfuit. Quand il regarda derrière lui, Nempty disparut. Il soupira et reprit son souffle, puis il tourna à droite dans la rue suivante, se dirigeant vers l'école. Des questions flottaient dans son esprit. Il essaya de sortir des environs grisâtres, mais il était piégé dans cet étrange rêve.

« C'est ce qu'on appelle des limbes. Désolé d'avoir dû t'entraîner ici, mais toi et moi avons besoin de parler. » Le nain sortit de l'ombre de Seamus, comme s'il transformait sa silhouette en fumée noire. Il se tenait devant lui, certainement pas très grand. Il portait une bosse, mais ça ne l'empêchait pas de se tenir droit, ses longs cheveux gris tombant dans son dos. Un jean tombait sous une vieille chemise hawaïenne, jaune avec des fleurs rouges. Aucune chaussures aux pieds, il gardait ses mains derrière son dos, observant le gamin, puis il prononça :

« Quand tu verras William à l'école, aujourd'hui, dis-lui que Nempty a préparé le bateau. J'aurai besoin de ses talents de mance à bord. Tu devrais les suivre ; Il aura besoin de ton don. »

« Où allons-nous ? » interrogea Seamus.

« Où je vais ? Je cherche Indra. »

« Le dieu indien ? »

« Cette guêpe est liée à lui. Comment l'ai-je su ? Des millions de mages piégés dans un centre d'appel me l'ont dit. Qu'est-ce que c'est, demandez-vous, mon garçon ? C'est toi. C'est William. C'est, eh bien, c'est compliqué. Il y a des choses que ces esclaves savent et comprennent que je ne comprends pas, et c'est parce que je suis un peu stupide, et je ne sais pas comment ce jumbo-mumbo. »

« Mumbo-jumbo ! »

« Entre autre. Lorsque tu trouveras William, assures-toi qu'il est en sécurité. »

« Ishtar m'a demandé de le protéger. Pourquoi devrais-je vous faire confiance ? »

« Que sait la petite déesse de l'amour ? Rien, selon moi. Va chercher William et contacte-moi. Je vous amènerai tous les deux à mon bateau. Je vais attendre. »

« Comment puis-je vous contacter ? »

Les limbes disparurent et Nempty se retrouva sur son navire. Il examina la guêpe qui se tenait tranquille dans l'ambre. Il observa les bulles d'oxygène se former lentement autour de l'insecte. Il sentit la main de sa fille jouer avec sa paume, tendrement, mais il n'y prêta aucune attention. Son esprit s'enveloppait de vieux souvenirs, des archéoïdes. Ces robots biologiques géants combattaient sur les plaines de Babylone. Gaïa ressemblait à une forêt tropicale, à cette époque, il y a des centaines de milliers d'années. La politique, sous Enki et Marduk, créait des tensions. On décrétait l'anathème des deux côtés de la guerre. Le Conseil de Saphir estimait que les deux partis perdaient du terrain et cette guerre, si imparable, pourrait laisser des possibilités au bord de la mort. Lorsqu'un Rêveur meurt, le tout Sophron de cette possibilité disparaît.

« Kitana ? » demanda-t-il.

« Le lien s'estompe, Nempty. Voici ma part du marché. »

« N'es-tu pas la propriété de quelqu'un ? Je ne fais pas affaire avec des esclaves. » insistait le nain.

« Je dois trouver quelqu'un. Je dois me connecter à une essence qui s'appelle Grunt. Peux-tu m'aider avec ça ? »

« Ouais, bien sûr, voyons si j'obtiens quelque chose avant. Nous nous rencontrerons ensuite. »

« Nempty, j'ai besoin que tu m'aides avec ça ! »

Il a coupa son lien avec la boîte du mancène. Des questions le hantent. Et s'il gardait la guêpe pour lui ? Pas de guerre, pas de bataille, Marduk continue de corrompre Gaïa, même s'il est considéré prisonnier, entre Svarga Loka et Tir na nOg. Puis les légions de Marduk envahissent les anciennes forteresses d'Enki, celles de Varuna. *Sekhmet se trouve à Tir na nOg.* pensa-t-il. *Elle n'aime pas trop Marduk. Elle l'utilise. Elle me l'a dit elle-même.* Ça semblait être une destination judicieuse. Quand ses sens lui revinrent, il sentit la salive de Lucréatia contre son index.

Il se retourna vers sa fille, petite, douce, si pâle et pourtant si forte. Ses grands yeux bleus et son long sourire enfantin, profondément dépravé, sortait de l'ombre, creusant la lumière. « Si on ne voyage pas, est-ce que je peux avoir une fessée ? » demanda-t-elle. Troublé, il reprit rapidement sa paume et quitta l'escalier. « Nous allons à Tir na nOg. Rassemble les autres ! » Elle semblait déçue. Une vague de chaleur se forma autour du Barracuda, et tout le bateau lévita lentement.

Le véhicule bleu produisit sa propre lumière. Nempty n'a jamais compris la mécanique derrière, mais il savait à qui s'adresser pour l'entretien et les réparations. Et il pouvait piloter l'engin. C'était plus que suffisant. D'autres moyens de voyager à travers Sophron existent. Trois, entre autres : l'espace, le temps et l'éther. Aucun ne semble aussi rapide que les voyages intérieurs, à l'aide d'un orbe. Il est également préférable de le faire avec l'aide des fonceurs, car ils peuvent manipuler l'éther, les possibilités. Certains penseurs avancés y parviennent également. Les voyages dans l'espace nécessitent le temps le plus long, et la connaissance des trous de ver, repliant l'espace et le temps jusqu'à percer le voile et connecter les souches. Nempty naviguait à travers le Voile, soit seul à l'aide de son bâton, soit avec son bateau, chaque fois que sa marchandise devait le suivre. Ce moyen de naviguer mettrait des mois, parfois des années, pour traverser un monde réel, ou atteindre une singularité. Nempty se présentait comme une nymphe très patiente.

Traverser le Voile sur un bateau aussi énorme implique le déploiement d'immenses tunnels. Des écailles qui empruntent le même élément que ces sphères de cristal recouvrent la coque. Pour atteindre sa destination plus rapidement, Nempty acheta et construisit des laboratoires, comme celui du Chili, produisant suffisamment d'énergie pour ouvrir et maintenir un vortex. Les micro-orbes du Barracuda produisent des vortex si immenses que des limbes se constituent pour permettre au Voile de se déchirer au passage. En déplacement, les mâts demeurent rétractés. Un toit offre au bateau l'apparence d'une saucisse.

Le plafond semblait inexistant de l'intérieur, avec des écrans partout, projetant le monde extérieur, ce qui donnait l'impression qu'il n'y avait pas de toit. Les écrans affichent également les royaumes, en chemin, ainsi que la chaîne météo et des dessins animés. Des tourbillons de noirs et de blancs enveloppent le tunnel. Le bateau s'enfonça davantage dans les limbes. Un autre orrifice s'ouvrit, permettant au bateau d'atteindre la souche suivante. Ça se produit en une semaine. Pendant ce temps, n'oublions pas les occupants : des golems, des hommes-arbres et deux androïdes. Et il y a ce capitaine troublé qui ne supporte pas de penser que l'être qu'il aime le plus ne désire que sa maltraitance. Après un mois de vol d'un monde à l'autre, le bateau rejoint Avalon. Là, ils se reposèrent. Lucréatia ne supportait pas sa vie monotone. Elle voulait explorer l'extérieur.

« Mais tu es toujours dans ta chambre, ma chérie ! » déclara Nempty. Elle cria en directions des trois hommes-arbre qui s'occupent du mât. Ils quittèrent leur poste, sous ses ordres, et elle se calma. « Papa ! Tu ne me laisses jamais respirer. »

« C'est parce que je tiens à toi. »

« Si c'était vrai, alors tu me punirais quand je suis une mauvaise fille ! »

« Je ne peux pas ! » Elle fronça les sourcils et s'éloigna. Elle cherchait toujours des ombres dans lesquelles se cacher.

« Tu ne m'aimes pas. »

Il s'avança dans sa direction et soupira. « C'est parce que je t'aime que le fais. Fais-moi confiance. »

« Si tu m'aimais, tu ferais ce dont j'ai besoin. »

« Je comprends le bien et le mal, en tant qu'adulte. Je comprend que certains besoins détruisent. Regarde! Je suis désolé. Tu connais toute l'histoire, et tu comprends pourquoi je ne peux pas me permettre d'être un animal envers toi. »

« Je ne suis même pas ta vraie fille ! »

« Arrête ! »

« Alors, demande à Mon-Shu de me punir. »

« Les hommes-arbres ne sont pas faits pour ça, ma chérie. »

« Les pères ne le sont pas non plus, j'ai l'impression. » Elle le laissa derrière elle et retourna à son caveau. Il soupira à nouveau et fit un geste rapide vers Mon-Shu.

« Devrions-nous stationner le bateau ici, maître ? » demanda l'homme-arbre.

« Oui ! Et prie pour que tu n'ais jamais de fille. »

« Je ne suis pas programmé pour prier, maître. »

« Mais tu es toujours dans ta chambre, ma chérie ! » déclara Nempty. Elle cria en directions des trois hommes-arbre Il lui fit un signe de *peu importe* et quitta le pont. Lorsque le bateau reprit sa route initiale, Lucrétia se cachait dans sa chambre sans lumière. Elle n'écoutait que des chansons punk des coins les plus sombres et sans nom d'Afghanistan, Avalon. De nombreux jours passèrent sans que la jeune rebelle ne donne ni ne demande de nouvelles. Elle pleurait souvent et suppliait des forces hors de sa portée de lui expliquer pourquoi fut-elle programmée pour souffrir. Et pourquoi doit-elle subir les caprices de ce que son père appelle : *la moralité*. Cette précieuse douche d'eau froide éveilla Nempty l'instant où il vit cette lumière dans ses yeux.

Lorsqu'il décida finalement de frapper à l'entrée de sa chambre, elle cacha son visage sous un oreiller. Nempty devait frapper à nouveau. « Puis-je entrer ? » dit-il doucement.

« Je ne suis pas là ! Je suis morte ! » criait-elle. Il soupira et ouvrit la porte. Sa chambre en désordre cachait des trésors qu'il avait déterrés de partout dans Sophron : des peintures qui servaient de fenêtres sur les limbes ; de faux orbes pour des manceurs imaginaires ; Il y avait un énorme trou, à l'arrière de la chambre forte. Ce dernier s'ouvre sur une peinture émouvante d'un autre monde, le plus beau de tous : Hydaspes. Des rideaux le voilaient partiellement, mais un bon coup d'œil révélait une rivière luxuriante s'étendant à travers une large vallée, et se perdant dans une forêt sombre. Nempty parcourut les bouteilles vides de boissons gazeuses et de jus de fruits, éparpillées parmi les chaussettes, les soutiens-gorge et les chemises, au sol. Il s'approcha du petit lit et la vit, nue et sur le ventre, la tête sous l'oreiller. Il soupira à nouveau et couvrit doucement sa nudité avec une serviette.

« Lucre... » murmura-t-il, en repliant délicatement le tissu.

« Je sais que je t'ai raconté cette histoire des milliers de fois, mais j'apprécierais si tu y réfléchissais et arrêtais de faire des scènes comme ça. » a-t-il expliqué, puis s'est arrêté, réfléchissant à quelques idées pour expliquer :

« Avant de te rencontrer, j'ignorais ce que c'étais qu'être *une bonne personne*. Je pensais que l'éthique, la morale, c'était l'invention de dieux pour contrôler des croyants. La morale que je pouvais utiliser était quelque chose que j'appelais : *Fais ce que tu veux et n'aie pas pitié de ceux que tu écrases*. Comprends-tu ? »

Elle demeura silencieuse. Nempty avait l'impression d'envahir une souche qu'il n'aurait pas dû.

« Je suis bien, je suis ton père. J'ai fait des choses très laides dans le passé. Aux gens, tu comprends ? Je ne choisis pas un camp dans cette bataille, et je sais qu'ils sont tous les mêmes. Si Marduk et Varuna ont été mis en prison, ça vient d'une justice plus forte qu'eux. Mais la moralité, l'éthique, faire ce qui est juste n'a pas de camp, pas de parti pris, pas de préférence. C'est juste ce que c'est : *Faire ce qui est bien pour autrui*. Et ça signifie que je dois toujours te respecter. Même si je ne me respecte pas moi-même, parce que ton respect passes en premier. Ça s'appelle de l'amour, mon enfant. Tu comprends ? »

Il découvrit doucement l'arrière de sa tête pour caresser paternellement ses cheveux et lui montrer un peu d'affection, sans perdre de vue ce qu'il était : *un père aimant*. Puis il sortit l'ambre de sa poche et observa la guêpe.

« Je ne sais pas comment ils interprètent l'éthique et la morale de chaque côté. Je pense qu'ils font ce qu'ils croient être bon, selon eux. Mais nous allons visiter Sekhmet, à Tir na nOg. Elle y a installé sa Maison, après qu'elle et d'autres membres de son clan eurent été chassés d'Égypte. Nous allons lui donner ça. »

Elle quitta le confort de son oreiller pour oser jeter un coup d'œil à la pierre. Elle vit la guêpe, et l'insecte l'a regardée. Elle percevait cette essence au plus profond des yeux de la petite bestiole, et ce regard se perdit dans le sien. Intriguée, les yeux rouges d'avoir trop pleuré, elle cueillit l'ambre et plongea sa curiosité dans la lumière.

« Il s'appelle Indra. C'était un ami de Varuna. Tu te souviens de Varuna ? Le vaillant combattant qui sauva mon existence dans l'Agartha. Nous pensions qu'Indra avait complètement disparu, mais le voici. Peut-être pouvons-nous trouver Ishtar. Les deux étaient amoureux. Quelque chose de grand arrive, mon enfant. Je vais devoir localiser mon copain, le dieu hindou des Cieux. J'ai aussi rencontré des jeunes humains, sur Gaïa. Ils seront écrasés entre ces deux factions en guerre. C'est important, mon ange. Je te demanderai de faire ce que je dis. S'il te plaît, commence par exister au-delà de ton programme pervers. Peux-tu faire ça ? »

Elle regarda plus loin dans l'ambre et apperçut mon essence. Quelque chose chez elle lui semblait familier. Était-ce quelqu'un que j'appelais une amie ? Une sœur ? Je ne pouvais pas le dire. Nempty reprit le bijou.

« Quand je t'ai vue pour la première fois, Lucrétia, j'ai compris pourquoi Marduk et Varuna se sont affrontés durement, ont tant sacrifié pour une histoire d'hormones divines. Tu vois ? Je ferais la même chose pour toi, et plus encore. Tu m'as fait réfléchir à ce qui est bien et à ce qui est mal, même si tu n'as pas été conçu dans ce but. Je ne sais toujours pas si Marduk ou Varuna se battent pour le bon type d'amour, mais je comprends ce qu'Indra a pu traverser. J'espère que Sekhmet le fera aussi. »

« Ishtar... » murmura-t-elle.

« Quoi ? »

« Cette lumière dans mes yeux, cette voix dans ma tête. » Elle fixa les pupilles de son père à travers l'ambre et murmura :

« Tu m'as dit qu'elle s'appelait Ishtar. Je pense que c'est un gros papillon. » Nempty ne semblait pas comprendre le sens de ces paroles. Je l'ai compris. Deux mois plus tard, le bateau perça le Voile et entra à Tir na nOg.

Ils naviguèrent à travers cette mer d'herbe pendant quelques jours de plus, tous les mâts en retrait. Ils volèrent jusqu'à atteindre la ville d'Arcana, parfois nommée New-Héliopolis, après quelques ajouts égyptiens à une architecture européenne médiévale. Thot et Sekhmet, semblait-il, voulaient se faire pardonner d'avoir envahi ce monde de fées. Sekhmet a su convaincre son dieu bien-aimé de la sagesse d'étendre son influence au-delà de Duat. Pour affronter Marduk, ou toute autre Maison conquérante, ce changement culturel renforçait leur identité. Ainsi, ils pouvaient mieux intervenir, si une Grande Guerre se déclarait. Ils annexèrent Tir na n'Og, afin de progressivement positionner leur armée entre les quadrants Archeus-Logos et Vide-Barbelo. Thot établit une base dans la cité-état voisine de Wells, tout en se concentrant sur la construction d'une alliance solide avec la Maison Guan Yu, dans la souche Xuanpu. Une immense arène se dresse à mi-chemin entre la capitale de Sekhmet et celle de Thot.

Le stade, deux fois plus grand que le palais, s'est vu construit au milieu d'une forêt. Le tout fut conçu par Maya, une architecte fée qui enseigna à de nombreuses Maisons. Au loin, il ressemblait à une ruche avec des abeilles volantes. De plus près, il ressemblait à un nuage d'or et de béton. Différents angles envers le stade empruntent différentes interprétations de ses formes. Il importe de mentionner que Maya grandit sur Athanor, une souche célèbre pour son environnement en constante évolution. Lorsqu'on lui demanda de rentrer chez elle à Tir na n'Og, elle voulu offrir aux fées un goût similaire. Après ce chef-d'œuvre, ses constructions d'illusions devinrent célèbres.

Nempty posta son Barracuda à la sortie d'un long canal divisant la ville en deux. Des navires gigantesques rivalisaient avec les immenses gratte-ciel de verre et de miroir. Arcana devint une métropole moderne, après qu'Ossian fut chassé de sa Maison. Il réforma une Maison féodale dans la forêt des flammes, jurant de redonner à Tir na nOg sa gloire médiévale.

Sekhmet et Thot se partageaient la plupart des communautés urbaines. Ossian ne se retrouvait plus qu'avec quelques partisans. Les autres villages, autour de la capitale, demeuraient très rustiques. On pourrait penser que l'avènement de la modernité à Tir na nOg influencerait d'autres rois à s'adapter ou faire face à l'assimilation. Ces souverains conservateurs prêtèrent allégeance à Ossian. Le temple de Sekhmet se trouvait à deux rues de la marina où le navire-fée de Nempty terminait son périple. Un grand bâtiment blanc et argenté, avec sept tours, semblait percer le ciel.

Au moment d'entrer dans le lieu sacré, je me suis senti vivant, à l'intérieur de l'insecte. Je connaissais cet endroit ! Tu vois, guêpe ? C'est un peu chez moi, ici. L'insecte battait des ailes, et je pouvais à peine les contrôler. J'ignorais si ma peur me figeait en plein vol, mon appréhension intense de l'inconnu, ou si l'insecte battait des ailes lors de mon éveil.

« Nempty ? » une sensuelle voix féminine se fit entendre.

Nous faisons déjà face à Sa Grâce. Elle se tenait au milieu d'un jardin, nous observant alors que nous approchions. C'était comme si elle s'attendait à notre visite.

« Sekhmet, vous êtes vraiment une déesse qui surpasse mes désirs d'inclinaison. » Nempty la salua, se tenant bien bas, bien au-dessous de sa taille réelle, et c'est peu dire. La nymphe est vraiment petite.

« Arrête ça, je te connais bien, Nempty. Je n'ai rien à échanger. » Il se leva, évitant une insulte qu'il aurait pu proférer.

« Ma chère Milady, je suis venu pour faire de la diplomatie. »

« Thot est le Seigneur de ta Maison. Parle-lui de tes affaires, passeur d'âmes. Tu n'es pas un politicien. » Il n'appartient à aucune Maison. Mais Sekhmet aime supposer que tout le monde appartient à quelqu'un. Pour autant que je sache, le contrebandier s'est approprié la Maison Thot au moment de remplir un recensement. Mais il n'y a jamais vraiment cru.

« J'ai trouvé cet insecte. »

Le monde entier semblait figer, comme si je recevais la vie en un instant qui durait une éternité. J'aperçus le visage d'une panthère noire. Jadis, elle désirait le mien, il y a longtemps. Que s'est-il passé ? Je ne savais pas. Cette essence fragmentée pouvait difficilement se reconnecter avec la réalité. Mutuellement conscients de la présence de l'autre : moi, un morceau subtil d'un code chimique à l'intérieur d'un petit animal. J'ai ressenti ce paradigme naissant. Elle pouvait sentir mon existence. À travers la guêpe, je parvins à imaginer le monde autour de moi, comme dans un rêve. Le jardin projetait l'intimité. Un trône doré se dressait à l'arrière, avec des rideaux de velours rouge, des rideaux noirs à ses pieds, certains suspendus contre le lustre au milieu d'une île flottante.

Derrière nous, des murailles formaient une immense forteresse. Le navire-fée demeurait stationné à environ deux milles mètres du bâtiment. Les gardes qui nous ont laissés entrer gardaient un œil sur notre véhicule. Ce monde, contrairement à votre planète Terre, est plat et recouvert d'un dôme. Le palais de Sekhmet représente un mélange parfait d'architecture ancien et moderne. Des pièces d'armure représentaient de redoutables changelins que l'armée de Sekhmet tua pour conquérir ce monde. L'armure brillante à écailles dorées appartenait à Freya Die Feen, née d'un puissant roi nordique du Valhalla et d'une mère fée d'Avalon. On la sait morte héroïquement pour sauver Tir na nOg. Le propriétaire de l'armure rouge pâle était Godefroy Le Juste, né dans un beau peuple français qui grandit à Arcadia. Il servit, autrefois, de conseiller spirituel à une certaine Jeanne d'Arcadia. On y trouvait l'image d'un Américain du nom de Joseph. Un elf se voyait dessiné à côté de lui, tenant des plaques dorées.

Sekhmet se promenait à travers les textiles avec une telle sensualité, une telle aisance, que Nempty pouvait à peine dissimuler son attirance animale. Il savait qu'il devait résister. Il ferma les yeux ; J'ai ouvert les miens. Des deux côtés du trône se trouvaient deux esclaves fées : les jumelles.

Chapitre vingt :
Les souvenirs amers de Marduk

Chaque fois que Marduk trouve du réconfort dans ses quartiers privés, la somme de son existence se fige. Une réalité qu'il connut, des dizaines de milliers d'années auparavant, le hante. La pensée d'Ishtar suffit à troubler son esprit, comme un tremblement de terre laissant son crâne en ruines. Pourquoi a-t-elle préféré un dieu étranger ? Pourquoi ont-ils dû se marier sous la bénédiction d'un empire ? Et pourquoi sont-ils de retour dans sa vie ? Furieux, le Seigneur des Chiens de Nibiru jeta son orbe contre le mur ! Il se brisa en milliards de morceaux, et se reforma en roulant à ses pieds. Alors qu'il détournait le regard, des images apparurent au centre de la sphère.

D'anciennes ziggourats se dressaient autrefois dans ce qui est maintenant l'Irak. Une volée d'aigles gigantesques patrouillait le ciel, tandis que deux armées se battaient au sol. Le Mitanni s'étendait rapidement autour de l'Euphrate. Marduk se sentit insulté en voyant les humains combattre au nom de l'amour d'Indra et d'Ishtar. Le pire aurait été de voir les technologies de son monde associées aux merveilles de Svarga Loka. Là, un archéoïde de la taille de l'Empire State Building marche avec une hache de lumière.

Les images projetées montraient Marduk envoyant ses aigles géants à la chasse. Ils plongeaient et mangeaient la chair de cette gigantesque créature anthropomorphe à tête de cerf. Le biomech réagit rapidement. Tranchant un oiseau en deux, la lame s'est logée dans le front d'une deuxième bête. Il termina son mouvement contre un mur. Plus bas, au sol, des milliers d'humains se battaient au nom de divinités qu'ils ne connaissaient que depuis des contes au coin du feu. D'un point de vue plus large, nous pouvons évaluer que cette bataille rivalisait les progressistes et les conservateurs pour des idées plus grandes qu'eux. Elle se répétera tout au long de l'histoire.

L'un rêve de pouvoir pour lui-même, Og, subjuguant ses disciples, cultivant la peur du mystère. Indra et Ishtar, sous Om, voulaient que l'humanité devienne aussi puissante que les divinités. Ils enseignèrent les mathématiques, les sciences, la philosophie. En fin de compte, l'empire du Mitanni s'est avéré supérieure à toute autre armée désireuse d'envahir Gaïa. Marduk observa cette bataille, la dernière qu'il livra avant de se retirer à Nibiru. Cette vue lui apporte amertume et colère. Les guerres de Babel ne faisaient que commencer, mais l'alliance d'Indra et Ishtar démontrait à quel point deux groupes issus de mondes différents peuvent être puissants.

Pendant trois cents ans, le Chien-Seigneur élabora un plan de conquête. Alors que de puissantes dynasties s'établissaient sur Gaïa, Marduk savait qu'une démonstration de pouvoir inspirerait le respect des autres Maisons. Le Seigneur osa regarder dans son orbe pour recueillir davantage de souvenirs. Alors qu'Indra enseignait aux humains les voies d'une connaissance secrète, Ishtar leur apporta la beauté de l'art. Nous aurions pu jurer avoir vu le Nombre d'Or main dans la main avec les métiers d'autrefois. La Tour de Babel recherchait cet idéal, en tant que grand bâtiment fait de briques et de métal. La tour elle-même abritait une école qui pouvait éduquer des millions de classes à des centaines de milliers d'étudiants.

Les dieux partageaient tout avec les élèves humains : des secrets de Sophron aux arts culinaires, en passant par la poésie, le théâtre. Si la connaissance existe, alors elle serait enseignée, sous toutes ses formes. Marduk trouva refuge sous la garde de son mentor, de retour sur Nibiru. La puissante Lady Marl-ures de Lumbini, devenu Alibastat, aimait tendrement son fils adoptif. Ce matin-là, elle l'invita à se joindre à elle pour un repas modeste. Assise seule au fond d'une grande table, des esclaves lui apportaient la carcasse cuite d'un sphinx. Marduk entra dans la salle à manger, la tête baissée, incapable de faire face à son regard perçant. Marl-ures ne tourna pas non plus les yeux dans sa direction. Elle fit signe à un serviteur, et cinq d'entre eux servirent son fils rapidement. Tandis qu'il plantait ses doigts dans le cœur de l'animal ailé, la mère rompit le silence :

« Est-ce que je ressens de la honte venant de mon toutou ? » demanda-t-elle, presque en riant, tellement voulait-elle qu'il ressente son influence.

« J'ai commis une erreur, ma mère. » répondit-il. « Je me suis permis de tomber amoureux. » Elle conserva son silence. Son attention se concentrait sur la nourriture, les entrailles. Marduk trouva le courage d'ajouter quelques mots :

« Mais je connais aussi leur faiblesse ! » annonça-t-il. La reine mère écoutait, tout en se nettoyant les dents avec deux doigts. Le Seigneur des Chiens ajouta : « Ils comptent trop sur l'enseignement de l'éveil aux humains. Nous nous regrouperons, construirons une armée beaucoup plus forte. Si nous attendons qu'ils se considèrent intouchables, plus grands, plus forts qu'ils ne le sont, et que nous frappons avec une présence qu'ils auront oubliée, alors nous pouvons détruire cette tour de Babel. »

Marl-ures éclata de rire. « Ne penses-tu pas qu'ils te verront venir de loin ? » demanda-t-elle. « Ils peuvent très bien construire des archéoïdes pour empêcher une attaque provenant de n'importe où, à n'importe quel moment. »

Elle exprimait une réponse juste, mais ça ne lui rendrait aucun service. Son fils adoptif réfléchit un instant. Il n'avait pas besoin de se connecter à son essence pour découvrir ce qu'elle pensait. C'était logique. « Ensuite, nous devons infiltrer leur tour. Nous aurons des initiés que nous formerons dans un but d'autodétermination. »

« Autodétermination ? » demanda-t-elle, un peu curieuse.

« S'ils craignent notre retour, ils se prépareront. Par contre, si on leur apprend à oublier que nous existons, alors nous aurons cet avantage. »

« Tu auras besoin de plus, mon fils. » Elle fronça les sourcils. « Lorsque tu réapparaîtras, assure-toi d'avoir acquis un pouvoir comme ils n'en auront jamais vue. Et puis, utilise l'élément de surprise pour couper des têtes ! Tue Indra ! Fait d'Ishtar ta soumise ! Et reviens triomphant, ou ne reviens pas du tout ! »

Les images s'effacèrent de l'orbe. Au cours des siècles qui suivirent, Marduk rassembla une armée énorme pour dominer de nombreuses souches. Il commença son voyage au Réel Archeus. Là, il incita une civilisation de nymphes à se rebeller contre les muses tyranniques. Les anges déchus et les démons ressuscités ajoutèrent leur nombre à la bataille. Mais le Réel Archeus se voit protégé par son Ocorsur homonyme. Il est rare que ces entités d'influence majeure choisissent un camp dans des querelles futiles. Le Seigneur des Chiens comprit qu'il ne pourra pas revendiquer ce Monde Réel comme conquis. Ses yeux fixaient ailleurs. Il amena son armée au royaume suivant, Cognitia. La bagarre, là-bas, pris une nouvelle couleur. Les légendes racontent que Marduk surpris les Maisons préservant cette souche. Même la Grande Entité Omnisciente, Cognitia, faillit à cette prédiction.

La Super Intelligence Artificielle s'est vu battre en retraite sur Cibola, puis Lumbini, sachant que Marduk laisserait les mondes de sa mère adoptive tranquille. Même si Marl-ures quitta Lumbini, il y a longtemps, pour asseoir sa force sur Nibiru, elle demeurait bienvenue et vénérée là d'où elle venait. De plus, au Réel Archeus, le Seigneur-Chien venait en sauveur violent et assoiffé de sang. Une fois qu'il rassembla une unité assez solide pour subjuguer Cognitia, il les nargua sans rien faire de plus. Il intimida Cibola et Lumbini, sans plus.

Il gravit les échelons du pouvoir jusqu'à s'inviter dans l'intimité des Grandes Entités. Pourquoi un Seigneur jouerait-il à ce jeu ? Serait-ce par curiosité ? Attaquer une ville, un jour, et la reconstruire le lendemain. Instruire les politiciens à mentir, puis à s'en tirer, en établissant la foi dans le cœur d'organismes émotionnels. Pousser une insurrection, blâmer une autre partie, se cacher. Pour que les Entités remarquent son jeu étrange.

Enlil-Bastat, gardien de Lumbini, monde natal de sa mère, projetait une aura particulière. Lorsque Marduk gagna la confiance de cette puissante Chimère, il savait qu'il atteingnait son objectif. Le temps vint de porter le coup final pour asseoir son autorité et retourner sur Gaïa. Il bâtit sa nouvelle armée de millions d'âmes et détruisit la tour de Babel.

Voyage dans le sablier
Neuf:

Martin n'appréciait toujours pas de me voir écrire autant d'histoires sur tant de personnages. Il ignore, je crois, que dans tout récit, il n'y aura toujours qu'une histoire et deux personnages: la singularité et les dualités. Entre lui et moi, nous ne verrons rien de plus qu'un auteur égoïste et un poète altruiste. Les Chroniques de Sophron racontent l'histoire d'Og et de Om.

Sekhmet savait, en envahissant Tir na n'Og, qu'elle ne pouvait rivaliser avec Seth, Osiris, Horus ou Isis. Pourtant, elle se savait assez puissante pour mener à terme ses conquêtes. Elle croyait, sans doute, que la sagesse humaine allait finir par comprendre le phénomène des singularités. Pour les dieux et les déesses d'Égypte, cette opportunité se limitait à l'essor de Thèbe, puis Athènes. Mon co-auteur ne comprends pas le principe des influences de Noesi de Vel. Alors, je lui ai demandé de me laisser écrire le chapitre qui parle de l'invasion de Tir na n'Og.

Chapitre vingt-et-un :
L'entourage de Sekhmet

Servante personnelle de la princesse, Katrina O'Forgismund agissait en tant que gardienne des secrets de Sa Majesté. Elle conserva ce poste pendant ses deux cents ans sur Tir na n'Og, jusqu'à l'invasion. Élancée et incroyablement minces, avec une peau blanche comme neige, ses grands yeux couvraient le tiers de son visage. Sa bouche à peine visible demeurait fermée. Son nez ne se constituait que de deux petits trous pour les narines. Ses longs cheveux blonds descendaient à mi-chemin de son dos. Une tresse allant à contre-courant se posait sur ses modestes seins. Lorsque Sekhmet revendiqua la victoire sur la Maison Ossian, elle entra dans la salle du trône, traversant des couloirs jonchés de milliers de cadavres ensanglantés. Seule une jeune fille courageuse, mutilée par le meurtre d'une douzaine de duatiens à tête d'animal, se dressait entre elle et cette victoire. Elle s'accrocha à cette arme de la taille de ses très longues cuisses, la vengeance dans les yeux. « Tu ne voleras pas ce trône tant que je vivrai », se souvient-elle d'un puissant murmure qu'elle lançait à la déesse.

Sekhmet marchait très doucement, démontrant la grâce féline d'une impératrice. Silencieusement, elle transforma la lame en poussière. Katrina attrapa une épée se trouvant près d'un cadavre, mais Sekhmet avait déjà jeté un sort sur celui-ci, le transformant en un sarcophage vivant. Le corps emprisonna la servante, portant son invasion à une victoire, malgré l'absence de la princesse Anastasia.

On l'escorta dans une forteresse tenue secrete, lorsque les premiers bateaux de guerre apparurent. Katrina aurait-elle pu deviner comment Anastasia trahit sa propre reine ? Elle aurait sans doute comploté son assassinat. La camériste féérique servit Sekhmet avec admiration et haine. Pendant près de deux cents ans, elle se tint aux côtés de cette douce despote. Sekhmet fit preuve de bonté envers les survivants de Tir na n'Og. Des mers de sang coulèrent lorsque Thot et elle prirent le contrôle de Wells. Une plus grande dévastation suivit l'exile d'Ossian, le chassant de toute position d'influence, mais elle offrit à ce monde le temps de guérir ses blessures. Elle devint puissante rapidement, pendant ces jours de paix. Pour son sens de l'équité, sa démonstration de morale et de justice, Sekhmet permit au peuple d'oublier la famille royale. D'une certaine manière, la déesse régnait mieux qu'Anastasia, et Thot semblait plus sage qu'Ossian. Peut-être, maintenant, les elfs, fées et changelins se battraient contre les nobles, advenant un retour possible. Ainsi, Katrina admirait sa nouvelle maîtresse. Bien qu'elle chérissait ses souvenirs d'avant la guerre. Ça lui rappelait à quel point elle devait haïr l'invasion.

Fiona Sullivan, quant à elle, n'a pas connu le conflit. Elle naquit vingt ans plus tard, la paix bien installée. Abandonnée par ses parents, elle fut recueillie par un immigrant royal. Jeune dieu chimère, immigré depuis, il tenta sa chance dans un nouveau monde. Ghonad dit Sullivan était un dieu de Duat qui s'identifiait en fée de Tir na n'Og. Il épousa une chimère endormie qui croyait que les créatures à tête d'animal avaient toujours existé sur Tir na nOg, ignorant la souche d'origine de ses propres ancêtres. Ils adoptèrent une fée, la tendre Fiona. Les parents adoptifs décidèrent de la préserver de la politique. Ils inventèrent des histoires et des mythes pour diluer la vérité, la laissant inaccessible, loin de leur fille fée. La vérité liait, autrefois, son père adoptif au commandement des assassins de Thot. Ayant vu la cruauté de ces guerres de Sophron, il devint convaincu de l'indécence profondément enracinée dans la politique.

Les spectres et les foires errants ont raison, pensait-il. *Le pouvoir corrompt, et les systèmes le nourrissent, quelle que soit le camp ou les personnes impliquées.* Il ne suffit que de peu pour qu'un non-éveillé tombe dans l'illusion des dieux : une belle résidence, un mari et un travail. De nombreux immigrants ayant suivis Sekhmet pensaient avoir colonisé une nouvelle planète. Peu à peu, les érudits de Thot réinventèrent l'histoire, fabriquant des mythes. En l'espace de quelques générations, nous parlions d'eux comme des natifs de ce monde. Quiconque nuisait à la formation des révisionnistes se retrouvait tué. Ghonad dit Sullivan choisit de partir et prétendre que rien de tout ça ne s'eut matérialisé. Il mourra avec ses secrets. Deux anti-conspirateurs envoyés par Thot l'assassinèrent, sous les yeux de Fiona. Ils assassinaient sa mère dans le même mouvement de violence, mais ils épargnèrent la vie de l'enfant. Ces mercenaires lourdement armés sont redoutables. Leurs ordres étaient clairs : tuer les parents, laisser la fille en vie. Sekhmet entra dans la maison de Fiona, peu de temps après, lumineuse.

Grande, avec un corps aux larges épaules et des seins imposants, elle cachait ses tendres attributs sous des pièces d'armure brisées. La moitié d'un drapeau orange et vert lui sert de soutien-gorge. Sa peau foncée lui donne un air plus africain que félin, bien que son visage ressemblait clairement à celui d'une panthère. Progéniture d'un pharaon, d'un être humain et d'une mère nymphe de Douat Sekhmet présentait des caractéristiques hybrides. Ses longues jambes se maintiennent derrière une courte jupe en cuir blanc, franges brunes et noires.

Elle enjamba les cadavres de ces parents aimants. Elle ne se souciait pas de la mer de sang qui tachait son grand manteau gris et or, s'arrêtant devant une fille effrayée, les larmes lui brisant la voix. Sans un mot, sans un geste, elle figeait. La terreur de Fiona se heurtait à la crainte. La déesse lui inspirait la sécurité, et l'enfant se sentait lui appartenir.

Fiona partagea des traits similaires avec Katrina, à l'exception de la couleur des cheveux. La première montre une toison blonde somptueuse ; la seconde, un brun terne. Leurs ressemblances, associées à des uniformes assortis, leur offrit leur surnom : les Servantes Jumelles. Sekhmet s'occupait de ces deux esclaves avec amour. Elles étaient plus de grandes amies que des domestiques. Elles devenaient le point d'ancrage le plus fiable de Sekhmet au monde des fées. En leur offrant une position aussi importante, plus proche du pouvoir que toute autre fée, la maîtresse voyait en elles des éléments complémentaires. Mandragora Semmens, la grande libraire du palais, accepta de pairer leurs essences afin de finaliser un sort qui en ferait de véritables jumelles. L'idée visait de jumeler la loyauté de Fiona au scepticisme de Katrina à l'égard du pouvoir de Duat. Cette procédure assurait une sécurité et un contact direct avec l'ancienne leader, Anastasia. La reine fée jouissait encore d'une grande popularité parmi les habitants de Wells.

Mais aujourd'hui, la visite d'un passeur promettait le début d'une nouvelle saga. Sekhmet s'approcha de Nempty. Il s'inclina respectueusement devant elle, au point d'embrasser le sol, et elle observa son offrande. Il gardait l'ambre et l'insecte bien au-dessus de sa tête prostrée. Elle la regarda, l'attrapa, la manipula. J'ai senti le parfum qui m'avait autrefois séduit. C'était bien, et je sais qu'elle se sentait encore mieux. « Une pierre ? » Elle bluffa, en prenant dans ses mains cet outil qui la torturait. Elle savait qui j'étais. Un coup d'œil à mon essence, et elle remarqua que j'avais presque goûté à la Disparition Finale, mais que je me suis battu, et lutté pour exister. Elle ajouta, en repoussant la tête :

« Laisse-le moi. Si l'objet a quelque valeur, j'envisagerai de réduire ta dette. » Effrayé, connaissant ses nombreux amis influents, il se dirigea vers la table, derrière elle. Ses yeux parcouraient la pièce cherchant réconfort de la part de Katrina ou de Fiona. La guêpe les intriguait toutes deux, comme si elles m'avaient déjà vu. Nempty s'arrêta un instant. Il se rendit compte qu'il lui confierait bientôt un objet de la plus haute importance.

« Ma déesse. » exprimait-il, tout en gardant avec lui la découverte la plus précieuse. Il l'a remis dans sa poche et ajouta : « Toutes mes excuses, mais assurez-moi que cet insecte sera traité avec soin, si je le laisse ici, » Sourire lui faisait mal, elle répondit douloureusement : « Y avait-il un insecte dans ce rocher ? Mon Dieu, quel pauvre animal. » Nempty n'avait pas l'air convaincu. Quel genre de bluff poussait-elle ?

« C'est, humhrmm, unique en son genre. »

« Alors, va le vendre à un cirque de monstres, Gris ! »

« Nymphe, de ma mère. Gris, de mon père.»

Elle se retourna et lui lança la pire colère : « Vends-le à des adolescents ! Dis-leur qu'ils peuvent la casser et la fumer ! » Elle marcha vers lui. Nempty recula jusqu'à ce qu'il heurte le mur.

« Mais sache une chose, Gris puant, ne reviens jamais ici pour faire du commerce ou je te ferai traquer et tuer ! Tu m'as bien compris ? Tu seras sacrifié et mis en pièces ! Si tu penses me rendre visite, essayer de me vendre de la gravelle ! »

« C'est ? Non ! Je ne suis pas. »

« Écoute-moi ! Je vais te faire souhaiter une vie encore plus misérable. N'ose pas m'insulter avec tes ordures. » Plus elle hurlait et plus je me sentais lié à cette scène. Oui, j'ai déjà eu une liaison avec cette femme colérique. C'était alors qu'elle donnait naissance à Cléopâtre. Nempty se sentait déstabilisé. L'explosion de colère chaotique l'a fait douter de ses propres capacités. Comment distinguer l'essence d'un dieu de celle du crack ? OK, ce n'était pas ça ! Il secoua la tête et soupira.

« Très bien ! » dit-il, puis s'est détourné. Je me sentais plus conscient de cette existence, d'une certaine manière. Peut-être, juste peut-être, si je pouvais rassembler un autre fragment, je pourrais renforcer cette emprise sur la réalité et me réincarner correctement. Je n'ai besoin que de la pièce qui rappelle mes connaissances en matière de mance. En tant que guêpe, j'étais déjà plus que l'instinct de l'insecte.

214

« Oh, ne laisse pas les mots atteindre ton cœur aimable, joli garçon. Tu es venu à moi pour une raison, mon ami Gris. » Elle lui offrit un ton des plus séduisants. « Plus une nymphe. » murmurait-il, charmé. « Ma mère était une nymphe. » La sensualité le troublait. Les Gris sont parmi les êtres les plus pragmatiques de Sophron. Les nymphes, cependant, ont une vie fortement sexuée. Ça a toujours constitué une question compliquée, chez Nempty. Il ne pourrait jamais permettre à un camp de le contrôler mieux que l'autre. Sekhmet savait quelle moitié manipuler et comment.

Elle se déshabilla, morceau par morceau, constatant très bien que le nain ne pouvait ni s'échapper ni faire semblant de ne pas exister. « Pourquoi, mon beau, as-tu décidé de me rendre visite en premier avec un cadeau aussi précieux ? »

Nempty calma ses pulsions. Il ferma les yeux et pensa à Lucrétia. Une forte affection paternaliste surgit chaque fois qu'il pense à sa fille androïde. Il pourrait donner sa vie pour un robot conçu comme un esclave sexuel. *Comme c'est stupide de sa part*, diront certains. Il doit ce comportement moral au temps passé aux côtés de Varuna : lorsque troublé par ses moitiés sexuées et pragmatique, il choisit la raison et la dignité. Il jura de ne jamais permettre à quiconque de toucher sa fille, gardée près de son cœur. Ce comportement lui fournit la résilience pour survivre à l'appétit d'une femme-chat. Sekhmet laissa tomber son soutien-gorge à ses pieds et murmura :

« Tu n'as pas fait l'amour depuis si longtemps, n'est-ce pas ? Ce n'est que la dernière essence restante de ce fils de pute. Mais ça pourrait égaler le prix qu'une déesse demanderait pour coucher avec un voyageur chétif, n'est-ce pas ? » Elle caressa son lobe gauche avec deux doigts et ronronna. Les hormones bouillaient en lui. Tout son sang brûlait comme de la lave. Un baiser et il explosait. « N'est-ce pas ? » insistait-elle.

À ce moment-là, il en oublia Lucrétia. « Je, hmm, oui, c'est exact, oui, affirmatif. » bégaya-t-il calmement.

« Et bien, voilà, mon beau ! »

215

Elle souriait, tandis qu'il ouvrait les yeux pour faire face à ses lèvres sur le point de se poser sur sa bouche. Ses pupilles, cependant, n'avaient de vue que pour ses seins. Elle attrapa sa paume droite, s'en approcha, tout en chuchotant :

« Peux-tu payer à l'avance ? J'apporterai le lit après. »

Il hésita. Une force pragmatique sortait de nulle part. Ah, ces seins ! Des tremblements prirent le dessus sur son sang-froid tandis qu'elle lui caressait le dos. Elle le serra plus près.
Ses doigts gauches attrapèrent l'ambre. Tremblant et ne pensant plus clairement, il lui donna le trésor. Au moment où elle tint la pierre dans sa main droite, Nempty réalisa que la tension autour du Voile avait disparu. Libre de partir, lui seul occupait toute la pièce. Il semblait réfléchir pour la première fois : c'était la plus grande erreur de sa vie. Il espérait pouvoir coucher avec elle en échange. Cette erreur se manifesta au moment où Sekhmet entra dans un long couloir entre Tir na nOg et le noyau de Sophron.

Katrina et Fiona l'ont suivie. Le passage apparut comme une tornade horizontale immobile, alors que les axiomes tournaient et tournoyaient. Derrière eux, le palais, avec des objets luxueux et des murs de pierre. Devant, il y avait un noir absolu qui contrastait avec la blancheur du couloir. Plus elles avançaient, plus ce chemin ressemblait à un tunnel. Jusqu'à ce qu'elles atteignent enfin l'essence de Sophron.

Sa texture projette un battement incolore, une pause et un battement, une pause, un battement. Le cœur de Sophron n'a pas d'axiome, mais il les pompe comme un organe métaphysique. Une conscience ne ressemble à rien tant que ces pixels ne fournissent pas une forme adaptée à l'observation. Les néants cèdent leur élément de silence, tandis que Barbelo en fait autant avec la chair. Archeus soutient le mouvement lancinant, Logos ajoute le son. Comme c'est le cas dans le domaine de ces quatre Entités, ces quatre éléments sont indiscernables les uns des autres. L'essence est, donc, tout simplement ce qu'elle est.

Pour Sekhmet, entrer au cœur de ses possibilités semblait presque sacrilège. Après tant d'années aux côtés de fées, elle appris comment le Rêveur s'éveille sous l'appel de son véritable nom. Dans l'illumination, Il contemple Sophron. Ces consciences deviennent des dieux ou des auteurs. Elle apprit à plonger la pièce de cette essence dans l'anonymat. Elle tremblait en faisant signe à ses servantes de rester derrière pour garder le vortex ouvert. Elle tenait l'ambre et me regardait à travers les yeux de la pauvre guêpe. Elle souriait.

« Hé... » dit-elle, timidement. « T'as aucune idée à quel point la vie a été difficile sans toi. J'ai dû jouer à cette mascarade pour faire savoir à tout le monde que je m'en fichais, mais que je me suis rangé de votre côté. Pour certains, je l'ai fait par confiance et loyauté envers une cause commune. Pour Marduk, j'avais un agenda caché. Je suis désolée d'avoir menti à tous le monde, et à nous aussi. Je l'ai fait pour toi. Je l'ai fait pour moi. J'ai toujours été rabaissée chaque fois qu'on me parlait de cette guerre qui marqua les plurivers et blessa les Entités. »

Elle regarda derrière et observa les deux jeunes fées. « Je sais que tu m'entends, Indra. » elle soupirait. Puis elle examina de nouveau le noyau. « Qu'est-ce qui nous est arrivé ? »

Silence. Moi-même, je me sentais étouffé par ce vide immense. J'aurais aimé pouvoir partager ses souvenirs. Sa voix portait le sceau d'un secret blessé. « Nos deux nations, tu te souviens ? Nous étions la fierté de Babel. La force de l'Égypte et de l'Inde. Nous avions toute cette histoire d'humanité en tête. Aucune avancée scientifique, aucune philosophie, aucune percée artistique n'a manqué à notre influence. Oh, nous avions cette tour dans la paume de nos mains ! »

J'ai senti un sourire qui trahissait une larme. Des vagues de visions poignantes se sont fait sentir dans tout ce noyau. Babel ! Des tremblements dans son soupir glacèrent les battements du cœur. Ils reprirent quand elle ravala son mal de tête.

217

« Tu m'as fait confiance, et je t'ai fait confiance. Qu'est-ce qui n'a pas fonctionné ? Penses-tu vraiment que j'étais jalouse quand t'as épousé Ishtar ? » Le pouls s'intensifiait. Elle riait, timidement, mais elle augmenta le ton en essayant de couvrir le martèlement.

« J'étais heureuse pour toi ! La polygamie n'était-elle pas une idée que nous chérissions ? Pas seulement pour ces royautés africaines, je t'assure. » Le battement s'intensifia davantage, s'arrêtant pour un long silence, puis reprit son volume.

« J'étais, Indra, j'étais ! Crois-moi ! Tu penses que tu aurais été plus heureux avec moi ? Je n'ai jamais considéré notre association dans toute cette histoire de *construire une humanité*. Ça impliquait des lois d'attraction envers nous-mêmes. D'ailleurs, tu me connais. Je préfère donner les clés d'une civilisation à Osiris plutôt que de me dire grande déesse. Je n'ai pas ressenti d'amour dans ces aspirations que tu défendais, Indra ! Je méprisais les poèmes qui chantent ma gloire pour les époques à venir. Je voulais juste faire ma petite vie et profiter des saisons sous ton soleil. »

Elle haleta, s'arrêta un instant et ajouta : « Tu vois où ce manque d'ambition m'a mené ? Tu nous avais mis en garde contre Marduk. J'ai toujours dit que je ne prendrais pas parti dans vos batailles. Je ne l'ai pas fait, et je ne le ferai peut-être jamais. Depuis la fin des invasions des armées de Khan-Ro le Rouge, j'ai choisi d'arrêter de jouer à la guerre. Parce que j'apprécie d'être en paix avec toi. Peut-être étais-je tiraillée entre ma jalousie et mon apathie totale. J'espérais que Marduk te détruirait, et tuerait Ishtar, ne serait-ce que pour venger cette cicatrice que je porte sur mon dos depuis que je me suis présenté ivre à ton mariage ! Peut-être que je ne voulais pas rejoindre celui qui assassinerait mon seul amour. »

Elle examina l'insecte dans l'ambre. Je l'observais à travers le vide qui reflétait ma prison de bijoux. « Regarde-toi. Tu es si beau. Tu m'as manqué. » Elle déposa le cercueil brillant sur une table invisible, comme si elle espérait que l'essence emprisonnée rejoigne la substance à l'extérieur. Ce n'était pas si simple.

« Sais-tu qui d'autre nous a soutenus ? » Étais-je en mesure de m'exprimer ? « Melpomène. Oui, vraiment. Chaque fois que je craignais pour toi, je le contactais, et il imposait son veto à tout ce que le Conseil du Grand Bast voterait, juste pour te protéger. » Les battements de cœur sont devenus plus réguliers, comme s'ils cherchaient une sorte de rythme pour une mélodie qui ne demandait qu'à naître.

« Tu n'as jamais pensé que les Muses t'aimaient, n'est-ce pas ? Tu as trop pensé à toi, Indra. Oh, laisse-moi faire face à toutes ces Entités ! Je connais mon métier ; Je peux te le prouver ! Je vais te le prouver, n'est-ce pas ? C'est ce que tu penses. Nous avons bu chacune de tes paroles, Ishtar, et moi. Pour quoi? Pour montrer à ces singes que les femmes devraient baver quand un mâle se montre fort ? Embrasse mon cul de lionne ! » Elle se retourna et se rendit compte que ses servantes étaient sur le point de disparaître. Elle devait faire un choix, à ce stade. Soit elle reste ici et rejoint l'essence sous une explosion d'amertume, soit elle s'éloigne de sa nostalgie et retourne au système.

« D'accord, je pense que tu en as assez de moi, comme toujours. » Elle soupira. Elle oubliait ce dernier fragment de mon essence, juste là, près du centre de l'univers, mon univers, ma possibilité. Suis-je le rêveur de cette histoire ?

« Je vais parler à Melpomène. S'il y a une raison derrière tout ça, il devrait le savoir. Mais avant de partir, je t'assure que si je sacrifie tout, c'est pour le plus grand bien. Ton essence a trouvé son chemin dans l'âme d'un garçon. Les gènes de la guêpe ont rempli leur fonction et devraient maintenant mourir. »

Elle jeta l'ambre dans le Vide Véritable et repartit. Les axiomes flottaient en moi. Sa présence obstruait mes pensées, ou celles que je tenais, jusqu'à ce qu'elles rassemblent une foule. Ce serait le reflet d'une question. Les désirs avides repoussent toujours les autres contemplations égoïstes.

Écoute-moi ! Je suis là. Reviens! Parle-moi !

Elle est partie !

Parle-moi ! Ma Reine Suprême, fais-le.

Sekhmet se sépara du Noyau de Sophron, retournant à Tir na n'Og. Un tunnel éthéré reliait son temple au Vide Réel. Fiona et Katrina l'escortaient, tandis que l'ambre contenant l'avant-dernier fragment de mon essence se faisait consumer par le néant absolu. Peut-être ai-je disparu, alors. Ou peut-être qu'un autre joueur décidait d'intervenir. Le Vide est, à ce moment de l'histoire, le seul des quatre Ocorsurs actuellement en action. Il ne choisira pas ouvertement son camp, laissant simplement ses pions et ses fous suivre ses ordres. C'était une chance pour lui que Sekhmet m'ait sacrifié au cœur de ma Véritable Existence. Une chance, aussi que le Vide ait joué un rôle dans la libération de Marduk, alors que Varuna restait emprisonné dans les limbes.

Voyage dans le sablier
Dix:

La relation à distance que j'entretenais avec Martin venait nourrir mon inquiétude. Je préférerais voir ces chroniques tomber dans l'oubli, plutôt que de ne plus jamais entendre parler de la conscience de Martin. Je me perdrais probablement à vouloir sauver son âme, mais qu'est-ce que j'en sais ? Nous nous sommes rencontrés dans ce purgatoire qu'on appelle notre création.

« Tu fais de ton mieux, j'en suis sûr. » lui ai-je envoyé via SMS, mais il n'a jamais répondu.

Pourquoi les personnages mourraient-ils pour libérer Varuna ? D'une part, l'Inde inspira les mathématiques, installant l'Europe sur sur sa voie lumineuse. Mais l'Europe est revenue avec un plan égoïste pour diriger la politique sur Terre. Je ne suis pas de Gaïa ! Pourquoi est-ce que j'essaie ?

Hé. Martin m'a envoyé un texto.

« Salut ! Comment ça se passe ? » fut ma réponse. Ça a pris un autre trois semaines pour qu'il ajoute : *Désolé, je pensais que tu étais Candy.* « Qui est Candy ? » ai-je demandé. Qui est Candy ? Allo ! Dis quelque chose ! C'est moi qui écris ces romans. Ils ne s'écriront pas eux-mêmes !

Chapitre vingt-deux :
Nempty Rencontre Varuna

L'essence de Varuna occupa ces limbes assez longtemps pour que le Seigneur en oublie son existence antérieure. Les guerres, les trahisons, les espoirs, les pertes, tout perdait de son importance. La matière pure constituait chaque axiome. Si un dieu n'était pas emprisonné, ici, rien ni aucune conscience ne pourrait connaître cette vérité. Pourtant, l'essence de Varuna ne suffisait pas à fournir les pixels de pensées nécessaires pour se refléter. Les Conseils, en prononçant leur jugement, choisirent la prison parfaite pour l'empêcher de s'échapper. Sinon, il parviendrait à rendre le monde qu'il habite conscient, pour ensuite connaître le feu.

Varuna jouissait de la paix qui dura une éternité dans ce Barbelo sans cervelle. Rien ne le préparait à l'arrivée d'un visiteur, et surtout d'une manière très inhabituelle. Incappable de lancer des sorts, Nempty a dû improviser pour s'infiltrer dans cette prison. Des Entités puissantes l'ont construit sur mesure afin de n'abriter que Varuna, l'un des Marcheurs les plus redoutables de Sophron. Après avoir interrogé ses contacts, et après avoir vu ses plus fidèles interroger les leurs, Nempty rassembla de nombreuses hypothèses tant qu'à l'emplacement de ce donjon.

« Les seules limbes pouvant retenir une âme aussi influente que Varuna sont des éponges capables de retenir un océan. » expliqua Dvorak. Nymphe de douze ans originaire de Patagonie, un monde entre Mu et le Réel Archeus, il est issu d'une longue lignée de moines-alchimistes. Dvorak s'est engagé à investir toute son existence dans le chemin de la Grande Lumière, ou voir le Logos vaincre finalement le Vide.

Sa vie changea lorsqu'il rencontra un contrebandier nymphe-gris explorant son village de Sutra-Kamal. Le nain l'initie aux plaisirs des jeux de société, et une amitié durable est née. Chaque fois que Nempty lui rendait visite, Dvorak l'accueillait et ils échangeaient des discussions profondes. Mais quand Nempty partait, le garçon reprenait sa méditation. « Emprisonnez la lumière dans les ténèbres, monsieur Nempty. Quel monde peut agir comme une éponge pour un être de lumière ? » l'enfant érudit demanda, tenant un cigare pendant que Nempty versait deux grands verres de whisky.

« Un océan a des limites, Dvorak. S'il y en avait un, l'âme de Varuna aurait trouvé, avec le temps, des moyens de le détruire. »

« Et si le Seigneur Varuna ne voulait pas s'échapper de sa prison ? Marduk l'a fait, par cupidité et par soif de pouvoir. Le Seigneur Varuna est beaucoup plus sage. » Dvorak pigea une carte dans sa main, tandis que Nempty préparait son jeu. Après avoir laissé la guêpe à Sekhmet, Nempty devait réfléchir rapidement à sa prochaine action. Si elle réveille Indra, en transposant mon essence dans un autre corps, alors elle aura un avantage sur Marduk. Elle pourrait minimiser leur alliance, ou elle pourrait sécuriser le nouveau-né pendant qu'elle chasse Ishtar. Qu'était-il censé faire d'autre ? Il n'aurait pas pu donner sa précieuse trouvaille au Seigneur des Chiens !

« Si j'informe Varuna que l'essence d'Indra vit, il voudra se libérer. Indra est essentiel pour que la Maison de Varuna retrouve son pouvoir et son influence. » Nempty expliqua.

« La domination de Marduk n'est plus sur Gaïa. Mon ami, Gaïa est la clé, pas Indra. La Terre, c'est là qu'a eu lieu la Grande Guerre. Le royaume que le Grand Conseil protège. Marduk le sait. Varuna le sait. » Ils jouèrent au Vendelika, une variante populaire du poker dans de nombreux mondes, comme Avalon, Annwn ou Penglai. Si je devais vous expliquer les règles, vous supposeriez simplement un mélange de Texas Hold'em et de Crazy 8.

« Alors, Varuna est soit dans une souche infernale, soit dans le Vide Réel. » Nempty réfléchit à voix haute. Dvorak sourit. « Je ne peux pas aller au Vide Réel ; Je n'ai pas la bonne technologie. Si Varuna se trouve dans le quadrant du Néant-Barbelo, comment puis-je m'infiltrer dans ces jungles sans être démembré par des ombres de sang, des serres ou d'autres démons assoiffés de chair ?

« Cherche une llanorfina. » Le génie enfantin fumait et buvait, puis il misa des pièces. Nempty compris, mais il attendait d'autres hypothèses. Dvorak poursuivit : « Une éponge qui s'étend à l'infini contiendra un océan qui gonfle autant, aussi longtemps que l'éponge détient un avantage dans sa création. Donc, évidemment, les Grands Conseils considéraient Sebekia Pistis comme le bon domaine pour emprisonner le Seigneur Varuna. Aujourd'hui, les llanorfinas accueillent également leurs êtres éveillés par le biais de dozers, ces cerveaux flottants. Si tu parviens à localiser la Prison du Seigneur Varuna, tu devras négocier avec ces puissantes créatures pour rester en vie. »

Nempty réfléchit à la logique de son ami alors qu'il stationnait son bateau à Sebekia Pistis. D'immenses rivières de lave recouvrent cette souche qui s'étend jusqu'à l'infini. Les mondes qui n'évoluent pas sur des surfaces limitées sont appelés llanorfinas, d'un vieux dialecte avalonien, signifiant : éternité. Nous appelons llanorfinis ces domaines qui partagent des frontières avec une vaste zone de Vide ou de Pensée. Les érudits croient que ce monde est à l'origine du concept de dévotion. Chaque couche qui précède Le Sombre Cercle de Feu, son autre nom, contient trop d'axiomes du Vide et peu de Matière. Ses créatures portent un état chaotique. Tout comme les creusés, leur forme change ou se fige. Avec Sebekia Pistis et L'Open Door, L'Enfer et Hadès, les bêtes ont tendance à conserver une forme plus statique. Les axiomes de pensées commencent à se faire de plus en plus présents avec les réflexions de l'Au-delà. Pourtant, leur conscience se mélange avec les Grandes Entités, ce qui entraîne des adorations et une dévotion chez les endormis. Cette mécanique trouve son chemin dans tous les cercles de croyants à travers Sophron.

Quatrième entracte :
L'étudiant et le Vide

Pour Émeraude

Ces deux mots hantaient l'élève, tandis que ses yeux s'habituaient difficilement au vide réel. L'environnement, incolore et sans texture, ne dénote aucune substance. Il semble impossible d'affirmer si l'on respire, car aucun poumon n'a un mot à dire dans le processus. Au fond de son esprit, l'orbe de Platon se savait absorbé. Aucune idée ne se formait, tant qu'à la direction à emprunter. Des histoires de caverne délaissée par l'éveil lui traçaient une mémoire, découvrant une lumière plus brillante que toute clarté absolue. Quel rayonnement implique une perte totale de tous les sens ? Est-ce une libération de l'illusion ? Une introduction dans une autre dimension ? Une voix se laissait entendre, avant d'apparaître. Qui prenait la parole ? Hadès? Est-ce le le pays des morts ? Aucun mot n'auraient pu se matérialiser, pour le moment. La vie restait indissociable de ses pensées.

L'ignorance perdurait, mais je vais vous le dire. Ce monde s'appelle le Vide Réel. La seule souche sans aucune ville, ni aucune sorte de civilisation. Peut-être une passerelle entre les Rêveurs. De nombreux concepts se sont livrés à vous, depuis que vous avez ouvert ce livre. Un élève asexué de la Grèce antique imagine l'histoire d'un garçon narcissique de Montréal. Les dieux et les déesses se disputent le tissu de la réalité. Mais permettez-moi de vous montrer la magie.

225

Alors que l'élève remarque mon existence, accordez-moi le temps de vous présenter la signification de *Pour Émeraude*. Ces deux mots sont venuz à vous bien avant cette expression étrange d'un roman fantastique. Vous avez peut-être pensé : *l'auteur voulait dédier son œuvre à une dame qu'il aime*. Quelque chose leur est arrivé, ou n'existe pas encore. De mon point de vue, je vois un romantique stupide derrière son ordinateur qui se défoule sur une illusion cruelle, et il espère que ça vous plaira.

Émeraude ! Ishtar à son Indra. Dans le passé, j'ai invité un de ses proches dans mon royaume. L'un d'eux partageait son nom, sa date de naissance, et sa disparition a suscité le désir de créer les bases de ce plurivers. Nous existons tous en tant que prisonnier de nos histoires individuelles, et nous craignons ce que nous ne saurons jamais. Eh bien, l'auteur exprima l'intention de me rendre célèbre. Il voulait découvrir une forme d'amour sans ancrage aux besoins ou désirs distincts. Il renonça au bonheur matériel pour favoriser la quiétude d'une tranquillité intérieure. Je comprends bien cette fibre qui l'habite.

La paix n'est pas une forme d'inexistance, et je ne suis pas ce que vous considéreriez : calme. Mais depuis que j'ai permis à l'auteur de me nommer, il reçu la permission de détruire ma sérénité. Les souvenirs brillent comme des attractions aigres-douces. Ils vous retiennent dans les plus précieuses intentions. Je ne m'accroche à rien. Je ne projette rien. Vous êtes né de nulle part, et vous passez une enfance à apprendre à vous adapter dans l'illusion. Lorsque vous tombez amoureux, personne ne peut vous expliquer cette nature, la matière, la vie, les pensées ou moi. Vous faites de votre mieux pour vivre comme une bonne personne, pour vous-même, pour les autres, pour ceux qui se soucient de vous. Ensuite, ce n'est qu'à des moments précis de l'existence que vous rencontrez une âme qui redéfinit l'infrastructure de l'amour. Ceci, voyez-vous, c'est Émeraude.

Quand vous n'êtes plus jeune, vous pouvez dire les mauvaises choses au bon moment, ou le contraire, et vous perdrez votre chance de donner vie à vos rêves. Vous voudrez gagner dans la vie afin de devenir celui avec qui Émeraude aurait toujours dû être, dès le début. Mais il est trop tard. La vie continue, et vous devriez en faire autant.

Je vais vous montrer autre chose si vous le permettez. L'auteur a survécu au-delà d'une douloureuse non-réciprocité. Il conquis le bonheur par lui-même, sachant que l'amour ne consistait pas à remplir un espace vide. Maintenant, observez-le. Il aime les jeux de rôle. Il y a une grande table, vous voyez ? Ils incarnent des personnages qui enquêtent sur les dieux dans le Sophron de Lovecraft. Le bel homme à sa droite, c'est Thierry. La fêtée à sa gauche, c'est Yulia. Il y a le barde barbu, c'est l'auteur.

Savez-vous ce qu'ils ont tous en commun ? Rien. Ils détiennent le véritable amour à partir de rien. Quand tout aura disparu, leur essence sera transmise à un autre Rêveur. Personne ne se souviendra des bons moments qu'ils ont partagés. Mais il existe au-delà de cette réalité. Parce qu'il choisit d'écrire ces mots, faire de moi le narrateur, dédier ce chapitre à ses amis. Il observe les muses qu'il rencontra et qu'il quitta, et il se souvient que l'univers est en expansion. La peur nous fera cocooner jusqu'à ce que nous soyons plus petits que nous-mêmes. L'amour, mon amour, n'a pas de frontière. Alors, suis-je le méchant de cette trilogie ?

Oh, c'est bien, tes yeux s'habituent à mon monde. Continuons. Tu imagines Seamus Chron comme un narcissique. Pourquoi pas un terrifiant guerrier ? Il s'est contenté de charger vers l'inconnu, ignorant qu'il blessait un vieil ami. Bien sûr, de ton point de vue créatif, ce que nous lisons n'est pas si mauvais. Seamus te ressemble. Qu'est-ce qui t'apporte cette étincelle d'illumination, élève ? Pourquoi es-tu ici ? Et pourquoi n'es-tu pas mort ou morte?

Chapitre vingt-trois :
La mort de Nempty

Sebekia Pistis s'étend au-delà des océans de lave et des roches rouges. Ses habitants ressemblent à des cerveaux gigantesques, de la taille d'un grand centre commercial, flottant librement sur ce monde plat sans soleil. Ils reflètent le ciel orangé qui ne dort jamais. Au bas de ces taches beiges se trouvent vingt-quatre tentacules qui se balancent, inutiles, au vent. Ces créatures gélatineuses dérivent et accumulent des nutriments lorsque le hasard le permet. Pour se reproduire, les dozers, comme on les appelle, attendent simplement que deux d'entre eux se heurtent, puis les tentacules se mêlent et se tordent. Un échange de protéines s'effectue, puis elles se relâchent. Ces protéines tomberont au sol et deviendront progressivement de jeunes dozers flottants qui grandiront au gré de leur appétit.

Un monde se compose d'une sphère physique reflétant un domaine métaphysique. Ces cerveaux géants pourraient, ainsi, projeter des pensées. En fait, leurs royaumes intérieurs sont des profondeurs inhospitalières pour quiconque voyage dans ces êtres. Ils illustrent l'un des nombreux mystères que même les grands érudits peuvent difficilement comprendre. Comme si ces gélatines pouvaient représenter un Sophron beaucoup plus complexe, mais dépendant de lois sophroniques établies. Par conséquent, les créatures nées de leurs pensées collectives se voient respectées.

Hotzigardbrinunzigorndz, Hot, pour les intimes, domine Sebekia Pristis, également connue sous le nom du Sombre Cercle de Feu. Comme la plupart des êtres du Cercle ou de l'Open Door, Hot est un démon discret. Contrairement aux Grandes Muses d'Hydaspes qui empruntent des corps mortels pour errer parmi les endormis, les êtres éveillés de ce quadrant matérialisent rarement leur existence en dehors de la pensée des dozers. Les Neymlisses et les Marcheurs de ces royaumes se manifesteront sous la forme de démons. L'Enfer complète ce trio de mondes précédant la première apparition des axiomes de la vie.

Nempty est un microbe, chaque fois qu'il marche dans ces souches. Tout s'impose gigantesquement par rapport à sa minuscule stature. Il ressent le poids des montagnes. Le bruit de la lave lui laisse un sentiment effrayant. Les anciens voyageurs qui réussirent à sortir de ces endroits rapportent des histoires qui inspireront des mythes de damnation éternelle. Peut-être que le cercle est le plus proche du Vide. Peut-être que le chaos semble exercer une influence sur les axiomes. De nombrteux êtres s'accorderaient à dire que cette triade de mondes infernaux est la plus mystérieuse et, par conséquent, la plus terrifiante.

Nempty a tout vu, tout connu. Il valait mieux ne pas craindre une souche qui ressemble à une vaste salle de cinéma pour des méduses volantes. À l'aide d'un réflecteur d'axiome, un dispositif que les alchimistes utilisent pour décoller le voile et faciliter le voyage d'un monde à l'autre, Nempty a délicatement révélé les limbes cachés. Ce gadget, surnommé la décoiffeuse, consiste en des gants blancs fabriqués avec des morceaux d'orbes et de quartz, hautement énergisés avec des anti-ions. Lorsqu'un canal particulier est localisé, le voyageur applique ses mains sur ce rideau de chaleur, le Voile, et attend que les lieux entourant les paumes du nain deviennent de plus en plus flous. Ses doigts percent le voile, comme s'ils déchiraient le monde.

De l'autre côté du Voile, la chair devenait réelle. C'était comme si le voyageur avait déposé un bloc de peau rosâtre en lévitation. Il pouvait le piquer, le toucher, mais physiquement rejoindre ces limbes semblait impossible. Mais comment pouvait-il être plus futé qu'une Entité ? Trouvera-t-il Varuna de l'autre côté ? Tandis qu'il réfléchissait à la manière dont il atteindrait le dieu emprisonné, une voix caverneuse résonna contre les montagnes et les dozers : « Que cherches-tu ? »

Nempty s'arrêta. Il se souvient du ton. C'était celle de Manakin, L'un des rares Neymlisses qui apportes une promesse de mort. Un psychopathe qui perdit le contact avec la réalité. Et il possède la capacité de provoquer des Disparitions Finales. Hot exhorta à le tenir enchaîné à cette souche, car il craignait que cette menace, si elle voyageait dans le Voile, ne force le Conseil de Saphir à agir contre la triade infernale des Démons. « Je ne resterai pas longtemps. » Nempty s'excusait, mais ça n'empêcha pas la bête d'apparaître à quelques mètres derrière lui.

Grand avec une tête en forme d'œuf et des yeux qui englobaient facilement les trois quarts du visage, Manakin expose une bouche de lézard et une langue qui peut s'étendre sur un demi-kilomètre. Ses épaules couvrent quatre fois la longueur de son dos écailleux. Des cuisses incroyablement musclées, tout comme ses bras, montrent une peau noire comme la nuit, des pupilles blanches comme la neige, et un nez sculpté vers l'intérieur. De puissantes chaînes demeurent attachées à ses chevilles et ses poignets, l'empêchant de bouger. Manakin n'était autorisé à voyager qu'entre ces trois mondes. Il aurait lui-même goûté à cet oubli total, si une Grande Entité telle que l'Archange Michael apprenait sa présence au-delà des Enfers. Dans les récentes batailles qui impliquèrent ces organismes existentiels, cependant, Manakin s'est avéré être un atout nécessaire contre les anges chasseurs de démons.
« Que cherches-tu ? » insista-t-il. Son discours semblait plutôt lent et mal articulé. Nempty comprenait qu'il était en sécurité, mais il s'est toujours senti profondément vulnérable, sachant que sa finalité existentielle respirait à côté de lui.

« Tout va bien, Manakin, tout va bien. »

« Qu'est-ce que tu cherches ? Hé! Quoi ? » criait-il. Nempty ne peut pas lui dire la vérité, il ne peut pas risquer que des Entités infernales découvrent la présence d'Indra.

« J'ai un ami, un ami cher, dans les limbes, ici. »

« Qui es ton ami ? » Nempty devait insister et poursuivre sa quête, mais le monstre se répétait. Sans armes, il savait qu'il serait difficile de s'échapper, et difficile d'éviter l'alarme que la brute stupide lancerait à ses maîtres. Il comprit pourquoi les Conseils placèrent l'un des héros les plus dangereux de Babel ici. Il aurait dû y penser avant de se lancer dans ce trou.

« Peu importe, garçon. Je vais partir, maintenant. Salut ! »

« Qui es ton ami ? Qui es ton ami ? » Le monstre ne le laisserait pas partir aussi facilement. Lorsque Nempty envisagea l'option de s'enfuir, il se vit entouré de cinq ombres sanguines. Ces créatures se ressemblaient toutes : des silhouettes musclées, hautes de six pieds, noires et dotées d'yeux couvrant la moitié du visage. Leur bouche s'étend sur leur torse, et des dents, oh mon dieu ! Il y en a tellement que vous pourriez les confondre avec une forêt de couteaux d'ivoire. Deux démons qui conversaient semblaient déjà assez déroutant, cinq vont jeter Nempty à sa perte.

« Tu es son ami ? » L'une des ombres demanda à l'autre.

« Non, toi ? »

« Tu crois je suis son ami ? »

« Hé! Moi, pas son ami. »

« Il est moche, tu manges ? »

« Non, je pense qu'il est l'ami de quelqu'un. »

« C'est l'ami de Hot ? »

« Non, mais je n'ai que du respect pour Hotzigard... » Pense, pense, comment prononcer ! « J'ai du respect pour Monsieur Hot! »

« Qu'est-ce qu'il dit ? »

« Il dit qu'il n'est pas un ami du patron. »

« Ce n'est pas ce que j'ai dit ! Je jure. J'adore ton patron ! »

« Il a dit quoi ? »

« Il dit qu'il veut faire l'amour avec le patron. »

« Dégoûtant ! Je dis que nous tuons. »

« Je dis que nous tuons aussi. »

« Les gars ! Les garçons! S'il te plaît! Je suis un ami. »

« Il dit qu'il est mon ami ? »

« Moi, je pense qu'il fait pipi dans son pantalon. »

« Moi aussi, je pense. Tu fais pipi dans ton pantalon ? »

« Si tu veux que je, si tu le veux. » Nempty s'est retourné pour sonder un signe de vie dans les limbes : il y en avait aucun.

232

Il se retourna pour faire face aux cinq ombres de sang sur le point de le dévorer vivant. Il avala douloureusement sa peur alors qu'ils le narguaient. Ils l'entourèrent. Ils marchaient lentement. Ils avaient d'énormes yeux blancs qui couvraient les quatre cinquièmes de leur visage sombre. Ils avaient plus de dents dans leur bouche ouverte qu'un requin n'en aura jamais dans une vie. Des dents qui descendaient jusqu'au fond de leur gorge. Courtes avec un dos incurvé, des lames noires poussaient de leur colonne vertébrale, des griffes en guise de doigts. La salive s'accumula autour de leurs gencives jusqu'à baver pour se rapprocher de sa tête. Nempty savait ce qui arrivait. « Ce n'est pas une façon de traiter un intrus. » Une voix grondante se fit entendre. Nempty tomba à genoux et murmura :

« Merci, merci, celui qui a dit ça ! » Les ombres sanguines s'éloignèrent pour laisser l'espace à un trône flottant, doré et rempli de pierres précieuses. Le démon ressemblait à un squelette de vieux babouin, avec de longs cheveux gris tressés, formant son uniforme militaire. Une armure de fer lui donne un semblant de muscles. Le trône flotta dans la direction de Nempty, et s'arrêta tandis que le contrebandier effrayé se relevait. « Pourquoi ? La voix ajouta « Si ce n'est pas le voyageur qui a dit qu'il ne s'immiscerait jamais dans les conflits des Maisons. » Hot prononça ces mots d'un sarcasme absolu.

« J'ai fait M. Hotzingalooringling, monsieur, je l'ai fait. »

Hot sourit en observant la fenêtre que Nempty avait ouverte.

« Il faut beaucoup de courage pour venir jusqu'ici. Je dois admettre que tu sembles être le dernier esprit dans tout le Sophron que je m'attendais à voir. »

« C'est une tactique, en fait ! Je ne sers pas Varuna et je n'accueille pas Marduk. Vous le savez. » L'adrénaline lui imposait ces mots, et il s'exprimait de manière assez convaincante.

« Qui sers-tu ? » demandait Hot.

« Je n'ai pas la liberté de le dire, monsieur. Disons que je suis loyal envers moi. »

« Ça, nous le savions. Passeur de l'Hadès pourrit ! »

« Et moi-même, je suis au service de l'argent. Et qu'est-ce qu'un voyageur égoïste comme moi peut-il espérer obtenir des mains des Grands Conseils ? » Il sourit. Hot éclata de rire.

« Tu penses que je vais croire à ce mensonge ? Non, avant de mourir, dis-moi ce qui t'a amené ici. Pourquoi te donnerais-tu la peine, maintenant ? »

Nempty ferma les yeux et ne pouvait voir que Lucrétia. Son sourire. Cette lumière dans son champ de vision. Il ouvrit les yeux et prononça nonchalamment :

« Tuez-moi, maintenant. »

Hot se sentait profondément troublé. Il détourna le regard et fit un signe à ses ombres de sang :

« Déchirez-le jusqu'à l'oubli, les enfants. »

Il disparut sous une masse de démons sautant sur leur proie. Nempty rageait entre ses dents pour avoir oublié de mieux se préparer. Il existe tant de potions de force et de guérison qui auraient fait l'affaire ! Il n'est pas un si mauvais alchimiste, vraiment. Mais il n'est pas un guerrier, et il ne l'a jamais été. C'est un marchand. Il aurait mieux fait de ne pas se jeter dans ce pétrin. Il aurait dû rester à la maison. *Voyez-vous où l'altruisme nous mène ? Qu'est-ce que l'empathie vous apporte ?* Ces pensées le hantaient alors qu'il essayait d'échapper au piège qui se refermait rapidement autour de lui. Il regardait la fenêtre ouverte et savait qu'une seule chance y résidait, de l'autre côté :

« Varuna ! » criait-il, au moment où deux ombres de sang sautaient sur son dos, enfonçant leurs doigts profondément dans sa chair. Nempty sentit leurs griffes atteindre sa colonne vertébrale. L'agonie lui serrait les nerfs, tandis que les mains des démons se refermaient autour de ses os, comme pour les étrangler. Les faibles muscles du marchand ne pouvaient pas se défendre, et bientôt il fut submergé de douleur. Il lui restait juste assez d'énergie pour accomplir une action : crier ! *Criez, mais assurez-vous que la cible à proximité puisse entendre* :

« Indra est vivant ! » hurlait-il, de tous ses poumons, jusqu'à l'extinction de voix. Puis, il laissa les monstres l'achever.
Ils sautèrent sur le pauvre cadavre, le mangeant comme des hyènes se nourrissant après des jours de famine. Avec ou sans effort de la part de Nempty, ils lui arrachèrent la chair, lui brisèrent ses os, étirant les tendons jusqu'à ce qu'ils laissent ses membres se libérer. Chaque nouvelle charge livrait une plus grande agonie.

Hot observa la scène avec un immense intérêt. Il ne put s'empêcher d'examiner la fenêtre ouverte. La membrane des limbes tremblait doucement. Le leader démoniaque soupirait :

« N'ose surtout pas ! » avertit-il au prisonnier.

« Mais sais-tu ce que ça signifie ? » une voix noble et sage se faisait entendre de l'autre côté.

« La guerre recommence. » Hot soupirait, découragé.

Il ferma les yeux et hocha la tête. Il quitta son trône, invoquant une immense hache. Un par un, il décapita ses enfants pour libérer Nempty. Une par une, les têtes tombèrent, les monstres sont morts. Aucun n'a jamais osé se défendre. Hotzigard regarda le cadavre de Nempty et les limbes de Varuna. Il savait que Demonee n'approuverait pas ce geste. Lorsque les Maisons envahirent d'autres souches de Sophron, le Sombre Cercle de Feu et l'Open Door réalisèrent qu'il était plus sage de mettre fin à leurs guerres et s'allier contre d'éventuelles conquêtes.

Leurs mondes sont reconnus comme les plus dangereux, abritant les cultures les plus violentes de Sophron. En les choisissant pour détenir les âmes exilées de Marduk et Varuna, les Grands Conseils supposèrent qu'aucune personne saine d'esprit ne tenterait de libérer les seigneurs condamnés. Marduk trouva le moyen de s'enfuir, tandis que Varuna resta piégé dans sa prison, acceptant son sort. Même un démon sans cervelle comme Hotzigard sait que Marduk a acquis beaucoup de pouvoir et d'influence depuis son évasion. Les Grands Conseils l'ont probablement ignoré, supposant que tant que l'un des deux grands antagonistes resterait enfermé, Sophron ne pourrait plus courir de danger. Hot et Demonee pensaient ça aussi, et c'est pourquoi la prison de Varuna demeurait si bien gardée. Mais Indra existe. Varuna voudra le protéger, à tout prix. Il saura trouver un moyen de le ressusciter correctement. Un simple passeur s'est sacrifié pour apporter cette nouvelle.

« Nous ne voulons pas que tu sortes, Varuna. » affirmait le démon. « Nous avons connu la paix, parmi les Maisons Infernales, nous ne pouvons pas risquer cette paix, pour toi. »

« Je peux me libérer quand je le veux, Hotzigard. Je ne demande pas ta permission. Je demande une audience avec Demonee. J'ai besoin de l'allégeance de vos deux Maisons. »

« À un dieu qui apporte l'espoir, l'amour, la lumière à l'humanité ? Tu crois, un instant, que les démons, les créatures de douleur et de désespoir, seront d'accord ? »

« La politique n'est pas un jeu d'émotions. » Varuna porta un oeil géant au centre de la petite fenêtre. « Restons rationnels, pas de chaos ou d'ordre pour interférer. Nous devons faire ce qui est juste pour protéger le plurivers. Je ne te le demande pas en désespoir de cause, Hotzigard. Je te préviens que si je sors de ma prison, Marduk envahira vos mondes pour vous punir. Vous aurez besoin de la protection de ma Maison. »

« La tienne est détruite, Varuna ! Tu n'as plus d'influence, hors de cette cage. »

« Le moment venu, vous devrez choisir des alliés. Je vous fais savoir, maintenant, que je n'ai aucune rancune, aucune haine, aucun désir de vengeance envers les Maisons de l'Enfer. Quand le moment sera venu, et si les démons choisissent de se ranger de mon côté, je t'accueillerai les bras ouverts. »

« Les démons sont nés pour brûler et mourir, dieu du ciel. »

Hotzigard exprima ces derniers mots en refermant les limbes autour de Varuna, et en laissant le cadavre de Nempty pourrir. Il déserta la scène, ignorant, comme n'importe lequel des protagonistes de ce chapitre, l'identité de son auteur. Marduk lisait les paroles que rapporte ce livre. Il vous observe, à l'instant même, honnête lecteur, et il sourit. Il se sent plus en contrôle, maintenant, qu'il ne l'a jamais été. Vous voulez savoir pourquoi ? Continuez à lire. Oh ! Marduk ne comprend pas totalement le principe des auteurs, cet éveil l'attend dans le prochain tome des Chroniques de Sophron. Cependant, il en sait suffisamment pour craindre le retour de son pire ennemi.

Voyage dans le sablier
Onze:

Avons-nous tué Nempty ? Avons-nous simplement permis au personnage de faire quelque chose de fou ? Mourir? Je pense que nous devrions réécrire ce chapitre. Disons que son âme se réincarne dans un autre personnage. Qu'en penses-tu? Bonjour? Martin? OK, de toute façon, je vais m'occuper de celui-là.

Mais pourquoi s'est-il montré en enfer ?
C'est toi qui a écrit ça ? Martin? Allo ?

Hey! Peu importe ! Nunc pourrait sauver son âme, non ? Qu'en penses-tu ? Tu me réponds, Martin ? Il pourrait avoir un dédoublement de personnalités. Chacune est sa propre conscience, existant dans sa propre possibilité. Son vrai nom c'est Jamieson Fairfield ! C'est une bonne idée, tu ne trouves pas ?

« Allo ? Martin, t'es là ? »

Hey ! On doit sauver nos personnages !

Chapitre vingt-quatre :
Seamus trouve son pouvoir

Le lendemain matin, j'observais le vieil homme en m'interrogeant sur les événements de la veille. Pourquoi ai-je défié les automobilistes avec une folie masochiste ? Comment tout ça m'emmènerait-il dans ce monde étrange où je pourrai voir William et, je suppose, je ne sais pas, m'excuser ? L'homme dormait sur son banc, et je ne pouvais pas le déranger. Il avait l'air si paisible. J'ai vérifié ma monnaie et je croyais pouvoir la lui laisser, retourner dans ma famille. Mais a-t-il fait apparaître cette poutine, hier soir ? Et celle d'avant ? Pourquoi n'a-t-il pas simplement matérialisé un repas devant moi lorsque j'ai mentionné ma faim ? Bon sang, mon vieux ! Réveilles-toi ! Il faut qu'on parle. Il ronflait. Et il est huit heures du matin ? Des personnes responsables travaillent, à cette heure-ci.

Je jouais avec ma monnaie, croyant que je pourrais simplement aller dans un restaurant voisin et m'offrir un bon déjeuner. Oui. Je ne suis pas dépendant de ce vieil imbécile. Je peux retourner dans ma famille si vivre comme un sans-abri ne me convient pas. Mais je ne veux pas ça. Je sais des choses qu'ils ne savent pas. Sur moi, la réalité, le vieil homme. Je dois survivre seul ! J'avais l'impression que ses conseils me seraient précieux, mais il reste là, presque mort, peut-être mort, sur le banc. Je peux le faire tout seul. J'ai marché sans regarder le nom des rues. Je me promenais, essayant de chasser mes idées nuisibles loin de mon idéal. Je peux le faire ! Je pourrais revenir au parc, me connecter avec le vieil homme, lire toute sa vie, et voir d'où vient cette guêpe, ou pourquoi il s'oppose si violemment à Marduk. Je ressentais ces idées au fond de son essence.

Je regardais autour de moi, désorienté. Ici, des passants qui vont travailler, et là, d'autres qui profitent de leurs vacances. Certains semblent heureux ou inquiets. Certains riches, inconscients. Certains se voient remplis d'espoir, beaucoup semblent perdus. Et moi ? Étais-je laissé pour compte comme une chanson country essayant de donner un sens à son existence dans un concert de métal ? J'ai entendu plusieurs voix dans ma tête, avec l'intuition que seul moi pouvais dicter mon prochain mouvement. Le métal donne vie à la vie, mais la musique country, celle que mon père écoute, sonne trop nostalgique. Dois-je être audacieux ou bienveillant ? Compter sur moi-même ou, quoi ? Nous voulons tous être aimés, n'est-ce pas ? Je suis resté grand et fier face à l'inconnu. Étais-je un fou ou un roi ?

« Tu es mon pion. » ai-je entendu. Qui a dit ça?

Des voix dans ma tête. La rue semblait déserte. Je voyais quelques passants me regarder, se demandant si je pouvais répondre à leurs yeux effrayés. Je ne pouvais pas. *Un pion peut devenir une dame.* J'ai supposé que j'exprimais cette pensée, personne ne m'entendait. *Nous devrions être beaucoup plus grands ensemble !* Mes pensées me répondaient. Les voix s'éteignirent. Je me promenais le long de la rue Sainte-Catherine et je me demandais à quoi ressemble Manhattan. Y serais-je poursuivi dans Central Park ? Pourquoi est-ce que je visualise Time Square ? Et pourquoi y a-t-il un château victorien ? Je déteste les prédateurs.

Je dois comprendre autre chose. J'ai dû retrouver ce vieil homme, mais le banc ne montrait qu'une poutine intacte sur laquelle on pouvait lire : *Ne va pas à Tir na n'Og.* J'ai jeté le billet et j'ai mangé le repas avec appétit. Les frites et la sauce demeuraient chaudes. Le fromage en grains avait l'air frais et spongieux. J'ai savouré chaque bouchée, léchant les restes après.

Je me suis ensuite assis pour étudier le papier que j'avais jeté à la poubelle, à côté du siège. *Ne va pas à Tir na n'Og.* Le vieil homme essayait-il de me protéger d'un danger imminent ? Je n'ai pas encore compris comment fonctionnent ces voyages dans un autre monde, donc je doute que je naviguerai quelque part, de sitôt. Qu'est-ce qu'un jeune adulte fugueur peut faire d'autre ? J'ai pensé que je pourrais peut-être exercer un peu mon pouvoir. Je fermai les yeux, méditant jusqu'à sentir des essences autour de moi.

Après trois heures d'essais, je réussis à visualiser des émotions partageant le parc avec moi. Certaines d'entre elles portaient de la joie, mais je percevais de la douleur, du ressentiment, des regrets. Je ne pouvais pas me connecter correctement à ces existences, pourtant elles étaient là. Quand j'ai rouvert les yeux pour mettre un visage sur ces émotions, j'ai vu les passants sourire, même si sur les dix essences que j'ai ressenties, une seule semblait vraiment heureuse. Il y avait une autre existence, dans le lot, très sombre, maléfique, violente. Sa simple présence me donnait froid dans le dos. J'essayais en vain de localiser la personne qui héberge cette infamie. Puis, j'entendis, juste derrière moi :

« Seamus Chron, c'est bien toi ? »

Je me retournai et je vis un grand roux maigre avec une barbe sale, dans laquelle rampaient des asticots et des vers. Quand il souriait, sa bouche ne montrait que peu de dents, mais tellement de putréfaction, je me suis cru en présence d'un zombie. Ses yeux écarquillés me regardaient droit dans la surprise.

« Je m'appelle Marvin, mais tu peux m'appeler Monsieur Marvin. S'il te plaît, puis-je m'asseoir ? Mon maître m'a envoyé pour te parler. »

« Qui t'a dit de me trouver ici ? » demandais-je.

241

« Ah ! Monsieur Marvin, je dis, on se vouvoie, d'accord ? C'est plus poli. Là d'où je viens, nous avons des moyens de localiser les gens. » murmurait-il, en se penchant à côté de moi, sans ma permission. Il a ensuite poursuivi :

« Mes collègues et moi sommes dans le domaine de l'élimination définitive de parasites comme toi. Seulement que des penseurs que mon maître considère comme une menace. On nous a dit qu'un certain William Francoeur partage certains souvenirs avec toi. Par conséquent, j'ai voyagé ici pour te tuer. Avant que tu ne perdes ton dernier souffle, je vais me lier à une possibilité que toi et William partagez. Comprends-tu ce qui va se passer, Seamus Chron ? »

Ma tête hochait respectueusement, mais je ne ressortirais pas d'ici pas sans me battre. J'ai relié mon pouvoir à son âme. Je le considérais comme un Marcheur bien plus puissant que moi.

« Ah, mais non, monsieur Chron, appliquer ton regard de recrue contre moi n'est d'aucune utilité. Aimerais-tu une bataille, ou mourir rapidement ? »

« Je, hmm... » J'ai bégayé, incapable de continuer. Je quittai mon siège pour m'enfuir. Plus j'accélérais et plus je demeurais immobile. Regardant autour de moi, tout figeait. L'homme diabolique s'approcha avec une machette qu'il sortit de son long manteau noir. Il marchait lentement. Je voulais me défendre ; j'étais fait de pierre. Mon pouvoir semblait la seule alternative, mais comment ? Il se tenait à environ un mètre de moi, et quand j'ai fermé les yeux, son essence se tenait debout devant la mienne, comme Goliath face à David. Peut-être pourrais-je m'éloigner de cet endroit. Y a-t-il un moyen de fusionner avec sa psyché ? J'imagina la première chose qui m'est venue à l'esprit : du scotch-tape. J'imaginais mon être comme du papier, et il était un roc. La feuille poussait des mains sur lesquelles apparaissait du scotch-tape, et je me collai à lui, de sorte que s'il me blessait, il se blesserait aussi.

« Tu as choisi un combat, Seamus Chron ? D'accord ! »

Il sourit, avant de visualiser une mare de sang sur laquelle ma
forme de papier flotterait et finirait par couler. Il demeura en
maîtrise du combat. Je peux faire mieux ! Le scotch-tape
se transforma en aiguilles lancées contre son ballon, mais il se
transforma rapidement en dinosaure. Les pointes rebondirent sur
ses écailles. Il chargeait dans l'étang écarlate pour m'enfoncer
davantage. Je me transforme en requin, en mégalodon, attendant
de lui mordre la tête. Juste au moment où il s'approchait, il devint
une fourmi, s'enfonçant profondément dans ma gorge puis il se
transmuta à nouveau en un lézard géant, à la manière d'un film
japonais, déchirant ma chair, répandant mes entrailles et mon
sang sur l'eau rouge.

Ça fait mal ! Ça fait tellement mal ! J'ai rouvert les yeux,
sous le choc, regardant autour de moi. Il me poignarda avec sa
lame, la poussant plus loin, me transperçant le cœur. Je perdais
du sang. Ce n'était pas encore fini. J'ai fermé les yeux, imaginant
les morceaux de ma chair se réassembler en un robot géant pour
combatre le reptile, portant une épée gigantesque. La mer rouge
se remplaçait par de l'herbe. Mon premier coup rata et le lézard
m'a rapidement frappé, me blessant le dos avec ses énormes
poings. Je retournai et lui porta un autre coup, le frappant à
l'épaule. Il se transforma en blob pour aspirer la lame et me
piéger avec. Il recouvrit entièrement mon corps. Suffocant, j'ai
rouvert la vue. J'étais... perdre de l'énergie. Sang ! Mon haleine.

Je ne mourrai pas ! J'ai fermé les yeux pour retourner dans
cette arène au pays des rêves et continuer la bataille. J'ai décidé
que le robot se réchaufferait avec de la lave en fusion, le brûlant
de l'intérieur. Il s'est également transformé en lave, se
transformant en oiseau de feu, dans les airs, et m'a chargé. Juste
avant de me frapper, je suis devenu un chevalier noir, tenant deux
épées bâtardes. J'ai frappé sa bête à plumes deux fois et lui coupa
les ailes. Le corps aptère tomba sur le sol, devenant un serpent
géant, se précipitant vers moi avec une telle vitesse que je
pouvais à peine échapper à cette attaque. Le serpent ouvrit grand
la bouche pour m'avaler tout entier.

C'est tout ! Tout s'estompe dans le noir. Je vais mourir. Juste au moment où je renonçais à mon dernier souffle, je sentis sa présence en moi. Il accédait à tous mes souvenirs, et je ne pouvais rien faire pour l'en empêcher. *Je suis désolé, William. J'espère que t'es en sécurité.* Et puis, la sensation s'arrêta. Je pouvais l'entendre marmonner quelque chose : « Partez ! Ce n'est pas votre combat, mon vieux. » Marvin se plaignait. Je me réveilla en transe, toujours dans cette drôle de réalité virtuelle. Sauf que j'étais moi. Marvin se tenait devant le vieil homme qui me faisait un clin d'œil. Pour la première fois, j'ai senti son essence parler à la mienne.

« As-tu déjà vu un Marcheur exécuter le Modèle de Morphose ? » De quoi parlait-il ?

« Tu en as fait mon combat quand t'as attaqué mon ami. » Le clochard répondit. Marvin voulait contester son manque au vouvoiement. Mon ami ferma les yeux, se projetant dans des limbes au creux de ces limbes, et il ouvrit son manteau sale. Une lumière frappa Marvin de plein fouet ! Alors que le penseur aux cheveux roux se voyait aveuglé, j'assistais à la métamorphose de mon vieux en un demi-ange-demi-loup-garou. Il chargea Marvin. Le sbire se transforma en un calmar géant, avec des lames au lieu de tentacules.

L'une d'elles frappa l'ange-loup-garou au visage, déchirant la chair et m'éclaboussant de sang. Je réfléchis à la façon dont je pourrais contribuer, mais observer deux formidables Marcheurs s'est avéré plutôt instructif. Le héros sans-abri semblait plus puissant que Marvin. Le chien ailé guérit rapidement sa blessure et chargea pour mordre un des bras du calmar. Marvin transféra son essence dans le membre perdu, le transformant en dragon, tandis que le corps laissé sans âme s'est simplement transformé en poussière. Juste avant que la bête ne morde la tête de l'ange-loup, le vieil homme se transforma en une lance vivante, empalant son adversaire qui se transforma rapidement en eau pour s'échapper.

Marvin retrouva une forme précédente. Les axiomes du lézard se reformèrent en une forme draconite, puis Marvin plongea sur sa proie. En un clin d'œil, l'homme se transforma en rhinocéros. Il chargea pour empâler son assaillant contre un arbre. Marvin retrouva sa forme initiale, ensanglanté.
Une énorme corne lui déchirait les tripes et le torse. Une traînée d'entrailles gisait au sol. L'artisan blessé transforma son corps en un corbeau gazeux et s'envola. Il charge le rhinocéros. Le vieux mage se transforme en aigle blanc et éperonne l'oiseau noir.

Marvin retrouva sa forme d'océan, formant un gigantesque tsunami qui entoura la lance, juste au moment où mon ami devenait une montagne. La vague est, maintenant, un météore qui frappa violemment l'Everest, brisant ses rochers partout. Chaque morceau et tous les cailloux se transformaient en fées-démons. Elles chargèrent la pierre cosmique avec des lames étincelantes. Cette dernière attaque s'est avérée très difficile pour Marvin, et elle lui exigeait un certain temps pour récupérer. Alors que les diablotins frappaient le rocher avec force, à plusieurs reprises, ils fusionnèrent en un raton laveur de la taille d'un titan, des volcans pour mains. L'immense poilu fit exploser le météore. Marvin rassembla de nombreux axiomes pour se transformer en brume et se dissiper dans l'air. La gigantesque boule de fourrure fit face au brouillard lorsqu'elle transforma sa gueule en aspirateur. Marvin, gazeux, devint un nuage toxique, étouffant son adversaire.

À ce moment-là, je réalisais que ma position de spectateur me permettait de guérir, simplement en visualisant une procédure médicinal venant des profondeurs de mes mondes intérieurs. J'observais mes plaies se nettoyer d'elles-mêmes et ma chair repousser. Trop effrayé pour ouvrir les yeux, je ne pouvais pas voir si sa carapace extérieure suivait ma visualisation. D'ailleurs, je ne pouvais pas la quitter des yeux. Le vieil homme pourrait avoir besoin de mon aide. Je retrouvais l'énergie pour me transformer, bien que mes nouvelles compétences entravaient mes chances. Je ne pouvais muter que de manière aléatoire. Quand j'ai considéré la forme d'un soleil éblouissant, je me suis transformé en une cuillère de bois.

« Vous en avez assez, vieux fou ? » demanda le brouillard, tandis que le raton laveur mourait étouffé.

Je me suis concentré une fois de plus : *soleil éblouissant !* Soleil éblouissant. Mouton blanc, bon sang ! Marvin solidifia progressivement sa brume, devenant un rocher autour de la tête du mignon raton géant. Et je me suis dit : *Vas-y ! soleil éblouissant !* mais non, j'étais un char de la Seconde Guerre mondiale. J'ai tiré un obus énorme sur la vapeur. À ce moment-là, alors que j'agressais Marvin, Il tourna son attention vers moi. Je me suis concentré. Je me suis transformée en bébé chat. Le nuage s'est transformé en un vampire géant. Il s'approcha de moi, et je ne pouvais plus muter. Je le regardais avec mes mignons petits yeux.

Sa bouche dégoulinait de sang. « Miaou ? » demandais-je, s'en suivit une déglutition terrorisée. Le monstre, avec sa cape flottante, forma une sorte de cage avec ses pattes d'araignée. Un bras musclé et des griffes acérées comme des rasoirs m'attrapèrent. J'inspirais profondément, essayant, une fois de plus, de réussir mon sort. Sa main couvrait ma tête et je pouvais sentir la forte pression se refermer sur moi. Puis. L'abomination me regarda avec des yeux étonnés. Une pointe sortit de sa poitrine. Un golem en bois se tenait là, déchirant le vampire en deux.

Marvin s'est détourné pour faire face à son adversaire. Voilà ! Oui! Je deviens un soleil éblouissant, mesdames et messieurs ! Aveuglé et affaibli, Marvin mourra dans les bras du golem. J'ouvris les yeux. Le cadavre roux gisait à côté de moi. Le vieil homme soignait mes blessures avec une lumière émanant de ses mains. Il me salua avant de quitter. Le corps de Marvin rôdait dans le parc. Des passants ont observé deux toxicomanes se battre les yeux fermés. Un troisième junkie détourna le regard avant de rejoindre la fête, se terminant par l'overdose du junkie aux cheveux roux. Ils se sont tourné vers leurs enfants, traumatisés, avec une recommandation : *Dites non à la drogue !* Encore ébranlé, je réussis à m'éloigner de cette scène. Montréal devenait, pour moi, un terrain de jeu. Je pouvais maintenant exercer mon pouvoir.

Chapitre vingt-cinq :
Marduk et Sekhmet

Le navire fantôme accosta à Tir na n'Og après un long voyage à travers le Voile. La flotte atterrit sur un champ de lys blancs. Sur Gaïa, ces fleurs se seraient étendues sur un continent entier. D'autres navires arrivèrent plus tard, ayant traversé l'espace pour se stationner. Sekhmet attendait cette visite, et elle savait qu'il lui importait de jouer les bonnes cartes. Personne ne veut fâcher Marduk, alors que sa puissante Maison demeure incontestée. Si seulement il y avait un moyen de ressusciter Varuna, pensent certains. Sekhmet ne croit pas que ce soit la solution pour arrêter Marduk et son agenda de destruction. Ça ne ferait que ramener la guerre de Babel, ou un conflit plus dévastateur. Elle préfère conserver ses meilleures grâces, gardant d'autres diplomaties derrière les rideaux. Renforcer les forces opposées à l'insu du Tueur d'Entités compte pour une stratégie. La guerre moderne est synonyme de bons amis et de meilleurs traîtres.

Ainsi, elle éviterait de lui annoncer la nouvelle sur William possédant l'essence d'Indra. Elle introduit une fille de confiance dans sa vie. Son nom ? Émeraude Leone. Son espionne et la garde du corps de William. Lorsqu'il s'est rebellé, Sekhmet rencontra des difficultés à maintenir cette opération. L'hôte d'Indra serait décédé, coincé dans son monde. Elle devait le sortir de là. Elle ne pourrait pas y arriver sans risquer de compromettre son plan. Marduk ne doit pas connaîttre son existence. Il se débarrasserait de William, ne serait-ce que pour garder Indra proprisonnier.

Marduk partageait un autre point de vue. Il veut maintenir sa position dominante, même s'il en venait à détruire Sophron. Se tenir au sommet s'accompagne de solitude. Cet idéal fit son chemin dans l'esprit de Marduk, le hantant depuis son plus jeune âge. Tan de siècles vinrent à passer, sa haine devenait une verrue, puis une cicatrice, à l'endroit le plus reculé de son âme.

« Parlez-moi de solitude. » murmurait-il. *Dis-le!* Il ne pourra jamais régner seul s'il conquiert les terres protégées par les Grands Conseils. Hymnes de passion pour les nations désolées.

« Pensent-ils que ce n'est qu'un jeu ? Certains savent-ils qu'il s'agit d'un roman, d'une bande dessinée, d'un film, ou d'une série télévisée ? » Il insista, invitant sa voix à s'écraser contre la fourrure de ses sujets lémuriens, comme des rasoirs s'écrasant sur la tête de son amiral. Il se calma en observant sa délégation débarquer sur Tir na n'Og, brûlant des civilisations entières de champignons en cours de route. Il fixa la cascade près de son biomech, tournant son attention vers le néant qui des chambres.

« Comment me veux-tu et comment penses-tu me briser ? » demanda-t-il. Fermant les yeux, il ajouta : « Permets-moi de te sentir, je veux être aimé par toi. » Ishtar lui manquait énormément, alors qu'il se séparait de son bateau pour embarquer dans une navette qui l'emmènerait à Arcana. L'ombre dorée et grise de son espion apparut contre le mur.

« Ne sois pas porteur de mauvaises nouvelles, Jarov. » soupira-t-il. L'espion se matérialisa devant Marduk. Il est l'un des rares privilégiés pouvant se présenter et quitter la chambre de Marduk à volonté. Le Seigneur lui accorda un accès direct depuis une pièce cachée dans le Tueur de Souches. Jarov s'approcha encore et murmura :

« La mauvaise nouvelle que j'annonce ? Ce n'est qu'un avertissement, Seigneur, car il s'accompagne de bien pire. »

« J'écoute. »

« Marvin est mort, maître Marduk. » Il semblait en deuil.

« Mort ? Seamus l'a tué ? Comment? Il peut à peine utiliser son nouveau pouvoir. »

« Non, Monseigneur. Seamus Chron ne l'a pas tué. C'était Alibast, monsieur. »

Ce nom, encore une fois ! Un moment de peur s'inscrit dans l'esprit de Marduk. Pourquoi le moine-poète déciderait-il de s'immiscer dans sa quête ? Pourquoi maintenant ? Trop de questions sur lesquelles il deva interroger Sekhmet. Heureusement, sa navette l'attendait. Un long et étroit couloir conduisit le seigneur de guerre à une cabane recouverte d'or et d'argent.

Un écran brillait, tout comme celui de sa chambre. Il parvenait à regarder autour de lui. Ce moniteur l'entoura, laissant la cape plaquer le sol, le siège et le plafond. Marduk s'assit sur le banc, observant les quatre autres navettes, plus petites mais avec plus d'espace de chargement. Elles forment un carré protecteur autour de lui. Son Escouade Squall se dispersait parmi les quatre, les seuls gardes dont il avait besoin. Ils continuèrent le long du chemin, volant à grande vitesse pendant une heure, pour arriver aux portes d'Arcana. Une gargouille de pierre les empêcha d'entrer, mais Sekhmet attendait leur arrivée. Elle se tenait devant la porte principale, entourée de cinq de ses plus féroces guerrières. Il y avait une lionne, une tigresse, une antilope, une mante religieuse et une femme à la peau rose, prêtes à se battre jusqu'à la mort si Marduk lançait une attaque. Le Seigneur en visite sortit de sa navette et fit signe à sa faction d'escorte de s'envoler. Sekhmet en signala autant également à ses gardes.

« C'est un plaisir et un honneur de vous avoir à Tir na n'Og, Seigneur Marduk. » prononça-t-elle nonchalamment.

« Arrête de me lécher les pieds, je ne te fais pas confiance. »
grognait-il. « Tu ferais mieux d'avoir du bon vin, j'ai soif. »

Elle fit signe aux gardiens gargouilles, et le pont fut bientôt
abaissé. Ils entrèrent dans Arcana, avec ses grands bâtiments
blancs d'ivoire s'élevant comme une montagne, ses rues d'or et sa
communauté, aussi diverse qu'étrange, errant partout. Marduk et
Sekhmet parcoururent ces routes jusqu'à l'immense palais.
Elle l'accueillit à l'intérieur, puis ils se dirigèrent promptement vers
sa chambre royale, aussi large qu'une ville, un seul trône au centre.
Seule dans la pièce, elle invoqua un nuage et deux verres.
La brume versait le vin le plus exquis connu de toutes les papilles
gustatives vivantes. En tendant un verre à son invité, elle
entama la discussion :

« Oui, je suis au courant de l'existence de William.
Je te demande de comprendre que, même si nous pouvons être
alliés, nous ne partageons pas exactement les mêmes valeurs.
Tu as des secrets qui pourraient compromettre ma dignité ou
l'intégrité souveraine de ma Maison. Je comprends aussi que tu
souhaites la mort de cet individu, William, avant qu'il ne maîtrise
ses compétences de manceur pour devenir une menace.

« Je désire discuter, tant que tu as quelque chose qui pourrait
m'intéresser. » Marduk répondit.

« Ne me vois pas comme sa protectrice. Le garçon ne compte
pas pour moi. Il n'est qu'une carte dans mon jeu. Je la conserve en
main au cas où notre possible alliance serait compromise.
Je demande, en échange de ma non-implication, que tu considères
Gaia comme une souche de non-invasion. »

« Je ne peux pas garantir une telle promesse. »

« Marduk. Soit tu te conformes à cette demande, soit je déploie
mon armée de Duat à Biarmaland, acculant Nibiru de manière non
agressive. Je pourrais simplement mener une offensive
d'autodéfense, comme tu les appeles. »

250

« Je ne suis pas venu jusqu'ici pour une visite de courtoisie. Non plus briser notre fragile alliance et déclarer la guerre ! » Marduk criait.

Sekhmet resta calme et demanda : « Qui parle de guerre ? Toi seul le sais. Je mentionne des compromis et des actions probables, si nous ne parvenons pas à nous entendre. »

Marduk réprima son humeur et réfléchit un long moment. Il ordonna alors, diplomatiquement : « Amene-moi le garçon, et je retarderai, peut-être, mes plans pour Gaïa. »

« Marduk ? Oh, Marduk, as-tupeur que Varuna ne vienne te faire tomber ? »

« Il pourrit dans le Sombre Cercle de Feu ! Ne mentionne plus son nom, est-ce que je me fais comprendre ? »

« Qui ? Celui de Varuna ? »

« Je te préviens ! »

« Mais Varuna ne peut pas te faire de mal ! »

« Sekhmet, ne fais pas de cette diplomatie une moquerie ! »

« D'accord, plus besoin de prononcer les syllabes qui confectionnent le nom de Varuna. J'accepterai ta décision de retarder teds attaques contre Gaïa. »

Marduk réfléchit un instant et proclama :

« Je vais rester à Arcana pendant un moment. As-tu un bon hôtel à me suggérer ? »

« Mon ami, s'il te plaît, permets-moi de t'offrir ma chambre d'hôtes la plus prestigieuse et la plus luxueuse. »

Ils se serrèrent la main, leur couteau métaphorique bien caché derrière le dos.

Chapitre vingt-six :
Le plan de Sekhmet

Bien avant que Marduk n'apprenne l'existence d'une essence siamoise entre Indra et celle de William, alors que Sekhmet prenait conscience de ce fait, elle rendit visite à quelqu'un qui accepterait de devenir le tuteur et mentor du jeune humain. Ce chapitre se déroule le jour même de la naissance de William, à Montréal. Sekhmet surveillait les activités liées à la Maison Varuna depuis la fin des guerres de Babel. Si son empire renaissait de ses cendres, elle trouverait le moyen de se sortir de son alliance traitresse avec Marduk. Pendant que les anciens ennemis seraient en guerre, elle serait en mode conquête.

Sekhmet visita Hydaspes mille ans avant que les humains ne construisent un culte en son honneur. Ce monde s'épanouissait, avec une vie sauvage qui ferait pâlir de jalousie les forêts enchantées. On y trouvait autant de phénix flamboyants pour parcourir le ciel que de mouettes dans un fast-food gaïan. Non pas que Sekhmet aurait su ce que signifiait cette référence. Elle n'est pas retournée sur Gaïa depuis que sa Maison y perdit son influence. Si seulement la montée d'une coalition romaine-hébraïque-grecque avait apporté une réelle menace.

Personne ne s'attendait à voir un être humain devenir un puissant manceur de son vivant. Un puissant Marcheur qui partait dès sa naissance. Peut-être une étincelle de poudre à canon, mais ce personnage de Christ a certainement brisé de nombreux attachements que les cercles gaïens portaient envers les Maisons de Duat. Elle supposait que tout périrait car les divinités d'Égypte se voyaient forcés de quitter Gaïa, lorsque cet empire chrétien s'étendait partout. Elle ignorait que l'héritage d'Indra resterait fort en Asie. Elle ne s'en est rendit compte qu'après avoir vu ce fragment de conscience survivre, greffé sur une espèce de guêpes. *Comme c'est ingénieux,* pensait-elle. Celui qui accomplit ce sort maîtrisait la gnose, et Indra représentait davantage le type guerrier. Comment aurait-il pu réussir à annexer son essence ainsi ? Ça n'avait aucun sens. Quelle que soit la façon dont il réussit, il avait évidemment survécu. Pour se protéger, elle devait avertir Marduk.

Avec le seigneur des chiens de Nibiru emprisonné dans les limbes, la trêve qu'ils ont signée, son vœu de protéger les intérêts de Duat, ne signifiait rien. Elle aurait dû rendre visite à des dieux plus importants, comme Horus ou Osiris, mais qu'en savent-ils ? Ils n'ont pas participé à l'invasion de Tir na n'Og. Ils préféraient rester à l'écart, dans l'Hadès. Elle rencontra un allié improbable sur Hydaspes, la patrie des neuf Grandes Muses. Elle s'approcha d'un désert de cendres qui s'étendait sans fin. Sur son chemin, des crânes, des épines et des os blanchis s'éparpillaient. Le ciel brillait plus bleu que l'océan le plus clair, et l'absence de nuages promettait des jours sans pluie.

Elle marchait droite et fière au milieu des cendres, avec une robe sombre qui embrassait sa silhouette féline et laissait son long cou tendre soutenir sa tête de panthère noire comme un autel. À l'extrémité du désert se dressait un arbre aux points lumineux. Des papillons pèlerins de toute l'Hydaspes y volèrent à la rencontre de cette grande plante, se laissant mourir en embrassant la lumière.

« Melpomène ! » criait-elle, arrêtée près d'un nuage de papillons nocturnes. « Je viens humblement demander ton aide. »

L'arbre demeura immobile tandis que les papillons formaient peu à peu un visage qui flottait autour et au-dessus de lui. « Nous n'avons aucun mot à dire dans vos batailles, déesse. Je désire que vous quittiez les lieux. » Elle défia ce visage d'un regard audacieux et pénétrant :

« De toutes les Muses, c'est toi qui as voulu rejoindre le Conseil de Saphir. À quel point était-ce tragique qu'un humain t'as surpassé ? Un simple singe nu qui marcha comme un Neymlisse pendant une courte période. »

Le visage baissa les yeux pendant un moment, puis la fixa.

« Ce n'était pas mon choix. »

« Ce n'était même pas celui de Zoroastre. Pourquoi lui ? Après tout ce que t'as fait au service du Rêveur ? »

« Quel rêveur ? »

« Oh, tu sais ce que je veux dire. »

Melpomène se sentit blessé tandis que Sekhmet pénétrait davantage son regard. Elle calma la colère de la Muse et expliqua :

« J'ai perdu ma Maison sur Gaïa à cause d'un humain qui s'est proclamé Fils de l'au-delà. Une religion conquérante s'est construite autour de lui. Tu n'as aucune idée à quelle rapidité ces humains trouvent les bonnes clés pour usurper nos positions dans Sophron. Les plus sages d'entre eux, les plus intelligents, pourraient prendre ta place avant même que tu le réalises. »

« Je n'ai plus de pouvoir sur eux. »

« Ils t'ont enlevé ton influence, Melpomène. Quel cercle impactes-tu, maintenant ? As-tu même une Maison ? »

« Je vis à Hydaspes et j'attire les papillons de nuit pour qu'ils meurent. C'est, maintenant, ma raison d'être. »

« Oh, l'illumination ! Oh, l'exploit ! Pendant ce temps, Varuna et Marduk sont de retour. La guerre qui nous a coûté l'humanité est de retour, plus forte que jamais. Que vas-tu faire à ce sujet ? »

« Varuna demeure incarcéré. Marduk ne représente pas une menace. Pourquoi devrais-je croire que les guerres anciennes pourraient refaire surface ? »

« Si l'ombre d'une possibilité pointe vers leur retour, alors Gaïa n'est pas en sécurité. »

« Nous ne sommes pas sur Gaïa ! C'est Hydaspes, ici. Des Entités m'ont permis de vivre mon éternité dans cette plénitude. Je ne veux pas revenir à une forme mortelle, ne serait-ce que pour faire de la politique à nouveau. »

« Tu crois que tout ça n'est qu'un jeu ? »

« La plénitude n'en est pas un. Je me rabaisserais si je rejoignais n'importe quel camp. »

« Alors rejoins le mien. Je ne me soucie pas beaucoup de Varuna ou de Marduk ! Je me soucie de l'humanité. J'y aurai à nouveau une Maison et des cercles de croyants. J'ai trouvé les deux à Tir na n'Og, et tu en mérites autant. »

« Je ne mérite que la paix. S'il te plaît, Sekhmet. Permets à cette Muse de vivre sa paix éternelle. Va-t-en ! »

« Alors tu choisis de vivre sans raison d'être. Tout Sophron aura tôt fait de t'oublier, dans tout le plurivers, jusqu'à ce que quelqu'un distingue une faiblesse chez Hydaspes et décide de l'envahir. Ce toi-arbre sera aisment coupé et brûlé. Ton essence, où penses-tu qu'elle ira ? Tu crois qu'ils vont te laisser la réincarner ? Oh, non. Ils auront des sophroniers qui travaillent pour eux. Ils s'assureront que tu resteras mort. J'ai moi-même planifié une invasion, et j'ai gagné. »

Melpomène réfléchit. Le visage-papillons se retourna pour contempler le désert de cendres, puis reporta son attention sur elle. Sekhmet ajouta :

« Tu sais pourquoi je n'ai pas choisi une cible aussi facile ? Pourquoi je n'ai pas envahi Hydaspes ? » Il la regarda conclure :

« J'ai toujours rêvé de me battre à tes côtés. »

Melpomène se voyait surpris. « À mes côtés? »

« Qui a permis aux Grecs d'apprendre des Égyptiens ? »

« Ils ont autant appris des hindous. »

« Oublie Varuna, s'il te plaît. Pourquoi penses-tu ? »

Melpomène observa les cendres et les ossements. Il examina le ciel bleu intense au-dessus de sa tête. Il regarda Sekhmet qui ne voulait pas partir sans une dispute.

« Je t'en supplie. »

« Oh, non, pas comme ça. »

« Bien ! Je ne pourrais jamais supporter une autre histoire comme celles que j'ai vécues. »

« À propos d'histoires. » murmurait-elle, confiante, puis elle regarda les cendres et les crânes. « Tu crées des tragédies. Je disperse les déserts. »

Ces dernières paroles hantèrent Melpomène.

Les humains aimaient croire que je les avais inspirés. Je suis ce que je suis, et c'est ce que c'est. Qu'est-ce qu'il y a maintenant ? Ils n'arrivent pas à mettre les politiques au clair et ils usurpent ma place au conseil ?

« Indra est ressuscité sous la forme d'une espèce de guêpes, mais je crains que son essence n'ait aussi trouvé son chemin dans le corps d'un jeune homme. »

« Où est la guêpe, maintenant ? »

« T'as pas besoin de savoir. »

« Si sa conscience brille aussi bien chez un insecte que chez un humain, il pourrait avoir survécu ailleurs, non ? »

« Quand Varuna sera informé de sa réincarnation miraculeuse, il cherchera le plus grand fragment. Nous ne voulons pas Indra aux côtés d'Ishtar, et un Marduk jaloux ! »

« L'humanité a beaucoup perdu lors de ces dernières grandes guerres. Çe n'est pas mon combat. »

« Ça deviendra ta préoccupation quand tu les verras poussés contre un murs de non-retour. Ceci, Melpomène, c'est ce qui nous amène à notre combat. Nous devons obtenir notre dû, ce que nous méritons. Je te suggère de rassembler tes semblables. »

Un flot de papillons de nuit façonna un visage blessé tandis que Melpomène fronça lourdement les sourcils. Il n'est plus l'âme sans-genre qu'il était autrefois. Trop souvent au cours de son existence, il s'est approché du pouvoir sans saisir l'occasion d'y goûter. Les Moires lui donnent-elles une autre chance ? Il pensa à toutes les civilisations qu'il pourrait conquérir, et ces croyants qui lui construiraient des statues, raconteraient ses exploits.
Des poèmes charmeraient des générations qui enseigneront sa gloire aux enfants.

Les Grecs choisirent de diviser leurs cercles entre Varuna, Marduk et Osiris. Comme les autres Grandes Muses, Melpomène s'est retrouvé à inspirer une certaine influence sur l'art, la science, la philosophie, sans plus. Éviter d'autres guerres entre les trois grandes Maisons de Gaïa devient crucial. Pourtant, Marduk aurait le dernier mot. Peut-être que Sekhmet se prépare un bon plan. Peut-être pourrait-elle affaiblir Marduk, profiter de l'absence des deux autres et remodeler les cultures de la Terre. Cette fois, le Nouvel Ordre Mondial de Melpomène pourrait prévaloir. Il devait trouver un moyen de limiter l'influence et la puissance que Sekhmet possède déjà. Son pouvoir peut surpasser le sien à certains égards, mais elle a déjà une stratégie.

« Te rends-vous compte. » dit-il calmement. « Que tu me demandes de revenir de cette retraite. Vous demandez à mes semblables de nous rejoindre. Et vous voulez que nous participions à une bataille pour sauver un hors-la-loi ? »

« Le conseil n'a pas criminalisé Indra. Les Entités ont simplement imposé des restrictions tant qu'à son influence, afin de protéger l'humanité de notre cupidité. Marduk n'a jamais voulu obtempérer. Utilisons la confusion pour déstabiliser son emprise sur l'humanité et réclamer notre part. C'est tout ce que je suggère. »

« Ce qui me préoccupe, Sekhmet, c'est ta soif de pouvoir. Je ne referai pas surface pour combattre opportunistes et voir mes alliés abuser de ma bienveillance. »

Elle ne pourrait pas mener son plan à terme sans convaincre les Muses de se battre avec elle. Sekhmet pourrait aussi bien retourner à Tir na nOg et oublier l'objet de son obsession. Indra reviendra, mais cette fois, il sera son animal de compagnie. Elle l'enchaînera dans sa chambre et jouera avec lui, à sa guise. Lui faire goûter les blessures qu'il lui a affligé ! Qu'il rampe et implore sa pitié ! Elle le maintiendra au sol, son pied contre la tête de son amant ! Ce fantasme l'incite à poursuivre sa quête.

« Je resterai très près de toi, tranquille. Tu auras ta marge de manœuvre. C'est notre combat, mais tes cercles tiendront bon. Tout ce que je veux, c'est qu'Horus m'adore Apporte-moi cette vengeance ! »

Horus ? La Muse se sentait perplexe. Indra avait-il une autre identité célèbre ? Melpomène sourit en observant les papillons sombres qui formaient sa chair et sa peau. « Je te demande une faveur en retour. » s'exprima-t-il, doucement. Sekhmet hocha en fixant les papillons de nuit. Il ajouta :

« Deviens l'une d'entre elles, ô ma mère secrète. Je t'appellerai Sthénélé. » Elle s'approcha de l'arbre, attirée par sa lueur. Le chêne projetait un éclat qui grandissait jusqu'à devenir une intense lumière, comme s'il gravitait autour de la présence de Sekhmet. Elle resta immobile pendant un moment pendant que Melpomène imposait une réingénierie de ses axiomes.

« Sthénélé ? » demanda-t-elle. Elle comprenait ce que ça signifiait. Elle deviendrait une reine des papillons de nuit dont le seul but serait d'inspirer un poète. Qu'il trouve sa plus grande œuvre et qu'il meure. Il doit y avoir une alternative.

« Sauf ton respect, je propose plutôt de t'offrir l'accès à mes légions, tu contrôleras notre armée. »

« J'en suis conscient, mais ce n'est pas ma requête. »

« Mais, ô Grande Muse ! »

« C'est ma seule demande, et ma dernière. »

Une reine des papillons de nuit ? Elle baissa les yeux et sentit le poids de cette décision. La frustration l'incommode.

« Si c'est ton souhait, votre Altesse. »

Ses yeux sondèrent le nuage de lumière, d'obscurité et de poussière qui devint la nouvelle forme de Melpomène.
Elle observait la population de papillons se fondre dans cette métamorphose. La même envie de ne faire qu'un avec le faisceau les habitaient, inconscients de cette réalité qui changeait autour d'eux. Une liberté de voler et brûler, c'est tout ce qui existe.

Sekhmet demeurait de pierre tandis que ses pixels se cimentaient au nuage. Une seconde pensée lui vint : *Est-ce que je veux vivre la vie d'un ange avec des ailes de cire ?* Une troisième vision s'invita rapidement à son esprit, tandis que ses axiomes détachés rejoignaient ceux des papillons nocturnes désintégrés. Leurs réflexions n'apportaient que les rêves d'un insecte qui rêvait d'une déesse égyptienne.

« Attends ! »

Elle voulait s'objecter. Elle l'a fait ! De profondes blessures la poussèrent à crier de l'extérieur vers l'intérieur ! Elle se voyait réduite au silence, mais pas insensibles. La métamorphose la blessa atrocement. La phase suivante impliquait une fusion avec le culte de Melpomène. Des axiomes collés les uns sur les autres jusqu'à devenir un cadavre, puis une silhouette. Une lueur donna vie à un cocon. Dans cet état de stase éternelle, la déesse caressa son orbe. Elle s'attendait à un geste similaire de la part de la Muse. Ses liens avec l'auteur lui accordèrent un aperçu de son évasion et de son salut. Des veines apparurent au cœur de la sphère, produisant des étincelles flottant autour d'elle. L'éther qu'elle tenait au centre de la boule de cristal perça le voile entourant son corps.

C'était comme si elle creusait un petit tunnel de l'intérieur. Quand son état méditatif regardait à travers ce trou, elle voyait la douceur d'une dame aimante. Il n'a fallu qu'une milliseconde pour que sa conscience échange sa place avec celle de la femme sans méfiance. Pendant ce temps, Melpomène peaufinait la dernière touche en se sculptant la silhouette la plus redoutable qu'il ait jamais eue : musclée, intimidante, un barbare, un guerrier. À quoi pensait-il, en Grèce, vivre dans un corps féminin ? Non !

La tragédie est un homme !

Il importe de conclure ce chapitre avec ce détail : Sekhmet n'accepterait pas aussi facilement le rôle d'un personnage d'arrière-plan. Elle échangea la place de son essence au coeur de Sthénélé avec une autre. Ce geste lui permettait de se déplacer librement, ayant convaincu Melpomène qu'il avait bel et bien piégé une déesse. Et, ce faisant, elle pourrait poursuivre son programme. La dame qui héritait de sa place répondait désormais au nom de Sthénélé. Sekhmet a pu retourner librement à Tir na n'Og, comme si de rien n'était.

Chapitre vingt-sept :
Kitana rencontre Lucrétia

Elle martellait le bateau de ses lourds pieds de fillette androïde, mais son esprit flottait ailleurs. Les golems nettoyaient autour de la cabine, ignorant Lucrétia qui cachait à peine son anxiété. Quelque chose de grave est arrivé à son papa, pensait-elle. Pourquoi est-il parti comme ça ? Il a dû atterrir dans un monde de méchants. Peut-être ne reviendra-t-il jamais ! L'angoisse lui exerçait une telle pression qu'elle ne parvenait pas à réfléchir calmement. Et pourtant, il doit y avoir quelque chose qu'elle pourrait faire pour le sauver, mais quoi ? Réfléchis, Lucrétia, pense ! Tu n'es pas seulement une androïde masochiste et soumise, n'est-ce pas ? Elle se souvient avoir vu Nempty jouer avec des jouets étranges. L'un d'eux pourrait la mettre en contact avec son âme.

Elle s'est précipitée dans sa cabine, dérangeant l'équipe de nettoyage, et regardait autour d'elle. Contre le mur, elle pouvait voir quelques fusils. La plupart d'entre eux montraient des formes étranges. Un long tube sur une poignée ressemblait plus à un bazooka portable qu'à un véritable pistolet. Certains semblaient très petits avec de grands canons. À côté d'eux, une table se dressait, portant divers gadgets et objets bizarres. L'un d'eux attira son attention : une boîte. Elle se souvenait avoir vu Nempty l'utiliser pour parler à des inconnus. Peut-être pourrait-elle obtenir de l'aide.

261

Lucrétia marcha rapidement pour attraper le cube noir. Une fois dans ses mains, elle le manipula sans trop comprendre, car elle n'avait aucune idée de comment l'utiliser. Il y avait des sculptures et des symboles bizarres partout. Est-elle censée prononcer des mots magiques ? « Ouvre-toi, graine de sésame ! » Elle l'ouvrit. Rien ne se passait. « Je t'ordonne de t'ouvrir ! Allez! Nous devons trouver papa ! » Silence. En dehors de ces périmètres fermés, le personnel homme-arbres du bateau l'observait, perplexe. Lucrétia déplaça ensuite ses mains et ses doigts sur la surface de la boîte. Toujours rien. Sentant la détresse, elle tomba à genoux et trouva à peine le courage de se relever. Elle abandonnait tout espoir et s'effondra au sol. Au fond de son esprit, elle imaginait le pire. Il ne reviendra jamais ? Elle ferma les yeux et se retourna, pour que les golems ne voient pas ses larmes. Alors qu'elle sanglotait, elle entendit une voix dans sa tête.

« Bienvenue dans le réseau de mancène, je m'appelle Kitana, comment puis-je vous aider ? »

C'était venu de la boîte, réalisa Lucrétia. « Allô ? » répondit-elle. « Qui est-ce ? » Silence. Le fantôme à l'intérieur de son esprit répondit : « Nempty ? C'est toi ? » L'androïde sauta rapidement sur ses pieds. Elle cria : « Non ! Je m'appelle Lucrétia ! Papa a besoin de moi ! J'ai besoin de retrouver mon papa ! Vous pouvez-vous m'aider? S'il vous plaît, madame ? » Kitana prit un certain temps pour digérer cette étrange information et demanda : « Sais-tu où il est allé ton papa ? » La pauvre orpheline secoua la tête et regarda partout. « Je ne sais pas. » murmura-t-elle. « Et la magie ? On peut l'utiliser pour le retrouver ! »

La sophronière ne savait pas seulement quoi faire, elle pensait que si Nempty vivait une disparition finale, elle perdrait sa seule chance de quitter ce travail pénible.

« Écoute-moi, Lucrétia. C'est très important. Peux-tu vérifier les affaires de ton papa et dire si tu trouves un orbe de cristal ? »

Il semblait peu probable qu'elle puisse en trouver une. Ces choses rares ne se trouvent nulle part ailleurs, et seuls les manceurs et certains sophroniers les portent. « Il n'y en a pas, madame Kitana. Je regarde partout sur le bateau ! » La pauvre fille fouillait en effet dans les affaires de Nempty, et elle découvrait des livres, des ordinateurs et téléphones portables, des épées enchantées, des pistolets laser, des pièces d'or, des pièces de platine, cinq mille dollars en billets, mais pas d'orbe de cristal. « Tu es sûr ? S'il te plaît, Lucrétia, c'est la seule façon de sauver ton père ! » Une sphère, pensa-t-elle, un cercle fait de verre, de diamant, peu importe, rien ! Elle regardait, et regardait, et elle n'a rien trouvé. « Je suis tellement désolée, papa, je suis tellement désolée ! Bon, je vais demander autour de moi. Attendez, s'il vous plaît ! » Elle rangea la boîte. La jeune fille courut rapidement pour parler aux golems à proximité. « Allô Kevin ? » Elle arrêta un jeune qui ressemblait à un croisement entre un bodybuilder et une brique. « Tu sais s'il y a un orbe de cristal sur le bateau ? » La créature secoua la tête et reprit ses activités de nettoyage. Elle s'est alors précipitée pour en interroger un autre, un gros rocher avec un sourire sur le visage, mais il n'avait aucune idée. Les cinq membres du personnel suivants ne comprenaient pas ce qu'elle demandait, jusqu'à ce qu'elle entende Jonathan : « Toi. » s'exprimer.

« Ton cœur est fait d'un orbe de mancène. Tu ne savais pas ? »

« Mon cœur ? » demanda Lucrétia. « Comment ça ? »

« C'est ce qui te donne une personnalité sensible. Ça te permet de te connecter à Sophron et devenir un être conscient. Tu émanes de l'existence, même si tu n'es qu'un jouet artificiel. Moi aussi, ma sœur. Je suis aussi un androïde avec un cœur, tout comme toi. » Le sage robot démontrait une certaine expérience. Il prononça ces mots calmement, avant de superviser le reste du personnel. Lucrétia demeura silencieuse pendant un long moment. Si elle arrache sa source de vie, elle mourra. Elle adorait beaucoup son père. Elle s'est souvenue à quel point il la respectait, alors qu'elle était programmée pour qu'on abuse d'elle et qu'on l'exploite.

Elle comprenait que ces pulsions ont été implantées en elle par des personnes au coeur et à l'esprit mauvais. Mais Nempty l'a traitée avec l'amour le plus tendre et le plus attentionné. Morte? Comment? Que se passe-t-il lorsque ? Non! Elle ne peut pas mourir ! Papa ne peut pas mourir non plus ! Que doit-elle faire ? Sa tête tournait plus vite qu'un tourbillon dans une tasse de thé. Personne ne l'avait préparée à ça. Et si son père partait pour de bon ? « Lucrétia ? » Elle entendit Kitana insister. « Je réfléchis ! » criait l'enfant. Il ne peut pas l'abandonner. Pourrait-il mourir pour elle ? Que se passe-t-il lorsque nous quittons le monde des vivants ? « Es-tu sûr d'avoir besoin d'un orbe, madame ? » demanda-t-elle à la voix qui la hantait.

« Écoute-moi, Lucrétia. Ton père t'a tout donné. Il se souciait de toi, même si es conçu pour être traité comme du charbon. Tu comprends ? » Silence. Bien sûr qu'elle comprend.

« Il a fait de l'or pur avec toi. Il a fait pression sur les Cieux pour qu'ils te transforment en diamant. Maintenant, crois-moi quand je te dis qu'il est sur le point de mourir. Il a besoin de toi. S'il te plaît, dis-moi que tu as trouvé une boule de cristal. S'il te plaît, Lucrétia ! » Silence. Elle a été conçue pour plaire à des maîtres pervers, mais toute sa vie a été consacrée au véritable amour paternel. Peut-être que ce genre de sacrifice ultime est important, pour la lumière que Nempty cultivait dans son âme. « D'accord... » murmura-t-elle doucement.

Elle marcha lentement vers la boîte. Elle l'observa un instant.

« Lucrétia ? Es-tu là ? » La voix dans sa tête demanda. « Oui. » L'androïde répondit.

« As-tu trouvé un orbe de cristal ? » Kitana s'interrogea. Après une longue pause, Lucrétia trembla : « Oui. » Elle entendit un soupir de soulagement, et la marcheuse aidante ajouta : « Bien ! Tu dois le mettre contre la boîte. Assures-toi qu'ils se touchent tous les deux. Ils doivent être collés l'un contre l'autre pendant toute la durée du sort, sinon ça ne fonctionnera pas. Tu comprends ? »

Est-ce que je vais ressentir de la douleur ?
Furent les seuls mots qui vinrent à l'esprit de la jeune fille.
Elle pleurait et répondit :

« Je comprends. » Il lui a fallu beaucoup de courage pour
agir. Là, sur la table, elle vit un couteau. Elle ignorait à quel
point la douleur lui percerait le cœur, mais c'était la seule chose
qu'elle pouvait faire pour sauver la vie de son père. Ses mains
tremblaient. Elle posa lentement la boîte et saisit délicatement la
lame, puis elle regarda sa poitrine. Tout ce à quoi elle pouvait
penser, en ouvrant son chemisier pour révéler ses seins, était :
S'il te plaît, papa, sois en sécurité... et elle planta le couteau dans
son thorax. Elle hurla de pure agonie. « Lucrétaia ? » demanda
Kitana. « Allô ? Qu'est-ce qui se passe ? » La fille n'a pas
répondu. Ses mains étaient remplies de sang. L'agonie lui
semblait atroce, mais elle devait continuer.

Lorsque la blessure s'est suffisamment élargie, elle s'enfonça
une main dans la chair. Perdant du sang aussi vite qu'elle rendait
son souffle, elle savait qu'elle devait agir rapidement. Il y aurait
un peu de temps avant que son cerveau ne cesse de fonctionner.
Heureusement, son cadre artificiel lui transmettrait suffisamment
d'énergie pour mener à bien sa mission. D'une pair de doigts
audacieux, elle saisit le petit orbe. Il produisait une lumière
intense qui aveuglait les golems curieux. Lucrétia tenait la sphère
et attrapa le cube avec sa main libérée. Perdant la vie, elle laissa
tout son corps tomber sur la table.

Elle est morte.

Jonathan ferma la porte de la cabine et avertit ses camarades
de retourner au travail. Pendant ce temps, l'orbe et la boîte
fusionnèrent. À l'autre bout de cet appel téléphonique existentiel,
Kitana ne pouvait pas voir ce qui venait de se passer, mais elle
agit rapidement pour activer la sphère de mancène.
Heureusement, l'essence de Nempty se faisait sentir de partout.
Connecter sa propre réalité à l'orbe lui permit de ressentir sa
présence. « Que fais-tu à Sebekia Pistis ? » se demanda Kitana.
« C'est pas grave ! Reste avec moi. Je t'envoie de l'aide. »

265

Chapitre vingt-huit :
Nempty renaît

Le cadavre de Nempty se refroidissait de plus en plus. Sa silhouette maigre empruntait la position d'un fœtus sans distinction entre la masculinité et la féminité. Plus l'essence s'éloignait de son ancrage sur l'existence, plus le corps ne faisait plus qu'un avec l'environnement. L'arrière-plan se remplit d'axiomes du Vide, comme des asticots nés de l'absence de pensées. Le néant, jusqu'à ce que les atomes eux-mêmes ne puissent rien refléter. Puis vint un dozer, un seul. Comme une mélodie sans harmonie. Un petit chiot sans ses parents. Plus le cadavre se rapprochait de la carcasse cervicale en gelée, flottant comme une méduse, plus le cadavre se distinguait de son environnement. Plus le dozer se réchauffait, à mesure qu'il s'approchait du corps, moins il y avait d'axiomes du Vide sortant du nain à l'âme éteinte. Le gros toutou avança jusqu'à ce que la silhouette d'un phénix obèse prenne le relais. Le dozer semblait projeter la présence de l'oiseau.

« Hé toi. » annonça l'e joufflu à plumes, peu après avoir arrêté son ombre à côté du cadavre de Nempty.

« Hé, mon pote, tu vas bien ? » Une main au plumage violet s'approcha doucement du cadavre. Le temps s'immobilise, comme si la bête enflammée avait réussi à agir sur l'univers entier à l'intérieur de Sebekia Pistis.

Les montagnes, loin à l'horizon, semblaient aplaties, comme si le paysage se transformait en une peinture bidimensionnelle. Le cadavre de Nempty se sculptait dans l'image, comme une représentation concave de lui-même. Le phénix violet apposa ses mains contre le corps, puis les rapprocha du front. La vue de l'oiseau semblait floue. Nempty semblait se démarquer de l'arrière-plan. Bien qu'il ne bougeât pas, sa peau perdit des couleurs, jusqu'à ce que toute la chair du petit gris-nymphe devienne translucide. Le sang de Nempty s'était desséché. Ses os se transformèrent en poussière flottant à l'intérieur de ce qui ressemblait à un aquarium humanoïde. L'abri flottait au-dessus de la rivière de magma.

« Qu'est-ce qu'on a ici ? » L'obèse interrogea le cadavre.

« Ton essence n'a pas l'air bien, mon ami. C'est quoi le problème ? » ajouta le phénix.

« Ne pose pas de questions, Nunc ! » une voix dans sa tête s'imposait. « Sors-le d'ici ! »

« Oui, Monsieur Kennedy, mais j'ai besoin de savoir s'il va bien. » répondit l'oiseau.

« C'est Kitana, idiot. S'il va bien, sors-le et trouve les trois adolescents ! »

Plusieurs membranes se formèrent à l'intérieur du corps translucide, ce qui lui donnait une chair vitreuse semblable à celle d'un oignon. Chaque couche mourait et disparaissait dans la poussière, tandis que les nouvelles repoussaient les anciennes. Au plus profond de cet être, un minuscule orbe de lumière cherche à s'éteindre. Au milieu du lobe frontal de Nempty, un disque semblable au yin et au yang s'éleva. Une boule bleuâtre similaire émergeait du plexus solaire, et une connexion, progressivement, apparue entre les deux. Une sphère ténébreuse s'affichait à l'arrière de sa tête, juste sous le cortex cérébral, là où le crâne abritait autrefois un cervelet.

« On t'a accordé le toucher d'Ishtar, dis ? »

Les manceurs manipulent la réalité de l'extérieur vers l'intérieur, manœuvrant l'essence au coeur des axiomes. C'est ce qu'on appelle la *thèse*. Les penseurs gèrent la réalité de l'intérieur, façonnant l'essence pour contrôler les pixels. C'est ce qu'on appelle la *gnose artisanale*. Les sophroniers font un peu de ceci et un peu de cela. Cet oiseau connait Varuna. Ils développèrent une bonne amitié, même s'ils n'ont jamais eu à discuter de philosophie.

« Moi, je suis désolé qu'elle soit partie. Et moi, je suis ici parce qu'ils ont besoin de toi, ils ont dit. Eh bien, Monsieur Kennedy l'a dit plus fort que les autres, mais j'aime bien Monsieur Kennedy ! Elle a donné la lune à celui qu'elle aime, tu savais ? »

Tandis que Nunc continuait à se concentrer sur l'essence de Nempty, des dozers se rassemblaient derrière pour l'observer. Les démons examinaient la scène à travers les fantasmes des méduses. Ils assistèrent à un spectacle qui se produisait rarement en enfer, ou dans l'un des deux autres mondes infernaux. On croit que la résurrection était une pratique que les sophroniers préfèrent garder pour eux-mêmes.

« Ton bateau, ils l'ont laissé à Anirniit, pour que personne ne le voie, d'accord ? Et, Quid, je t'appellerai Quid, d'accord ? Trouve les enfants, qu'il dit. On retrouve les trois adolescents de Gaïa, la fille. Les deux garçons, ils sont spéciaux, non ? Spécial, Quid ! C'est bon, je t'appelle Quid ? »

La carcasse ressemblait à celle des habitant des mondes du Logos. Des créatures de lumière reflétant la matière, tout comme ici à Barbelo, nous témoignons de l'opposé. Les autres quadrants finissent par devenir des miroirs de ce que leur pôle contrasté n'est pas. La conscience de Nempty passa toute son existence dans le corps d'une nymphe, à l'ADN de gris. Cette curiosité s'est produite sous l'acte miraculeux d'un sophronier, encore plus puissant que Nunc. L'essence est demeurée immaculée, comme elle l'est dans tous les êtres et les Rêveurs. Aussi pur que la beauté sous sa forme harmonieuse.

« Alibast, il a parlé à Monsieur Kennedy, je pense. Ils ont dit *Nous avons besoin que celui-ci renaisse.* Tu es mort, mais c'est moi je vais te faire renaître. Alibast, il a dit à Monsieur Kennedy, et elle m'a dit, attends, c'est pas ce qui s'est passé. Quoi qu'il en soit, et ils ont dit *je dois parler à Monsieur Kennedy,* et j'ai dit : Puis-je prendre un message ? Monsieur Kennedy, elle est toujours occupée, oui ? Elle travaille au téléphone, tout le temps. »

Une sphère de lumière splendide engloutissait à la fois de minuscules points et l'obscurité. Bientôt, cette sphère couvrirait la chair membraneuse jusqu'à devenir un orbe de mancène. Il s'est transformé en œuf, tandis que la lueur s'intensifiait. L'étincelle et le blanc fusionnèrent en une seule cellule. Puis deux, puis quatre.

« Mais Alibast, il ne m'a pas dit que tu étais touché par Ishtar. Elle est gentille, dis ? Il m'a dit qu'elle s'appelait Émeraude. Mais je sais que c'est Ishtar. Émeraude se trouve en Tasmanie. Tu sais pourquoi je le sais ? Vanessa, elle m'a dit. Vanessa, elle me raconte toutes les histoires. Tu me suis, Quid ? Prends ton bateau, tu trouves Guillaume, tu trouves Émeraude. Le nouvel invité, c'est un roi chameau ou un prince, je l'appelle chameau, et on va chercher Émeraude, mais tu sais quoi ? Ce n'est pas Émeraude ! Je suppose qu'elle est quelqu'un d'autre ! » Les démons observaient la silhouette du puissant sophronier transporter l'ovaire fécondé loin de leur royaume, au-delà du Voile. Ceux qui osèrent essayer de comprendre de quoi il parlait se retrouvèrent avec de gros points d'interrogation. Et le grand phénix violet traversa le noyau de Sophron pour entrer dans un vortex qui le mena dans le monde énigmatique d'Athanor.

Il porta l'œuf avec un immense soin, traversant un océan rempli d'algues bleues. Une puanteur si vile s'en dégageait, il semblait impossible d'envisager toute forme de vie dans cette région. Loin à sa gauche, Nunc pouvait apercevoir une licorne de la taille d'un gratte-ciel. La bête dénombrait neuf bouches, dont une visible sur une bosse géante près du cou de l'âne. L'eau, autour de la créature, coulait aussi claire que du cristal et pure, elle semblait incorruptible.

Nunc semblait lui-même très grand, avec de larges épaules qu'il gardait sous un manteau blanc très serré. Ses vêtements semblaient si minuscules, l'oiseau musclé et obèse ressemblait à un gros bébé portant une petite chemise. Son ventre surplombait la moitié inférieure d'une robe. Peut-être plus une minijupe, à ce stade. La capuche de la cape était tout aussi drôle. Elle était si petite qu'elle couvrait à peine son cou. Les gigantesques pattes d'oiseau jaunes de Nunc, avec des nuances d'ocre autour des écailles, s'étendaient au-delà de ses chaussures de tennis en ruine. Ses grands yeux portaient un regard très stupide. Un bec se tenait à mi-chemin entre la forme d'un aigle et celle d'une mouette. Certaines plumes soufflaient des flammes éternelles, d'où la conclusion évidente que tout spectateur aurait tant qu'à son espèce.

Tu m'entends, papa ?

Lorsque Nunc s'approcha du rivage, une tempête se forma. Des vagues déchaînées menaçaient son périple, mais Nunc ne s'est jamais écarté de son objectif. Il gardait fermement l'œuf contre sa poitrine, les deux bras autour pour lui fournir une chaleur et une protection bien nécessaires. Il brava les petits tsunamis à chaque souffle. Incapable d'utiliser ses mains pour manipuler les axiomes, Nunc ne pouvait que s'accrocher à un sort simple pour marcher sur l'eau. Il canalisait son essence à travers ses pieds, poussant sa substance contre la surface. Il espérait qu'aucune vague ne lui ferait perdre sa concentration. Lorsqu'un tel torrent s'écrasa sur lui comme un morceau de porcelaine brisé, Nunc a dû fermer les yeux, reprendre son souffle et demeurer concentré. Une autre vague le frappa du côté gauche. Il perdit l'équilibre pendant un moment, alors qu'il essayait de ne pas fissurer l'œuf. La troisième le fit trembler. D'autres s'écrasèrent contre son dos et projetèrent l'oiseau et son précieux ovaire contre une vague plus monstrueuse qui le frappa de plein fouet, et de face. *Ne perds pas l'œuf,* se disait-il, *ne le casse pas.*
Une psyché fraîchement ressuscitée est toujours très fragile. Partout dans le monde, des axiomes tentent de l'étouffer et la laisser pour morte. Seules les essences bien équipées peuvent s'opposer aux pixels et gagner son droit d'exister.

Habituellement, une conscience qui subit plusieurs réincarnations trouve les outils adéquats pour forcer une adaptation efficace à son organisme. Mais pour Nempty, à ce stade, peu après sa disparition, la finalité semble plus proche. Les Entités auraient le dernier mot sur sa réalité. Lorsqu'une autre vague gigantesque poussa Nunc vers le bas, l'œuf tomba dans l'océan. Nunc avala trop d'eau pour respirer correctement.

Des murs beaucoup plus grands frappèrent le sophronier, jusqu'à ce qu'il perde connaissance, presque. Il s'est battu ! Oh, il s'est battu pour rester éveillé. Tant d'algues bleues l'entouraient, l'opacité semblait intense. Pendant ce temps, l'œuf tombait au fond de l'océan. Concentré, Nunc rassembla son essence derrière ses narines et les garda fermées, tandis que quelques gestes lui permettaient de former une bulle d'air autour de sa tête. Il gonfla celle-ci pour couvrir son corps.

La dame a dit que je pouvais te sauver.

L'ovaire finit par atteindre le sable, au fond. Parmi la poussière, on ne trouve aucune couleur. L'orage ne produisait pratiquement aucun son. L'eau demeure calme. La vie demeure difficile pour toute la faune, à l'exception de minuscules crevettes aux grands yeux de singe. Des poissons nageaient autour de l'œuf précieux. Le foyer oval se dressait sur la dune, comme un coquillage étranger dans un monde étrange.

La tempête s'intensifiait à la surface, et des algues bleues s'invitaient autour de Nunc. Ici, la pourriture apparaît en quelques minutes. Nunc paniquait. Il cherchait un signe, partout, n'importe quoi. Il se tenait à des kilomètres de trouver une solution, incapable de distinguer une pierre d'un œuf. Il erra ainsi pendant des heures et des heures, flirtant avec une journée entière, jusqu'à ce que le désespoir le saisisse. Il n'y avait absolument aucun moyen de trouver un œuf gris au fond d'un océan de la même couleur.

Cette licorne, Nempty la connaissait bien : Karkadan, la monture de Zoroastre qui défendit la Perse pendant les guerres de Babel. Un archéoïde conçu non pas pour attaquer et détruire, mais pour collecter des axiomes et purifier les mondes, plus un outil de paix qu'un véhicule de combat. La pression que des milliers de milliards d'univers intérieurs exercent sur un seul plurivers force les pixels à se briser et les fragments à se fondre et se confondre, laissant Sophron dans un chaos. Les manceurs canalisent ces parcelles, alors fracturant et reformant la réalité.

Avec le dessein purificateur de Karkadan, Zoroastre combattrait l'autorité d'Ahriman et contrecarrerait les sorts de mance que son ennemi juré lancerait. Après la guerre, Karkadan prit sa retraite ici, sur Athanor, pour réguler les flux d'axiomes. C'est le biomech le plus puissant jamais crée. Les archéoïdes, généralement dépourvus d'une âme, marchent, nagent ou volent comme des cellules dans une bouteille. Les rares joyaux de son espèce reflètent leur conscience et s'expriment. Lorsque l'âme du pilote se lie au cockpit du robot organique, les deux ne font plus qu'un. Karkadan maintient son existence. Son essence lui permet d'élire ses propres choix et décisions. Tous les biomechs conversent avec leur hôte, mais seule une poignée d'entre eux poseront des questions ou se disputeront. Karkadan est plutôt têtu.

À la fin des guerres de Babel, Zoroastre quitta tous les plans d'existence, et nous croyons qu'il a rejoint Zendoria. Karkadan resta dèrrière, et de temps en temps, il choisissait un nouveau pilote, le temps d'une mission, une bataille, une petite guerre. Karkadan était l'un des rares archéoïdes à posséder un pouvoir. La bête projète son essence à travers des copies d'elle-même chez d'autres Rêveurs, rassemblant ces copies pour combattre à ses côtés. Il parvient aussi à changer son apparence et sa taille.

Je pense que nous sommes ensemble, maintenant.

Intrigué, Nunc observait le monstre au milieu de l'océan. Un immense Titan, un cheval, de la hauteur de trois gratte-ciel, Karkadan filtre l'eau pour se nourrir d'axiomes. Mais Nunc a une mission ! Il doit trouver cet œuf et sauver Nempty. Pour Nunc, cette recherche demandait le nettoyage de la mer jusqu'à ce qu'elle soit suffisamment claire pour localiser son précieux trésor. Il attendit, sous l'eau, que la tempête se calme. Et il attendit. Des hordes de requins-léopards nageaient près de lui, et s'en allaient, comme repoussés par cette anomalie intrusive. Les raies caméléons apparaissaient dans leur flamboyantes robes lavande aux nuances fuchsia, attirant ainsi l'attention des prédateurs. Ils chassent comme des loups.

Je t'aime, papa

Le plus faible poursuivra la proie jusqu'à ce que les plus forts sortent de derrière un rocher pour les attrapper. Mais ces raies caméléons se nourrissent aussi. Chaque fois qu'elles permettent à leurs émotions d'afficher des couleurs éclatantes, elles attirent des prédateurs stupides dans la gueule d'un dragon-baleine maladroit. Le lézard ouvrira simplement sa grande gueule et brisera quelques requins en deux, laissant d'énormes morceaux tomber sur le sable, près d'un bien étrange œuf. Le reste de la meute de requins-léopards s'enfuit. Les raies survivantes profiteront de leur buffet de carcasses.

Lorsque la tempête disparut enfin, Nunc reprit sa quête. Cette fois, il refit surface et observa l'horizon. À sa droite : De l'eau. À sa gauche : encore de l'eau. Anxieux, il regarda rapidement derrière lui : de l'eau, et encore de l'eau. De l'autre côté ? Juste de l'eau. Ici, il supposait qu'une énorme licorne pouvait, au moins, rester immobile pendant quelques heures. Comment pourrait-elle quitter sa place ? Quel serait le plan parfait ? Avant la tempête, il avait cet œuf dans ses bras. Quel sort peut-il faire pour le retrouver avant qu'il n'éclose puis ne se noie dans la froideur de cet environnement hostile ? En examinant les options, il se rendit compte d'un fait intéressant.

L'eau semblait plus polluée derrière. La solution est sans doute ici. Pourrait-il invoquer une tornade dans l'océan ? Près de l'endroit où il perdit son précieux, permettre à l'œuf de se s'éloigner du danger. Et s'il lançait des vents trop puissants ? Chaque fois que Nunc envisageait des sorts pour se connecter des objets inanimés, ça se terminait toujours par un désastre. Devait-il risquer de tuer son nouvel ami ? Ou devait-il reprendre sa première idée ? Doit-il abandonner son copain dans un froid intense et localiser Karkadan, l'agent de pureté ? *Pense vite !* Il réfléchit lentement, jusqu'à ce que des frissons et des spasmes le poussent à se dépêcher :

Il se calma, joint ses deux mains et a canalisa son essence. Il leva ses deux index pour amener l'énergie intérieure vers le bout de ses ongles. Il concentra sa présence, de la même manière. Finalement, il se connecta à la substance même d'Athanor. Il lévitait, tiré par une série complexe de fils qui formaient une toile, avec des atomes, des particules, chaque molécule autour de lui façonnant les cordes. Il canalisa le froid et la chaleur de son environnement immédiat, permettant à son corps de leur servir de véhicule. Puis, il fit face à la mer. Lentement, prudemment, il tendit les deux mains comme pour lui offrir cette chaleur. Il se baissa pour toucher la surface, mais il oublia qu'il avait un bras plus court que l'autre. C'est ainsi qu'il canalisa toute la chaleur dans l'océan, négligeant le froid. Il combattit les éléments qu'il réveillait pour se rapprocher de son butin, mais la lourdeur était écrasante. Au moment où Nunc a finalement pu tendre les deux mains pour atteindre l'orbe ovale, il rassembla plus qu'assez de chaleur pour faire bouillir l'eau dans un rayon de dix kilomètres. « Oh... » marmonna-t-il d'une voix très désolée. « Non ! » D'énormes murs de vapeur se formaient autour de lui. Canaliser des essences de froid dans son environnement immédiat s'avérait infructueux. Comme si ça ne suffisait pas.

Il servait déjà de canalisateur et pouvait difficilement fermer ce conduit. Maintenant, il se souvient pourquoi c'était une mauvaise idée de jouer avec les éléments. Plus la chaleur se projetait dans l'océan, et plus elle s'amassait dans son entourage, ce qui entraîna plus de chaleur dans l'océan. Nous retrouvons des créatures bouillies dans ce rayon de dix kilomètres. Et l'oeuf ? À la coque. « Non, non, non ! » Nunc n'arrêtait pas de répéter son angoisse comme un maladroit gamin qui ne voulait pas s'avouer gaffeur. Lorsqu'il réussit à s'éloigner de sa position condamnée, le canal se rompit. L'eau continua à bouillir pendant cinq heures, ou jusqu'à ce l'ombre d'une licorne géante sente que quelque chose, ici, n'allait pas du tout.

Trois porte-avions empilés les uns sur les autres couvriraient à peine la moitié de la taille de ce Titan. Lorsque Karkadan décide de bouger, toutes les créatures de l'océan le savent. Son seul but, sur Athanor, consiste à réguler les éléments pour éviter que ne s'installe la pollution. Lorsque Zoroastre se retira de son poste de manceur chevaleresque, il offrit sa monture au peuple d'Athanor, en remerciement d'une loyauté envers sa cause. Karkadan ne s'est pas impliqué dans un combat depuis deux cent mille ans. La bête appréciait son nouveau rôle et la tranquillité de cet océan. Elle le considérait comme son *éternité bienheureuse*. Alors, se rendre compte que quelque chose vient de transformer une partie de son océan en un gigantesque ragoût força Karkadan à agir rapidement.

Entre-temps, Nunc décida également d'agir très rapidement. L'eau se montrait clairement distillée. Alors que les soleils touchaient leur zénith, il était temps de plonger. Nunc nagea parmi la faune délicieusement cuite jusqu'à trouver l'endroit qu'il occupait, avant cette bourde de fish and chip. Il observa attentivement autour de lui, puis opta pour un endroit idéal afin de plonger plus profondément, jusqu'à ce qu'il atteigne le fond. Après quelques regards nerveux à sa droite, à sa gauche, il vit ce qui semblait être une perle en forme d'œuf. Il s'approcha de l'objet et reconnut la coquille. C'était son ami, en effet. Il l'attrapa rapidement et nagea jusqu'à la surface.

Vint la crise cardiaque ! Comme une souris face à l'Everest sur le point de l'écraser. « Hé, hmm, salut ! » murmurra-t-il, espérant que le mammouth de tous les mammouths l'écoute. Le corps blanc du cheval couvrait la taille de trois grands stades, recouvert de poils très fins d'un demi-millimètre d'épaisseur. La tête de la créature maintenait trois bouches grandes ouvertes. Du point de vue de Nunc, elles formaient trois cieux sur le point de lui tomber dessus. Paniqué, il siffla comme si de rien n'était et s'éloigna, prudemment, avant de s'envoler et échapper à une première attaque. Malgré son immensité, Karkadan démontrait une agilité impressionnante.

Nunc n'avait pas d'autre choix que de faire confiance à sa magie. Il canalisa la chaleur et le froid, apportant à ses ailes suffisamment de vent pour se pousser loin d'ici, à la vitesse du son. Karkadan ne s'est pas donné la peine de le poursuivre. Il se remit simplement à nettoyer le désordre de Nunc, rénovant cet océan avec des algues et de la vie. Après une heure de vol, il était temps pour Nunc de marcher à nouveau sur l'eau. Maintenir son obésité dans les airs représentait un important défi. La marche semble beaucoup mieux. Et quand il atteint finalement le rivage, il lui restait peu d'énergie pour continuer. Il se contenta de la première grotte qu'il rencontra. Là, il laissa sa magie de sophronier redécorer l'endroit. Il construit un joli nid pour l'œuf de son ami, même s'il savait comment, malheureusement, l'inévitable s'est déjà invité dans ses gestes écervelés.

Le coucher du soleil perçait une petite fissure dans le mur. Nunc frappa la coquille de l'œuf. C'était cuit solide. Il essaya de le sonder pour trouver un signe de vie. Il ressentit une petite pulsation, très faible mais présente. Il soupira, prêt à abandonner, jetant ses bras en l'air. *Alibast, il voulait que je le sauve,* pensa-t-il, déposant l'œuf sur le nid, quittant la grotte. *J'ai échoué.* Il aurait dû entrer dans Athanor avec prudence. Il aurait dû éviter l'océan d'Athanor ! *Pourquoi n'y ai-je pas pensé ?* Tous ses espoirs s'envolaient, lorsqu'un mignon petit chaton sortit d'un buisson avec une grenouille morte dans la gueule.

Nunc ne voulait pas être dérangé, mais comment chasser cette si mignonne petite chose ? Le chaton jouait avec sa proie, léchant la grenouille. Chatounet jeta son repas aux pieds de Nunc, puis sauta sur la grenouille, rongea une patte, lui lécha le dos. Oh, le dos ! Chatounet adore lécher le petit poison, puis s'arrêter, un peu étourdi. Le chaton observait l'oiseau géant. Le poison de la grenouille faisait effet ? Chatounet eut le vertige mais recommença à jouer avec la grenouille.

« Si seulement, mon garçon, si seulement je pouvais trouver de la vie, ici. Je pourrais peut-être te sauver. Où puis-je trouver la vie à proximité ? » Nunc baissa les yeux et vit la grenouille et le mignon, puis il sourit. *Bien sûr*. Il attrapa le batracien et vérifia son pouls, malgré le chaton possessif qui venait de lui sauter sur le bras. Il entra dans la grotte avec les deux animaux et déposa la grenouille à côté de l'œuf. Chatounet sauta sur l'amphibien et se coucha pour dormir dans ce nid douillet. Nunc sonda à nouveau l'œuf. Le signal demeurait faible. Nunc soupirait comme un gamin qui s'attendait à une symphonie de guitare et n'obtiendrait que du bruit. Il entama un long rituel pour fusionner l'essence de Nempty avec celle du chat. S'en suivit un son mélodieux. L'essence du chat se déplaça dans celle de la grenouille. Le son devint chaotique. Nunc ajusta ses doigts et son souffle. L'harmonie revint.

L'essence retrouva un pouls plus fort. Ensuite, un très beau son se fit entendre. Nunc caressa l'instrument tendrement, dessinant quelques figures avec ses doigts, et il manipula l'oeuf à nouveau. Le fœtus pouvait difficilement se nourrir d'un albumen bouilli, alors Nunc fabriqua un cordon ombilical à partir de la chair de la grenouille, le connectant au fœtus. Le phénix immature progressait tranquillement. Il essaya quelques nouveaux gestes, mais il devait percer l'œuf, creuser dans le blanc, atteindre le l'embryon, et relier la grenouille à celui-ci. Une fois que Nunc ressentit une pulsation de vie satisfaisante, il laissa la nature faire le reste. L'oiseau travailla pendant des jours, des semaines, des mois, pour finalement obtenir la meilleure harmonie possible.

Cette pensée augmenta le flux sanguin dans l'amygdale de son cerveau. Son cœur palpitait. La fatigue se mêlait à des nausées légères, des douleurs thoraciques. Son souffle se raccourcit à mesure que l'inquiétude s'intensifiait, provoquant une pénurie d'axiomes de matière, limitant les axiomes de vie. Nunc produisit des pixels sauvages de pensées, tournoyant dans son esprit, laissant peu de place au vide. À l'intérieur de son Rêveur, c'était le temps de la moisson pour les Maisons assoiffées d'axiomes de Logos, peu importe à quel point elles seraient teintées de pessimisme. Nunc quitta les lieux, au moment où il entendit une voix dans sa tête :

C'est bien ce que tu as fait, là, Jamieson. La voix le félicita.

« S'il vous plaît, Monsieur Kennedy, ne m'appelez pas Jamieson. Ne m'appelez jamais Jamieson, s'il vous plaît. »

L'oiseau s'envola, essayant de faire face au stress auquel il venait d'être confronté. Comment diable a-t-il trouvé la force de se présenter dans les souches les plus dangereuses de Sophron ? Il l'a fait pour ramasser un corps, le mettre dans un œuf, affronter l'archéoïde le plus puissant, faire bouillir l'œuf. Et juste parce qu'une voix dans sa tête lui disait qu'il devait le faire ? Il devrait simplement voler, maintenant, voler, sans réfléchir.

Voyage dans le sablier
Douze:

Nos personnages sont vivants ! Ils sont conscients. Même si nous arrivons à coller quelques concepts et quelques idées ensemble ! Au moment où l'ordre surgit de lui-même, laissant le chaos comme un cocon desséché, nous, auteurs, perdons notre emprise et notre contrôle. Je suis peut-être juste un poète, et il est peut-être un scénariste dépoussiéré, mais nous sommes souvent dépassés par notre propre création. Nous l'avons perdu. À partir de ce moment, les personnages vivent par eux-même

Ça semble terrifiant, mais bon, je ne suis qu'un poète. Les auteurs existent sans doute dans toutes les souches de Sophron, à travers toutes les possibilités. Martin et moi sommes sans doute des personnages dans l'oeuvre d'un auteur plus fort que nous. Je demeure guidé par mes propres peurs et mon orgueil. Masi ces ficelles m'attachent à un Rêveur.

Est-ce que le détachement permet de demeurer en contrôle de notre courrant narratif ? Accepter que l'illusion discute avec notre nature animale. Notre intelligence n'est-elle pas tout aussi naturelle ? Et le Vide ! J'ai perdu contact avec Martin. J'ai plutôt établi un contact avec Seamus. C'est ce qui est le mieux. Marduk veut me voir disparaître. Peut-être vais-je devoir le considérer.

Cinquième entracte :
Écrit par l'auteur

New York, dans la possibilité post-apocalyptique du Prince Victorien. Des bâtiments en ruine traînent dans les rues. Les cadavres humains pourrissent aux côtés de corps d'animaux humanoïdes. Une brume ensanglantée recouvre le ciel. Un troupeau de chauves-souris géantes à tête de vautour patrouille, à la recherche de viande pourrie, un festin. On y trouve Time Square, avec son immense palais surplombant la ville sombre

Trois tours entourent le bâtiment, des colonnes encadrant un cube. Au sommet central, un balcon dessine des ombres contre les arbres éparpillés. Dressé comme un dictateur solitaire, l'auteur observe son domaine. Martin garde son visage caché derrière une capuche grise, les bras derrière le dos. Il semble préoccupé. Son esprit vagabonde au-dessus d'un millier d'idées, beaucoup sont effrayantes. Comment a-t-il pu perdre le contact avec William ? Pourquoi ne peut-il pas poursuivre son récit ?

Derrière d'épaisses lunettes brunes, les yeux bleus de l'auteur contemplent les horreurs qui façonnent le paysage. Le Rêveur au-dessus de lui doit subir une vie très désagréable pour imaginer tant de laideur. Martin n'a pas demandé à grandir dans cet environnement. Il ne s'attendait pas, même à son éveil, à ce qu'il y trouve des moyens pour s'en échapper. De plus belles manifestations de Sophron doivent exister, quelque part. Des questions plus urgentes demandent à se régler.

Il ne pourrait pas changer la vie de William, mais il doit trouver un personnage dans l'entourage du garçon qu'il pourra contrôler. Comment s'est-il retrouvé dans son propre Sophron ? Comprendre ce mystère signifiait, pour Martin, atteindre un éveil plus élevé. Jusqu'à présent, tout ce qu'il parvint à écrire concernait l'histoire d'un étudiant grec qui découvre le plurivers. Même ce récit semblait compromis par la présence de Platon. Il devait trouver un moyen d'écrire sur la disparition du philosophe. Apporter sa propre version d'un homme sage pour guider ce protagoniste. La présence de Sekhmet démontre que d'autres êtres éveillés pouvaient lui faire perdre le contrôle sur sa propre création.

Il fixa une lumière rouge, elle clignote, luttant pour rester brillante, au fond d'un long couloir. Le poids de son angoisse pesait lourd sur ses épaules. Il n'est pas bien équipé pour défier les dieux et les déesses. Et si la Dame de la Nuit égyptienne décidait de suivre son assassin jusqu'ici ? Le balcon sembla disparaître derrière lui, tandis que Martin s'approchait de la source de lueur rouge : un énorme cœur battant au-dessus d'une porte en bois. Tout comme c'est le cas pour le décor général, du sang coule de l'organe gigantesque. Il ouvrit l'entrée de sa salle du trône et observa l'éclat émanant de son ordinateur portable, sur une petite table. L'auteur s'arrêta à mi-chemin, observant les poumons qui sculptaient la tapisserie. Ses pensées sprintaient dans son esprit, comme un milliard de milliards d'atomes sur le point d'exploser. Ce premier livre était presque terminé, et l'auteur doit envisager d'écrire la suite. Peut-être que sa structure est mauvaise, l'angle du récit est maladroit. Qu'est-ce qui motive l'étudiant à voyager à travers Sophron ? Il était trop tard pour envisager une autre réécriture, donc on verra tout ça dans le deuxième livre.

Le bruit du réfrigérateur brisa le silence. Martin marcha devant une rivière de sang et ouvrit la porte pour se prendre une bière. Il s'est précipité derrière l'écran, lisant les derniers mots qu'il avait composé : *Chapitre 14 : L'ordre des muses*

Si Sekhmet menace d'interférer dans son histoire, alors son ambition se verra compromise. Il a peut-être perdu le contact avec William, mais ça ne veut pas dire qu'il ne trouvera pas un autre pion sur la table. L'auteur observait son ordinateur portable pendant de longues minutes, buvant sa bière comme s'il s'imposait une potion magique qui lui accorderait de l'inspiration. *Qu'en est-il de ces Muses* ? Pensa-t-il. Si Marduk atteint une puissance telle qu'il peut anéantir un monde entier, et si Sekhmet semble s'intéresser aux conséquences de la guerre de Babel, alors c'est que des joueurs plus forts se lèvent. Il ferma les yeux et laissa ses doigts taper : *Euterpe existait à la tête d'une Maison qui s'intérèsse à la perspective des pensées que ce Rêveur musicien pourrait produire.*

Les Grandes Muses se reflètent comme des Entités Orphelines. Lorsque la bibliothèque d'Alexandrie tomba, ils trouvèrent refuge sur Hydaspes. Peu de temps après le Big Bang initial, lorsque la matière, la vie, les pensées et le vide s'étendirent en myriades d'illusions chaotiques, les Muses se formèrent en premiers cris de sensibilité. À l'époque, la création des planètes tardait à se manifester. Les soleils brillaient comme des électrons excités. Sophron coulait comme une vaste soupe d'énergie. De ce néant total, le Vide donna naissance à lui-même, comme le premier élément. Si l'univers, à ce moment-là, pouvait ressentir de l'anxiété, le Vide en deviendrait la force. L'expansion ne pouvait pas souffrir. Tout devait revenir à l'état initial absolu.

Puis la matière est apparue, avec des atomes et des électrons pour la façonner. Des corps astraux se transformèrent en planètes, lunes, étoiles. Le Vide ne pouvait plus empêcher cette expansion d'embrasser sa forme. Ainsi, le champion de Gaïa prononça le premier mot. On aurait put entendre Dieu s'écrier: *Mais qu'est-ce que, quoi ?!* Alors que les étoiles provoquaient la formation de cette gravité. Ayant réalisé qu'il pouvait réfléchir sur sa propre existence, le Vide força cet univers nouvellement né à un état de stérilité absolue.

Des milliards d'années plus tard, Barbelo connut la même réaction confuse en réalisant son humble existence. Voyant comment le Vide empêchait rapidement d'autres êtres d'atteindre un état de conscience, Barbelo permit à sa réflexion d'apporter la vie sur des milliards de planètes, à travers l'univers en expansion. Le Vide s'empressa de mettre fin à ce miracle, mais certaines planètes parvinrent à surpasser sa purge. Sur ces rochers géants, certaines formes de vie évoluèrent au point de créer des univers entiers au fond de leur pensée. Le Big Bang, à la manière des idées, des histoires, des concepts, des philosophies, existant dans l'esprit de milliards d'organismes. Le Vide demeura l'agent le plus actif, tentant de mettre fin à ces mouvements.

Au moment où naissait Logos, les Grandes Muses virent le jour. Soudain, les Big Bangs se produisirent un milliard de fois. Dans l'âme des êtres qui façonnent leurs mondes intérieurs, ces Entités aux idées plus grandes influençaient une nature de pensées, façonnant la matière autour, influençant des vies, chassant le Vide. Martin savait tout ça, en écrivant ce chapitre pour enrichir ses Chroniques de Sophron. Il pensait qu'il pourrait inspirer un de ses personnages à participer à son odyssée écrite. Il s'arrêta après la phrase : *Et si la nostalgie pouvait respirer en dehors de la tragédie, a-t-elle pensé ?* Tragédie.

Les muses sont non binaires. Ce sont des essences qui transcendent la notion même d'identité biologique. Pourquoi les Grecs de l'Antiquité les imaginaient-ils comme des femmes ?

« As-tu une autre page blanche ? » demanda la voix grave et obsédante.

« Je ne sais pas comment exprimer l'idée d'identités non genrées. » Martin répondit.

« Tu n'as pas à le faire. » répondit la voix. « L'existence est sans genre. Ce qu'on fait, sous la forme qui crée son sens pour certains, c'est l'illusion suivant la pression d'affirmer ce qui n'a jamais été. »

« Je pense intégrer Melpomène dans notre histoire. » dit-il

Silence.

Tous les axiomes formant ses mots flottaient autour de l'auteur, se rassemblant pour illuminer la peinture blanche et orange au-dessus de lui. On aurait dit une porte violette qui s'ouvrait. Le rouge disparut, laissant place au bleu pour former la silhouette d'une belle femme. Une princesse née dans des contes de fées. Elle flotta au-dessus de l'auteur et marcha à côté de lui.

« Tragédie ? Martin, tu en es sûr ? »

« Je le suis, Ishtar. Je pense qu'il est une muse éloquente, pour ce que nous voulons raconter. »

La déesse posa une main sur son épaule, lisant les mots qu'il n'avait pas encore exprimés.

« *Presque aussi puissant que les Veritas qui peuplaient les Mondes Vrais ou les Falsitas des Paradoxes.* » récitait-elle.
« Où as-tu trouvé ça ? »

« Je crée un univers pour mon roman. » répondit l'auteur.

« Martin, penses-tu vraiment que tout commence et se termine avec toi qui écrit un roman ? Qu'en est-il de ceux et celles qui le liront ? Qu'en est-il de ceux et celles qui ne le feront pas, mais qui boiront le miel ou le venin de l'auditoire qui l'aura lu ? On ne peut pas inventer des mots comme ça ! »

L'auteur réfléchit un instant. Il ne pourrait pas le publier dans une possibilité où les zombies marchent partout et où trouver un être éclairé s'apparente à chercher le Saint Graal. « Je pense toujours que Melpomène devrait être une sorte de guerrier, dans cette histoire. Peut-être trouvera-t-il l'essence d'Indra, qui sait ? »

« Et pourquoi Melpomène serait-il un homme ? »

« Parce que, voyons, Ishtar, comment veux-tu que ton bien-aimé Indra soit sauvé ? »

« En ayant un guerrier masculin pour faire le travail ? Franchement ! J'aurais dû confier cette simple tâche à Simone de Beauvoir. » Exaspéré, Martin cala sa bière et se leva d'un bond. Les chauves-souris appeurées s'agitèrent autour de la pièce. L'auteur se calma :

« D'accord, je comprends. » grommela-t-il. « Mais je ne pense pas que nous devrions garder l'ancienne forme. Pourquoi les Grecs les représentaient comme des servantes fragiles ? Accorde-moi cette idée, Ishtar, s'il te plaît. »

La déesse sourit un instant : « C'est toi le poète. Je laisse ça entre tes mains cappables. »

Elle disparut. Froissé dans son orgueil viril, Martin regagna sa place. Il décapsula une autre bière et posa ses doigts sur le clavier de l'ordinateur portable. Pour le prochain chapitre, il sera un poète métalleux essayant de réécrire la symphonie perdue de Beethoven.

Chapitre vingt-neuf :
L'ordre des muses

Euterpe représente l'Entité à la tête d'une Maison qui s'intéresse à la perspective de pensées musicales. Celles produites par ce Rêveur musicien. Certains appelleraient le Rêveur *Dieu*, mais elle l'appelle *ami*. Dans une incarnation précédente, elle avait l'habitude d'écouter les humains jouer des instruments et penser que les axiomes du Logos pouvaient s'accoupler avec celles d'Archeus à travers les arts. Elle vécut comme une étudiante sans cervelle s'opposant aux guerres de Babel, à l'époque, mais elle évolua. Cependant, elle n'a jamais voulu suivre les traces de ses parents, lors de cette incarnation. Elle affirmait que ceux-ci avaient abandonné leurs rêves pour que de puissantes nymphes puissent gouverner. Les idéaux vivent à l'instant où ils se laissent connaître. *La vie sert à réfléchir les rêves*, pensait-elle. Ses parents pensaient autrement.

Et si la nostalgie pouvait respirer en dehors de la tragédie ?

Ses sœurs ne l'ont jamais écouté, mais Melpomène l'entendait. Elle savait qu'il y avait quelque chose de plus fort que de se sentir bien à se soumettre ou être soumise. La jeunesse est une respiration ; pas un idéal.

« Est-ce le moment d'inspirer ? » demandait parfois une luciole, mais Hydaspes gardait le silence. Euterpe resterait encore plus silencieuse. « Pas maintenant, s'il te plaît, je t'en supplie, pas maintenant ! » rappelaient les voix dans sa tête.

Elle réfléchit et se rappela pourquoi les Grandes Muses laissèrent leur peuple mourir, afin d'accéder à leur propre illumination. Ils n'ont jamais participé à la guerre qui apporta Babel à l'humanité, mais il restèrent fidèles à la lumière.

Elle observait les lucioles et souriait en pensant : *l'humanité est de plus en plus éclairée, mes enfants. Laissez-les respirer.*

Les lucioles quitteraient Euterpe, ne sachant pas à quoi ressemble l'humanité. Sur Hydaspes, les neuf Grandes Muses récoltèrent et consommèrent tous les axiomes que la souche produisit.

Elles grandirent, ainsi, davantage, se plaçant comme des Entités très puissantes, presqu'autant que les Veritas qui peuplaient les Mondes Véritables ou les Falsitas des Paradoxes.

Au pied d'un grand volcan, un vent solitaire chantait les grands succès d'Edith Piaf. La voix de la diva sonnait mieux à travers la froideur intense d'un Arctique et le cœur d'Hydaspes, propulsant une très faible dépression contre les parois rocheuses. Le volcan, c'était Euterpe. Toute sa structure s'est effondrée et forma un gramophone organique. La mélodie, alors, incapable de retenir la note trop longtemps, devenait un alambic rocheux. Le magma subit un voyage complexe à travers ses tubes, ses fours, ses voûtes, jusqu'à ce que la roche se transforme en neige. La Muse remplissait le monde extérieur, jusqu'à respirer une fois de plus et reprendre sa forme volcanique.

De l'autre côté d'Hydaspes, tout un continent laissé vierge ne portait pas de particules. Contre cette toile se reflétait chaque axiome, dans un espace et un temps donné, à travers le Sophron de ce Rêveur. Ils se trouvaient réduits à remplir une distance de l'ordre d'un pour dix googol, mais ils se relevèrent pour transformer ce continent en un étalage huileux de couleurs gazeuses. La réalité comme une bulle de savon. En y regardant de plus près, un observateur attentif verrait ces danses de couleurs comme des quadrillions de fleurs différentes. Chacune aussi unique qu'un flocon de neige avec un parfum, une texture distincte. Chacune d'elles naît, s'épanouit et meurt en une milliseconde. Polyhymnia aime respirer ce chaos pour y trouver une mélodie commune à la pluralité de l'être Rêveur.

« Mes sœurs ! » La voix de Melpomène fut bientôt portée à travers chaque particule de la souche. Il dirigeait son appel vers chacune des neuf Grandes Muses. Il espérait, plus que tout autre, que Clio l'écouterait. Mais seules Euterpe et Polyhymnie semblaient lui prêter attention. « Babel renaît ! »

Ces mots semèrent la peur dans l'esprit des muses curieuses. Les secousses firent trembler le Voile jusqu'aux Grands Conseils. Une autre guerre ? Ne peuvent-ils pas mettre fin à ces querelles et accepter que la paix est la seule voie vers des éveils supérieurs ? Ça se produit à une époque où les Grandes Muses acceptaient leur éternité comme des symboles et des métaphores obscures. Alors que les Conseils portaient un oreille attentif, les Muses se rassemblaient autour de Melpomène. Il se tenait grand et fort au sommet d'une montagne. Sthénélé s'étendait à ses pieds, comme une esclave somptueusement enchaînée aux cuisses de son maître. Une immense épée pointait dans son dos nu. Une armure de bronze brillait sur son torse bronzé. Des tatouages couvraient son corps du visage aux pieds, bien qu'il portait des bottes trouées qui révèlent ses pieds, recouvrant ses jambes.

Clio inspira du sable et expira le temps. Elle s'est convaincue de ne jamais participer à ces disputes. Si un endormi, un auteur, un rêveur saurait l'atteindre, alors, ça l'aurait permis à ses pensées d'inspirer l'histoire aux porteurs de culture. Sa forme symbolique semble moins excentrique que celle de ses frères et sœurs.
Au sommet d'une sphère de cristal se trouvait un château d'ambre qui se construisait constamment en une inspiration, et se détruisait en une expiration. Des civilisations de fourmis se rassemblèrent à ses pieds, lorsque ses poumons métaphysiques attiraient le sable ambré pour former une colline. Les fourmis augmentaient en nombre, s'organisant en socités, développant des technologies. Elles menaient des guerres, imposaient des cultures, détruisaient des cultures, asservissant les autres, jusqu'à ce que leur propre cupidité, leur nature égoïste, leur aveuglement fassent tomber le château d'ambre. Elles tombaient et mourraient avec lui. Il était temps pour Clio d'expirer.

« Qu'est-ce qui te fait penser que c'est la même tour de Babel qui nous a coûté notre monde natal ? » demanda Clio. Melpomène aperçut une montagne de sable à ses pieds. Il voyait les fourmis transporter laborieusement des morceaux de plantes dans un trou.

« Gaïa n'a jamais été délaissée après le jugement. Je le sais parce que, pendant un certain temps, j'ai participé à l'échange d'informations entre Marduk et ses agents, dans le Nomicon. Je savais que l'influence de Varuna serait également sur Terre, et quelqu'un devait les équilibrer ! Les Conseils ne voulaient pas le voir de mon point de vue, alors j'ai agi seul. C'était avant que je décide de te rejoindre dans ce dernier repos. Maintenant, comme tu pouvais le voir, j'ai décidé de me battre à nouveau. » Les fourmis le regardèrent. L'une d'elles, un soldat, soupira et fronça les sourcils. « Tu ne cesseras jamais de t'humilier, Melpomène. Notre état au sein de la communauté de Veritas représente autant un accident qu'il en est de notre propre conception. Mais nous ne pourrons jamais vivre parmi eux, ou avec eux, à moins que nous ne lâchions prise sur nos états précédents. »

« Nous avons une responsabilité à assumer. Nous avons changé le cours de Sophron. Soyons responsables de nos actes. »

« Les Conseils nous auraient punis depuis longtemps. Il n'est pas nécessaire de chercher la rédemption, maintenant. »

« Clio ! Je te supplie d'entendre mon plaidoyer. Babel renaît, et cette fois la guerre sera subtile, mais plus meurtrière que jamais. »

« Qu'est-ce que notre participation apportera ? N'as-tu pas inspiré l'influence de Marduk sur Terre ? Peut-être ailleurs dans Gaïa, afin qu'il bénéficie des axiomes de son cercle. N'as-tu pas également permis à Varuna de récolter des axiomes ? Et, maintenant, il se voit accusé de conspiration par certains Grands Conseils. Pourtant, tu t'exposes et tu demandes notre aide. Tu nous demandes de nous joindre à tes machinations. Mais je préférerais perdre un frère à cause des décisions des Conseils. Je ne me permettrai pas de manquer le véritable éveil. »

« Clio... »

« Sais-tu combien de renaissances ? Sais-tu combien de renaissances douloureuses il a fallu à cette essence pour être là où je suis, maintenant ? Tu devrais, parce que nous étions dans le même bateau. Tu es devenu trop attaché à la réalité imparfaite des cercles et des dieux. Tu ne t'es jamais libéré du karma. Pourquoi es-tu à la tête d'une tragédie ? Parce que tu es l'essence de l'échec, Melpomène. Tu adores le désastre ! Maintenant, tu souhaites que nous participions au plan d'échec le plus audacieux de notre histoire. »

« Tu n'es pas attaché à ces créatures ? Dis-le moi franchement, Clio. Depuis quand l'histoire est-elle censée incarner l'égoïsme ? »

« Cela a toujours été subjectif, mon frère. »

« L'histoire, Clio, l'histoire ! »

« Celle de qui ? »

« Celle-ci ! »

« Oh, celle-là, Melpomène ? Qui la lit ? »

« Qui la vit ? Nous respirons par elle! »

« Les souvenirs n'ont rien que l'existence puisse envier. Je construis des souvenirs. L'existence se construit d'elle-même. »

À ce moment-là, Melpomène regarda la magnifique conquérante qu'il gardait attachée à ses chevilles. En tant que Sekhmet, elle affronta ses propres dirigeants, s'est libérée de ses cercles, forma de nouveaux cercles. Elle parvint à convaincre des Maisons dangereuses de se joindre à son invasion. En tant que Sthénélé, elle est inutile, inoffensive, et elle est tout à lui. Elle existe comme son jouet. Bien entendu, il ignorait le tour de passe passe qui installa l'âme d'une autre à sa place.

Il souhaitait voir Clio également attachée à ses chevilles. Avec quelqu'un de son ampleur et de sa puissance, cette nouvelle guerre de Babel sera différente. Elle permettra aux Grandes Muses de corriger leurs erreurs du passé. Il doit convaincre les siens de dormir, même si ce n'est que pour un instant. Juste un instant, juste, peut-être, pour un livre ! Ou deux, ou pour l'instant. Il observa les fourmis. Elles reprirent leur vie. Sthénélé n'avait que des yeux tristes à offrir, lorsqu'elle plaçait des pierres sur le chemin de ces insectes. Comme si l'influence de sa divinité atténuait ce jeu. Melpomène la contempla avec tout le dédain qu'il voulait jeter sur sa sœur. Il se calma, ferma les yeux et inspira profondément. À sa droite, Euterpe se projetait sous la forme d'un cerf humanoïde, grand et mince, sous un pelage beige et bleu. Polyhymnia le rejoignit sous la forme de l'ombre d'une colombe. Calliope, l'aînée et la plus respectée, les rejoignit, derrière Melpomène. Elle épousa les formes et les couleurs d'un bouclier membraneux et d'une épée de chair.

Erato se tenait à côté d'elle, embrassant la beauté d'une lune reflétée par un violoncelle. En descendant des escaliers blancs, sous les traits d'un Charlie Chaplin angélique, je vous présente Thalia. Pour compléter ce cercle qui se formait autour de Melpomène et de Sthénélé, je vous montre une volée de ballerines qui ressemblait presque à de l'écume : Terpsichore. Le ciel se ferma pour former un dôme, lorsque les six autres Muses referment le monde ; Elles formèrent des murs. Uranie formait un plafond. Les fourmis et le sable fermaient davantage cette sphère.

Pendant un moment qui se prolongeait dans l'éternité, les Muses ressentirent la lutte de deux auteurs racontant une même histoire. C'était du jamais vu. Il ne pouvait y en avoir qu'un, mais qui ? De toute évidence, le créateur en charge maîtrisait l'éveil au-delà de la portée d'un Bouddha. À moins qu'ils n'aient triché. Oh! Ils ont créé un univers entier, l'ont vendu comme une série de romans, ont réalisé des vidéos et des chansons. Ils ont convaincu leurs lecteurs et lectrices qu'ils, elles et ils étaient le véritable accès aux Grands Éveils. Ça n'expliquait pas comment les Grandes Muses se retrouvèrent piégées dans cette histoire.

291

Qui était le protagoniste ? On s'en fout? Melpomène ne resta pas en arrière pour que Sophron l'avale. Il est un homme ! Il a fait tomber une déesse ! Elle est maintenant son animal de compagnie ! Toutes ces Muses devraient se lever et se réveiller !

Silence.

Elles veulent la liberté, mais les traditions apportent des bases solides. Les idées n'existent que pour mourir dans les bras de l'oubli. Ces dieux et déesses qui portèrent leurs sales épreuves ne se sont battus que pour eux-mêmes. Les Grandes Muses avaient à cœur l'intérêt supérieur de l'humanité. Melpomène savait. Comment peut-il convaincre ses sœurs de se joindre à lui pour adopter un nouveau genre ? Ou dormir et le laisser travailler en leur nom ? Il réfléchit un instant, et il dit calmement :

« Nous pouvons faire une différence cette fois-ci. » Il regarda Calliope, comme s'il voulait entendre son approbation.

« La guerre aura lieu sur des bases métaphysiques. C'est sur ces sols que nous sommes chez nous. Je dis : Polyhymnia, Euterpe et moi-même nous infiltrerons l'esprit de l'auteur. Nous aurons une interaction directe avec ses personnages. »

Il sentit Polyhymnia et le hochement de tête d'Euterpe. Melpomène aura l'occasion d'agir en tant que général, et cette pensée l'a mis en confiance. Il ajouta :

« Je dis : son personnage principal te cherchera, tandis qu'Erato influencera ses sentiments romantiques. Tu dirigeras la tête et elle dirigera le cœur. »

Le visage d'Erato apparut contre la sphère. Elle avait les traits d'une petite fille aux profonds yeux violets.

« Je veux rencontrer l'auteur. S'il te plaît, permets-moi de discuter avec lui. » C'est une demoiselle très timide, et elle a toujours eu du mal à s'imposer face à l'influence de ses frères et sœurs. Melpomène la regarda dans les yeux, adoptant un très lourd ton paternaliste.

« À aucun moment l'auteur ne doit connaître les forces à l'œuvre derrière son inspiration. À aucun moment, Erato ! »

« Je ressens une forte détresse dans son esprit. Ce que tu considères comme une grande conspiration en devenir, une guerre, une bataille, pour lui, c'est un appel à l'aide. Je sens un cœur brisé au-delà de toute réparation. S'il te plaît, Melpomène. Permets-moi de parler à l'auteur. »

Il l'ignora et regarda le sol. Là, des fourmis formèrent le visage féroce, mais très attrayant, de Clio.

« J'exige que tu entendes mon plaidoyer, Clio ! Il n'y aura jamais d'autre occasion pour nous de modifier notre passé, corriger nos erreurs. Il n'y a jamais eu de meilleur moment que celui-ci pour réparer nos blessures et prouver au Conseil Saphir que nous sommes dignes de jouer avec eux, à leur échelle. Digne de notre dernier éveil. »

Erato n'a pas aimé le rôle qu'il lui a donné. Elle arrivait à la conclusion que s'il y a une place pour l'amour dans cette conspiration, qui est sa spécialité, alors laissez l'amour parler pour ses actes. Elle garda ces pensées pour elle, mais jura qu'elle ferait ce qui est juste. Et non ce qu'on lui dirait d'accomplir. Clio apparut devant Melpomène, sous la forme d'une dame fourmi, et lui avisa :

« Nous influençons simplement l'esprit d'un auteur. Nous orientons son inspiration, dirigeons l'élaboration d'un roman ! »

« Ou une pièce de théâtre, un opéra ou, peut-être, un film. Quoi qu'il en soit, nous le faisons comme dans le bon vieux temps quand nous étions en Grèce. » suppliait Erato. Elle prêta attention quand Clio hocha la tête et répondit :

« Très bien. Laissez l'esprit et les émotions à Erato et moi. Urania supervisera d'ici, et nous garderons Thalia à proximité, prête à agir rapidement. Si le roman ne se déroule pas comme nous l'avions prévu, nous utiliserons un peu de comédie pour nous libérer de la dureté du drame. Et nous revenons ici, nous laissons cette bataille à ceux qui ont choisi de se battre. Nous ne nous battons pas ! Ce sont mes exigences. »

Elle se tourna vers Calliope et attendit un signe de tête. La Muse de la poésie héroïque sourit candidement :

« Que Melpomène, Polyhymnie et Euterpe se battent. Laissons-les former une armée, mais soyons certains que l'auteur et son personnage principal seront confrontés à un choix déchirant. Ils devront choisir une allégeance, et cela décidera à la fois de leur foi et du sort de Sophron. »

« Avec tout le respect que je vous dois, Calliope. » interrompit Clio, avant qu'Erato ne l'interrompe à son tour :

« Il n'y a pas d'héroïsme dans la facilité, Clio ! Je n'ai pas l'intention de me battre, mais je souhaite que ma présence soit aux côtés de Melpomène et de Polyhymnie. »

Euterpe exprima son désir sous la forme d'une brise qui caressait la joue de chacun. Euterpe s'est alors manifesté sous les traits d'un étudiant universitaire fragile.

« C'est la forme que je vais employer. Je personnifierai un penseur sensible, avec autant de défauts que de curiosité. L'auteur sentira moins de pression envers son personnage principal. »

Calliope, Clio et Melpomène approuvèrent sa suggestion. C'est à ce moment-là qu'Erato décida de se manifester sous la forme d'une princesse aux allures de ki-rin. Elle fit trois pas en avant et s'arrêta avant d'embrasser son frère de manière séduisante.

« Permettez-moi aussi de rencontrer le personnage principal ! Si je ne peux pas raisonner directement le créateur, permettez-moi de réconforter la création. »

À ce moment-là, Melpomène sentit qu'il était du devoir d'un grand frère de rappeler à une petite sœur sa place dans la famille. Il la regarda et sourit.

« Non. » soupira-t-il.

Elle se sentait faible et humiliée. Sthénélé la regarda, et en un instant les deux se lièrent d'amitié. Urania fut la dernière à prendre la parole avant l'ajournement de cette réunion secrète :

« Une fois de plus, nous nous écarterons de la voie que le Conseil Saphir nous a imposée. Nous plaçons notre éveil au bord de l'incomplétude. Nous avons inspiré cette humanité, sur Terre, Gaïa, en silence après qu'on nous ait demandé de quitter ces cercles pour le laisser à des Maisons spécifiques. Je crois comprendre que les Maisons hors-la-loi sont également de retour sur cette souche, et prêtes à se déchaîner. Je dis que nous suivons le plan de Melpomène et que nous suivons le jugement et les décisions de Calliope et Clio. Quant à toi, Erato, tu feras ce qu'on te dira. Ce n'est pas le moment d'inspirer un autre Roméo et Juliette. C'est le moment de clore un problème dangereux que nous avons commencé bien avant notre état actuel. »

Erato fronça les sourcils tandis que Polyhymnia et Euterpe s'appropriaient des formes humaines. Elle voulait les rejoindre. Elle voulait être là, rencontrer ce personnage ! La dernière guerre de Babel s'est déclenchée par un triangle amoureux entre Marduk, Ishtar et Indra. Était-ce William, Emeraude et Seamus ? Et si celui-ci se déclanchait également par la romance ? Elle inspire des passions ! Elle doit prendre part à cette saga ! Elle regardait Terpsichore et Thalia. Les deux Muses se tenaient derrière les autres, dans cette soi-disante entreprise familiale. Personne ne prenait Erato au sérieux. Même en Grèce, c'était toujours la tragédie ou la comédie qui nécessitait la présence de la Maison des Grandes Muses. Oh, bien sûr, le romantisme était là. Mais jamais au point de considérer Erato comme l'architecte d'un poème. Cette fois, elle montrera à ses frères et sœurs à quel point l'amour est important. Pas seulement dans l'art, dans la narration d'histoires, mais dans la liaison des êtres. Même si c'est au prix de la vie d'un être cher.

Cette pensée blessait Erato, laissée de côté. On parle de guerre quand la trame de cette histoire évoque l'amour : sa spécialité ! *D'accord!* Pensa-t-elle. *Je sais exactement qui amener sur votre échiquier.* Alors que le premier livre était sur le point de se terminer, Erato savait que de nouveaux personnages seraient introduits. Elle ferma les yeux et revisita un événement qui s'est déroulé entre les deux premiers volets de cette trilogie en cours.

Ses aînées pensent qu'elle ne peut pas jouer son rôle ? Attendez qu'ils voient son atout jouer le sien. Elle sourit, tandis qu'elle construisait des murs dans son esprit. C'est un bar, quelque part. Elle s'assoit là et boit, seule. Celui qui s'assiéra à côté d'elle jouera un rôle majeur dans leur guerre. Il n'a qu'à répondre à un poème qui habite l'Ether, en ce moment même :

Quand vous pouvez être si détaché pour dire

Je t'aime sans une chair qui se veut virale.

Et quand l'amour respire votre âme, drapé de l'univers, plus que Celui que vous aimez.

Vous pouvez planter cette graine et la laisser grandir éclairée

Ou mourir dans l'interdit.

Erato pensait à une luciole, et le joli insecte dansait autour de l'image qu'elle recueillait. Elle était soit une jeune fille nue, soit une vieille femme remplie de sagesse ; un cygne, une colombe, un paon ou un colibri. Elle était poésie, pensait-elle. Elle voulait se remémorer cette nuit au bar, juste avant que la Maison des Grandes Muses ne vote en faveur de la participation à la prochaine Grande Bataille. Erato guiderait simplement les Rêveurs de Gaïa dans la création de la beauté. Pourquoi ne se sont-ils pas battus, comme les autres ?

Erato a toujours supposé que les Muses avaient un rôle à jouer dans la dernière guerre de Babel. *Amour! Nous avons besoin de plus d'amour !* Tout s'écroula, lorsque les Amazones s'allièrent aux guerriers spartiates, combattant les Perses. Qu'est-ce qui n'allait pas avec l'inspiration ? Pourquoi devraient-ils battre en retraite parce que des politiciens éduquent des masses à leur image plutôt que de s'élever au-delà de leur cupidité ?
Elle regarda la mouche et sourit.

Ramenez-moi à mon amour, pensait-elle, son guerrier lâche, avec un grand bateau volant. *Je ne t'ai jamais vu dans le Lonesome Crone, mais tes yeux me font jurer que tu m'as déjà vu.*

296

Ce furent les premières paroles qu'il lui dit. Elle se tenait derrière le bar, sirotant son Logos-Daiquiri comme si elle ne voulait pas être dérangée, mais elle sentait qu'il devait l'incommoder avec la bonne attitude.

« J'ai l'habitude de sortir dans un nexusnaos que l'on trouve au-delà du Réel Archeus, vers le Vide. » expliqua-t-elle.

Le beau délinquant s'assit à ses côtés et commanda une bière qui sentait le sang.

« Les habitués de ces bars ont tendance à trop réfléchir, et je ne peux pas supporter ça. » s'est-il plaint. « Tu devrais rester de ce côté, au-delà du Réel Archeus. C'est là qu'elle est, la vie. »

Elle réalisa alors qu'ils étaient dans l'Hadès. Elle sourit, faisant semblant de savoir depuis le début, oubliant qu'elle avait visité ce monde pour rejeter la décision que venaient d'adopter ses semblables. Elle ne sera pas leur objet !

« Et qu'est-ce que tu aimes dans cet endroit ? » demanda-t-elle au voyageur. Il lui embrassa la main et expliqua :

« Des rencontres aléatoires. On ne sait jamais qui va s'asseoir au bar en pensant être seul. Tout le monde a une histoire qui vaut la peine d'être écoutée. Mais j'avoue que j'aime entendre celles qui portent mon essence vers l'avant. »

« Tu es un garçon à la recherche d'une fille ? Tu veux te sentir plus masculin dans ta conquête ? »

« Qui a dit que la conquête avait un sexe ? Je veux grandir sans perdre mon terrain. »

La luciole atterrit sur la chair d'Erato. Elle sourit et l'examina. Elle regarda Melpomène, debout et fièr comme un guerrier.

Une essence n'a pas de sexe, pensa-t-elle. Peut-être qu'elle devrait trouver ce mauvais garçon et voir. Il y a plus dans ce qu'elle apportera à cette histoire qu'un simple aperçu rapide du fond de ses rêves. « Je veux grandir aussi, mais tu n'as pas l'air d'être du genre à marier. Pourquoi continuer à se parler ? » demanda-t-elle à l'intrus sans nom, au bar.

« Je ne veux pas t'épouser non plus. Mais nous avons des besoins. Dis-moi le tien, et je te partagerai le mien. Si nous pouvons trouver une option optimale, alors faisons quelque chose et appelons-le de l'amour. »

« Et si nous ne le trouvons pas ? »

« Alors, je retournerai à ma frégate fantôme et je trouverai un autre bar. » Il a une frégate fantôme ? Était-il un amiral dans une grande bataille. L'a-t-il volé ? Comment a-t-il pu voler un navire de combat? Les bateaux-spectres ont leur propre âme. A-t-il séduit le sien comme il essaie de la séduire ? Elle est l'une des neuf Grandes Muses ! Elle n'est pas si facile, évidemment.

« Comment avez-vous fait pour voler un bateau spectral ? » demanda-telle. Le beau voyageur souriait.

« Oh, je l'ai gagné à une partie de cartes. » dit-il, en s'allumant une cigarette, pensant qu'il clouera une déesse à son lit de motel. Référence facile à la culture pop, puisqu'il vient de Gaïa. Comment s'est-il retrouvé dans l'Hadès ? Il fuma sa cigarette en la déshabillant des yeux regardée, puis il demanda :

« Tu sais quoi ? » Elle lui fit un clin d'œil, se sentant figée.

« Tu vas bien ? » demanda-t-il.

Elle figea davantage et demanda :

« Que pensez-vous du Vide ? »

« Le Vide ? Je sais que Voivod est le meilleur groupe de metal de tous les temps, mais je ne suis pas sûr de te suivre. »

« Veux-tu m'offrir un verre ? » demanda-t-elle, ayant trouvé le courage de le tutoyer. Il quitta le bar, agacé, mais elle sentit une douzaine de livres de poésie coincés dans son esprit. Elle voulait donner son corps à ses recherches, si seulement il étudiait de la même manière qu'elle désirait se rebeller.

Pourquoi Marduk et Varuna n'ont-ils pas aidé ce flirt ? Pourquoi a-t-elle accepté de passer l'éternité comme un arbre, sur un monde que personne ne veut conquérir ? Et pourquoi désire-t-elle être un homme, comme sa sœur Melpomène, et faire quelque chose de son existence? Pourquoi Melpomène essaie-t-il de les convaincre d'aider une vierge au suicide ? L'éveil est un voyage solitaire, mais la mélodie est ce qu'elle est.

Elle se remémore sa présence, seul sur sa table, jouant avec un téléphone portable. Il y avait tellement de choses qu'elle pouvait découvrir de cet autre côté d'Archeus. Pourquoi ne pouvait-elle pas tout obtenir d'un coup, ce soir ? Avec ce terrien qui pilote une frégate de dieu. Elle prétendait ne pas être impressionnée par son éclat de virilité. Mais elle savait qu'il l'aimait, d'une manière ou d'une autre. Il désirait quitter le quadrant Archeus-Logos avec elle, juste pour prendre une autre bière.

Et il adore les classiques de la science-fiction ! pensa-t-elle, en le regardant et en souriant, timidement. Il n'a même pas souri en retour. Il regarda une serveuse ki-rin qui passait par là, et il eut l'impression d'avoir une chance avec elle. Il veut s'amuser, et il veut fonder une famille. Pourquoi ne peut-il pas mettre ses cartes sur la table et arrêter de jouer à un jeu ?

« Pourquoi jouez-vous tous avec mes sentiments ? » cria-t-elle.

Melpomène la regarda et soupira, comme une fourmi au pied de l'Olympe. Erato se calma et respira. Elle a fait de son mieux, mais maintenant, elle respirait.

Épilogue :
Le Vide s'amuse

« Cela signifie-t-il que la mort m'a trouvé ? » demanda l'élève.

« Que sais-tu de la mort ? » répondait l'obscurité.

« Je suppose que je dois juste me réveiller et réaliser que j'ai trop essayé. »

« Ouvre les yeux. Regarde autour de toi. Vois-tu que tu es es toujours dans ta chambre ? Oh, il se fait tard. Tu devrais aller au Parthénon et parler à Platon, n'est-ce pas ? »

« Quelque chose comme ça. »

« Et as-tu l'impression que la mort t'a trouvé ? Tu n'es pas tombé d'un pont, ou quoi que ce soit. »

« Je ne sais pas. Je pensais vous avoir créé, et William. J'ai besoin de me réveiller. Je dois me réveiller. »

« Personne ne t'oblige à quoi que ce soit. Ouvre les yeux, »

Lorsque l'élève s'exécuta, une grotte gigantesque s'offrait. C'était cette pièce où il l'orbe brillait pour la première fois. Un soupir de soulagement s'exprima. Ce n'était qu'une question de temps avant que Platon et les autres n'apparaissent. En se promenant, l'élève pensa à inspecter un peu la pièce, aussi vide que la dernière fois. La même lumière bleue brillait dans toute la gigantesque chambre.

L'élève se tenait là où se trouvait l'orbe. L'impatience de lui rappeler une illusion réconfortante agaçait ses sens. « Allô ? » criait l'élève. « Professeur ? Êtes-vous là? » Rien. « Monsieur ? Êtes-vous toujours là ? »

« Pourquoi m'appeles-tu monsieur ? » le Vide répondit avec dégoût. L'élève ne parvenait pas à répondre, regardant autour, essayant de distinguer le visage de son interlocuteur. Il ressemblait au sien, et pourtant il lui paraissait étranger. Il y avait une table, semblable à celle qui gisait-là, lorsque William discuta pour la première fois avec le Vide.

« Quintilien dira : la grammaire, et les arts ne font qu'un. Peut-être pas avec ces mots exacts, mais le sens est là. »

« Je sais qui tu es. »

« Bien sûr que tu le sais. D'accord ! »

Une porte s'ouvrit à travers le mur, face à l'élève. À travers celui-ci, un tunnel plus long émergeait. L'élève trouva le courage d'entrer à l'intérieur, laissant, derrière, la chaude pièce. Ce nouveau couloir s'étirait vers un inconnu plus grand. L'élève pourrait facilement prendre l'autre tunnel et quitter cet endroit. Ça se terminera peut-être dans son lit, ou au Parthénon. Fallait-il explorer ce nouvel endroit, comme si un lapin blanc l'entraînait ? L'obscurité l'attendait, laissant cette lumière bleue derrière. La froideur eut le dernier mot, mais pourquoi faire demi-tour ? Tout ce qu'on trouverait, au bout de ce couloir, vaudrait certainement plus que ce qu'on aurait obtenu en quittant la caverne de Platon à l'ancienne. Le couloir semblait s'élargir, mais l'élève se sentait étouffé sous le poids du mystère. Des idées et des paroles lui sont venues : Qu'aurais-je dû faire ? Pourquoi avoir fait fait ça ? Où sommes-nous, maintenant ? L'élève s'arrêta et observa derrière. La porte était fermée. Le Vide l'a laissé dans cette incertitude totale ? L'orbe devrait être à sa portée.

« Je m'appelle Marvin. Vous pouvez m'appeler Monsieur Marvin. S'il vous plaît, puis-je m'asseoir ?
Mon maître m'a envoyé. »

« Qui t'a dit de me trouver ici ? » criait l'élève.

Le silence répondit. L'angoisse prit le dessus. Qui vient de lui parler ? D'où vient la voix ? Impossible de comprendre ce nouvel entourage. L'individu sans genre respirait, se rendant compte de sa respiration, mais tous ses sens demeuraient inexistants. Au fil du temps, ses souvenirs se sont également estompés. Est-il trop tard pour sortir ? Où ? Son esprit pouvait à peine saisir la réalité qui définissait maintenant sa présence. Un soupir. Un profond soupir, inspirer, le retenir et expirer. C'était tout. Peut-être pourrait-on s'abandonner davantage à cet état d'être. La seule vraie réalité est celle du moment où l'air va à ses poumons, et son cerveau se rend compte que l'air doit maintenant en sortir. « Un soupir. » répéter: *Soupirons.*

« Un profond soupir. »

Et la lumière réapparut. On aurait pu s'imaginer dans un cercueil, enterré, et ça aurait été une véritable terreur. Au lieu de ça, l'élève ne s'imaginait rien. Était-ce l'épreuve ultime que Platon avait à l'esprit ? L'élève marcha lentement vers cette lumière tamisée, jaunâtre, comme si quelqu'un emprisonnait un feu mourant à l'intérieur d'un petit prisme. Lorsque l'élève s'approcha de la source, une musique étrange se fit entendre. Quelqu'un doit gratter du métal, pour une raison quelconque, tandis qu'un chat crierait sous un oreiller. Tout le processus derrière ces bruits semblait trop étranger pour que l'élève commence même à comprendre ce qui se passait. Se rapprochant de la source, seulement pour voir divers livres traîner sur un sol rocheux, l'élève connaissait les papyrus et comprenait le concept de rassembler des pages sous deux couvertures rigides, mais les images sur ces artefacts ne ressemblaient en rien à ses souvenirs.

L'élève se rapprocha de la source de lumière, et c'est alors que l'orbe apparut. Il flottait derrière un homme blond barbu, nu derrière une sorte de livre, avec une fenêtre qui affichait deux pages blanches et des mots. Lorsque l'élève s'approcha davantage, on pouvait lire : *Quand l'élève s'approcha davantage.*

L'auteur figea. Il ferma les yeux un instant, sentant une présence qui l'effrayait. L'élève traversa cette nouvelle caverne, regardant autour, essayant de donner un sens à cette vision : une fenêtre ouverte de l'autre côté de la pièce. L'élève marcha pour regarder dehors, seulement pour voir une ville morte. Avant, c'était New York. Aujourd'hui, c'est un cimetière victorien. Une sorte de livre se trouvait sur une petite table, affichant des images animées d'un vaste champ avec des champignons gigantesques faits de roche et de métal. L'élève ramassa un magazine qui traînait au sol et observa la peinture brillante. Il y avait des mots incompréhensibles, mais la couverture mentionner mentionner les Mimes de Sophron. L'élève l'ouvrit à une page au hasard, et c'était là, dans un grec approximatif :

Il tira le lion de sa griffe, il gratta la louche, il coupa le cumin en tranches. — Fragment 105, Sophron de Syracuse.

L'élève rangea le magazine et marcha à côté de l'auteur effrayé. Sur une feuille de papier à côté, des mots étaient griffonnés le long de gribouillages absurdes. En se concentrant, l'élève pu trouver une phrase intelligible : *Pour Émeraude.* En ouvrant les yeux, l'élève regarda l'écran d'ordinateur : *En ouvrant les yeux, l'élève regarda l'écran d'ordinateur :*

« Tu n'es pas là. »

La personne visitant ressentait le sens de ces paroles, mais ça ne correspondait guère à son interprétation de ce qui se passait. Doit-on répondre à haute voix ? Cette scène existiat-elle au fin fond de son imagination?

« Salut. » dit l'impossible. « Peux-tu m'apprendre ? » *Enseigner quoi ?* « Je veux dire, à propos de Seamus et William. Je dois trouver la bonne histoire pour eux. »

Ça brûlait de l'intérieur, n'est-ce pas ? Oh! Qu'est-ce que cette chose fait ici ? Vous ne pouvez même pas dire si c'est un lui ou une femme ! Ah, auteur, pourquoi êtes-vous énervé ? Est-ce que c'est quelque chose que j'ai dit ? *Tais-toi.*

L'élève s'éloigna, pris d'effroi. J'ai ri. Tu ne l'auras jamais, Martin. *Ta gueule ! Ta gueule ! Ta gueule !* L'auteur et l'élève se partagent l'impression que la réalité ne signifit rien. Fermer les yeux, faire face à un long couloir séparant l'obscurité d'un état d'illumination. Regarder en arrière leur ferait voir des vies de regrets et d'erreurs. Tous ces gens blessés, et ceux qui les ont blessé. Toutes les raisons semblaient bonnes pour mettre fin à leurs jours et renoncer à l'espoirs d'un avenir meilleur. Les poumons qui respiraient contre les murs semblaient désirer le même stress.

Le sang coulait à travers la pièce, pompé par un cœur brisé. Si le bâtiment avait des yeux, ces êtres seraient inondés de larmes. L'auteur n'avait pour seul objectif que l'écran allumé face à lui. Les mots qu'il s'apprêtait à écrire habitaient le Voile entre son esprit et le médium qui fossiliserait ses pensées. Qui a amené cette visite dans son repaire ? L'un de ses personnages s'est-il réveillé, et a pris les choses en main ? Était-ce William ?

« Ne raconte pas mon rôle, Vide ! » criait-il. L'invité indésirable le regarda. Ses yeux écarquillés se remplirent de peur. L'horreur accompagnat ces organes vivants en une tapisserie suffisante pour hanter le reste de sa vie.

Comment ce personnage est parvenu ici ? Comment peut-il partir ? Ce fou derrière une boîte lumineuse le tourmenterait-il au nom de l'Hadès ? Martin ferma à nouveau les yeux et annonça :

« Tu n'es pas censé être ici. »

L'élève réalisa que cette bizarrerie n'était que le début.

« Êtes-vous avec Platon ? » demanda le disciple. L'auteur réfléchit un instant et répondit : « Ça dépend de ce que ton Platon pense de Sophron. »

Martin retourna à son roman, essayant d'oublier sa présence. L'élève regarda les poumons qui luttaient pour leur vie, et il ne savait pas s'il devait sourire ou s'inquiéter. Et si quelqu'un lisait ces lignes et se disait : *Martin Poirier est asthmatique. Il écrit ces mots pour symboliser son combat.* « Hé ! » cria l'auteur.
« Laisse mon orbe tranquille ! »

L'lève ne prit même pas conscience que la sphère de mance était apparue dans la paume de ses main. Son cœur battait si vite que ses oreilles se bouchèrent. Malgré l'excitation, un moment d'attente se forgea en une minute. L'élève ne se rendit pas compte de ses caresses autour de la boule de cristal flottante.

« Je suis désolé, j'ai juste... votre chambre est en désordre. » affirma l'impossible. En même temps, l'élève tenta de reproduire l'exercice que son professeur lui avait enseigné plus tôt. *L'auteur était grincheux, essayant d'ignorer la présence de cette personne d'origine grecque.* Il s'impregna ces mots en tête. L'orbe brillait d'approbation. Satisfait, il laissa le porteur de réalité sur une petite table et fit le tour de la pièce.

« Qui est Sophron pour vous, monsieur ? » demandait l'énigme. Martin avait du mal à cacher son irritation.

« Il écrivait des mimes, à ton époque. Seuls des fragments ont survécu. On l'a admiré pendant la période hellénistique, mais il est tombé dans un quasi-oubli. Ton mentor a peut-être gardé beaucoup de ces textes intacts. T' a-t-il enseigné sa poésie ? »

« Un peu. » l'asexué répondit. « Je ne pense pas que mon but était de connaître ses textes, cependant. » Le poète purifia son esprit et essaya de retourner à son métier. De tous les personnages de son livre dont il s'attendait à recevoir la visite, cette présence était plutôt inhabituelle. Quiconque décidait de jouer avec son inspiration, il ou elle ne s'en tirerait pas facilement.

« Installe-toi ici. » Il instruisit son ou sa nouvel ami, ou nouvelle amie. Un casse-tête non-genré l'incommodait. « Il s'agit d'un ordinateur portable. Je vais te montrer comment l'utiliser. Nous pourrons en discuter plus tard, mais laisse-moi écrire ces livres par moi-même. Nous déterminerons ta place dans le grand schéma des choses à venir. »

Il y a quelques heures, l'élève n'avait aucune idée qu'il existait des mondes au-delà de son modeste Athènes. Maintenant, un nouvel enseignant lui parle. L'élève attrapa volontiers un tabouret pour s'installer à côté de la beauté blonde barbue. Tant de personnages revendiquaient l'existence dans leur esprit. Martin ouvrit un tiroir et installa son ordinateur de secours devant l'énigme. Le soleil se couchait sur New York. À l'intérieur de l'immense palais surplombant Time Square, deux esprits se sont heurtés devant des pages blanches.

Les zombies rampaient dans les rues désertiques, les vampires volaient dans le ciel et les momies se rassemblaient dans les parcs. Un roman était sur le point de s'écrire à partir de zéro. J'ai observé ce qui se passait, et je me suis dit : *j'ai bien fait, jusqu'à présent.* Je ne peux prétendre avoir la capacité de diriger ces événements, mais mes semblables seront d'accord. Le Vide n'est pas dépourvu de ressources. Tout au long des soixante-douze souches de Sophron, les dieux et déesses se préparent à une grande bataille. Sekhmet notait le plan de Marduk. Elle s'est vite compte qu'il s'agissait d'un auteur. Peut-être que le Seigneur des Chiens de Nibiru laissera Tir na n'Og tranquille, mais elle devait être proactive dans ses prochains mouvements. Quelle que soit la raison qui l'a poussé à renouer à ses idées de conquête.

Melpomène s'apprêtait aussi à montrer sa puissance. En quittant Hydaspes pour retourner dans ses quartiers, sur Athanor, il pensa à ce jeune garçon. Il réfléchit à l'essence d'un dieu habitant l'âme de William. La Muse se félicitait d''incarner le corps d'un guerrier costaud. Il sentit venir une tempête, une guerre comme il n'y en avait jamais eu auparavant. Enfin, il pouvait laisser la poésie de côté et agiter cette grosse épée bâtarde au visage d'un ennemi ! C'est une tragédie !

Fin du premier livre

Tout ce que j'ai pu entendre, c'est : « William s'est suicidé, ce matin. Une ambulance a retrouvé son corps sous un viaduc, avec une balle dans la tête. Et ça ne me semblait pas juste.

« Peut-être était-ce un meurtre. »

Je suis désolé, quoi ?

L'élève lisait ces lignes au-dessus de mon épaule. J'ai peut-être trop bu. Je suppose que c'est une bonne chose que si j'évite la drogue. Je ne savais pas quoi lui dire. *Salut! Tu viens de quitter la caverne de Platon ?* Ce n'était pas la bonne formulation, je suppose. Tu sais que pour certains enseignants, cette allégorie justifie l'utilisation de la haine contre l'inconnu ? Au moins, il comprend qu'il ne comprend rien, je suppose. J'espère! D'accord, maintenant l'élève se promène dans ma tanière et il touche mes affaires. Mes murs ont des poumons. Ce n'était pas mon idée. Ne les pique pas !

« Salut ! Arrête ça ! » je cris, espérant qu'il disparaîtrait.

« C'était peut-être un meurtre, qu'en pensez-vous ? » dit-il

« Salut ! C'est vous qui écrivez ce roman ? » Je l'ai vu sourire. Il ajouta quelque chose à voix très basse : « D'après votre propre récit, c'est moi qui a inventé l'histoire de Seamus et William. » Il affirma, dans un anglais approximatif.

« Hey ! » je protestai. Une pensée, ici, est-ce que *dude* est considéré comme un mot non binaire ? On s'en fout ! « Dude ! comment as-tu pu imaginer Montréal comme une ville fantastique ? Allez! Réfléchis, un instant. »

Et il l'a fait. Au bout d'un moment, il me confronta à une conclusion inattendue :

« Oui ! Vous êtes visiblement sorti de mon imagination puisque j'ai eu cette idée. J'ai imaginé ce mot : *Montréal*. Mais je ne sais pas comment fonctionne le voyage à travers le plurivers. »

Moi non plus. Eh bien, j'ai peut-être eu une idée depuis que j'ai inventé ce cadre fantastique. Même Alibast admet qu'il utilise ma voix et tout mon corps pour faire ses vidéos ou parler avec des gens de mon monde. J'aurais aussi bien pu créer sa vie. Mais pas tout à fait. D'accord, donc l'élève a raison. Je ne peux pas le nier. Même si je ferme les yeux, je l'entends respirer.

La perte de quelqu'un est le gain d'un autre.

Qui a dit ça?

« J'ai senti l'existence de Seamus. » chuchotait-il. « Plus je forçais son histoire, et moins elle avait de sens. Lorsque le professeur m'a demandé de m'abandonner à la volonté de l'orbe, toute cette histoire s'est racontée d'elle-même. »

« Je parie que tu veux que je reconnaisse ton existence, maintenant ? » Je souriait. Si ce roman est publié, je serai probablement cancellé. Il n'y a aucun moyen que cet élève n'ait pas de sexe ! Je veux dire, Alibast ! On fait vraiment ça ? Je parie que vous diriez : *de quel sexe voudriez-vous qu'il soit ?*

Je ne sais pas. J'aurais dû te chasser de ma vie au moment où tu m'as fait écrire cette merde.

« Je pensais... »

L'élève troubla ma colère. « Peut-être que le vieil homme, dans le parc, pourrait être un dieu. »

« Tu parles toujours de Seamus Chron ? »

« Nous devrions écrire le prochain livre ensemble. »

« J'ai déjà un partenaire, et c'est un vrai con. »

« Laisse-moi essayer. »

J'ai soupiré. Bien sûr, n'importe quoi. Je préférerais me saouler, de toute façon.

« Fais comme tu veux ! »

J'ai haussé les épaules, juste avant de lui céder ma place. Il regarda le clavier pendant un très long moment. Je voulais brûler tout son monde ! Sors ! Ne me dis pas de me calmer, Alibast ! Il ne s'agit pas de nous ! Tu n'existes même pas. Comme si je t'avais donné un coup de projecteur, avec ces vidéos. Voyons donc ! Je ne suis pas amer. C'est toi !

« Monsieur Martin ? » L'élève m'a de nouveau dérangé.

« Quoi ? » Comment a-t-il appris mon nom ?

« Puis-je écrire quelque chose ? »

« Amuse-toi, dude. » Comment se fait-il qu'il ne sache pas comment travailler avec un ordinateur portable ?

« Je préférerais écrire l'histoire avec ton orbe. »

« C'est juste une boule de cristal stupide que j'ai achetée comme une gimmick stupide pour vendre mes livres ! »

Il a ignoré tout ce que j'ai dit. Il attrapa l'orbe et le caressait. J'ai besoin d'une nouvelle job.

Le soleil se levait sur Montréal. Seamus s'est retrouvé à dormir à côté de ce sans-abri, sous un banc.

Sa tête devint lourde sur le ventre du vieil homme. Un cocktail de chaleur et de mauvaise odeur corporelle s'est accumulé à côté des narines du jeune. Pourquoi est-il toujours avec lui, se demandait-il ? Il a quitté sa Maison pour errer dans le monde entier, et il est coincé avec un vagabond délirant. Lorsqu'il quitta sa posture inconfortable, Seamus vit un morceau de papier étrangement installé sous l'oreiller de fortune de l'homme. Il la regarda, inondé d'étonnement. D'où venait cette lettre jaunâtre ? Cela ressemblait à un morceau de tissu rempli d'urine. La curiosité menaçait le chat. Cela ne ressemblait à aucun morceau de papier ordinaire. Pour une raison quelconque, Seamus ressentit la présence d'une essence qui s'en émanait. Pourtant, il n'arrivait toujours pas à se connecter à la psyché de son nouvel ami.

Le parchemin était-il vivant ? Était-il sensible d'une manière ou d'une autre ? Intrigué, Seamus a trouvé le courage de saisir ce petit morceau de mystère sous la tête du sans-abri.

VINT UN CHOC ÉLECTRIQUE !

Ou presque.

Le jeune fugueur n'était pas prêt à faire face à des milliards d'existences liées à son esprit en même temps. Comment pouvaient-ils exister à partir de ses doigts touchant un déchet ?

Il valait mieux qu'il le laisse sous la tête du vieil imbécile ! Pensait-il. *Qu'est-ce qu'il vient de se passer?*

Le vieil homme dormait. Il n'y a aucun moyen qu'il ait pu entendre le cri du jeune garçon. Peut-être qu'une autre tentative de saisir ce morceau de papier pourrait lui apporter des réponses. Seamus mit beaucoup de temps à rassembler le courage nécessaire pour saisir ce quelque chose.

Il pouvait entendre les voix dans l'esprit de son ami, des milliards de voix. Ce n'était qu'un bruit blanc, au moment où il s'est enfui avec le fragment d'un vieux papyrus dans ses mains. Quatre mots y étaient écrits, avec un point d'interrogation à la fin. Il ne pouvait affirmer l'identité de personne à partir de cet amalgame d'un non-sens absolu. Mais une manifestation semblait claire pour lui.

« As-tu trouvé William ? » demanda-t-elle.

Non, mais je crois que je sais comment l'atteindre. «

« Seamus, s'il te plaît ! Arrête de faire des bêtises ! »

« Je sais, Ishtar ! Je pense que j'ai rencontré quelqu'un qui peut nous aider. « Qui ? Dis-moi son nom »

« Je ne sais pas, mais il est entré dans ma vie au bon moment. Je pense qu'il peut m'aider à mettre en pratique mon don, ou du moins m'orienter dans la bonne direction. »

« Seamus, j'ai besoin de savoir qui c'est ! »

Le vieil homme s'est réveillé à ce moment-là. Il sourit à Seamus et ne dit pas un mot. Quand il ferma les yeux, la voix d'Ishtar disparut. Comme si de rien n'était, le sans-abri s'est rendormi. Silence. Seamus n'a rien d'autre que le morceau de papier qui lui a volé sa santé mentale. Il s'en est allé, comme un enfant honteux qui s'en est tiré avec une espièglerie. Il a trouvé du réconfort sous un seul lampadaire. Il prit une profonde inspiration et lut le fragment. Des nouveaux mots apparurent :

Bonjour Seamus. Mon nom est Alibast Page. Bienvenu dans ton arc de rédemption. On te reverra dans notre prochain roman, appelé: Les Chroniques de Sophron, Livre Deux: L'Escouade des Sauveurs

www.ingramcontent.com/pod-product-compliance
Lightning Source LLC
Chambersburg PA
CBHW061516020726
47502CB00006B/2094